有爱的青春陪伴者

我们要逃跑,
要一起变成蓝色翅膀的大鸟。

# 尤待春期

玛丽苏消亡史 著

江苏凤凰文艺出版社

**图书在版编目（CIP）数据**

尤待春期 / 玛丽苏消亡史著. -- 南京：江苏凤凰文艺出版社，2025.4. -- ISBN 978-7-5594-9406-1

Ⅰ．I247.5

中国国家版本馆CIP数据核字第2025AN5379号

## 尤待春期

玛丽苏消亡史 著

| 责任编辑 | 王昕宁 |
| --- | --- |
| 特约编辑 | 加 肥 |
| 出版发行 | 江苏凤凰文艺出版社 |
| | 南京市中央路165号，邮编：210009 |
| 网　　址 | http://www.jswenyi.com |
| 印　　刷 | 长沙鸿发印务实业有限公司 |
| 开　　本 | 880mm×1230mm 1/32 |
| 印　　张 | 11 |
| 字　　数 | 372千字 |
| 版　　次 | 2025年4月第1版 |
| 印　　次 | 2025年4月第1次印刷 |
| 书　　号 | ISBN 978-7-5594-9406-1 |
| 定　　价 | 45.80元 |

江苏凤凰文艺版图书凡印刷、装订错误，可向出版社调换，联系电话025-83280257

# 目 录
contents

**第一章 / 馈赠她宝藏的人**     001
相比其他，尤思嘉更期待春天。她像一个国工，等寒土解冻，迫不及待去巡视她的领地。

**第二章 / 鸡飞狗跳的日子**     024
她声音低了下来，怯怯地看了他一眼，又飘忽着转开了。

**第三章 / 他乡与故乡**     061
她小小的灵魂迎着大风，在荒原上像小马驹一样自由奔跑。

**第四章 / 你过得还好吗**     097
尤思嘉在马扎上坐下，抱着纸杯，心里只升腾出来一个念头——他认不出自己。

**第五章 / 爱是恒久忍耐**     132
杨暄应该也由别的物质组成，比如冰凉的啤酒、发亮的钢铁或者夏日的秸秆，这种。

**第六章 / 我是甘愿托举你的**     165
"思嘉，"他喊她的名字，"没有落脚点，那就一直跑吧。"

**第七章 / 怎样的一个春夜**     189
杨暄的声音很轻："我真的，只有你了。"

# 目 录
contents

**第八章 / 祝你新年快乐**     231
没人比我更加了解你，就像是没人比你更加了解我。

**第九章 / 一样的灵魂**     247
三年前他曾说她是自由的，他是托举她的。那现在，他们应该是让彼此更自由、更有勇气。

**第十章 / 小女朋友**     278
"所以，"尤思嘉继续追问，"我是吗？"

**第十一章 / 我不是你男朋友吗**     307
杨暄好久都没有睡过这样舒服的觉，宛如陷在一潭水波里，疲惫——涤荡，最后又被轻轻晃动着。

**终章 / 等下一个春天**     324
一路陪伴走到这里，再次回头看，好像所有的日子都曾历历在目。

**番外一 / 日落**     332
既然有人送她花，那自己就不必再送了。

**番外二 / 秘密基地**     338
于是，他把所有的玻璃弹珠都送给她。

**新增番外 / 漫长的一生**     342
后来，杨暄送了她一只小狗。

# 第一章 /
## 馈赠她宝藏的人

距离除夕还剩三天的那个傍晚，尤思嘉被尤思洁拖到了村口。

寒风如刀削，两人像纸片一样哆哆嗦嗦站了两个多小时。天色越暗，周围越静，村口孤零零的大磨盘终于被黑夜吞噬，破败的路灯闪了一下，发出一丝微弱的光。

尤思嘉被冻得站不住，开始爬到磨盘上蹦跶，牙齿也跟着上下打战："走吧，姐，今天估计等不到了，你回去再让咱奶奶打电话问。"

尤思洁没搭腔。

磨盘上滑溜溜的，是大豆被反复碾压后残留的痕迹，尤思嘉低头用鞋尖在上面划来划去，抬头又看到尤思洁被冻得发皱的腮帮子。

尤思洁比尤思嘉大四岁，刚上初中，个子蹿得老快。尤思嘉如今站到磨盘上，才算比她姐高半个头。她看着她姐，她姐只望向面前这条路，这是通往村子外唯一的路。

又过了两分钟，尤思嘉打了个响亮的喷嚏。

这声喷嚏总算把尤思洁的身影给吹动了。

尤思嘉捂着鼻子，声音瓮瓮的："姐，你带纸了吗？"

尤思洁在口袋里翻了半天，只掏出了一个皱皱巴巴的纸团，还是下午写作业时撕下来的错题纸。她展开纸团后，递给尤思嘉："只有这个。"

尤思嘉瞅了一眼接过来，把纸在手心里来回揉搓几下，搓软了一点，才低头蹭过去。尽管这样，她擦完鼻涕，人中处还是火辣辣地疼。

尤思洁有点嫌弃："你别乱扔。"

"我知道。"尤思嘉把纸团了团放进口袋，瞅了一眼她姐的脸色，"姐，走吗？"

尤思洁不再往大路上眺望，"嗯"了一声，转身往回走，无精打采的。

尤思嘉松了一口气，直接从磨盘上蹦跶下来跟上去，欢快得像只小跳蛙。

"姐，你答应我的，"尤思嘉爱倒着走，看着脚底下的影子忽长忽短，"你说我陪你等爸妈，你就给我买擦炮。"

话音落下，几秒后也不见回应。

尤思嘉抬头去瞧，昏暗中只能看见对方沉默的轮廓。又走了几步，路灯的灯光从尤思洁面上晃过去，晃出一双通红的眼睛。

尤思嘉张了张口，原本想说一些什么，最终还是闭了嘴，选择不去触她姐的霉头。

整个村的大部分成年人都在外面打工，她姐、她的小伙伴，这些留守的儿童几乎都在翘首以盼过年期间父母归来。但春运车票又贵又难抢，偶尔，这些叔伯会组成摩托车队，骑个两三天车到家。

奶奶每年都用"再等等，你爸妈今年会回来过年"这句话来搪塞她和她姐，她们从大前年一直等到今年，从腊月一直等到现在，至今一个人影都没见着。

前几天，同龄的玩伴搭着伙来找尤思嘉玩，她们不约而同穿上大年三十晚上才会穿的新衣服。

她们到的时候，尤思嘉正蹲在炉子前拨动火炭，身上裹着一件肥袄。袄是在大集上买的新皮子，她奶奶选了喜羊羊的图案，尤思嘉不喜欢但也没说什么，袄里面的棉花还是从她姐的旧袄里揭下来的。

有小伙伴故意问："尤思嘉，你怎么不穿新衣服？"

尤思嘉说："没有怎么穿。"

其他人互相瞅了一眼，又问："那你爸妈不给你买吗？"

尤思嘉铲了些炭倒进炉子："我爸妈没回来。"

"那啥时候回来？"

尤思嘉就转头问尤思洁："姐，咱爸妈今年回来吗？"

尤思洁在炉子旁写作业，闻言把笔"啪"地一扔："你们寒假作业都写完了？"

尤思嘉赶紧带着小伙伴们溜出去，走之前还不忘把她奶奶供奉神像的香线拔下来，一一分给她们，大家一起放擦炮。

后来玩闹间，不知道是谁不小心把其中一个人的新衣服烫了一个洞。

大家发现之后都很慌乱。尤思嘉急中生智，跑回家拿了一团胶带想把洞给封上，结果没贴好，又撕下来重新贴。过程中，新衣上的洞越来越大，里面的丝绒都飘了出来。

于是，对方扯着嗓子哭号，她妈妈听见哭声赶紧出来，一问缘由，当即给了她一脚，揪着耳朵把人扯回了家。

尤思嘉和小伙伴们顿时作鸟兽散。

没人陪尤思嘉玩，她只好回家。刚进门，尤思洁就一反常态地开心，告诉她后天爸妈要回家过年，而且这次是真的要回来。

尤思嘉"哦"了一声，没多少概念。爸妈出去打工的时候，尤思嘉才上育红班，到现在她上小学二年级，这期间一直被扔在爷爷奶奶家。

虽说期待落空这件事情对孩子来讲异常残忍，但尤思嘉无所谓，她没有期待，她从小是被放养的。

放养在尤家村的沙子堆旁，在春天会开满野花的旷野里，在粼粼的池塘边，在小麦和玉米相互交替种植的农耕田里，还有废弃的砖头房里，她的探险基地和秘密花园都分布在其中。

相比其他，尤思嘉更期待春天。她像一个国王，等寒十解冻，迫不及待去巡视她的领地。

尤思洁伤心归伤心，最后还是给了妹妹五毛钱。

尤思嘉跑进供销社买了两盒擦炮，又跑回奶奶家顺了一盒火柴。奶奶已经做好饭，见尤思嘉一阵风似的来去自如，连忙扯着她的耳朵把她提溜到饭桌前："先吃饭。"

万年不变的白菜粉条，尤思嘉端起桌上的海碗，把汤水"咕噜咕噜"一口气喝完，"啪"地放下，一抹嘴赶紧溜之大吉。

奶奶在背后叹气："没见过这么皮的小孩。"

天寒，窗户里会透出四四方方的光亮，整个村子都静悄悄的。

尤思嘉从路旁扒拉出一个小药瓶，把鞭炮点燃，塞进去后立马拧紧瓶盖，快速躲出三步远。

"砰"的一声闷响，瓶盖被炸飞到高空中，在漆黑的夜里像只腾空而起的小白船。

尤思嘉乐此不疲。于是，寂静的村子传来一声声闷响，偶尔会惊出几声狗吠。

瓶盖被炸飞到路边的沟里，里面布满枯草。尤思嘉蹲在沟旁边，在黑暗中瞧了一会儿没找到，正打算放弃。这时，路中间拐进一辆"突突"作响的摩托，车前昏黄的光映出杂草的影影绰绰，尤思嘉一眼就发现了瓶盖卧在其中一棵枯草下。

她伸手去捞瓶盖，摩托车的声音逼近，带着地面的尘土也在震动。她趴在地上偏头，被灯光照得眯起了眼。

尤志坚和刘秀芬夫妇起初没在意，骑出去两米远后，两人才觉得不太对劲。

"突突"声停下来，刘秀芬费劲地把头盔"拔"下来。长久坐在车后座，让她浑身都变得僵硬，她扭身试探着喊了一声尤思嘉的名字。

尤思嘉从地上爬了起来，先把瓶盖吹干净，随后又拍拍身上的土，看见摩托车上的两个人都在看她，这才愣愣地应了一声。

刘秀芬没想到这个"假小子"真是自己家的闺女。

尤思嘉顶着一头乱七八糟的短发被父母拎回堂屋的白炽灯下。她棉袄臃肿，双手通红，裤子上沾着尘土和枯草，活脱脱一个野孩子，浑身上下只有一双眼睛乌溜溜地发亮。

尤思洁只依偎在刘秀芬旁边。刘秀芬瞧了瞧两个女儿，先是一阵心酸，后又生出对婆婆的埋怨。往日里的怨怼是憋在心里，她此刻想到自己或许有了新的底气。

但这怨气还没发出来，旁边的尤志坚却不乐意了，看这架势，两人刚到家就要拌嘴。

婆婆此刻出面，对刘秀芬却是一反常态地亲热："三个月了？"

"还没到。"

"能查吗？"

"现在都不给查了，违法。"

尤思嘉听着大人们说话，在屋里待了一会儿，趁没人注意又跑出去了。

因为父母回来，除夕晚上竟然炒了六个菜。

煸豆角、拌皮蛋、酱油浇黄瓜条、卤猪耳朵，黄桃罐头也算一道菜，重头戏则是土豆片炒鸡。

鸡是奶奶家打鸣的公鸡。尤志坚好几年没回家，杀鸡手法生疏了许多，拿刀割鸡脖子的时候劲没使出来，竟被它一下子给挣脱。

鸡逃窜出去后，拖着血流如注的脖子在菜园里哀号不止，整个村东头都听得一清二楚。

尤思嘉则蹲在一旁兴致勃勃地看尤志坚追鸡、放血、浇热水、拔毛，又眼巴巴守在锅炉旁等着年夜饭出锅。

尤志坚拿了两个小铁盆,把一锅热腾腾的炒鸡一分为二,其中一盆递给尤思嘉,支使她:"去给你奶奶家送过去,别弄翻了。"

尤思嘉乐滋滋地接过这美差,转身出门,没走两步就捏了一块鸡肉放嘴里,烫得她龇牙咧嘴,囫囵吞下去后倒是没尝出啥滋味。

奶奶家的瓦片房夹在她家和叔叔家的平房中间,大门朝向不一样,送菜要从门口这条小路绕过去。

道路两边的门上都挂上了红灯笼,照得泥土小道上也红通通的,她又捏了一片土豆含在嘴里,踩着灯笼照出的影子,脚步都欢快了几分。

村里人迷信,往日过得再不好,过年这几天装也要装出阖家欢乐,因此旁边红瓦砖缝中透出来的破碎声响和吵闹,就显得与除夕的气氛极其割裂。

尤思嘉嘴里的土豆还没咽下去,下一秒,前方黑乎乎的门框里突然飞出来一个什么物什,险些擦到她的脸,她条件反射地往后躲,手里的炒鸡差点翻出去。

尤思嘉两只手下意识地抱住热滚滚的铁盆。

那东西是从斜对门飞出来的。这家和她奶奶家一样是瓦房,同前后灯笼明亮的平房门头相比,显得更简陋了,也显得格外冷清。

尤思嘉盯着地上的东西看,才发现是一只破旧的胶鞋。

门里传来嘟囔的声音,有着醉汉特有的含混不清,夹杂着她听不懂的脏话。

"没砸到你吧?"

不知道从哪里传出来的声音,好像是在问她话。

尤思嘉扭头,发现说话的人隐在黑暗中,竹条一样清瘦的身形,贴在木头门框旁边,头快要顶到低矮的门楣。

她反应了会儿,呆呆地"啊"了一声。

即便光线暗淡,尤思嘉也能看清楚,他鼻子下面有一道湿漉漉的痕迹,在一张窄脸上显得异常突兀。

"你的鼻子,"她愣愣地盯着杨暄瞧,"流血了。"

远处柴火堆传来窸窣的动静,看家的狗低低鸣咽了两声。

"没事。"他抬起手背碰了碰,或许是感到了疼,身形顿了一下,随后重复一遍问她,"刚刚砸到你了吗?"

"没有。"手心里后知后觉感到了灼热的刺痛,尤思嘉开始改用指尖捏着铁盆边缘。

"那就行。"杨暄几步跨过去,把地上的鞋捡起来,退回了木板门里。

尤思嘉好奇心旺盛,朝门板内探了个头。

里面是一个狭窄的小院,门口正对着用玉米秸秆搭建的简陋伙房,一个醉醺醺的老酒鬼四仰八叉地躺在院子里。

这酒鬼风评极差。按照大人的说法,清醒的时候是个正常人,能去村头修个车;一旦喝酒就是远近十里有名的"醉犯头"。在家里喝得烂醉倒还好,摔盆砸碗和别人家无关,但凡出门,左邻右舍一见他红着眼,顿时退避三舍,因为躺到谁家门口谁家就倒霉。村里谁和谁没有摩擦?谁家没几件腌臜事?被他一躺下就全抖搂出来,因此多打了不少热闹仗。

村里辈分又乱又杂,即便出了五服,尤思嘉也得喊他一声"四爷爷"。

四爷爷此刻躺在地上,脚上的鞋只剩下一只,黑黢黢的脚底板正对着门外的尤思嘉。

旁边的四奶奶正扶着拐棍坐在旁边的门槛上,抬起手掌先抹了一把脸,从怀里摸出手帕擤了擤鼻涕,随后哆哆嗦嗦挣扎着要站起来。

杨暄走过去,把鞋往墙角一扔,随后拽起地上人的脚脖子,不管三七二十一就往屋里拖。

他的个头在同龄人里算高的,但仍旧是个上五年级的孩子,费劲拖了半天,才把人的半截身子给拽屋里。只不过门槛硌住腰,衣服翻转上去,他费劲一拉又引出地上人的一阵火气。四爷爷说出口的话不堪入耳:"天杀的野种……"

四奶奶原本还撑着四爷爷的腰,闻言猛地一丢手:"喝二两狗尿不是揍人就是满嘴喷粪!说的不是你亲外孙?"

门槛上的人吃痛,一个鲤鱼打挺要起来,边骂边要去脱另一只鞋:"你是要疼死我……"

杨暄手疾眼快,先一步把他的鞋给夺了下来,顺势往墙角一扔,让它和另外一只聚了个团圆。

尤思嘉瞅了半天,还是决定去帮个忙。

她把铁盆放在门两旁的石凳上,跨进门去。走到门槛旁时,四爷爷依旧像条被网卡住的鱼一样,半截身子挂在上面,偶尔还动弹两下。这个姿势光看着就让人难受,他双目赤红,嗓子里发出"呼噜呼噜"的声音。

杨暄重新过去拽他的手,结果对方胳膊突然往上一挥,下一秒尤思嘉就听到了极清脆的一声响。

四爷爷手背翻转，结结实实给杨暄的侧脸来了一掌。刚刚走到旁边的尤思嘉顿时吓了一跳，止住脚步不敢动弹了。

杨暄挨完打，竟也不吭声，只是脸稍微偏了一下。这一偏动，他眼角的余光瞥到了院子里多出来的身影。

他抬眼看着尤思嘉："不是说没砸到你吗？"

"我、我就是，"尤思嘉说话都有点磕巴了，"看能不能帮个忙。"

四奶奶闻言看向她，松垮的眼皮下也是一片通红："好孩子，用不着你。他耍酒疯，要是揍着你，俺不好和你家里人交代，赶紧回去吧。"

杨暄没再说话，只是蹲下来把自己的鞋带给解开，然后攥住地上人的两只手，绕着鞋带一圈圈捆住。

他重新直起腰："你来这儿。"

尤思嘉按照他的说法做，和四奶奶一人捞了一只胳膊，杨暄则架着两条腿，三个人半拖半挪地把人移进了屋。

跨过门槛，里面是一整个木梁撑住的房间，面积不算大，被两张靛青色的大布帘子分成三块，最中间的堂屋摆了一张桌，桌上面只有一盆白菜猪肉炖粉条，一个装白酒的塑料桶，外加两盘已经不怎么冒热气的水饺。

地上有碎掉的白瓷杯，飞溅在乌黑的水泥地面上。

"别踩到碎片渣子。"杨暄提醒。

被抬的人起初还挣扎了两下，被扔到里屋矮榻上时就已经没了动静。

尤思嘉感觉背后出了一层薄薄的汗。她把活动时卷上去的棉袄往下拽，又挠了挠自己的短头发，有点局促。

其实她还是第一次进这个门。

她之前见到两位长辈，最多就是礼貌打个招呼，她和杨暄虽然是邻居，但从小到大总共也没讲过几句话。

一是他比她大四岁，不是一个年龄段就玩不到一起去；二嘛，准确来说，杨暄比较……特殊，他上学晚一年，性格偏成熟，不合群，与学校里的同龄人、村里的小孩形同陌路。

他们都在前面村子的小学读书，里面的孩子大部分是留守儿童，爷爷奶奶不好管教。因此，几个村子之间、各个年级之间的学生便拉帮结派，尤思嘉经常在上学的路上看到打架的场面，她和她的小伙伴通常都会躲得远远的，但杨暄是里面的常客。

偶尔是他揍别人，更多时候是一群人揍他。

"吃点？"四奶奶看着尤思嘉笑，"包的韭菜馅水饺。"

尤思嘉摇了摇头，也跟着腼腆地笑笑。

她转头看见杨暄正拿着湿毛巾对着柜前的镜子擦脸上的血迹。屋内的吊灯是一根灯泡串过来挂在房梁上，灯泡表面蒙了一层灰，在发黄发晕的光影下，还能看清楚他的眼角下面似乎也青了一块。

四奶奶转头吩咐外孙："把橱柜里的果子拿出来给人家吃。"

杨暄闻言，把毛巾往肩上一搭，端出来一个瓷碗放到尤思嘉眼前，瓷碗里面用一层塑料纸垫着，纸上塞得满满当当——

梅豆角、蜜三刀、橘饼条、小金果……全堆叠在了一起。

尤思嘉又摇摇头，杨暄看了她一眼，把瓷碗又往前推了推。

她也瞄了杨暄一眼，随后挑了表面的一根芝麻条。

见尤思嘉吃了，杨暄这才作罢。

因为惦记着送菜的任务，尤思嘉赶忙从屋子里退了出来。

还没走到院门口，隔着几步距离，她就瞧见黑暗中一道黄影从门前窜了过去——

是柴火垛旁那只看家的黄狗，它趴在门口的石凳上，两只前腿抬起搭在石凳上，接着毛茸茸的脑袋就往前一伸一伸地动着。

尤思嘉心里"咯噔"一下，拔动两条腿就冲了过去，对着狗脑袋就是一顿招呼。

黄狗比她反应快，它轻盈地放下前腿，随即勾头回身，压着尾巴麻溜地逃出七步远，跑之前还不忘拱了一下铁盆，嘴里叼着一块鸡骨头。

尤思嘉看着铁盆边缘处那凹下去的一块地方，心顿时凉了半截。

不能不送，但又不能就这么送过去。

于是，她在地上捞了一根笔直的小树枝，放在棉袄上来回擦干净，随后掰成两截当作筷子，把被狗碰过的那块地方，连着周围的一圈菜，全部给拨了出去，接着把地上的菜用土给遮掩上。

她捧着还剩半盆的炒鸡，硬着头皮往前走。

尤思嘉进门的时候，爷爷和奶奶正坐在伙房煮水饺，柴火被折断送进灶台里，噼里啪啦的声音好不热闹。

爷爷注意到她进来："送的什么？"

"俺爸炒的鸡。"

"放屋里香台上，省得野猫溜进来偷吃。"

"哦。"尤思嘉心虚地应了一声。

屋外的狗被鞭炮惊扰，又开始叫唤。

尤思嘉赶紧放下半盆炒鸡,趁没人进屋,直接溜走。

跨年的时候家家户户都要放鞭炮。此刻还没到零点,外面已经噼里啪啦响起来,青色烟雾在空气中上下浮动,尤思嘉深吸了一口气。

弥留的火药味、拖拉机启动时冒出的黑烟机油味、新刷柜子时散发的油漆味,都是她酷爱的味道,闻到时会让人有种奇异的满足感。

塑料皮包裹着鞭炮,红灿灿的一团,像巨大的山楂卷,又被摊开挂在院子里的香椿树上。尤思嘉自告奋勇去点火。

尤志坚起初觉得她胡闹,没理会她。但尤思嘉不停地在他眼前晃悠,还拿来了红蜡烛做准备,几次下来,她终于得偿所愿。

孩子越到过年越精神。凌晨一点左右,小伙伴们穿上新衣服来串门,尤思嘉跟着大部队走,只不过还是穿着那件旧棉袄。路过杨暄家门口,只看到黑乎乎的一片,连门口狗窝都是静悄悄的。说是狗窝,其实是腌咸菜的大泥缸子被放倒,里面铺了一层稻草。

尤思嘉点了个炮仗,扔到了泥缸旁边。

三秒后,火花带着响,黄狗被惊得从窝里窜了出来。

她的举动被前面的邻居看见,转头吓唬她:"小思嘉,让你皮。他家那个醉犯头,还有他那个外孙都恶得很,你惹这家狗,信不信明天早晨他们揍你?"

尤思嘉把东西往后面一藏,转身"嗒嗒嗒"跑远了。

往日过年没那么热闹,尤思嘉后知后觉品出来了一点爸妈回来的好处。

没出三天,她就又收回了这个念头。

那件事情不知道是啥时候败露的。

总之大年初四那天,尤志坚才过来找她,算的是总账——

偷吃了还没来得及上供的水果,把他喝水的搪瓷杯子拿过去当放鞭炮的容器,加上除夕晚上不翼而飞的那半盆菜。

往常她也干过不少要挨揍的事,但是鉴于爷爷奶奶腿脚不利索,也懒得管她,很多事就不了了之。

可尤志坚是个身强力壮的中年人,他和村里大部分人一样没有固定工作,靠力气吃饭。他干过装修,进过机床厂,也入过建筑队。尤思嘉出生后,尤志坚跟着村里人去外地打工,干的都是工地上的粗活,手掌上磨出粗粝的厚腱子,抡起胳膊来也是呼呼带风。他回来看到二闺女皮实得过分,没点女孩的样子,也存着修理她的心思,想尽一尽当爹的义务。

起初,尤思嘉只是搬了个小马扎坐在取暖的炉子旁,认认真真拿着筷子串上冷掉的馒头。她把烧水的壶搬到一旁,举着筷子靠近烧得发红的炭火,缓慢地转着圈,看馒头的表皮被逐渐烤得发黄犯焦。

正当她把烤好的滚热馒头掰开,"呼哈呼哈"往上面吹气时,尤志坚喊她过去。

野生的小动物通常有着超乎常人的灵敏,尤思嘉也不例外。刚走两步,她就察觉出不妙来,把吃了一半的馒头一扔,撒腿就跑。

尤志坚去追她,刚伸手扯住她的后领子就被她甩开,他追她跑,从西屋追到东屋,从屋内追到院子。

他在后面吼:"你老老实实挨我三脚这事就翻篇,否则没完。"

尤思嘉转头一看,她爹已经抄起了扫院子的大扫帚。不想挨揍的求生欲望占上风,她只管努着劲往外面狂奔。

刚出大门,还没跑下斜坡,尤思嘉再次扭头一看,尤志坚已经拿着扫帚追了过来。

她心里一急,还没回身加速,下一秒就迎面直直撞上了一个人。

没有任何缓冲,她像一头勇猛的雏鹰,猛地扎进对方的怀里,把人撞得往后趔趄了几步。

杨暄手上的东西被撞掉,冲击力让他的肋骨一阵发酸,只能一边扶着尤思嘉的肩膀,一边咳嗽了两声。

尤思嘉的鼻子也发酸,但她顾不得这么多,捂着鼻子就往人后面躲。

"你跑!"尤志坚止住脚步,开始放狠话,"你跑得了初一,你还跑得了十五,我看你怎么回家。"

说完,他往后退了一步,"哐当"一声把大门带上。

尤思嘉揉着鼻子,又畏又惧地抬头瞧了杨暄一眼。

他皱着眉捂着肋旁,没瞧她。

按照村里以前的说法,小孩十岁往上就算是明事理、能干活的大人。但杨暄有一张秀气的窄脸,和这片凛冽的土地不甚搭边。他单眼皮下垂,因此少了些孩子气,眉毛上结痂的疤痕和眼角的瘀青又给他平白增加了不少凶气。

他缓了一会儿后,最终没和她这样的低年级小孩计较,只弯腰捡起地上的东西,那是一把锄头,随即走了。

尤思嘉开始在村里晃悠。

她原本打算去找她的几位小伙伴。

但是这个点,别人家里八成都在吃饭,她要是过去,大人表面上会拉着她坐下一起吃,背地里免不了说她没教养。

晃悠着晃悠着,她来到了菜园。菜园紧靠着一座废弃的小学,这里是她的秘密基地之一。天气暖和的时候,她会去菜园里偷摘一些菜,用砖头垒成小灶,捡点柴火,然后模仿大人做饭。

杨暄正在自家菜地里刨什么东西,锄头的高度快到他的下巴,但他用着倒是很称手。

尤思嘉从地上捡了根小木棍,蹲在菜园篱笆旁的大石头上,低头把泥土戳出洞来,还不时抬眼看看篱笆内的杨暄。

他只刨出了一个浅浅的坑,露出了里面的草袋,草袋掀开,下面是存储的大萝卜,根部朝上,紧密地排成一堆。

他弯腰捡了三个萝卜扔到一旁,随即重新合上草袋,拿着锄头勾了一层细密的土撒上,随后掩埋起来,用鞋来回踩了两圈,把土压实。

"你中午不回家吃饭?"杨暄拎起萝卜的根须,突然开口。

"啊?"尤思嘉手里的小木棍掉了下去,她从石头上跳下去重新捡起来,"我不饿。"

"是不饿,还是不敢回家?"

尤思嘉见他走近,只盯着他拎着的东西瞧,萝卜顶部翠绿,上面还沾着新鲜的泥土,这种绿萝卜最好吃。她小声道:"不饿。"

杨暄倒是笑了:"你爹为啥揍你?"

尤思嘉瞅了他一眼,还是说了实话:"你家狗,三十晚上把我要送给俺奶家的炒鸡给吃了一半。"

"在你帮忙抬人的时候?"

"嗯。"

他继续问:"你怎么给他们解释的?"

"我没说。"尤思嘉把小木棍丢进刚刚戳出来的洞里。

"然后你直接端过去了?"他语气变得不太一样了。

"我把被狗碰到的地方都给拨出来了。"她说完后,一时没听到对方的回复。

尤思嘉有些纳闷,抬头就看到杨暄嘴角往上扬得越来越高,这分明是嘲笑她的意思,此刻恼怒盖过畏惧:"这不都怪你家的狗!"

杨暄收了笑,语气转了个弯:"所以你那晚放鞭炮吓大黄?"

原来人家知道,尤思嘉不吭声了,也垂下了眼睛。

两秒后,杨暄把手里的萝卜递给她,压着声音故意吓唬她:"接着,给我当个苦力,这事就不计较了。"

尤思嘉眨巴眨巴眼睛,犹豫了一会儿,看了看对方的脸色,还是把萝卜抱进了怀里。最后,她跟在扛着锄头的杨暄后面,老老实实地去了他家。

还没进门,大黄就先跳了出来,摇着尾巴绕着杨暄的裤脚转了一圈。杨暄用鞋的边缘蹭蹭它脑袋,它随即将两只爪子搭在他的鞋面上,伸着舌头"呼哧呼哧"地表达亲昵,杨暄紧接着回头瞧了尤思嘉一眼。

尤思嘉乌溜溜的眼睛转了转,把快要掉下去的萝卜重新抱紧。

杨暄家里竟然没人,她亦步亦趋地跟在他后面,像条小尾巴一样,他往哪儿转,她就跟着往哪儿走。

走进狭长院落,经过伙房,伙房前面紧挨着一条小道,穿过小道,是一扇用钢钉和废旧木板拼成的门,隔开了前院和后院。

木门打开,后院养的几只母鸡一边"咕咕"叫,一边扇着翅膀就要扑腾出来。杨暄挥了挥手,把它们吓退了回去,又伸出胳膊从旁边的鸡笼里掏出了几枚白花花的蛋。

尤思嘉在他身后左瞧瞧,右看看——

除了"咕咕"乱叫的一群鸡,就只剩下空荡荡的羊圈,羊粪的味道很是浓烈,还混杂着泥土和其他家禽牲畜的气息。

回到前院后,杨暄把她手里的萝卜接过来,和鸡蛋一同放在灶台上的棉条筐里。

尤思嘉怀里骤然一轻,她甩了甩有点发酸的胳膊,而杨暄没再管她,径直往院子走。

院子的洗手架上有只铁盆,架子下面挨着只铁桶,铁桶上结了一层浮冰。杨暄捞起旁边的葫芦水瓢,"哐哐"往冰面上砸了两下,随后弯腰舀出两勺清水"呼啦"倒进盆里,被砸碎的浮冰被夹带了过来,这些冰块撞击着铁盆边缘,洗手的时候只听稀里哗啦的一阵响。

他来来回回洗了几遍,打上胰子,搓出泡沫,撇净之后甩了甩水珠,整个手背已经被冻得红通一片。

正当尤思嘉踌躇着怎么离开时,屋顶的瓦片上发出轻响,接着就跳下来一只狸花猫。尖脸,白胡子,黄澄澄的猫眼睛,它开始绕着尤思嘉转悠。

尤思嘉立马蹲下,伸手试探了一下,狸花没有躲避迹象,她便摸了摸猫脑袋。

摸了一会儿,她感觉有人一直在看她。尤思嘉抬头,和杨暄对视了一眼。

下一秒,她就讪讪地收回了手。

杨暄倒是没说什么，只把盆里的水倒掉，重新弯腰从铁桶里舀了一勺，绕过她和狸花猫，从伙房里搬过暖瓶，兑了一点热水，朝她说道："摸完猫之后洗手。"说完直接进了屋。

尤思嘉把狸花猫从头到尾给揉了一遍，最后它受不了了，像洗手的胰子一下从她手里刺溜打滑出去，尾巴钩子一样高高翘起，重新跳上了窗台的边角，沿着窗棂攀到了屋顶，消失在灰扑扑的天空中。

尤思嘉拍了拍手，这才起身走到架子旁。盆里是温水，洗完之后没地方擦，她顺手抹到棉袄两边，反正水是干净的。

之后，她拉开屋内的门，试探着往里瞧。

杨暄正蹲在炉子旁边，拿着火钳鼓捣着什么，听闻动静后，抬眼就看见门缝里长出了一个乱糟糟的蘑菇脑袋。

"洗完手了？"

"嗯。"

杨暄伸手拿了一只马扎到炉子旁："你坐这个。"

尤思嘉没敢反抗，从门槛上跨过去，在旁边坐下。

杨暄拿着火钳在炉子下面掏了几下，拨开炭灰，最后掏出了一只中等个头、灰扑扑的芋头，还有几颗裂开了的板栗。

他拍打了两下，然后塞到了尤思嘉怀里。

尤思嘉嘴上说着不饿，但是除了那半个烤好的馒头，一上午都没吃别的东西，胃里早就像被人打了一拳一样瘪起来了。芋头被烤出裂缝，裂开的地方渗出了油，这甜香的气息直直往人鼻子里钻。

她此刻顾不得装模作样，直接上手掰开，对着冒着热气的黄心象征性地吹了一口，接着低头就啃，烫得她顿时打了个激灵。

杨暄在那边握着火钳，有点惊讶她的狼吞虎咽。

尤思嘉这才反应过来，把手中另外半只没动过的芋头递给他。

"你自己吃吧。"他低头重新通了通炉灰，起身把一个烧汤的铁锅搬到炉子上，又加了一勺炭，"我去做饭，你帮我看着锅里的水，过会儿我姥姥就回来了。"

尤思嘉有点吃惊，因为她只会玩做饭的游戏，但杨暄竟然真的会做饭。

她没表达出来，只把口里的芋头咽下去，连同吃惊的话语也一同吞了下去，最后只"哦"了一声。

"你要是不回家，就在这儿吃饭吧，我姥爷去村西头修车了。"

尤思嘉啃着芋头，又"哦"了一声。

吃完之后，胃里舒服许多，她把剩下的芋头皮和板栗皮扔进炉子里烧了。

外面灶台时不时有铲子和锅沿碰撞的叮当声，有热水滑过滚烫铁锅后发出的刺啦声，更远处有人在吆喝，由远及近的，一阵鞭挥过，石板上传来一阵踢踢踏踏的杂乱动静。尤思嘉站起身来，透过镶嵌在门上的昏花玻璃，看到几只羊从外面经过。

她推门出去，刚好碰到放羊回来的四奶奶。

"小思嘉，"来人一只手拄着拐杖，另一只手挥着鞭子，看见她很高兴，"你怎么来了，留这里吃晌午饭不？"

尤思嘉揪了揪自己的袖口，喊了一声："四奶奶。"

杨暄在灶台前站着，大寒天袖口卷起来一半，露出了小臂，正捏着筷子打鸡蛋。他伸直胳膊把碗倾斜，将蛋液往锅里倒了一圈，"刺啦刺啦"的声音带出呛人的烟雾。

尤思嘉帮着四奶奶把羊往后院里赶，再回到前院的时候，杨暄已经把鸡蛋盛到盘子里了。

最后端上来的是两菜一汤，一盘辣椒炒鸡蛋，另一盘应该是昨晚上剩下的炖白菜，往里新加了粉条和豆腐后重新温了温，凉透的水饺也放在里面。尤思嘉抱过来的萝卜被切成丝，葱花炒香打底，烧了半锅疙瘩汤。

杨暄拎过来半瓶醋，坐下的时候就"哐哐"往自己碗里倒。尤思嘉喝了一口汤，瞧他一眼，又喝了一口汤，发现他手里的醋瓶还没放下。

注意到她的眼神，他停住了动作，把醋瓶往尤思嘉那儿一递。

尤思嘉赶忙摇了摇头。

平常尤思嘉喝一碗汤就能饱。但估计是家里很少来小孩，四奶奶格外热情好客，见她碗底空了，又赶忙盛了一碗给她。在别人家里，尤思嘉不好意思剩饭，只好闷头喝完，要不是杨暄拦着，四奶奶还想再给她盛一碗。

吃完饭后，尤思嘉感觉一抹嘴就走有点不太好，于是在桌前转悠了几圈看看能帮上什么忙。杨暄则一边收拾碗，一边把她往外赶："出去玩吧你，别再放炮炸大黄了。"

尤思嘉得了赦令，赶紧拖着沉甸甸的胃溜之大吉。

尤思嘉刚出门，就遇到了吃完午饭的小伙伴，为了消食，她提议玩跳房子。她在路边挑了半天，挑出一块称手的、能划出颜色的瓦片，选好了空旷的地方，开始蹲着往后挪动着画线。

尤思嘉在地上画出了两个格子后，还没来得及往后移，耳朵就突然觉得一痛。

她动弹不得,靠着往下瞥的视角,认出这是尤志坚穿的迷彩胶鞋。他扯着她的耳朵,把她从地上提溜了起来。

尤思嘉忍着耳根处的针刺感没出声,赶紧跟着对方的力度斜着身子起来。在这方面,她有深厚的经验,被扯耳朵的时候,越是挣扎越疼,她只管跟着对方的动作走,在小伙伴尴尬的神情中被拽回了家。

幸运的是,尤思嘉欠尤志坚那三脚,对方只实践了三分之一。不幸的是,他踹完之后,还要硬逼着她吃午饭。

"我吃过了。"尤思嘉揉着发烫的耳朵说。

"胡扯!"尤志坚眼睛一瞪,很是吓人,"你在谁家吃的?就你那几个狐朋狗友,你姐都去她们家看了,说你压根儿没在那里。"

训完后,尤志坚让尤思洁把炉子上温的玉米糊糊搬过来,倒了一碗放在桌子上。

"我没在她们家吃——"

"和假小子一样!不听话也不吃饭!"尤志坚打断她的话,盘着二郎腿坐在板凳上,开始歪着头拿洋火点烟,"小猫小狗还知道回家觅食,你一天到晚不知道在忙些什么,作业也不写。我看都是你爷爷奶奶惯得你这些瞎毛病。"

火苗燃完,尤志坚把黢黑的火柴梗往地上一扔,吐出烟雾后眯眼:"来晚了没菜吃,我看着你把汤水喝完。"

尤思嘉无奈,瞅了一眼她姐,她姐进卧室写作业去了。她又瞅了一眼她妈,她妈闻到烟味,捂着鼻子去了外面。

最后,她捧起碗来喝了两口,肚子撑得难受,实在喝不下去,只得说了实话:"我在斜对门四奶奶家吃了饭,还喝了两碗汤。"说着,她伸出手指比画了个"二"。

"她跟咱又没交情,"尤志坚语气疑惑,"喊你吃饭干什么?"

那就要扯出大黄和鸡的故事,尤思嘉屁股和耳朵都还残留着隐隐的火辣感,不得不避重就轻:"我帮她把羊赶进后院了。"

"你真有劲,家里活不干,倒跑去给别人赶羊。"

尤思嘉不吭声,默默把汤碗给放下,看见尤志坚没反应,又往里推了推。

尤志坚闲聊一般随口问道:"你四爷爷也在家?又喝了?"

"没在家,去修车了。"

"难得。"尤志坚咳嗽一声,烟气随之扑过去,"只有不喝才干点人事,他外孙呢?"

"在家。"

尤志坚把烟头往地上一扔，随后踩了踩，嘱咐她："少和那小子玩。"

尤思嘉抬头瞧了她爹一眼。

"没爹没娘的，姥爷不是个好东西，把小孩养大了又能教出什么样，"尤志坚拍拍裤子上的烟灰起身，"不吃就把地扫扫，汤倒给你奶家的狗喝，然后把碗再刷了。"

尤思嘉小鸡啄米一样点头。

盼天盼地，终于盼到了初七，这是尤志坚过完年出去打工的日子，但这次回程只有他一个人。

还是那辆摩托车，尤志坚用尼龙袋子装了点杂物绑在后座上，先在每只腿上都缠了护膝，接着套上厚棉袄厚夹克，夹克外面又裹上一件军大衣，最后戴上头盔，整个人全副武装，朝她们摆摆手，在排气筒的一阵黑烟中逐渐消失了。

尤思嘉下意识地去闻摩托车尾气，这举动被她姐看见，照着她的脑袋瓜就是一巴掌。

刘秀芬留在家里后，生活发生了很大改变。

比如不用再去奶奶家吃万年不变的白菜炖粉条，尤思嘉乱糟糟的头发开始变得整齐很多。刘秀芬有时间还会给她扎头发，用那种两毛钱一包、五颜六色的小皮筋扎两个朝天辫，然后从头发中间掏个洞再钻进来，扎完之后从前面看像低垂的小猫耳朵，但尤思嘉觉得勒头皮，总是自己偷偷拆掉。

除了这些，还有一个改变就是去前村澡堂子洗澡的频率变高了，从以往半个月一次改到一个星期一次。

尤思嘉皮薄又怕痒，脱了衣服后像条泥鳅一样在淋浴头下滑来滑去。刘秀芬气不过，叫着尤思洁一起按住她，从头到脚给她搓了一遍。澡巾粗粝，像磨刀石一样在皮肤上滚来滚去，搓得尤思嘉嗷嗷叫。

当天晚上睡觉的时候，旁边的尤思洁翻来覆去睡不着，随后隔着被子踢了尤思嘉一脚："哎，你睡了吗？"

尤思嘉没吭声。

尤思嘉睡觉前最爱在脑子里排剧情，像电视上放的连续剧一样，今天接着昨天的演，此刻脑子里的小人正进行到剧情的精彩之处，她才不想喊停。

尤思洁见她没反应,随后撑起身去瞧,一脸的不乐意:"你这不睁着眼吗?"

身下的电热毯烤得人暖乎乎的,倒衬出头顶凉飕飕一片。尤思嘉往被子里缩了缩头:"姐,我快睁不开眼了,什么事你直接说。"

尤思洁反倒不说话了,重新躺回被窝里。

过了半分钟,尤思洁的声音才在黑暗里重新飘起,颇有点惆怅的意味:"你知道咱要有小弟弟了吗?"

"啊?"尤思嘉又往被窝里钻了钻,声音闷闷的,"不知道,啥时候的事?"

"你以为咱妈为什么不去干活了?没听见咱奶和她聊天?"

"没印象了。"

"今天洗澡的时候,你也没注意到咱妈的肚子?我看着好像有点弧度了。"

"没怎么注意。"

尤思洁又踹了她一脚,这次使了真力气,踹完直接转过身去,气不打一处来:"你天天除了吃就是玩,你懂个什么!"

尤思嘉不是不懂,只是没那么感兴趣。春天要来了,她还要忙活许多事情。

虽然其他小伙伴都没承认,但尤思嘉早已自封为孩子王,并勇于肩负起这份责任,早早开始制定春日探险计划。

她要逐一巡查她的秘密基地。

首先是村后的池塘,冬天过去后,里面积蓄的厚冰开始解冻,连带着泥土也松软了起来。池塘边紧跟着一块向阳的土坡,去年这里生了一大片白茅,今年也不例外。尤思嘉薅了满满一捆攥在手心里,剥开白茅翠绿的外衣,里面是鲜嫩的白茅芯子。她直接躺在草地上跷着二郎腿,嘴里叼着一根白茅,舌尖能吮吸到清甜的味道。

再往旁边就是几棵歪脖子柳树,她双手双脚并用,哧溜一下就攀了上去,折了几根新绿柳条戴在头上,再哧溜一声滑下来。

晚上睡觉的时候,尤思嘉把柳环放在床头柜了上,裤子脱掉搭在椅子边。刘秀芬睡前过来瞧她们,发现衣服从椅子上滑了下来。她随即拎起来拍打拍打、抖落灰尘。正要放回去时,刘秀芬发现尤思嘉裤子前面的膝盖处和后面的屁股口袋处都扯了线、破了洞。

刘秀芬喊了一声尤思嘉,对方却在被窝里不吱声,去掀她被窝也掀不动,气得刘秀芬直接拆开旁边的柳环,隔着被子去抽她。

抽第一下,尤思嘉在被窝里拱了一下;再抽一下,她仍旧像毛毛虫一样边拱边躲;抽到最后,她已经将被窝收成了一个小包,屁股朝上,怎么都不冒头。

刘秀芬最后只得作罢。

但尤思嘉的探险活动怎会因这点小挫折而中道崩殂。

村后还有几个排成一排、盖到一半就停工的房子,红砖墙壁掩在郁葱新绿的杨树下。因为人迹罕至,通过去的小道上布满蒺藜、马齿苋和野灰菜,还夹杂着鸡舌草上开的蓝色小花。这是尤思嘉新开垦的地图,是个绝佳的探秘地点,对她充满着致命的诱惑力。

春日放学早,尤思嘉便喊人到那里聚集,大家望着幽深的小径,一时望而却步。

看着其他人互相推搡着不进去,尤思嘉恨铁不成钢,便身先士卒,随手捡了根棍子当武器,大摇大摆地率先走进去。

小路曲径通幽,尤思嘉的裤脚上沾了一圈苍耳子,一路踩过各种野草和不知名的小花,随后听到一阵扑腾声。她悄悄拨开一人高的树苗,看到了后面的砖头房,门前堆着沙子和水泥,野花野草生长得肆无忌惮,有几只高脚大公鸡在树苗后面踱步,脖子高挺,鸡冠血红。

听闻外面的动静,它们动作一致,齐刷刷地扭头,浑圆的眼睛一起盯住这个不速之客。

剩下的人在外面等了几分钟,不见尤思嘉出来,便开始不耐烦。

王子涵平日里和尤思嘉关系最好,但她胆子偏小,此刻却想着让大家一起进去找尤思嘉。其他人想回家的占大多数,彼此意见不同,差点争执起来。就在这时,草丛里传来一阵扑通凌乱的杂音。

大家顿时安静,屏住呼吸,下一秒就看见一道人影从草丛里冲了出来。

是尤思嘉,她脸色发红、头发凌乱,棍子也不知道扔哪里去了,身后却跟着几只气势汹汹的公鸡——

为了把敌人赶出自己的地盘,它们"咕咕"直叫,追击速度之快,让人眼花缭乱措手不及。有只花色鲜艳的公鸡极为威猛,甚至扑腾着翅膀跳起来,用力啄了她的屁股一口。

大家听见尤思嘉的吃痛声,顿时大难临头各自飞,只管自顾自没命地往家的方向跑。

尤思嘉捂着屁股一口气跑到大马路上。

路口石墩子前围着的婶子奶奶们原本在交头接耳，瞧着神情似乎是在密谈什么大事，但尤思嘉双眼含泪、失魂落魄的模样吸引了她们的注意力。

大家围成了一个小圈，把她包裹了进去。等问清缘由后，大奶奶仔细瞧了瞧尤思嘉的神色，一脸了然，边拍掌边对其他人说："这是被公鸡吓着了。"

"来，孩子，咱不怕。"大奶奶说着，拉过尤思嘉的手，半蹲在尤思嘉面前，例行念起了村里流传下来的咒语，这是老人们深信不疑的、能安抚孩子的做法仪式——

"摸摸天，摸摸地。"

因为长年盯着烈日劳作，这只手背面黝黑，手心交错着茧子，皲裂的手指缠满布条，这粗粝的感觉拂过尤思嘉的头顶，随即又低了下去，轻摸了一把尘土。

"小思嘉，魂上身……"

尤思嘉随着她的动作抬头，望见远处炊烟袅袅，烟灰与天际渐变的黄昏逐渐接轨，通往村子外的小路上，出现陆陆续续放学的高年级学生。

"小思嘉，不害怕……"

尤思嘉又在对方的念叨声中低头，吸了一下鼻子，再抬起头来时，隔着各色的衣角间隙，看到了一闪而过的杨暄。

"好了，这下不害怕了，"大奶奶重新摸了摸她的脑袋，"玩去吧。"

长辈的信誓旦旦仿佛真带来了某种魔力，除了会飞起来啄人的公鸡，尤思嘉觉得自己仍旧可以像英勇的禁卫军，去探险任何一个地方。

刚刚跑掉的几个小伙伴重新围了过来。因为方才的事情，她们有一点心虚和亏欠，便提议玩溜溜球转移一下注意力。

"我没有溜溜球。"尤思嘉说。

她曾经买过一小袋，但是后来都输光了，也没有零花钱再去买。

"我们的给你玩。"她们这次很爽快，接着又补了一句，"但是要玩假的，玩完之后得还给我们。"

尤思嘉欣然应允，大家在她家旁边找了块空地，几个人头对头蹲在地上玩了好一会儿，直到天边逐渐泛蓝，一点一点变暗，大人一个接一个出来喊孩子回家吃饭。

巷子里只剩下了尤思嘉一个人。

她仍旧蹲在地上忙活，最后从杂草丛里捞出了方才滚进去的一颗玻璃珠子。

她还没来得及起身,就听见后面传来"呼哧呼哧"的动静。她一转头,差点和大黄来个鼻尖对鼻尖。

大黄的黑鼻子湿润,一边发出"咻咻"声,一边凑近去闻她。尤思嘉往后退的时候,直接一屁股坐在了杂草丛里。

紧接着,旁边就传来了一声笑。

黄昏转黑夜的这个短暂时间是很奇妙的,尤思嘉不好去形容,她会觉得整个村子既吵闹又安静,像被罩在一层透着碧光的暗蓝玻璃里,一切都是朦朦胧胧的。杨暄清瘦的身影就隐在这朦胧的暗色中。

尤思嘉和大黄对视了几秒后,它又伸着舌头重新跑回主人身边。

杨暄从高处往下瞧,看她挣扎着要起来,语气带了点开玩笑的熟稔:"你怎么天天跟只小蚂蚁一样。"

"啊?"尤思嘉终于用手把自己给撑了起来。她低头拍拍身上的土,又一点一点去捏裤子上的杂草。

杨暄也跟着"啊"了一声。尤思嘉意识到他在模仿她的语气,学她的口头禅。

"像夏天的小蚂蚁,"他又解释,"每次见你,你都忙得团团转,在鼓捣些什么。"

"玩溜溜球。"

"你脚下那颗?"

还好他提醒了,尤思嘉赶紧捡起来放进裤子口袋里。

"你在这儿玩了一下午,就玩到只剩下一颗?"

尤思嘉拽着裤子,瞅瞅他,也不讲话。

杨暄把绕着他转圈的狗赶进狗窝里,转身往回走,没走两步就停下来,回头对她道:"你过来一下。"

一回生二回熟,尤思嘉把她爹对她的嘱咐抛到了脑后,毫无负担地跟着杨暄进了门。

当对方从床底下搬出一个快到她膝盖高的宽口塑料瓶时,尤思嘉眼睛都瞪圆了。

借着床前桌子上的昏黄灯泡,她看到塑料瓶里塞满了玻璃弹珠,琥珀一样的光晕,裹着里面各式各样的鲜艳图案。

尤思嘉羡慕极了:"这是你买的吗?"

杨暄拿抹布把瓶盖瓶身的灰尘都拂掉,一边擦拭着,一边回应她,说:"我没在玩具上花过钱。"

尤思嘉更佩服他了："那这都是你赢的？"

"有的是。"

她终于把目光从塑料瓶转移到杨暄身上，只听他又道："大部分是别人送的。"

"真好。"尤思嘉接着问，"为什么送你？"

"不送，我就揍他们，"杨暄朝她笑了一下，"懂了吗？"

她下意识地点点头，反应过来后又飞快地摇摇头，想了一下，还是重新点点头。

对方瞧她这一连串的动作，有点想笑，但是忍住了。他用鞋尖轻轻踢了下瓶身，示意她去拿。

尤思嘉刚开始没反应过来，等杨暄又示意了一遍，她才问："我能拿？"

"要不然我叫你来是干吗？"杨暄说，"炫耀吗？"

尤思嘉有点不敢置信，小声说道："能拿多少？"

杨暄故意问："你想拿多少？"

她连忙蹲下，去拧瓶盖子，手直接伸进去抓了一把，连头也不抬。

"我拿一把行吗？不对，"尤思嘉说完又立马改口，"两把？"

杨暄这次真的笑了："你能拿多少就拿多少，考验你本事的时候到了。"

他既然这么说了，尤思嘉就不客气了。

她上衣有两个口袋，裤子还有两个口袋，于是一把一把往里面塞。上衣口袋浅，装不了多少，裤子口袋则更深一点，只是弹珠太沉，塞到最后，她都感觉裤腰那块要被沉甸甸的口袋给拽下去了。即使这样，地上的瓶子里还剩了一半，可她的行动已经变得非常不便。

杨暄在旁边也不制止，就看着她拿，从她把上衣口袋塞满的时候，他就开始憋笑。

现在的尤思嘉很像往身上挂满食物的小仓鼠，她走路只能 小步 小步地挪动。每走一小步，里面的弹珠就互相碰撞发出"哗啦"的声响，杨暄最后坐在床上，笑得肩膀一抖一抖的。

听到动静，尤思嘉转身看他，一转身，身上又开始稀里哗啦地响。

笑了半分钟后，杨暄缓过劲来，终于不逗她了："这个塑料瓶里的全送你了，你把口袋里那些全放进去吧，要不然照你这个走法，明天早晨都到不了家。"

尤思嘉倒也不嫌麻烦，开始重新倒腾，一把把将弹珠掏出来。

看她费劲的样子，杨暄也半蹲下来，隔着一点距离，帮她把上衣口袋里的弹珠拿出来。他手掌修长,探进口袋一次性能拿很多,上衣还好,但裤子口袋就不方便去碰,于是他就看着尤思嘉自己鼓捣了半天。

全部放回去后,尤思嘉去拎塑料瓶上的把手,她力气不算小,但看样子也颇费劲。

杨暄弯腰接过:"我帮你拎一段。"

出了屋,外面的夜色已经把整个村庄彻底淹没掉,只留下挂在天角的一弯月,像被抹布反复擦拭过好几遍,颜色看着又新又亮堂。

尤思嘉跟在杨暄后面,没走两步就听到院门口有人咳嗽了一声。啐痰的动静惊动了外面看家的大黄,它呜咽了两下,紧跟着的就是直直往院内晃的手电筒,强烈的灯光让尤思嘉不得不眯起了眼睛。

"谁在家?"

中气很足的厉问,听声音,是杨暄的姥爷。

"我。"杨暄说道,随后把拎着塑料瓶的胳膊往身后偏了偏。

来人走近,手里也拎着一个白色的塑料桶,杨暄看见后皱了皱眉。

尤思嘉喊了一声四爷爷。

四爷爷瞅她一眼没吭声,只问杨暄:"你拎的什么?"

"不要的小玩意儿。"

听他这么说,尤思嘉突然感觉颈后的领子一紧,杨暄接着就把她拽得踉跄一下,用她的身体挡住了塑料瓶。

对方扫了一眼,不再关心这个,又问:"你姥姥呢?"

"胃不舒服,风湿也犯了,骑三轮车去后村老五叔家买膏药去了。"

"一天到晚净做这些事,没病也硬装。"四爷爷往地上吐了一口痰,"黑灯瞎火,也不生火做饭,这过的什么洋日子。"

因为被拽着领子,尤思嘉明显感觉到杨暄的小臂都紧绷了起来,但他的音调听着很平稳:"饭我做了,在锅里焖着。"

对方不说话了,咳嗽一声,越过他们直接进了屋。

杨暄往前轻推了一下尤思嘉,声音很低:"走。"

刚跨出院门,里面又传来声音:"别出去了,回来吃饭!"

"你先自己吃,"杨暄头也不回,"我等我姥姥回来一起。"

这一桶溜溜球,杨暄只帮她拎到她家门口,随后什么也没说就走了。

尤思嘉则把塑料桶搬到了自己睡觉的屋里,拿个盆坐在地上,把弹珠全倒了出来想清洗一遍,她妈妈喊她吃饭她也顾不得。

最后,刘秀芬直接推门进来:"喊你吃饭你听不见?没长耳朵是吗?"

尤思嘉这才丢下溜溜球去了堂屋,她妈妈在饭桌上还在念叨:"还以为你在写作业,一天到晚光顾着玩吧。哪儿来的那么多玻璃珠?是不是你姐给你的钱?"

"我哪有零花钱,吃早饭都不够用。"被点到名的尤思洁觉得莫名其妙,瞅了一眼她妹,"谁知道她在哪儿鼓捣出来的,说不定还是抢人家的。"

尤思嘉低头喝了一口汤,随即举起手来表示无辜。

晚上睡觉的时候,刘秀芬进来铺床,看见地上的盆,又命令尤思嘉赶紧把这些东西全收拾干净,要不然明天就给她直接扔了。

尤思嘉急急忙忙要去搬,这时,旁边伏案写作业的尤思洁来了一句:"外面什么动静?"

大家一顿,只听到隐隐约约的摔打吵闹声。

"还能是什么动静,"刘秀芬不以为意,开始把尤思嘉往床上赶,因为有些显怀,她的动作迟钝许多,"你四爷爷又发酒疯了呗,打人、骂人,和他外孙干仗。"

"那他俩谁能揍得过谁?"尤思嘉突然来了这么一句。

刘秀芬给了她个白眼:"怎么,你也想和长辈干仗?你现在该关心的问题只有一个,那就是睡觉。"

尤思嘉躺在床上后,仍旧留心听着外面的动静,人声逐渐平息,偶尔传来两声狗吠。

尤思洁写完作业后,也关了台灯。屋内一张床,她睡里侧,脱鞋上床的时候从尤思嘉身上跨了过去,又踢了踢尤思嘉:"往外边点,人不大,占的地倒多。"

尤思嘉抱着被子向外挪了挪,移到了床边。这个位置正对着窗户,上面的帘子也没拉严实,那弯月的光就透过窗棂"哗啦啦"落下来,刚好洒在她的枕巾上。

因为多出来的一小块光亮,尤思嘉今晚的睡前剧场进行得不是很顺利。

她转头瞅了瞅尤思洁,对方已经发出了轻微的鼾声。

今天是个值得纪念的日子,尤思嘉在心里默默想着,虽然探险失败,在和守门的公鸡战斗中也落了下风,但是她仍旧阴错阳差获得了春日的第一批宝藏。

而杨暄,他和她之前听到的,还有大人口中描述的,都不太一样。

他是馈赠了她宝藏的人。

## 第二章 /
## 鸡飞狗跳的日子

春天虽然有万般好,但不幸的是要上学。

尤思嘉早晨起不来,中午也睡不醒。每次来敲门叫她上学的有三四个小朋友,等她耷拉着脑袋从床上爬起,洗完脸后,门口就只剩下王子涵一个人背着书包在等她。

学校离家里也不远,一群小学生搭伙一起走,二十来分钟就能到。先穿过村东头的土路,往南是尤家村和霍庄村之间的麦田,沿着田埂旁的小道走上半里,途经几个小土坡、一条快要干涸的小溪流,能看到霍庄村后排一列新建的平房,这里没有人居住。穿过整个村庄,就能到达西南角的霍庄小学。

乡下的光阴和节气都在围绕着土地转,麦苗原本是覆着寒霜的蔫巴模样,在上学的路上却一日比一日茁壮,麦尖绿莹的颜色起初只淌过脚腕,最后逐渐漫上膝盖,偶尔有拖着鲜艳尾巴的山鸡在绿浪里扑腾出没。

五月艳光白亮,油菜花、用来间隔麦田的桃树和梨树都在轰隆隆疯长,花草的气息太烈太浓盛,熏得尤思嘉眼睛睁不开,引出蝶啊蜂啊在上面一通乱舞。

一年级、二年级的小学生下午比其他高年级少一节课,因为尤思嘉在路上总磨蹭,这里拔个草、那里捉个蝶,拖到最后反倒是最晚到家。

所以,她经常会碰到杨暄。

他和很多高年级的男生在一起,一群人像鬼子进村一样浩浩荡荡,队伍里不停地蹦跶出难听的粗话,而杨暄就吊在末尾不吭声,肩上挂着单根书包背带,碰见尤思嘉时,他就像不认识她一样。

队伍里有很多别的村的"问题学生",尤思嘉以前还围观过他们和杨喧打架，但是不知道怎么回事，现在瞧着，竟然挺和睦。

有时，杨暄独自一个人，在碰到尤思嘉后，就会变得不同。他会走过来揪一揪她两边勉强才能扎上的小辫子，把路边的狗尾巴草拔下来，编个小兔耳朵后塞到她领子里。他还带她去小溪流旁边玩，他力气大，能独自搬开石头块，露出底下一群拇指大的小螃蟹。

尤思嘉用喝水的杯子装了几只带回家，把小螃蟹倒进浅口玻璃杯里，先往里加清水，又铺了一层细沙，还洗了几块鹅卵石丢进里面，给它们造了个小家。

结果第二天，她就发现杯子里的螃蟹全部不翼而飞，转悠着找了几天都没找到。等到换床单的时候，她才在尤思洁枕头底下发现了两个薄薄的小螃蟹标本。

她想让杨暄再带她去捉，但是几次碰见，他都和一群人在一起。

最后，她决定自食其力，拉着王子涵一起去了小溪旁。

尤思嘉脱了鞋，弯腰卷起裤脚，王子涵不肯下水，就在旁边和她说话。王子涵说自己今天要早点回家，而且以后无论上学放学，都要早去，如果尤思嘉上学迟到，她可能不会再等她了。

"为什么？"溪水浅，只没过脚背，却凉得尤思嘉一个激灵，"你爸妈让你回家写作业？"

"不是，"王子涵犹豫了一下，问她，"你知不知道霍庄有个刘疯子？"

"知道啊。"

不只是霍庄有个刘疯子，尤家村也有不少精神不正常的人，就住在村子里的边角，大多头发凌乱，一年四季趿拉着布鞋，走在路上看见小孩会吓唬他们，和他们相比，刘疯子模样还算正常的。

"昨天我中午睡过头了，上学差点迟到，所以路上也没人，结果就碰见了刘疯子，他……"说到一半，王子涵就变得支支吾吾。

尤思嘉的好奇心被勾起来，便接着问："他干啥啦？"

"他看见我后，就把裤子给脱下来了！"王子涵声音很低，"而且他还笑呢，我当时吓得都不敢动，赶紧从另外一条路跑了。然后我回到家就和我妈说了，我妈让我以后不要走这么晚。"

尤思嘉甩了甩手上的水，挠挠脑袋："我之前也遇到过。"

王子涵惊讶："真的？"

"对。"要不是王子涵说起这件事，她都快忘了。

"那你害怕吗？"

"没有，"尤思嘉蹲下去搬石头，"他先是走到我旁边，给我说有好东西看，然后就开始脱裤子。"

"他也是这么给我说的！"

"他骗人。"尤思嘉费劲掀开石头，里面空空如也，"他裤子里啥也没有，当时我就问他好东西在哪儿，他指指他尿尿的地方，我就说真丑，他就走了。"

王子涵一时不知道说什么才好，只咂摸咂摸嘴："嘉嘉，你胆子真大。"

尤思嘉不懂，却欣然接受，她喜欢别人夸赞她勇敢。

王子涵还记得妈妈的叮嘱，便先回了村，但尤思嘉一连搬了好几块石头，都没捉到螃蟹。她最后只好爬上来，穿好鞋子，捞起被扔到一旁的书包，挽上去的裤脚还有一只没放下，就这么慢吞吞地往家赶。

尤思嘉在村头的土路上晃悠着，远远就望见了两个身影正对着她，像是在等人。

她走近一看，竟然是她奶奶和刘秀芬。

"你瞅瞅这小孩，"隔着几步，尤思嘉就听到奶奶在念叨，"走一步退三步，路上的蚂蚁都快被你踩死了吧，你看看还有谁家小孩这么晚回家的。"

尤思嘉对这种话向来是左耳朵进右耳朵出。自从刘秀芬怀孕后，是东躲西藏、大门不出二门不迈，此刻出现在这儿，总不会是来接她放学。

因为她奶奶老早之前就耳提面命、千叮咛万嘱咐——如果有人来问刘秀芬的去向，就一律咬死说不在家，问就是出去打工了。

来问尤思嘉的不是别人，正是村里的妇联主任，一个胖胖的中年妇女，大家根据她的姓，都喊她"小康"。

小康有一张精亮的大脑门，满头鬈发只管往后梳，呼啦全部披散在肩头，因而走起路来像顶着老旧沙发垫子下的弹簧，头发一步一晃悠。上个月，尤思嘉在路上碰见她，她伸手就递过来两块糖，面上堆出笑："小思嘉，交代你个任务，你看你能办成不？"

尤思嘉只盯着她手里拿着的东西，那是供销社一角一块的粘牙糖，两张塑料皮包裹住亮眼的颜色，糖浆被细细密密的格子压成扁扁圆圆的一团。

"明天大队里放广播，"小康见她不拿，就伸手将塑料纸撕开，把糖直接塞进了她嘴里，"要喊妇女检查身体，你要是听见了就喊你妈妈过去，你看行不？"

尤思嘉嚼了两下，发现上下牙齿被紧紧黏住说不出话来，刚想下意识点头，千钧一发之际脑袋猛地灵光了一下。她含含糊糊地说："我妈妈打工去了,不在家。"

"是吗?"小康还在笑,手里的另一颗粘牙糖在笑意中收了回去。她随即转身,黑鬈发轻轻扫过尤思嘉的面颊,触感像刷碗用的丝瓜瓤,停留在她的皮肤上,她却晃悠悠地走远了。

等她奶奶知道这件事后,尤思嘉就多了一个负责放哨的任务,如果有人来找刘秀芬,她就要提前汇报,让她妈躲起来。

尤思嘉多问了一句:"为什么要躲?"

她奶奶一巴掌呼在她后脑勺上,嫌她笨:"不躲等着别人把你妈抓起来打针吗?超生的都得躲!哪家没躲过。"

尤思嘉似懂非懂地点点头。

刘秀芬之所以下午出来,是被尤思嘉的奶奶带着去看神婆。

神婆住在和村子隔了几十米的一个独院里。之前这里是一个造辣条的工厂,村里不少大妈大婶都在这里干活。后来场子倒闭了,又有人在里面养狗,也没能干下去,最后神婆就搬到了这里。

周围村庄里有不少老人来这里给小孩求过平安的红绳,尤思嘉倒没有红绳,不过知道神婆似乎很有名,有时候院子外面会经常停着他们没见过的轿车,据说都是从很远的地方过来的。

尤思嘉对这个地方一直好奇,如今机会来了,说什么也要跟着一起进去看看。

天色还没暗下来,隔着院子就能望见中堂里黑漆漆一片,只零星点了几根小臂粗的红烛,跨进了门槛,正对的黑色长条供桌上陈列着满架神佛,裹着清一色的红绸缎,神像面前熏烟缭绕,香灰从冲天方耳的铜炉坠了下去,在炉角积了厚厚一层余烬。

尤思嘉原本是大气也不敢出,只转悠着两只眼睛瞧。等到神婆从中堂内的一张小门迈出来时,她顿时大失所望。

没什么不同,就是一个五十来岁的奶奶,和他们一样,都是两个眼睛一个鼻子。

神婆点了两根香,在刘秀芬面前扇动了两下,随后眼睛直勾勾地盯着上升的烟雾,嘴里开始念念有词。

尤思嘉的奶奶在一旁倒是很紧张,两只手交叉相握,不停地倒换位置,最后实在是忍不住,从椅子上滑出一点,探身问:"到底是不是?"

神婆眯着眼,没有搭理,把香线放回去才慢慢转身,刚想说话,就听闻"啪嗒"一声响,所有人的注意力都被吸引了过去——

原来是尤思嘉的胳膊不小心把桌子上的短烛给碰倒了,火苗"噗"一下熄灭,烛油溅到了她手背上,带着星星点点的灼热。她奶奶抬手就要打她,尤思嘉赶紧抬起胳膊遮挡。

神婆此刻发话了:"得等。"

刘秀芬有些脚软了,和尤思嘉的奶奶面面相觑。

"这次不是?"她奶奶追问,"那还能有后吗?"

神婆不再言语了,只惜字如金地蹦出了"时间问题"四个字。

刘秀芬回家后没几天,小康带着几个人又开始来她家门前转悠,几次差点进来,都被尤思嘉的奶奶给拦住。有一回,她们甚至吵了起来,邻居们在她家门口围成了一个圈。

圈里的奶奶一只手指着小康的鼻子,一只手拍着大腿:"你以为你是什么好东西?谁不知道你之前是干理发的?没有你那些老相好,你能当上这个妇联主任?"

小康气得脸色发青,哆嗦着手往回走,走了几步实在气不过,又转回来扒开人群朝对方喊:"他大娘,你别往我身上扣屎盆子,这事我说了算?村里哪个妇女我不都得注意着?我不也是干活办事的,你今天拦得了我,明天能拦得了别人?撒泼没用!"

尤思嘉也跟在一旁看热闹,随后转头问其他人:"啥叫相好?"

大人都笑了,拍拍她的脑袋:"小孩子不用知道。"

为了保险起见,刘秀芬还是暂时回到了娘家避避风头。尤思洁的初中学校在镇上,每日上学起得早,王子涵有时候也不再等尤思嘉。这么一来,就没人催促尤思嘉起床。有一次,她午睡醒来,抬头看表,指针的方向已经表明现在是下午第一节课的上课时间。

就算她用最快的速度跑过去,到了学校,课早就进行到了尾声。因此,尤思嘉索性就不慌不忙,准备赶着下课的间隙回到座位上,这样也能避开老师。

尤思嘉在学校门口卡着下课铃声,瞧见了班里"呼啦啦"出来几个同学奔向操场另一端的厕所,她看准时机溜了进去,还没走到教室门口,就被班主任揪住领口拎到了办公室。

霍庄小学只有一个操场、一栋两层的教学楼,每个年级一个班,中间穿插着老师的办公室,办公室是狭长的一个小屋,两张办公木桌相对着挤在其中。

班主任是教数学的女老师,五十岁上下,姓张,平日里颇严肃,很多男同学背地里给她起了"灭绝张师太"的外号。

尤思嘉被她拎进办公室,一抬头,发现里面竟还有熟人。

张老师先给自己倒了杯水,不慌不忙地坐下,正对着低垂着脑袋的尤思嘉,面上没什么表情:"知道第一节课上什么吗?"

尤思嘉小声道:"数学。"

另一张办公桌对面是一个男老师,教课之余也兼任学校的教导主任,站在他面前的男生瘦瘦高高,身板很直,因此他训话时需要抬起脸来问学生,这样就失去了一点威严,不过丢失的气势仍旧可以用嗓门来补:"你和虎子怎么回事?"

杨暄声音平稳:"没怎么回事,他要抄我作业,我不让他抄。"

张老师喝了一口水,清了清嗓子后,开始提高音量:"知道还敢翘课?平常看着挺机灵一姑娘,哪儿学的坏毛病?"

"老师对不起,"尤思嘉老实认错,"我睡觉起晚了。"

话音刚落下,她就听到旁边人发出一声闷闷的笑。

教导主任嗓门大起来,声线压过张老师:"笑什么你!还有脸笑!在教室后面打架很光荣?"

"是他先动的手,"杨暄收回表情,"我之前就忍了。"

"起再晚——咳咳,"张老师想继续提高音量,结果嗓子有点劈,"起再晚也不能一整节课都不上。"

尤思嘉早就成了缩头鹌鹑:"我下次不敢了。"

见张老师败下阵来,教导主任的嗓音则透露出胜利的昂扬:"我进门看到的是你在揍他,知不知道自己错了?"

杨暄一动不动:"不能因为他揍我的时候您没看见,就全部说是我的错吧。"

"你呀你!"张老师看尤思嘉一脸乖顺,脾气发不出来,只能揪揪她还没理顺的领子,"怎么办吧,你自己选个惩罚。"

"你看看你这刺头样!"教导主任一脸恨铁不成钢,"你给我说实话,班里这群混子,是不是有几个经常找你麻烦?"

尤思嘉开始竖起耳朵。

还没听到回答,面前的张老师就拍拍桌子:"和你说话呢,别走神,问你怎么办?"

"噢。"尤思嘉立正站好,"那我放学后打扫卫生。"

"你又笑!我问的内容有什么好笑的地方?"教导主任气不打一处来,

"杨暄,说实话,你家庭情况老师也了解,也很同情,如果他们欺负你,你得积极和老师沟通,不能别人揍你,你揍别人,我上课时候是怎么说的?冤冤相报何时了!"

"老师,别冤冤相报了,"杨暄说,"有什么事情我自己报。"

张老师看着尤思嘉一双黑漆漆的大眼睛,叹了口气:"行,放学后,你就替今天的值日生打扫卫生,赶紧回教室,马上就打上课铃了。"

尤思嘉慢吞吞地转身往外面走,还没出门,就听见教棍抽在背上的清脆声响,"啪啪啪"三下,动静不小,随之而来的就是教导主任的怒喝:"滚!赶紧滚,好心当成驴肝肺!"

尤思嘉吓了一跳,回头看了一眼——

只见杨暄表情平静,不躲也不喊疼,仿佛打的不是他一样。收到话后,他也转身,抿着嘴角目视前方,没有同她对视,大步越过她先出去了。

尤思嘉走出门停了脚步,还能听到里面老师在继续讨论——

"没问出来?"

"他不说,他不说我也知道是哪几个家伙,放学我非得喊他们谈话。"

"爹娘也不管管?"

"都打工去了,谁管得住,揍人的管不住,挨揍的也管不住……唉!班里风气太差!"

上课铃声猝不及防在头顶轰隆隆响起,尤思嘉仿佛被惊雷打醒,瞧了一眼马蜂窝一样的电铃,赶紧一溜烟跑回教室。

电铃在三点二十五分再度响起,二年级的教室很快变得空荡荡。

尤思嘉擦了前后黑板、扫了地,出去送了两趟垃圾,回来接了一桶水,将抹布放进去,开始慢悠悠地擦着窗台。顺着金属暖气管,她能清楚听见楼上高年级教室在上第三节课时传下来的桌椅板凳不停挪动的声响。

张老师中间进来了一趟,夸了她:"真干净!可以回家了,以后不能再迟到,再迟到我就叫家长。"

尤思嘉忙不迭点头,又去排了桌椅,磨蹭到最后,终于再次听到了下课铃声响起。

今天是周五,校园比平日放学更加乱糟糟,尤思嘉关上门窗,拿着书包,看到门外人流涌动,她小小的个头很快被淹没。尤思嘉在人群里费劲扒拉着看了好久,终于看到杨暄。

他身上穿着被洗到发白发薄的单衣单裤,风吹过来,布料衬出内里清瘦的骨架,正独自一个人往校门外面走。

之前偷听到那群和他一起的小混混都被叫过去谈话了，那他放学自己一个人走，应该愿意带她抓螃蟹了吧？

于是，尤思嘉抓着书包就从人群中挤过去。他人高腿长，步子迈得本来就快，每次尤思嘉快接近他的时候，就会被其他学生挡住，反反复复几回，这样一来又被落好远。当她顿住脚步放弃时，前方的杨暄像是有所察觉一般回了头。

尤思嘉不知道他是不是在看自己，刚想举起胳膊晃一晃，门口就突然窜出来一帮人把杨暄团团围住，也遮住了她的视线，而周围的学生见状，纷纷散开。

尤思嘉一愣，也止住了脚步。

这群人她以前见过，和她姐是同一届的学生，早就从霍庄小学毕业，后来去了镇上读中学。周五初中放学早，他们有时便来这里给人撑腰。

领头的是一个身形略宽的胖子，直接上来就抓住杨暄的衣领："不够意思啊杨暄，我听虎子说，你还给老师打小报告？"

"松开。"杨暄反应很快，一下子就把对方的手给拨开，随后把发皱的领子给抚平。

"嘿哟，胆肥了。"对方重新去拽他的衣领，"怪不得你班上的人都压不住你了，之前我在的时候还是没把你揍老实。"

杨暄又把他的手推开，这动作刚做完，周围的七八个人"呼啦"一下子全围过来。

"狂？"胖子靠近他，"这下我看你怎么狂？"

杨暄把围过来的人都看了一遍，末了来了一句："去以前的老地方。"

胖子点点头，挥挥手。尤思嘉就眼睁睁看着几个人带着杨暄往外走。

往日这种场景在学校里很常见。

霍庄小学作为一所偏远的乡村学校，问题学生实在是太多，父母长期务工之下的管教缺失、穷困地区的教育落后，几方的疏忽纵养了这群年纪轻轻的孩子，骨子里的顽劣就成了废弃农田里疯长的杂草，最先被缠绕住的，是孱弱无依靠的一方。

尤思嘉此刻却焦急了起来。她瞧了一眼学校的停车棚，电瓶车只剩下两三辆，说明还有老师留在学校。于是，她赶紧回身往一楼办公室跑，跑得脸发红，气喘吁吁，到那儿却发现门已经上了锁。尤思嘉不敢停，又"嗒嗒嗒"扶着栏杆往二楼上爬，她跑得急，刚转了个弯就直接撞上拐角下来的一个人，这人手里拿着坠着一串钥匙的不锈钢盘扣，被尤思嘉撞得稀里哗啦一阵响。

她抬头，竟是之前训过杨暄的教导主任。

尤思嘉仿佛抓住了救命稻草，连说带比画指了指外面。

教导主任先是发怒："什么？刚谈完话就又犯？"随后皱眉，"除了五年级的学生还有谁？"

等问清楚，知道还有五六个初中生时，他先咳嗽了两声："你先别急哈，等老师把各个班级的门窗都检查一遍就过去……"

尤思嘉等不及，重新跑出学校大门，还能看到那帮人的身影——

他们没走回家的道路，反而推着杨暄往霍庄村前面的空地里去，拐进坑坑洼洼的麦地和田埂。

尤思嘉隔着十来米，在后面远远跟着，看到这群人停住脚步，有几个人陆陆续续把书包往地上扔。而她躲在一个柴火垛后面，不敢再往前了。

她瞧了一眼杨暄，他站在那里没动，面上看不出来害怕或者是愤怒的情绪。

讲话的声音飘飘忽忽地传来，尤思嘉在后面听不太真切，只见领头的胖子发完言，便开始往后一直倒退，退到只差一小段距离就会碰到尤思嘉藏身的柴火垛。她的心随着他的步子开始摇摇晃晃地吊了起来。

还好他退了七八步就停住了。

等胖子做出预备跑的动作，尤思嘉才明白他后退是要拉出一个起跑的距离。他像给摩托车加油一样，右脚鞋底往后蹬，把松软的土壤刨出一个浅坑，随后铆着劲、抖着全身的肉往前冲刺。

尤思嘉没敢继续看，只听见前方传来闷闷的一声响，像是有人被踹倒在了地上，随后是雨点般忽大忽小的肉体击打声。

她再次探头，发现杨暄被一群人围着，他们轮番抬脚踹过去，鞋底带出飞溅的泥点。在几双鞋子和裤脚的间隙中，尤思嘉能看到杨暄用胳膊护住头部，整个人缩成一团，浅色的衣角被踩进黑泥中。

尤思嘉心脏"怦怦"跳，急得后背开始冒汗，但大气也不敢出。她转头往学校门口看，发现那里空空如也，学生走得差不多，更没有老师出来。

等她再转过身，就看到杨暄突然直起上半身拽下了一个人，也不顾其他人因此会踹到自己的肚子，他像咬住羊羔不撒嘴的狼，直把那人拽得弯下腰跪在地上，接着抄起手背就照着对方的脸"啪"地甩了一掌。

这猝不及防清脆的声响，让被打的人捂着脸一下子蒙了。

其余人也停住动作，一时搞不清楚状况，只纷纷转头看向他们的胖子老大。

杨暄右脸颊上已经挂上了彩，对胖子说道："你今天带人过来，我说不还手肯定不还手，但打人不打脸，刚刚就他一个人往我脸上踢。"

胖子瞅了瞅捂着半边脸的小弟，又看看一旁杨暄脸上的蹭伤，正想着怎么圆场，突然有人指了指后面："那后面怎么还躲了个人？"

尤思嘉心里"咯噔"一下，察觉被人发现，赶紧转身，连滚带爬就要往身后麦地里跑。她越跑，后面的人就越追。她扑腾着两条腿，跑到腮帮子上的肉都在一晃一晃，但哪里比得上初中男生的速度，没跑几米就被一个瘦高个抓住领子拎了过去。她挣扎了两下，感觉鞋子都掉了一只。

杨暄还半跪在地上，距离拉近了以后，尤思嘉看到他衣服前襟处布满了脏兮兮的脚印，肩背处也开线破裂。她被瘦高个拽着，因为方才的逃跑还在喘个不停。

杨暄只是从上往下瞧了她一眼，很快撇开了目光。

胖子一看："怎么是个小孩？"

"低年级的，和我还有杨暄一个村的。"虎子开口说话了，"她刚刚往学校跑，不知道是不是去告老师了。"

"一个村？"胖子拽着尤思嘉的辫子瞧了一眼，"这不和杨暄长得挺像，都是小白脸。"

他继续问尤思嘉："这是你哥？"

尤思嘉哪里经历过这种场面，还没来得及回答，杨暄先替她开了口："不认识。"

"不认识？"胖子狐疑起来，把尤思嘉往杨暄那里拽，她被推到杨暄面前，看到他黑漆漆的眼睛里倒映出自己小小的影子。

"他说他不认识你，真的假的？"胖子来了恶趣味，"别再是杨暄认的干妹妹？"

虎子在一旁添油加醋。"什么干妹妹，说不定还是小媳妇。"

话音一落，其余人顿时哄笑了起来。

尤思嘉还有点蒙，但是杨暄的眉眼忽地压低了下来，脸色变得又冷又硬，像数九寒天檐角下垂着的冰溜子。

"杨暄妈是疯子，生完他就跳井了，去哪儿给他生妹妹去，"虎子还在卖嘴皮子逗这些人开心，"干妹妹不就是——"

他咧着嘴，话刚顺着嘴角溜出，笑声还没被风吹散，下一秒杨暄的拳头就直接砸了上来。

以一敌多的打架，杨暄以前也遇到过，要想赢，诀窍就只有一个——逮住其中一个能揍得过的穷追不舍。

虎子虽然有个威风的小名，但是他本人却瘦得像根豆芽菜，被杨暄这一拳抡得发蒙几乎站不稳，还没反应过来，就又被猛地扯下去，杨暄的胳膊就卡在他脖颈处，整个人翻过身死死压住他。

其他人见状，全扑了上去。有几个人去拽，有几个人去踹，但杨暄怎么样都不撒手，麦地里乌泱泱地乱作一团，只能听见虎子在最底下扯着嗓子拼命地号。

这下就没人顾得上尤思嘉，她被冷落在了一旁。

第一次近距离观察斗殴场面，她的小腿肚子有些发软，但是看到杨暄被接连围攻，她便低头，想在地上寻根树枝什么的当作武器。

初夏的风把她的头发吹得乱七八糟，也吹来了远远的一声暴喝——

"都在干什么！"

尤思嘉扭头，看到教导主任骑着一辆破旧的小电瓶车，车筐里放着抽过杨暄的教棍，就这么沿着田埂摇摇晃晃地冲过来。

田埂狭窄崎岖，骑到一半教棍就被颠簸了出去，教导主任赶紧握住刹车把，将电瓶车放倒在地上，跳下田埂去捡教棍。等再爬上来的时候，原本堆叠成小山的人群全一溜烟儿散开，几个上初中的学生早就一脚深一脚浅地越过麦地，逃窜到前面的大马路上去了。

地里只有杨暄和虎子还在撕扯着——

虎子明显被揍得够呛，脸色涨红，眼泪和鼻涕全部糊在脸上，整个人发出落网困兽一般含糊的呜咽，拼命去掰杨暄的胳膊。

教导主任抖着肚腩小跑过来，见状，也不管那么多，直接上去一人抡了一棍："都给我起来！干什么这是！"

杨暄这才松了劲。

杨暄也没好到哪里去，眉毛上面不知道被什么尖锐的东西划了一道口子，血珠顺着睫毛滚了下来。他表情嫌恶，一把推开虎子的脸，翻过身，将手往泥土里反复蹭了蹭。

尤思嘉终于在沟里找到了自己的另一只鞋。她坐在田埂上，磕了磕鞋里的泥土，弯腰蹬上，又低头系了半天鞋带，随后胳膊抵住膝盖，开始托着脸去听教导主任的怒吼。

教导主任先骂杨暄，骂完杨暄又骂虎子。杨暄走过去帮教导主任把电瓶车扶了起来，但也没得到教导主任的好脸色。教导主任边骂，边抬起穿着皮鞋的脚就要踹杨暄，却被对方侧身躲掉。

教导主任踹了个空，随后拽了拽腰带，骂骂咧咧地重新骑上自己的小电瓶车，摇摇晃晃地驶出了麦地。

虎子一直在哭，从地上爬起来后一瘸一拐地往回走。杨暄则抖了抖上衣和裤子，反手把破线开裂的地方拽到前面，仔细摸了摸，随后也弯腰捡起了自己的书包，又拍了拍土，慢慢走到尤思嘉面前。

下午的太阳像腌制后的流心鸭蛋黄，金晃晃的颜色淌满了半边天。尤思嘉坐在田埂上，脸上的绒毛都被照得发亮，风吹过来，身后麦穗"哗啦啦"响。

她眯着眼去瞧杨暄。

因为背着光，他的脸发暗，看不清神情，只能听见他问自己："你怎么不回家？"

尤思嘉手里捏着一根小棍在摆弄，垂头道："我想让你带我去抓小螃蟹。"

"现在？"

她重新抬起脸，眯着一只眼："都行。"

杨暄叹了一口气："那走吧。"

尤思嘉刚要挣扎着起身，又听见他说："你鞋带没系好，走路还得散。"

"噢。"她急忙蹲下，把鞋带胡乱系上，"好了。"

杨暄却不动，垂眼看了几秒后，说道："……你系成死结了。"

尤思嘉拽了拽，发现果然拽不动，但她向来都是胡乱一系，穿的时候直接蹬上。

"蝴蝶结会系吗？"他问。

见她摇摇头，杨暄只好蹲下，握住她的脚腕把鞋往自己跟前带了带，手指解开打成死结的鞋绳，开始一五一十地给她讲解："先这样打成两个环，然后再这样穿过来，就可以系上……"

尤思嘉的注意力却不在他手上，她指了指他的脸："你上面都是血。"

杨暄摸了摸眉骨，指尖是一片湿淋淋的触感。

即使这样，尤思嘉也终于得偿所愿。

杨暄走到河边洗了把脸，把血迹弄干净后，开始去翻石头，给尤思嘉捉了半瓶子的小螃蟹，她美滋滋地抱着水杯回了家。

今天是周五，作业可以拖到周末再写，她把小螃蟹放进盆里玩了好久，连太奶奶家吃饭都是急匆匆的。

她奶奶一根筷子敲到她扒着碗的手上："没人跟你抢,你急什么?"

尤思嘉只好放慢了夹菜的速度,闷头把汤喝完。天色黑得越来越晚,等她抹着嘴踏出奶奶家的院子时,外面的天色还只是一层薄薄的蓝。

虎子妈的骂街声就在此刻响彻村东头。

尤思嘉远远听见一个中年妇女的哭叫,每句话后都拖着长腔,尾音沙哑辽阔,像破旧的鸣锣响钹。

巷子那边围着一圈人,尤思嘉赶忙挤过去瞧。

虎子妈生怕看得人不够多,掰着虎子的脸给围过来的人挨个展示："他大娘!你看看给俺揍得!"

大娘咂咂嘴："哎哟,你看看!"

"他二婶!"虎子妈把虎子转了个圈扯过来,"你看看这个眼皮肿得!"

二婶子附和："可不是,这可揍得不轻!"

展示完,虎子妈把虎子一推,双手拍着大腿,唾沫飞溅,眼泪混着鼻涕就一起下来了:"俺家的那个出去打工了,谁来评评理……杨暄那个没爹没娘的龟孙羔子逮着俺家一个人欺负,要是破了相、留了疤,虎子以后怎么娶媳妇……"

虎子可能是嫌大张旗鼓得有些丢人,脸上的神色极其不自然,先是碰了碰他妈妈的胳膊,被他妈妈一把甩开,后来想出去,又被他妈妈扯到身边。他妈妈擤了鼻涕往地上一甩,扶着他的肩继续哭:"这家人毒贼,想断俺家的种!"

闹腾了半天,人群后面的木门终于"嘎吱"一声响,开了一道缝。

杨暄在众目睽睽之下提着泔水桶出来,瞧着门前黑压压的人,他神色平静地往外走,随后蹲到狗窝前,把剩饭喂给大黄。

虎子妈静了一瞬,看到杨暄喂完狗,转身又要进门,她的怒气此刻被激到顶峰,整个人就要扑上去:"你看这个小龟孙吊儿郎当的样子,我揍不死他——"

周围的大娘、大婶也不是干看热闹,见状赶紧一窝蜂拥过去拉架。

混乱拥挤之间,尤思嘉被挤了出来,想重新挤,又挤不进去。她急得像热锅上的蚂蚁,赶紧跑回家"噔噔噔"爬上自家的平房屋顶,骑在直檐护栏上正要垂头往下看,就发现对门家的大叔捧着个汤碗,蹲在二楼上叼着筷子勾着头,也正往下面瞧。

杨暄姥姥拄着拐棍从门槛上踏出来,正好声好气地给虎子妈赔不是。

虎子妈原本不依不饶,但看到老人道歉,态度也软和了一点,只说赔筐鸡蛋,让杨暄过来道个歉,这事就完了。

杨暄姥姥回头喊了杨暄的名字,等他出来后,手摸上杨暄的脸,转头说道:"虎子妈,咱都是一把屎一把尿把小孩养大的,哪里破了磕了的,自己看着也心疼。小孩子打架咱大人不能跟着掺和,暄子脸上也有一道疤,看着更严重点,咱谁也没落下好处。虎子和暄子互相道个歉,咱这个事就算过去,你看行不?"

"那也不能这样含糊过去,"虎子妈犹豫了,"鸡蛋不能少……"

杨暄姥姥连连点头:"那肯定是——"

话音未落,人群外面就传来一声厉喝:"都围这儿干什么?"

这声音一出来,原本正要散开的人群重新聚了过来,都心道有热闹可看了。

杨暄姥爷推着二轮车,车上载着修车的工具,眼睛都要瞪出来:"什么鸡蛋?"

"他姥爷,"虎子妈重振旗鼓,"你看看你外孙把俺儿揍得——"

"我不看。"杨暄姥爷直接打断她的话,"想讹东西直说,我不吃你这套!"

"什么叫讹,你不能把人打成这样,转头拍拍屁股爬起来不认账!"

"认账?"杨暄姥爷哼了一声,"你觉得你儿是什么好货?你看他这个欠揍的熊样,为什么揍他?"

虎子妈被杨暄姥爷堵得噎住,一把将虎子拽到前面来:"你说!"

虎子明显畏惧杨暄姥爷,瞧一眼他,接着瞧一眼他妈妈,声音没什么底气:"我就是说了杨暄妈……"

这话里有些字眼敏感,杨暄姥爷眼一瞪,接着就作势要上前。虎子吓得赶紧把剩下的话咽了回去,<u>直直往他妈妈身后躲</u>。

"怎么怎么?"虎子妈护着虎子,"大家伙都来评评理,我都还在这儿就要打人,你看看老的老,小的小,没爹没娘的小孩被你养大,不欺负别人才怪!"

杨暄姥爷把三轮车往旁边一放,抄起袖子就过来:"你再咋呼一声?"

"就咋呼就咋呼,"虎子妈边说边拍手,"可戳着你痛处了,你闺女给人家当保姆,大着肚子被赶出来了,你脸上没光!"

"你脸上有光!你脸上有光!"杨暄姥爷不甘示弱,"你当大闺女的时候跟前村二结巴爬墙头,你可有光!"

杨暄姥爷今天没喝酒,那是端的一个思维清晰、口齿伶俐,骂功不减当年风采，拿出看家本领来和虎子妈互骂得有来有回。

最后，双方唾沫横飞，互相都急了眼，来拉架的人也不敢上前轻举妄动。

虎子妈情绪上来，直接一屁股坐在地上，使出杀手锏，边拍手边吆喝，拖腔拖出韵律："你这个老不死的啊——你活该生不出儿啊，你活该闺女跳井，你活该断子绝孙没后哟——"

杨暄姥爷转身进了门。

就当大家以为虎子妈靠大嗓门获胜时，半分钟后，大家就见杨暄姥爷拎着菜板和砍刀出来了。

他让杨暄滚一边去，直接叉开腿一屁股坐到门槛上，清了嗓子咒骂一声，随后抡起菜刀"哐"地往案板上一砸，周围的人群顿时散去一大半。

巷子里是此起彼伏的叫骂，拍手声和菜刀剁案板声交织，一时间热闹无比——

虎子妈哭号着："出了十里也找不出你这样的醉犯头，哪天喝死也没人管！"

杨暄姥爷骂："你有人管！你可有人管！二结巴家不要你，你争死命跟人下东北，人家不要你才找虎子爹接盘，你把你家十八代祖宗的脸都丢尽了！"

虎子妈接着哭："你要脸？你要脸当时就不该让闺女生下野种！生完又被你给逼疯！"

杨暄姥爷破口大骂："我逼疯的？村里人一个个都丧良心，不当着面说那些闲话人也不会跳井，看我一个个给你们算账……"

围观的群众挨个都被骂了一遍，顿时觉得晦气，怕战火波及，纷纷往远处走了一些。

夜间黑幕逐渐覆了过来，巷子里热闹了有小半个时辰。再泼天的热闹也有看倦的时候，何况虎子妈的嗓音开始嘶哑得像破锣，杨暄姥爷往下剁菜板的手也逐渐疲倦。

听了半天对骂，两人的老底都被掀了个精光，对门大叔端起碗来，"呼噜"一声把汤底喝完，随后起身下去刷碗。

尤思嘉还在聚精会神地看，发现期间杨暄把姥姥给扶进门，现在又出来，沉默地站在一旁，也不说话。

尤思洁不知道什么时候过来的，戳了戳她："别看了，跟我下去。"

尤思嘉嘴上答应着，往回才走了两步就听到菜刀砍案板的刹击声停止，又赶紧重新跑回来。她姐抓都抓不住她，索性和她一起趴在栏杆上继续看。

只见杨暄姥爷起身走到狗窝旁边,从一堆砖头树枝堆叠的破烂里,拣出了一根粗厚结实的木棍,随即走到杨暄后面,照着他的腿弯就是狠狠一下——

尤思嘉瞬间闭上了眼,听到她姐在旁边发出"嘶"的一声。

再睁开眼的时候,尤思嘉就见到杨暄被打得跪在地上,他姥爷举着棍子,胳膊扬得老高,又一声闷响传来。

杨暄单手撑着地面,整个人快被打趴到地上。

大黄在一旁转着圈嗷呜直叫。

虎子妈被震住了,张着嘴巴也不出声。

杨暄姥姥拄着拐棍重新出来,一边哭一边去拦,但也无济于事。

几闷棍下去,杨暄已经整个人贴在地上起不来了,尤思洁转身要下楼:"你爱看你看吧,我走了,太吓人了……"

杨暄姥爷把棍子往墙边一扔,拍拍手,回身就要拿着菜板进门。同时,虎子妈也起身,跟着拍拍屁股上的土,再也不吭声了,拉着虎子就要走。

尤思嘉看着被四奶奶拽起来的杨暄,心里升腾起一股无名之火。她转了个身,拿起地上堆着用来生火的苞米棒子,照着下面就扔了过去。

苞米棒子轻飘飘的,杨暄姥爷早就拎着菜板和刀进了门,什么也没砸到。

尤思嘉重新捡了一根,又往下砸。

"哎哟!"

尤思嘉赶紧蹲下去藏好。

"哪家的龟孙不长眼!"虎子妈拖着哑嗓叫唤出声,声音越飘越远,"别叫我逮住你……"

尤思嘉躲了一会儿,等虎子妈走远,这才站起身来。她再往楼下看的时候,巷子里已经空荡荡的,只剩下大黄。它孤零零地在黑暗中溜达了一圈,最后重新钻进了狗窝。

上学的日子可以贪睡,但是周末尤思嘉必定早起。

一大早,尤思嘉就搬了个马扎在门口坐着,晨日清凉,巷子里的槐花散发着清幽的香气。有邻居拉着排车从门口经过,路面不平,排车上绑着用来浇地的水桶被颠簸得丁零哐啷。对方和她打招呼:"小思嘉,星期六也起这么早啊。"

尤思嘉点点头,但心说已经不早了。

她的目光望向斜对门,已经快八点了,那扇门还是紧闭着。

坐了一会儿后，尤思嘉听见奶奶在后面喊她们吃饭的吆喝声，但尤思洁还没醒，她便起身自己过去，坐在小矮桌前剥了两个水煮蛋，吃到最后剩下了两个蛋黄，她又拿了两个馒头，准备一起端回去给她姐吃。

往回走的路上，隔着一段距离，尤思嘉就发现家门口斜对着的木门已经打开——

杨暄正坐在门口的石墩子上，低着头聚精会神鼓捣着膝盖上的什么东西。天还算凉，但他上身只穿了一件夏天的工字白背心，肩背上裸露的皮肤横列着道道青红分明的瘀痕。

尤思嘉急忙走近，看到杨暄正熟练地使着针，膝上摊着昨天穿的衣服。他把破开的地方用同色线给细细密密地缝补起来，腿旁放着一个竹编篮，篮子里是一些碎布和各色线团。

等杨暄把线咬断，再抬头，他才发现尤思嘉正在一旁站着瞧自己。

他看见她就笑了，刚想扬眉说什么，脸上的伤口就被扯动，疼得他眼角抽了一下。

尤思嘉把目光落到他眉上的那道伤口上。

杨暄抖了抖那件缝好的衣服，迎着光看了一下，神情颇为满意，随后直接起身兜头套上，他说话的声音闷在衣服里面："你在这儿看什么呢？"

尤思嘉看他从上衣里面钻出来，就指指他的后背："你后面看着很吓人。"

杨暄反手按了按："青了没？我还没来得及照镜子看。"

"嗯嗯，"尤思嘉边说边点头，"是不是特别疼？"

"还行？"杨暄像是在回忆，"昨天我姥爷没喝酒，收着劲呢，要是搁平常，我今天爬都爬不起来。"

尤思嘉咋舌："这都算收着劲！"

杨暄被她的表情给逗笑了："当然，和他相比，和虎子那群人打架就像猫挠痒痒。"

说完，他又看了她一眼："以后看见他们离远一点，说不认识我。"

"为什么？"

杨暄没回答，抬抬下巴："这是你的早饭吗？怎么只有蛋黄？"

尤思嘉这才想起来手里端着东西，她拔腿就往家里走，不忘回头说："你等我一下！我马上出来。"

尤思洁是被吵醒的。

尤思洁把被子往上使劲拉，蒙住头，那窸窣动静还是直往耳朵里钻。

最后,她一气之下坐起身,拎着枕头出门就是一阵吼:"大清早你瞎鼓捣些什么!"

始作俑者却连头也不回,正摇摇晃晃地踩着凳子在柜子里丁零当啷一顿翻腾。

"找什么,那里面都是药。"尤思洁没好气。

"姐,咱家还有创可贴吗?"

"没了,你天天把自己搞得破破烂烂,哪还剩得下创可贴,刚起床你又把自己给怎么了?"

"没事。"尤思嘉手心里攥着什么东西,从椅子上跳下来,"早饭我给你端来了。"

尤思洁转头:"说了多少遍了,没人吃你剩下的,不爱吃鸡蛋黄就别吃鸡蛋……"

尤思嘉把她姐的念叨声抛在了后面,重新跑出了家门。

她回家翻腾了得有十分钟,但杨暄确实还在原地等着她,他低头不知道又在缝些什么。

尤思嘉走到他面前,把手里的东西递给他看,是两根棉棒和一瓶药水。

杨暄把手里的东西放下,他坐在石凳上,刚好能和她平视,问:"给我的?"

"对,"尤思嘉点点头,指了指他眉骨处的伤口,"涂上这个好得快。"

杨暄起初没接,不知道在想些什么。

"没有创可贴,涂这个也可以,我之前磕破腿就涂了。"尤思嘉说着就弯腰,开始往上卷自己的裤脚,要给他看之前涂的伤口。

杨暄赶紧阻止她,随即从她手里接过药水瓶。瓶身的标签被撕掉,他放在手心里转了一圈,抬眼看她,声音都低柔了几度:"是碘伏?"

"这是紫药水,"她一本正经地科普,"碘伏涂伤口上可疼了,紫药水不疼。"

"那脸上不就有颜色了?"

尤思嘉一愣:"怎么了?"

"会不好看。"

她反驳:"紫色多好看啊!"

杨暄也愣了,随后笑了。他拧开瓶盖递到尤思嘉面前,因为棉棒还在她手上,只见她把棉棒放到瓶口滚了一圈浸上药水,接着递回给他。

杨暄说自己看不见,然后抬手指了指自己的伤口:"你行吗?"

这是让她帮忙涂的意思，尤思嘉捏着棉棒跃跃欲试。

第一次帮别人上药，尤思嘉还有点小紧张。她举着棉棒小心翼翼地凑近，开始绕着他的伤口蹭上颜色，杨暄则闭上了眼。

尤思嘉涂着涂着，忽然发现他的睫毛竟然很长，脑袋里这么想着，嘴巴也跟着说出了口。

但话音落下，杨暄的睫毛就抖了起来，他飞快地睁眼瞧了她一下。

尤思嘉一顿，以为把他弄疼了，举着胳膊不敢动了。

"没事，"杨暄重新闭上眼睛，"你继续。"

涂完之后，杨暄把瓶子拧好重新给她，但尤思嘉不要，让他留着自己再涂。杨暄收下后，便弯腰把之前放在筐子里的一个小物什递了过来。

尤思嘉低头一看，竟然是用碎布片缝的一只小狗。小狗只有巴掌大小，用姜黄和暗色碎花麻布拼凑而成，里面塞上了棉花，但是小狗的轮廓清晰，姿态可爱。

"送你了。"他轻飘飘来了一句。

尤思嘉接过来，左看右看，捏着小布狗就开心地往回走，走到一半又转身看他，欲言又止。

杨暄正端着筐子要进门，察觉到她的迟疑，便问："怎么了？"

尤思嘉犹豫了一下，还是问出了口："那你还会不会缝小沙包？"

杨暄叹了一口气："会，但是我得明天才能给你，待会儿我得帮我姥姥去浇菜园。"

尤思嘉点点头，终于心满意足地转身回家。

所以第二天，她还是起了个大早，搬着小马扎在门口候着。家门前的小道上落下了不少的槐花，排车的轮子碾过去，一串花都陷在泥地里。

"哎哟，小思嘉，"拉着排车的大爷又夸她，"天天起这么早。"

尤思嘉不好意思地挠挠脑袋，接着就听闻"吱呀"一声响，她腾地站起来，跑到斜对门门口。

杨暄开了门，正弯腰把门槛给搬起来，她见状赶紧上去要帮忙。

杨暄说不用，只将木板倚在门旁，随后把三轮车给推了出来，车后面跟着拄着拐棍的杨暄姥姥。

推出来车后，他重新把门槛放好，又把姥姥给扶上三轮车的后座，随后进了趟门，再出来就把一个小布包塞进了尤思嘉怀里。

尤思嘉感觉手上沉甸甸的，杨暄竟然还特地缝了一个小口袋，边缘装上了拉绳。

于是,她捏着布料边角往下拉开,从里面"哗啦啦"掉到怀里一堆东西,有些没接住就掉到了地上。她赶紧弯腰手忙脚乱地去捡,数了数,一共十个沙包,都是四四方方的拇指大小。

而杨暄已经骑上了车,他眉骨处的紫色药水痕迹仍旧清晰惹眼:"这种是不是你要的?"

"嗯。"尤思嘉捧着东西,望向他和他身后的四奶奶,"你们要干什么去?"

杨暄回头看了一眼姥姥,说了什么,又转过来望向她:"和我们一起?"

尤思嘉二话没说直接爬上了小三轮车。

他们去的地方并不是很远。沿着村东头的小路一直走,经过神婆的院子和外面停着的轿车,路的尽头还有一排小瓦房。杨暄姥姥腿脚不便,但杨暄骑着二轮车,五分钟就把她们送到了。这是一座破破烂烂的小教堂,连个十字架都没有。

到的时候,里面大约有七八个老人,都在捧着红皮书唱赞美诗。四奶奶找到一个角落坐下,从自己的口袋里翻出老花镜,也跟着哆哆嗦嗦地去翻书。

尤思嘉坐在杨暄旁边,长条凳子略高,她的脚晃悠悠地脱离地面,好奇地打量着周围的人,他们中的大部分都在跟着上面的人一起垂头做祷告。

祷告结束后,杨暄则在一旁帮着翻不到正确页码的姥姥翻书,大家一起齐声念着上面的小字——

"爱是恒久忍耐,又有恩慈;爱是不嫉妒……"

尤思嘉趴过去,跟着他们一起念:"……凡事包容、凡事相信、凡事盼望、凡事忍耐。爱是永不止息。"

她往这边趴过来的时候,杨暄一直托着她的胳膊,念完她又撤了回去。只不过新鲜感褪去得很快,尤思嘉待了五分钟就感觉到了闷,开始有些坐不住,随后跳下板凳出去了。

她蹲在外面的地面上,开始玩小沙包。没两分钟,杨暄也出来,看她把沙包抛高、抓回又接住,十指翻飞灵巧。

"看样子还挺好用的。"

尤思嘉抬头看了他一眼,继续给他展示了一个高难度的"小鸡啄米"。

"我昨天先往里面装的细糠,缝了几个之后试了一下,感觉很轻不好玩,然后拆开全倒出来了。"

杨暄开始给她一五一十地讲自己缝沙包的经过:"接着我就去了村子

后面找沙子堆，但找到的都是粗沙，最后拿了滤筐滤了一点细沙，这才缝了十个。"

尤思嘉听他说完，站起身来，问："这些都是真的吗？"

"什么？"她话题向来跳转得快，杨暄一时间跟不上。

尤思嘉先指了指屋里面，里面又传来了颂赞歌声；随后，她又指了指外面，周末，神婆屋外的车辆比往日更密集。

杨暄说："我也不知道。"

"那为什么他们都过来求这个？"

"找一个寄托吧，"杨暄思索了一下，说道，"要不然日子一天天，过得没盼头。"

"盼头"这个词不陌生。尤思洁会盼着尤志坚和刘秀芬回来，她奶奶每天都在给家里的菩萨烧香，嘴里念叨着盼孙子。但是尤思嘉的盼头很简单，大的盼头是放暑假，小的盼头是每天放学。

她每日还是会晚回家，只不过最近遇到了一点小麻烦。

尤思嘉经常在半路碰到虎子和他的狐朋狗友们。

往日他们没注意过她，但因为之前打架的事件，他们会隔着老远就开始阴阳怪气地喊："来看看这是谁？这不是杨暄的小媳妇嘛！"

尤思嘉不懂他们为什么这么喊，只是每个人面上挤眉弄眼的表情和怪腔怪调的语气让她非常不舒服。起初，她并不理会，但这帮人再三转悠在她面前，还挡住了去路。

尤思嘉往左转，他们就跟着往左走，她往右行，他们也随之右移。她蹲下捡了根小木棍扔过去，一群人哄笑着散开，其中一人伸长胳膊，直接抓走了她挂在书包后面的小布狗。

这下尤思嘉真急了，她个子矮，冲过去跳起来就要夺。

这也让他们发现了新的乐趣，开始把手中的小布狗像传球一样扔来扔去。

尤思嘉刚要抓住小布狗，这人就往前面一甩，扔到了虎子那里。她只好又往对面跑，而虎子嘴里发出了"嗯嗯"的逗弄声，嘲笑她："来抢啊，小矮子不是挺能跑、挺能跳的吗？"

尤思嘉停在他面前。就当虎子以为她放弃，准备把胳膊放低一点引着她跳起来去够时，尤思嘉突然冲上去，抓住他袖子就往下死命地扯。

虎子被她弄了一个措手不及，看着被拽到变形的袖口，赶忙把东西往旁边一扔。刚好那个方向没人，小布狗直接掉在了地上，沾了一身灰土。

虎子则去掰她的手:"赶紧松开,你都把我衣服给扯坏了!"

尤思嘉仍旧拽着他的袖口不松开,同时扭头看了一眼,发现有人早就先她一步又把小布狗抢走了。她不甘心地转过头,照着虎子的胳膊低头就咬下去。

虎子嗷嗷叫唤了起来,疼得他按着尤思嘉的脑袋往旁边推,但尤思嘉哪里肯松口。当其他人过来拉她,她就换个人接着咬,且来者不拒,谁的胳膊伸过来就咬谁。

混乱中,有一只手从后面伸过来揽住她的肩,力道不重,似乎要把她往外带,但尤思嘉不管三七二十一,转头也一口咬上这人的胳膊。

她听到"嘶"的一声,有些耳熟,紧接着杨暄的声音就在自己头顶响起:"等会儿,先别咬。"

杨暄只手轻捏了一下她的下颌,尤思嘉紧跟着就松开了嘴。她之前用劲太狠,两腮此时猛一松,酸涩感就弥漫上来。

虎子看到杨暄的时候,脸也是一冷。但因为没有人来撑腰,他们这次就没有起冲突。

杨暄走到其中一个人面前,直接伸手:"给我。"

对方瞧了他一眼,直接把小布狗丢给他,转身和虎子一帮人勾肩搭背地离开了,走之前还不忘往地上啐了口吐沫。

杨暄拍了拍土,把小布狗重新递给尤思嘉。尤思嘉拉开书包拉链,把东西装了进去。

黄昏的暮色从天边缓缓罩了过来,一大片喷薄明亮的颜色让杨暄开始不停地眨动眼皮,随后双眼又轻眯起来。尤思嘉见他眉骨间的伤痕已经开始愈合结痂。

他问:"你平常上学都是自己一个人?"

"上学一般是和王子涵一起,"尤思嘉说道,"但是放学我走得慢,她就和别人一起,有时候她妈妈也出来接她。"

"要不,"他和她商量,"你以后放学等着我一起?"

尤思嘉抬脸,也跟着眯起眼:"那你还会和他们打架吗?"

"你怕这个?"

"不是。"她摇头,"下次的话,我可以提前带着武器,要不然这么多人,你打不过他们。"

"这你就不要担心了,"杨暄笑,"我们应该碰不到他们了。"

第二天放学的时候，尤思嘉才明白杨暄话里的意思。

她原本蹲在学校门口边玩边等，下课铃一响，她发现从学校大门小跑出来的头几个人里，就有杨暄的身影。他走到她面前，拎她书包的同时也把她拎了起来，言语轻快："咱们走。"

尤思嘉跟着他，拐进一个胡同，那里停了一辆上了锁的三八大杠自行车。杨暄蹲下开锁，随后起身一只手扶着车把，单手把尤思嘉抱到后座上，载着她摇摇晃晃驶出了巷子。

有了自行车，他们就不再从村子之间的农田里穿过，而是绕了远路，骑过一条刚修不久的宽敞的柏油路。柏油路往前通的是镇上，往后则是驶向国道，偶尔有拉着货物的卡车从旁边经过。经由柏油路，穿过一片飒飒的杨树林、一块铺满野花野草的平坦荒地，最后再绕回村子东边。

杨暄骑行的时候很放松，微微向前俯着身，单手握着车把，风把他的衣服吹鼓。尤思嘉从后面抓住杨暄腰侧的衣角，也闻到了吹过来的皂粉味道。

尤思嘉家里有一辆凤凰牌的自行车，被她姐每天骑着上下学，所以她还没学过自行车。可杨暄甚至会脱把骑行，这可把尤思嘉羡慕坏了。

她没说，但是杨暄不知怎么看出来她的祈愿，没过几天，他骑到荒地上就停了下来，偏头问她要不要学车。

尤思嘉兴奋地从后座上跳下来，等坐到前面才发现，她的腿不够长，两只脚没法同时踩到踏板。

但是办法总比困难多，她站起身来，一只脚蹬下去，等另一边的脚踏板浮上来，再往下蹬，她就这么"哼哧哼哧"循环往复地往前踩，杨暄扶着车把稳住车身，跟着往前小跑。

等双脚熟悉了踏板，杨暄也将车把交给了尤思嘉，让她掌握方向，他则在车座后面扶着，防止车子因为不稳而歪倒。

练了几天之后，杨暄甚至可以偶尔放手，虚虚扶着车子小跑一段。

尤思嘉是骑了一会儿，感到不对劲的时候才回头的。她发现杨暄竟然没有扶着车后座，而是撒了手，站在原地看着她往前骑。

意识到自己学会了骑自行车，尤思嘉一下子就开心了，脚下踏板蹬得飞快，边扭头边朝杨暄喊道："你看！"

杨暄面上的笑突然收了一下。

尤思嘉转头，紧接着就看到了面前横列的一道半人高的小土沟。

下一秒，她就连人带车栽进了沟里。

杨暄赶紧跑过来，见尤思嘉趴在坑底，自行车翻倒压在她背上，车轮还在"呼哧呼哧"转悠着。

他急忙将自行车抬起扔到一边,像拔萝卜一样,掐着她的腰把她从沟里拽了出来。

他边拍着她身上的土,边转着圈四下打量,见尤思嘉用手捂着额头,便拿开她的手:"等下,你抬手,我看看摔着没?"

尤思嘉把手拿开,因为方才摔下去的时候,她下意识用手肘护着,额头上只被沟里的树枝蹭了一下,有些破皮,倒是不严重。她挠了挠已经成鸡窝的头发,笑笑,又摇头说没事,还没说完就转身要去捞自行车。

杨暄让她站着别动,自己跳下去将自行车搬了上来,只是自行车链条被摔掉了,他蹲在地上鼓捣好后,不可避免地蹭了一手的机油。

风把地上的野草吹得摇头晃脑。

杨暄揪了几片叶子擦擦手,抄着胳膊蹲在地面上。他看着尤思嘉推着修好的车子,在黄昏的荒地上"咔嗒咔嗒"骑远了。落日沉沉坠了下来,她的身影也逐渐融进这余晖当中,凝成了小小的一个黑点。

截止到芒种前后、村里收麦子的时间,尤思嘉已经摔进过两次沟里,撞过三次电线杆,小腿和膝盖多了许多新的蹭伤,但她也终于可以熟练地蹬着车子在荒地上转圈,还跃跃欲试地想让杨暄坐在后座,她要载着他回家。

不过,杨暄拒绝了。他一连几天,放学后往村子后面的地里赶,放心地把自行车扔给尤思嘉,让她在一旁的田埂上骑着玩。他自己则在肩上搭了一块毛巾,拎着一壶水,握着镰刀进自家地里割麦子。

周围邻里的麦子都快收完了,可他们家的还剩下一半多。

姥爷这两天喝酒不干活,姥姥腿脚又不方便,看看天气,后天应该有雨,因此有天下午,杨暄甚至都没去学校,只在地里闷头干活,抓紧把剩余的全部割完,忙得连腰都直不起来。

一下午的忙碌之后,麦秸让他浑身刺挠起来,杨暄直起身擦了擦汗,走到田埂边坐下,拎起壶嘴就仰着头灌水,等喝完,才发现有人一直盯着自己瞧。

他把水壶放下,拿着袖口擦了擦嘴角的水迹,眼神变得警惕。

这是个六十岁左右的男人,头发已经花白,穿着虽然休闲简单,但戴着的银边眼镜、走路的姿势,都表明他绝对不是这附近的庄稼人。

这几天,杨暄经常看到这人在附近晃悠,之前偶尔是蹲在田埂旁,和旁边地里干活的人说几句话,但眼神时不时往他这里落。

对方看过来的视线没有恶意,只是观察打量的意味太浓厚。

现在地里只剩下了他一个，这人果然背着手朝他走过来，皮鞋踩着田埂上堆叠的桔梗，发出轻微绵软的细响。

男人蹲在杨暄旁边，开启的话题倒是无聊平常，问了他一些地里庄稼、有关节气的事情。

杨暄刚好休息，便一五一十地回答。

男人捏着一根麦穗轻抖着："我这几天都看你一个人在这儿卖力干活，你家里人呢？"

杨暄喝了一口水，没说话。

对方见他不欲回答，笑了一声，继续问："自己一个人能干得过来？怎么不用机器？"

"干不过来也得干，能有什么办法。"

话是这么说，其实村里有公用的收割机，但是排不上号；村里吹唢呐的二大爷家里也有私用的收割机，周围邻里会租用。但是去年他姥爷喝酒后和二大爷打了一架，今年人家说什么也不借给他家用了。

沉默了一会儿，男人终于又开口："你姓杨？"

杨暄皱起眉，眼神重新警惕了起来："你怎么知道？"

"我前几天跟你村里人也聊了几句，他们说的。"

"你问这个干什么？"

对方干笑了两声："那你知道我是干什么的吗？"

杨暄不感兴趣，站起身抖了抖衣服："不知道，我只知道地里还有活没干完。"

对方又瞧他："小小年纪，说话怪老派，也不畏人。"

"有什么好畏的，"杨暄说，"又不是三岁小孩。"

"你家里——"

"现在几点了？"杨暄突然想起什么，急忙打断这人说话的声音。

男人低头看了一眼自己的腕表："差十分钟到五点半。"

杨暄心里念了一声糟糕，赶紧把水壶和镰刀都装进尼龙袋子里，拎着袋子就往旁边跑。他骑上一辆黑色的三八大杠，车轮快速滚过，卷进了不少秸秆，速度极快地消失在了田埂间。

尤思嘉蹲在学校门口等了好久。

校门口的学生早就散光了，吹过来的风都带了凉意。她起身又往门口看了看，值班的保安大爷都锁上了值班室的门，往外赶她："都放学多长时间了,还不回家?"

"我等人。"尤思嘉说。

"等谁?学校里连老师都走光了!赶紧回家吧。"说完,大爷抖着钥匙往回走,不管她了。

尤思嘉回到原先的位置蹲着。那一块地方和周围相比显得光秃秃的,周围的野花野草都被她拔了个精光。

她正拿着狗尾巴草给自己编了个兔子脑袋,突然听到有人在远处"哎哎"叫唤了两声。

尤思嘉猛地直起身,刚想跑过去,却发现喊她的人是神出鬼没的刘疯子。

她一脸失望,随后重新蹲了下去,准备再编十个兔子脑袋,如果编完杨暄还不出现,她就要自己先走了。

编着编着,一双脏兮兮的布鞋出现在她眼前。

尤思嘉往后挪了挪,但刘疯子却弯腰,从她那一堆绿油油的兔脑袋里揪出一个,问:"这是什么?"

尤思嘉说:"小兔子。"

他捏了捏狗尾巴草,突然道:"哎!我给你说个秘密。"

尤思嘉抬脸看他,只见刘疯子脸色黝黑,胡子拉碴,一双眼却放着精光。

她兴致缺缺:"什么?"

"我有只兔子,真兔子。"

尤思嘉停下手中的活计,仰脸看他:"在哪里?"

刘疯子招招手:"我领你去看。"

"很远吗?"尤思嘉看了看周围,"远我就不去了。"

"不远,"他指了指学校后面那一溜刚盖完的平房,"就在这儿,我放里面了。"

尤思嘉半信半疑地站了起来,准备跟着他去门口看一眼。

刚盖好的房子阴凉,只来得及在表面刷一层水泥,连大门都没来得及安装,而且人迹罕至。尤思嘉在门口望了一眼,天色将暗,里面黑黢黢一片,什么也看不清。

她在门口不愿意进去,只问:"小兔子在哪儿呢?"

"在里面,走。"说着,刘疯子在后面突然推了她一把。

尤思嘉被揉得往前跟跑了两步,转身看到他的身影堵在门口,心里浮起不安的感觉,她扭头就要走:"我不看了,我要出去……"

下一秒,刘疯子突然扣住她的手腕,把她往自己身上拽:"别走,这里真有兔子!"

尤思嘉这下慌了,拼命倒腾着两条腿往后退,但刘疯子手劲很大,双手像镣铐一样死死锁着她,她怎么挣也挣不开。尤思嘉用力挠他的手,抓得他手背上都浮现了血印子。

但刘疯子好像感觉不到疼痛,他眯着眼,带着她的手开始往他身上摸索:"这里真有兔子,不信你来摸摸……"

"啪"的一声响,一块砖头突然从旁边飞过去,砸到了后面的墙壁上。

这猝然的变动让刘疯子的力气跟着一松,尤思嘉终于挣脱出来,甩着胳膊往门口瞧——

她看到了杨暄,他穿着被汗浸透了一半的上衣,额前的头发也湿漉漉的。他喘着粗气,弯下腰又捡了一块石头掂量着,声线不稳,开口道:"思嘉,你先出来。"

尤思嘉没有耽搁,一溜烟就跑到了杨暄身边。

杨暄又把她往自己后面拽了拽,攥着石头的胳膊紧接着就扬起来,照着刘疯子就砸了过去。

刘疯子趿拉着布鞋,动作却灵活异常,他闪身一躲,随后扭头看了看滚到地上的砖头块,又走到门口朝他俩笑:"哎!砸不着!"

杨暄右手拇指压住食指,往下一按,指关节发出"咔嗒"一声响。他两步跨到自行车前,将挂着的尼龙袋子一把拽下来,胳膊紧接着伸进去开始掏东西。

刘疯子垂涎在脸上的笑顿时凝固住了。他见事情不妙,麻利地转身,直接往胡同深处跑。杨暄则把袋子往地上一扔,拎着镰刀拔腿就追。

尤思嘉瞧瞧自行车,又瞧瞧一跑一赶的两人,急忙跟在了杨暄后面。她的速度赶不上杨暄,只能眼睁睁地看着他离自己越来越远。

杨暄那股子没轻没重的劲在此刻就显了出来,他边跑边拿着镰刀往对方身上抡。刘疯子躲了一下,但仍旧被蹭上,"嗷"一嗓子喊了出来,捂着胳膊就往旁边拐。

刘疯子整日溜达转悠在这片胡同小巷,明显更熟悉地形,连滚带爬地拐了几个弯就进了自家门,反身将门一拉,只露出了个脑袋。他还没来得及说什么,接着就听到刀柄撞到铁门上发出的"刺啦"一声响,吓得他顿时缩回去,紧闭大门,不再探头出来。

路中间留下了对方逃窜后的破布鞋。杨暄弯腰捏起来,又往前用力一砸,大门"咣当"颤了两下。

尤思嘉这时终于跟了过来，看到这个情形，有点不太敢靠近了。

她见杨暄走到门口的石阶上，抬脚就把重新掉下来的布鞋踢进了旁边的臭水沟里。随后，他弯腰捡起镰刀，瞧了一眼尤思嘉，动动嘴唇却没出声，转身就直接往回走。

尤思嘉又连忙转了回去，默默地跟在他后面。

巷子窄小，天色的昏暗也被积聚在了里面，尤思嘉只能看到他浅色的衣服在前面一荡一荡。

杨暄不说话，她也就没敢开口。

周围那样安静，两人的脚步声变得清晰起来，而剧烈跑步后的喘气也浮在凝滞的空气里。

就这么一前一后快速走着，杨暄突然停住脚步。

尤思嘉垂着头没有防备，一下子撞到他后背上，她摸摸鼻子抬起头来。只见杨暄转过身，他的面色被暮色衬出难以形容的严肃。

"你……"

他说了一个字就停住，紧接着深吸了一口气，重新转身往前走。

走了还没两步，他又停下，像没忍住一样再次转过身来问她："他精神不正常，你不知道？"

尤思嘉小声地说知道。

"知道你也敢跟着他走？"杨暄指了指上面，"太阳都落山了，我骑车从那边拐过来，就见你跟着他往这边来，喊你你也没听见。"

尤思嘉想说什么，张了张嘴，又被他打断。

"还有，"他语调越来越高，在重点词上强调，"不止刘疯子，陌生人喊你，你也不要跟着过去，谁叫你你就跟着谁，你是一个小女孩，你得知道分辨危险。"

"不要让别人碰你，"杨暄继续说，"你家里人没教过你吗？尤其是这种看着不正常的男的，你——"

尤思嘉怔怔地看着他。

杨暄此刻的语气和神色像换了一个人，同平日里他带她一起玩的时候一点都不一样。她垂下头，不吭声了。

杨暄也意识到了什么。他抓抓头发，在原地转了个圈，语气变化了一些："对不起，我不是在跟你发脾气。"

"今天是我来晚了，"他说，"这个事情怪我，你……别害怕，他有碰到你哪里吗？"

尤思嘉眨眨眼，过了几秒后才摇摇头。

杨暄重新把车子推过来，车轮里还卷进了不少小麦秸秆，他蹲下把它们一一揪出来。

晚风吹过来，他们抄了近路回家，自行车缓慢地行驶在田埂上。尤思嘉坐在车后座颠簸着，期间杨暄回头和她讲话，他问她等自己等了多久。

尤思嘉望着两边变得光秃秃的麦田，沉默着不说话了。

杨暄又回头重新问了一遍，过了一会儿，他还是没听到回答。

他按了两下铃，拐过一个弯后驶进了村前的小树林，这时他又回头看了尤思嘉一眼，问她冷不冷。

尤思嘉这才开口，小声说了句不冷。

等到了村子口，尤思嘉跳下车子，拽着书包直接去奶奶家吃饭了，杨暄在后面继续按了一下车铃，她也没回头。

晚上睡觉前，尤思嘉在桌子一旁收拾书包，尤思洁突然看了她一眼，问："你今天怎么回事？"

尤思嘉用卷笔刀把铅笔一根根削好放进铅笔盒里，没抬头："嗯？"

"不对劲。"尤思洁狐疑地看着她，"从吃饭的时候就开始不对劲，你安静得就跟个霜打的茄子一样，平常那使不完的牛劲都去哪儿了？还主动写作业，这可不像你，在学校被骂了吧！"

"才没有。"尤思嘉把书包一放，开始往床上走，"姐，我困了，先上床睡觉了。"

不等尤思洁说什么，尤思嘉就蹬掉拖鞋扑在了被子上，拽住边角滚了一圈，让被子紧紧裹住自己。

她的鼻息在被子罩面上扑过去又弹回来，"咻咻"声传到耳边朦朦胧胧的，像今晚的心情。她有点说不清，有点后怕，也有点小委屈。

此刻再想起刘疯子，那害怕的心情已经淡了很多，浮现的是他被杨暄追着跑的滑稽样子，紧跟着的画面就是杨暄凶巴巴的语气和表情。

她蒙在被子里扭来扭去，越想越难受，最后憋得喘不过气，猛地把被子给掀开。

她姐坐在书桌前也猛地回头："你还不睡？"

"哦，"尤思嘉重新拉回被子，"我这就睡。"

第二天是周五，按照墙上的值日表，杨暄原本是今天的值日生。下午最后一节课前的课间，他转头敲了敲后面人的桌子："哎，咱俩换一下值日表，你今天替我行不行？"

后桌是一个小胖墩,平常爱跟在虎子身旁转悠,起初听到还有点不乐意:"周五我也想早点回家。"

杨暄起身走到他桌子旁,因为个子比对方高,就这么垂着眼往下瞅:"特殊情况,有人在外面等我。"

对方想绕开杨暄出去,杨暄跨了一步堵住他。

"行,听你的。"小胖墩放弃,"哥,能让让吗?我想出去上个厕所。"

杨暄这才转身坐了回去。

放学铃声响起后,老师一手端着茶杯,另一只手抓着课本,前脚刚从前门迈出去,后脚就见杨暄贴着他从后面下了楼梯,速度之快甚至差点蹭掉他的茶杯。

老师"哎"了一声,赶紧扶住杯子:"你看看现在的学生!"

杨暄一口气跑到校门口才停下脚步,转了两圈,面色有点茫然。

他往前走了几步,看了看田埂里面,又去了周围那一排空荡的平房,来来回回扫了几圈,都没有看到尤思嘉的身影。他重新回到学校,发现二年级的教室门也被锁得严实。

杨暄只好往回走,骑着自行车边走边看。

等到了村子里面,他隔着老远就看到一圈小孩围在一起玩。凑近一看,他们在玩跳皮筋。尤思嘉当然也在里面,她是撑着皮筋的那一方,嘴里还在替别人念着口诀:"马兰开花二十一,二八二五六,二八二五七……"

念叨着念叨着,尤思嘉像是察觉出了什么,抬眼就和杨暄对视上。她的声音低了下来,怯怯地看了他一眼,又飘忽着转开了。

杨暄只在这儿待了半分钟,随后掉转车头,骑着车慢慢拐进巷子里。

尤思嘉继续心不在焉地充当撑皮筋的柱子,看着皮筋在自己面前如水波一般晃荡着,在某一个瞬间突然停住。她还没反应过来,小伙伴的欢呼就在耳边响起:"放电影的来了!"

尤思嘉猛地打起精神来,随着她们的指向望去,果然远远地看到一块飘荡的白色幕布升起了,绑在两根电线杆之间,如小船摇晃的帆布一般。

大家收了皮筋赶紧一窝蜂散开,纷纷跑回家吃饭,否则去晚了就没有好位置坐。尤思嘉也不例外,她"噔噔噔"跑回奶奶家,但是今天不巧,爷爷放羊回来得很晚,晚饭也做得慢,她最后只喝了两口汤,就搬着马扎跑出去了。

幕布前后都已经坐满了一堆人,尤思嘉瞅了瞅前面黑压压的一片人头,只好退而求其次地坐在了后方,紧挨着放映电影的工作人员。她见工作人员打开手边的大箱子,从里面掏出一个大铁盘一样的东西按在机器上,低头鼓捣了几下,黑漆漆的四方盒子顿时发出了光亮,传送带紧跟着"嗡嗡"转动了起来。

幕布上出现画面的瞬间,周围霎时响起孩子们的欢呼声。光线越过人群头顶,尘埃都在其中上下沉浮,坐在前面的孩子抬起胳膊故意遮挡住光线,幕布上同时出现了一个黑乎乎的手印,那孩子还没来得及炫耀,旁边的家长"啪"一下把他的胳膊给打了下来。

尤思嘉正看着那小孩被揍得"嗷嗷"叫,突然感觉有人碰了碰自己。

她一扭头,看到杨暄站在她身边。对方没说话,只弯腰拽了拽她坐的小马扎。

尤思嘉站起来,见他拎起她的马扎就往前面走,她连忙跟了过去,穿过一个又一个抻长脖子的脑袋,这才发现杨暄在第一排占了个地方。他把自己的板凳往旁边挪了挪,把她的小马扎塞进了自己和旁边人中间的位置。

尤思嘉坐在了他旁边,前方没人遮挡,画面和字幕都变得很清晰。

这部电影是每年夏天都会放很多遍的《举起手来》,很多剧情大家几乎都能背了,但仍旧能激起阵阵笑声。

屏幕上的鬼子因为老太太往下泼的豆子纷纷摔得七零八落,下面的观众也跟着笑得前仰后合。尤思嘉也不例外,她咧着嘴笑了两声,随后下意识地去看旁边人的反应。

可杨暄的座位上竟空空如也。尤思嘉扭着头环顾了一圈,幕布反射的光线明明灭灭,照亮身后一张张聚精会神的脸,其中没有她要找的人。

周围又发出哄然的笑声,但尤思嘉的心思已经不在剧情上了,她刚想起身去人群外面看看,这时前方掠过来一片阴影。

杨暄猫着腰从前面绕过来坐下,呼吸急促,明灭的幕布衬出他额上布了一层细密的汗珠。缓了几秒后,他把怀里的东西往尤思嘉那里递了递。

是玻璃瓶装的柠檬汽水,瓶身滚了一圈水珠。

尤思嘉愣住了。这个汽水在供销社可是卖一块五一瓶,她没有零花钱,更没买过。

见她没接,杨暄转过脸来,额面和眼睛都被汗浸得潮湿。他用口型询问:"你不要?"

尤思嘉没说话,看了一眼汽水,脑袋里的小人在"不好意思接"和"想尝尝什么味道"之间来回拉扯。最后,她还是选择摇摇头。

杨暄垂下眼皮,把盖子拧开,从口袋里掏出软皮吸管放进去,过了半分钟后,他再次递给尤思嘉。

这次尤思嘉终于伸手接了过来。

汽水应该是从冷藏柜里拿出来的,瓶身冰凉,水珠打湿了她的手心。她捧着玻璃瓶,趁没人注意,这才低头咬住吸管,悄悄吸了一小口。

杨暄用余光瞄见她的动作,这才放松了肩背,将注意力放到电影上面。

电影结束后,大家拎着板凳马扎开始散场。

杨暄左手拎着自己的板凳,右手拎着尤思嘉的小马扎,在人群后面慢慢走。

尤思嘉还捧着那瓶柠檬汽水,澄黄的液体仍旧占了玻璃瓶的三分之一。

"怎么没喝完?"杨暄问道,"不好喝吗?"

尤思嘉晃了晃瓶子:"我给你留了一点。"

"我不喝。"

"那你以前喝过没?"

杨暄说没有。

尤思嘉把软皮吸管拔出来,将瓶子递给他:"那你尝尝。"

杨暄手里都是东西,于是只好蹲下来一点。尤思嘉踮脚,把瓶子凑到他唇边,小心翼翼地倾斜着,直到瓶底都见空。

"都喝光了,"尤思嘉倒过瓶子甩了甩,"我可以拿这个瓶子养海洋宝宝。"

杨暄站了起来,继续拎着小马扎往前走。到家门口后,尤思嘉接过小马扎,朝他挥挥手后就要进门。

"对了,思嘉。"他喊住她。

尤思嘉停住脚步,转过身。

"我和别人换了值日,"杨暄说,"周一可能要晚出来一会儿。"

"哦。"尤思嘉点点头,"我在之前的空地等你。"

杨暄笑了,说:"那你别乱跑。"

尤思嘉又小鸡啄米一般地点点头,转过身蹦蹦跳跳地进家门了。

晚上飘了一场细细的雨,第二天一早,杨暄就忙碌起来。

他将昨晚泡好的玉米种子从铁桶里捞出来,放进盆里擦净,撒上红色的拌种剂,单只手上绑紧塑料袋后伸进盆里搅拌,等拌得差不多了,将镢头和盆一起搬上了三轮车。

临走前,杨暄进屋敲敲门:"姥爷?姥爷?"

喊了几声没得到回应,他刚想推门进去,就听到屋内传来翻身的动静,顺带着宿醉后不耐烦的闷哼。

杨暄的动作停止了,顿了一下,继续说道:"你起来之后直接来地里吧,我自己一个人一天弄不完。"

仍旧没得到回应,杨暄便推着三轮车出门了。

上车没蹬两下,他就碰到了尤思嘉。

她搬着小马扎坐在门口吃早饭,伸长胳膊将刚剥下来的鸡蛋壳扔进远处的下水道里,随后低头咬了一口鸡蛋尖尖的一头。

看见杨暄后,尤思嘉鼓囊着脸朝杨暄挥手。

杨暄按下前面的刹车把,听见她含含糊糊地问他去干吗。

"下地干活,撒种子。"

"好玩吗?"尤思嘉咽下食物,"好玩我也去。"

杨暄不知道怎么说,想了半天,语气犹豫:"应该会很累?"

尤思嘉说了句"好",把还没吃的另一个鸡蛋塞进口袋里,直接起身过来往三轮车上爬。

杨暄拉着她的胳膊把她拽上来,让她坐在后面的小板凳上。

三轮车在不平的土路上"叮叮当当"响着。没一会儿,尤思嘉从后面贴近他,问道:"你吃早饭了吗?"

杨暄说吃过了。

尤思嘉闷闷地"哦"了一声。

"怎么?"

"我还有一个鸡蛋,两个蛋黄……"

杨暄想起什么,笑了:"你不吃蛋黄是不是?"

尤思嘉满怀期待地问:"那你吃吗?"

他没回头:"可以,给我吧。"

话音刚落下,尤思嘉就从后面递过来半个鸡蛋,杨暄偏头抿到了嘴里。过了没半分钟,他还没完全咽下去,后面就又递过来了一个。

等到了地里,杨暄跳下车,第一件事就是从后面拎出水壶,仰头灌了两口水后,他才感觉嗓子顺了很多。

早晨的日头轻柔,黄饼一样悬在天边,趁还没变成红稠毒辣的颜色,杨暄赶紧扛着镢头开始一点点犁地。土壤被翻开一道,茶褐的润土就从地这端延伸到地那头。尤思嘉在田头杂草处扑蚂蚱,等杨暄锄到这端,就举起来让他看一眼。

他帮她把几只蚂蚱都串到一根草上，随后回到三轮车上，端着盆，戴上手套，一米种三棵，走一步往里面扔几粒玉米种。撒完一道，他再次返回，用镢头背面刮一层薄土盖上，锄地声盖住了他忽轻忽重的脚步声。

新土的气息越发浓烈，尤思嘉坐在地头晒着太阳，看杨暄来来回回不停歇，跳下来要帮他。

种子外面裹着红彤彤的农药，他不敢给她，只去三轮车里给她拿了个小铲子，让她跟在后面盖土。

日头升高，周遭的气温变得炙热，杨暄频频望向延伸的路外面，一整个上午，姥爷都没过来。

他看着尤思嘉被太阳晒得发红的脸，把挂在后背上的帽子盖在了她头上，领着她到树荫底下坐着。

他原本带了两人份的午饭，餐盒里泡着油汗汗的野菜炖豆子，还有用塑料袋裹着的一沓厚煎饼，他卷了几张递给尤思嘉。

尤思嘉早晨只吃了两个鸡蛋白，加上一上午跟在杨暄后面根本就没闲着，此刻早就饥肠辘辘，她接过卷饼低头就啃，蹭得嘴边都是油。杨暄站起来揪了两片干净的杨树叶子，让她把脸也擦干净。

两个卷饼下肚，尤思嘉抱着水壶开始"吨吨吨"喝水，吃饱喝足困劲也上来，倚在树干上眯瞪着两只眼睛。

杨暄把帽子和外套盖在她身上，忽然察觉身后有脚步声。

杨暄原本以为是姗姗来迟的姥爷，转身一看，竟然还是之前那个人。

他看见杨暄后，仍旧是笑呵呵的样子："又见面了。"

杨暄瞧他一眼没吭声，站起来继续往地里走。

那人也跟着他走："躺那儿睡觉的小女孩是你什么人？"

"邻居家的妹妹。"杨暄重新捡起镢头后说道。

"哦，那看着和我孙子年纪差不多，也是上二年级？"

杨暄没回答他，只觉得这人一看就是个有钱人，有钱人喜欢来这边算命，有钱人还有闲心去操心别人的事情。他只反问："你不是本地人吧？"

对方瞧他一眼，说自己是从市中区来的，做度假山庄的生意，这一段时间都在春河镇旁边考察，讲了一堆自己的事情，最后又问他去没去过市中区。

杨暄没吭声。

杨暄去的地方很少，每个月会在农历的固定几天，骑着三轮车带着姥姥去镇上赶集。过年前后，他偶尔会坐大巴到亭山的商城逛一逛，采买过年的东西。荷城有五区一市，春河镇属于亭山区，是荷城仅有的贫困县。从小到大，他的足迹只在这附近转悠。

杨暄继续往前密密地锄着地，对方下了田埂，戴上手套跟在他后面撒种子。

这次见面就像拉开了对方的话匣子，喋喋不休的声音落在土地里跳来跳去。男人端着盆跟在杨暄后面，一脚深一脚浅地撒种子撒到地头，忽然抬头，日光在他的眼镜上反出白花花的影，末了，他终于来了一句："你就不好奇我为什么老是打听你，总是来找你？"

杨暄额上布满了汗，他的手心里也都是汗。

尤思嘉一觉醒来已经是下午，她把盖在自己身上的衣服拽了下来，整个人睡得晕乎乎的。

她走到田埂上，发现地里除了杨暄，四奶奶不知道什么时候也来了。四奶奶一边抛种子，一边眯着眼瞧她："小思嘉，睡醒啦？"

尤思嘉迷迷瞪瞪地点点头："几点了？"

"吃完晌午饭从家里出来的时候看了一眼表，是一点出头，路上加上干活的时间，现在得三点多了，你要回家？"

尤思嘉又点点头。

杨暄停了手里的活，要上来送她。尤思嘉摆摆手拒绝了，她把衣服叠好放到三轮车上，一路揪着野花野草，慢吞吞地往回走。

尤思洁见她裹着一身土和杂草进门，嫌弃得要命："你又去哪儿野了？中午饭都不回来吃，赶紧把你那脏衣服脱了！"

尤思嘉只好换了一身衣裳，把沾满土的脏衣服丢进盆里，搬着盆到院子的水龙头下面，往盆里胡乱撒上一圈洗衣粉加水泡上，接着她就跑进屋，搬着小凳子在电视机前看电视。

看了没多久，尤思洁就过来把遥控器夺了过去，命令她把泡着的衣服给洗了。

尤思嘉不敢反抗，蹲在院子里开始洗衣服，磨磨蹭蹭洗了一下午才晾上。

等吃完晚饭，遥控器的归属权才重新回到尤思嘉手上，她刚蹲在电视机前没几分钟，外面熟悉的吵闹声就吸引了她的注意。

她跑出去，走到斜对门，悄悄地透过门缝往里面看。

果不其然，四爷爷又醉醺醺地躺在了地上。

天逐渐热了，为了防蚊子，堂屋外换上了纱窗门，屋内有四奶奶压抑不住的哭声<u>丝丝缕缕地透过纱窗飘出来传到她耳边</u>，一阵又一阵。

尤思嘉用手指轻轻拨了一下门，视线扩大，伙房灯泡散发出来的昏黄光线照亮了小院里的满地狼藉，她的目光在里面来回溜达了一圈，却没有看到杨暄。

尤思嘉转身，还没走几步，突然顿住脚步。

狗窝旁边有一道沉默的影子。

杨暄坐在狗窝旁的石头上，脊背紧贴着墙壁，大黄则盘起身子，紧贴着他的小腿卧着。

尤思嘉走近，他才偏过脸来瞧她。昏暗之下，他的眼睛潮湿且明亮。

杨暄往旁边移动了一下，给尤思嘉腾出来一块位置，她就在他旁边坐下。

两人一起静静听着院内的声音，哭泣声一旦起高，怒骂和摔打的声音也就袭来。

尤思嘉的鞋底碰到了石头，小声问道："他为什么喝酒？"

杨暄过了一会儿才回答："心情不好就会喝酒。"

"他有什么心情不好的事情吗？"

"太多了。"杨暄嘲讽一般弯下嘴角，"今天是因为修车没赚到钱，因为我和姥姥回家太晚，没人给他做饭。"

"可是你和四奶奶今天都在地里干活。"

杨暄又不说话了，垂着眼皮不知道在想什么。

尤思嘉又问："那你吃晚饭了吗？"

他摇摇头，说自己不饿。

"你先走吧，"杨暄说，"我想继续坐一会儿。"

尤思嘉跳下石凳，一步三回头，慢慢地走回家了。

一直躺着的大黄突然站了起来，抖了抖身上的杂草。杨暄垂下手摸摸它的脑袋，它重新蜷缩了下去。

尤思嘉没过两分钟重新出现在他面前。她掏了掏自己的口袋，神神秘秘地把东西往他手里塞。

杨暄低头一看，是彩色塑料纸裹的糖果。

尤思嘉声音小小的："你偷偷拿着，这是我姐之前……呃，她送我的。"说完，她又把一个玻璃瓶子摆在他面前，撂下一句"这个送给你玩"，紧接着转身跑开了。

这是之前装汽水的玻璃瓶子。

杨暄拎起来晃了晃，瞧见瓶底养着的海洋宝宝在水中上下漂浮游荡，像一粒粒圆滚滚的珠宝。

院子内乒乒乓乓的声音重新响起，浑厚的怒骂压住呜咽，姥姥的哭声被拉成破碎长长的一道："这日子过得有什么盼头……"

他坐在墙角，这话飘过来，一字一句听得清楚，像在心上缝了一圈绵密的针脚。

杨暄握着玻璃瓶，控制不住地想起今天那人的话，还有他脸上的神情。

那人只帮他撒了一道种，却说了一堆的话。

他说他姓陆，边说边拿着小树枝在地里划出了痕迹，名字是"新民"两个字。

陆新民有手机，巴掌大小，按键精巧。他在地头接了一个电话，是一个男孩打来的。他挂掉后，聊起了自己的孙子，说他孙子这些天跟着学校去了酒泉卫星发射中心研学。陆新民还说，他是这两年才知道自己还有一个孙子在这里，打听了一圈，决定自己先来单独看看孙子。陆新民夸他勤劳能干，比起那个不争气的儿子，他更像年轻时候的自己。

陆新民最后说，只要他愿意，自己就能带他过另外一种日子。

杨暄睡不着的时候，就在想，原来的日子是哪种日子？

上学放学，帮姥姥干活做饭。说来也奇怪，如果日子有几天变得清闲安生，他就开始提心吊胆，觉得这几天像是偷来的，等姥爷喝了酒，拳头落在他身上，一颗心才能奇异地放在肚子里。

鸡飞狗跳的日子还是要慢悠悠地过，杨暄骑着车带着尤思嘉上下学，她在后面坐着的时候越来越不老实，会折了野花别在他耳后，晃荡着两条腿哼着他听不懂的歌。

播完种子后下了几场雨，玉米一日一日茁壮成长，他载着尤思嘉晃悠悠地经过青纱帐一般的玉米地，时不时想起陆新民的话。他这才意识到，原来陆新民那时不仅撒了玉米种，还在他心里播下了不安晃动的意念。

他从未讲过遇到陆新民的事情，关于"妈妈"的话题，在姥姥、姥爷那里是一个不能提的禁忌。

陆新民不再出现了，漫长的暑假却如期而至。

第三章 /
**他乡与故乡**

暑气蒸腾,大黄白口里一动也不动,只耷拉着脑袋趴在树荫底下吐着舌头,而尤思嘉则穿着短袖、短裤,膝盖和手肘上都有新伤,每天都晃悠悠地过来找杨暄玩。

杨暄指了指她身上的疤痕,问她原因,她只说自己在跟着其他人一起"大冒险"。

午间光线太盛,等日头偏西,热浪退去,杨暄便走着去供销社买酱油,经过街中心的时候,他看到一群孩子都乌泱泱蹲在大队外围的墙上。

暑假,无事可做的孩子们总要找点乐子玩。

大队墙下堆着高低不一的沙土,蹲在墙上的孩子一个接一个地跳下来。沙土柔软,有的孩子胆子大,敢从一人高的墙上一跃而下。

每当有人从最高处跳进沙堆,总能得到大家的一致喝彩。

尤思嘉也蹲在墙上,正伸着脖子往下看,一脸跃跃欲试的样子。

杨暄顿时停住了脚步。

果不其然,周围有人开始怂恿尤思嘉往高处走,其中虎子蹲在一旁,声音喊得最大声。

尤思嘉被说动了,她张开双臂摇摇晃晃地往上挪动,还没站稳,虎子又开始带着人大喊着:"跳一个!跳一个!"

杨暄赶紧往沙堆旁边跑,抬眼就看到瘦小一只的尤思嘉被旁边人往下搡了一把。

她斜着身子从墙上倒下来,杨暄下意识地倾身过去接。

地上沙土细密,他一只脚陷了进去,下一秒刚伸出的胳膊就感受到了短暂的冲击力,这力度拽着他往下倒。

就这样,从天而降的尤思嘉带着杨暄一起滚到了沙土里。

周围传来幸灾乐祸的拍手叫好声,虎子咧着嘴指着他们笑。

尘土扬起来,杨暄咳嗽了几声。

尤思嘉压着他的胳膊,却不重,她反应也很快,一骨碌直起身子,偏过头"呸呸"几声吐出嘴里的沙子,当看到身旁躺着的另一个人是杨暄时,竟一脸惊喜。

杨暄站起来后,拽着尤思嘉的胳膊把她从沙土堆里捞出来。他一边抖着身上的沙土,一边皱着眉问她:"这就是你说的大冒险?"

他话音的最后几个字被街中心一阵响亮的敲锣声给盖住。

其余人顾不得继续嘲笑杨暄和尤思嘉,他们一个接一个地从墙上跳下来,留下了几串深深的脚印后又纷纷往街上跑。

尤思嘉也理所当然地把杨暄的问话给忽略了。

她爱凑热闹,赶紧跑到人群外围,蹦跶着要往里面钻,一看钻不进去,她只好回头看杨暄:"我什么也看不见。"

杨暄只好蹲下来,让尤思嘉揽住他的脖子,随后起身把她给托了起来。

高度一拉起来,就能清晰地看到里面的场景——

一辆小卡车上跳下来四五个人,有老有少,大多赤裸着劲瘦上身,肋骨一根一根分明地凸显在腰侧,下身只有一条红绸裤,有人"砰砰"敲锣,有人往下搬东西布置场地。目前地上有几个长板凳,一个白色的大喇叭,以及预备好的石头、钢珠、铁丝等物件。

原来是表演节目的卖艺杂耍团。

尤思嘉去年就见过他们,这些人表演了肚吸碗、顶钢筋,还有口吞钢珠和胸口碎大石。她清晰地记得有一个比自己大一些的小男孩表演吞钢珠,一连吞了四个,最后只吐出来三个钢珠,剩下的那个怎么都吐不出来,吐到最后甚至开始咳血。

她当时着急得要命,又看见大人拿着铜盆在人群里绕了一圈求打赏,情急之下尤思嘉就直接去翻了她姐的口袋,尤思洁在旁边一下子没防备,兜里的两个钢镚就被她扔了过去。

看完节目回家,她姐还在生她的气。

尤思洁骂她,说这些都是骗人的。尤思嘉在一旁不吭声,只缩着头挨骂,但心里一直记挂着这个事。

此刻,她被杨暄托举着,目光环绕了一圈,发现去年咳血的小男孩好像还在,她顿时高兴了起来。

杂耍团目前只是在预热，要等天暗下来，节目才会正式开始。

杨暄见尤思嘉一直抻着脖子往前看，上身摇摇晃晃不稳定，他赶紧抽出一只手环住她的腰，热烘烘的气息彼此贴着，他的胳膊逐渐发酸起来。

旁边又跑过来一个小女孩，抬手拽了拽尤思嘉的衣角。

尤思嘉察觉到赶紧低头，发现是王子涵。

对方仰着脸，一脸兴奋："思嘉！我看到了一群穿黑衣服的城管过来了，身后还跟着挖掘机，好像是要推谁家的房子！你去不去看？"

尤思嘉一愣，转头看了看还没开始的杂耍团，当机立断地从杨暄身上跳了下来。

街中心有杂耍的热闹，村东头也有吵架的喧嚷。

尤思嘉跟着王子涵跑过去，隔着人群就听到了吵架的动静，七嘴八舌，人声嘈杂分辨不清。她喘着气立定，从衣角缝隙中看到了小康一团蓬勃的鬈发随着动作激烈地跳动着。

尤思嘉听到挖掘机发动的轰鸣，还有履带碾过石子的咔嚓声，她随着声音往旁边的巷子拐，看到了三四个高壮、戴着大檐帽的城管围在一处，旁边挖掘机土黄色的臂架高高挂起，铲斗朝着面前的墙壁凿过去，凿完下接着一下，水泥墙壁迸裂，里面暗红的砖头纷纷滚落。

尤思嘉定定地站着，难得露出迷茫的神色——

她从街中心跑过来看热闹，但没想到挖掘机原来推的是自己家的房子。

人群里的小康被人抓着头发往旁边推，她喊叫着躲开，露出了后方面色急躁愤怒的奶奶。

小康捂着头发撑出了人群，走到城管旁边，对着喊："找不到人就只能推屋子，街坊邻居都得连坐，推完这家推那家。"

剩下看热闹的人也急了："一人做事一人当，他家偷生凭什么推俺家的屋？"

"现在就是这么规定的，所以劝你们，知道刘秀芬躲哪儿去的都赶紧举报哈。"

周围乱糟糟一团，尤思嘉环顾一圈，发现刚刚还在拽小康头发的奶奶不知道去哪里了。有人从后方伸手搭在她肩上，尤思嘉转头看见了杨暄。

"你怎么跑这么快？"他还喘着气，"没事吧？"

尤思嘉摇摇头："你看到我姐了吗？"

杨暄缓了几口气后点点头，把她领到人群后方站着的尤思洁面前。

尤思嘉看见她姐就问："姐，怎么办？咱家被推了。"

"我看见了。"尤思洁语气烦躁,随后低头打量她一眼,"你没事?"

尤思嘉再次摇摇头表示没事,又问:"那咋办?"

"你问我我问谁。"

姐妹俩站在巷子口,看着挖掘机轰隆隆作业。墙壁此刻已经有了半人宽的洞,砖头和沙粒不停地往下滚,透过破洞,能瞧见她俩写作业时的桌子。

好巧不巧,挖的刚好是睡觉的卧室。

方才消失不见的奶奶重新出现了,她趁挖掘机臂架升高时,挤过几个比她高一头的城管大汉,一屁股坐到了墙根,颇有与墙壁共存亡的魄力。

"他大娘,"小康在一旁抱着手臂,苦口婆心,"你现在堵这儿有什么用?不如让刘秀芬回来,待会儿推完你家再推别人家,街坊邻居的都住一块,多不好看。"

挖掘机的履带往后移了一段距离,预备再换一堵墙继续挖。

这时候,奶奶突然从怀里掏出了一个绿色瓶子,瓶身缠着白色塑料纸,上面印着通红的"敌敌畏"三个大字。

小康的脸色骤变,周围人发出惊呼:"哎哟,这是要喝药!"

"把挖掘机开走,"奶奶一把拧开塑料瓶盖,里面的液体随着她胳膊的动作摇晃,"再挖一下我就喝下去。我老命一条不值钱,我看你们搞出人命怎么办!"

说完,她一仰头,举着瓶子就往嘴里倒。

周围邻居一窝蜂拥上去拦,小康和几个城管人员慢了一步,只能围在外面团团转。

听声音,里面的人在忙着抠嗓子眼、拍背,有人转头大喊:"吐出来了!快去接碗水来漱口!"

尤思洁赶紧去接水。尤思嘉也急了,就要往人群里面挤,被身后的杨暄一把按住。

"你先别急,"杨暄弯下腰,声音低低的,"我看瓶里的颜色不对,吐出来的也像清水,装的应该不是真的药。"

周围人争吵着要不要打救护车去洗胃,小康终于败下阵来,在暮色降临的时候,带着人离开了。

街中心亮起灯来,敲锣打鼓的声音远远传来,杂技表演已经拉开序幕。

周围的人也散得差不多了,尤思嘉望了望面前破败的墙壁,又转头瞧了瞧那头热闹的景象,还没开始迈步,就被尤思洁一把拽进了门:"都这个时候了,你就别想着再出去了。"

爷爷奶奶晚饭也顾不得做，他们紧锣密鼓地商量了一下两个小孩晚上睡觉的问题。

爷爷奶奶家还有一张小床，尤思洁这段时间可以凑合着过来挤一挤。而尤思嘉，他们准备今晚就把她送到刘秀芬那里，让她跟着姥姥、姥爷住一段时间。忙完这件事，他们又给尤志坚打了个电话，让他回来补墙，刚好也差不多能赶上第三个孩子出生。

尤思嘉回到家就开始急急忙忙地收拾东西，卧室墙壁破了个洞，她的那些宝贝玩意儿都变得不安全。

她找了一个纸盒子，"叮叮咚咚"地翻箱倒柜，将她的玻璃弹珠、养了一堆的海洋宝宝、几沓皱巴巴的贴画，还有沙包和小布狗等一股脑全装了进去。

随后，她跑到了斜对门，顾不得害怕，拉开防蚊帘子就开始探脑袋。

杨暄果然没有去看杂耍，而是和姥姥、姥爷在一起吃饭。看见尤思嘉后，他瞅了一眼还在吃饭的姥爷，放下筷子赶紧出来。

他跨出门后就问她怎么了。

尤思嘉只拽着他往自己家走，连说带比画地讲了自己要走的事情，随后一脸郑重地指了指地上的纸箱子。

她要把她的财产托付给他。

杨暄没急着搬，只问道："那你什么时候回来？"

尤思嘉挠了挠脑袋："房子修好应该就能回来了。我奶奶说最多一个月。"

杨暄点点头："行，我帮你保管着，等你回来。"

尤思嘉笑了，眼睛弯弯，伸出小拇指："拉钩。"

杨暄也跟着笑，刚伸出手，尤思嘉的奶奶就进来了。她一脸焦躁，提溜着尤思嘉的衣领就往外拽："都几点了你还乱跑，我送完你一趟再回来，得半夜两三点了……"

杨暄伸到一半的手只好放下，也跟着出去。

门口已经停了一辆三轮车，上面有一个板凳，板凳旁是一个装换洗衣服的塑料袋。尤思嘉爬了上去，刚坐稳，低头就拍死一只趴在她小腿上吸血的蚊子。

三轮车的车链子"咔嗒咔嗒"转动起来，尤思嘉坐在后面摇摇晃晃，朝杨暄挥了挥手。

杨暄也抬起胳膊挥 挥，他跟在车后面快走了两步。

月光如水般溶溶明亮,梧桐枝丫的影被莽莽地投下来,流过这辆小小的、嘎吱叫的车子,尤思嘉瞧着他,目光清澈。

转弯前,她又挥了一次手。

杨暄也跟着再次挥了挥手。

等三轮车转过弯,他又往前走了几步,但此刻什么也看不见了,他这才放下手臂。

不知是不是刚才举的时间太长,胳膊的存在感强烈起来,垂在身侧沉甸甸,宛若千斤重。

在姥姥家待了不到半个月,尤思嘉就感到百无聊赖。

刘秀芬的肚子早就高高隆起,行动不便,因此也顾不上她。周围更没有熟悉的小伙伴,尤思嘉便每日孤单一人。

尤思嘉很多时候只能蹲在屋里看电视,看到兴头上,就把床单从床上扯下来,裹着被子扮仙女,扮完仙女扮皇上。

她爬上堂屋中间供奉神像的小桌,将床单在脖子处打了个结,往后一甩,对着空无一人的下方,高高扬起胳膊:"跪!跪!众爱卿平身!"

话音落下,她姥姥就一手端着西瓜,用脚踢开了纱窗门。

尤思嘉连忙跳下来,动作匆忙间,被单长长一条就刮倒了供奉的香炉。姥姥连手里的西瓜都来不及放下,直接抄起墙边的扫帚就要抽她。

她来了一招"金蝉脱壳",扔掉床单,仗着双腿伶俐,一溜烟跑出去老远。

从这以后,她的扮演游戏就被勒令禁止。

不过还好平房楼顶一圈都种着枝繁叶茂的梧桐,整个白日里蝉鸣大噪,尤思嘉便拿着小竹竿,竿头缠上一圈胶带,每日顶着烈日去捕知了。

她的技术不算好,每次竿头刚刚从叶缝枝干中探出去,蝉鸣顿时戛然而止,随后是一阵急促扑腾声,只有冰凉的水滴溅在她脸上。

饭后乘凉时,刘秀芬还在数落她:"天天顶着大太阳出去,知了也没捉几个,你看看你现在,晒得跟只小黑猴一样!"

尤思嘉躺在凉席上,凉席铺在平房屋顶,屋顶白天吸足了烈日光线,余温直到晚上还在徐徐蒸腾着。

她仰脸枕着自己的胳膊,对飘过来的话充耳不闻,只好奇为什么天上的星子越数越多。

旁边的蚊香燃完,蚊虫又扑了上来,尤思嘉一骨碌直起身,捞过花露水就往自己身上喷了一圈,随后重新躺下拿着蒲扇摇啊摇,薄荷的味道夹杂着混凝土的热息,让人昏昏欲睡。

她在迷迷糊糊之中想起了杨暄。

在家的时候,杨暄也经常带她去捉蝉,他的技术比她强多了,不到一小会儿就能把一个小塑料瓶给装满。

她翻了个身,意识慢慢飘走,好像回到了从前上下学的时候,杨暄的衣角被风扑到她脸上,是干燥清新的味道,她坐在自行车后面晃悠悠。路面不平,他站起来加快蹬了两下,车轮磕到小石子,她猛然感受到一阵颠簸……

尤思嘉一下子被晃醒。

楼下巷子口一片嘈杂,有强光手电筒在乱舞,刘秀芬慌乱的声音响在耳侧:"是不是来逮我的?"

"估计被邻居举报了,"姥姥把铺盖卷起来,推着她俩往楼下走,"快快,赶紧跑!"

尤思嘉迷迷糊糊的,被推搡着下了两步楼梯,迎面就撞上了脚步匆匆爬上来的姥爷:"来不及了!我把门锁上了,正砸门呢,得想办法往外面跑。"

刘秀芬一下子就掉了泪:"八个多月了,引产都难……"

姥姥恼了:"你先别急着哭!"

她说完往楼下扫了一眼,看到东边墙壁下面倚着一堆烧柴用的玉米秸秆,当机立断,将被单扯了出来,拍了拍尤思嘉:"拽紧这个,你轻,我先把你放下去,然后你在下面接着你妈。"

尤思嘉一下清醒了。

她双手被打了个结,鞋底蹭着粗糙的壁面,摸着黑从墙上慢慢地被吊下去,随后落进秸秆堆里,裸露的肌肤蹭到干燥的秸秆,又刺又痒。

尤思嘉挣开床单,仰着脸看着床单被收回去,刘秀芬的身影在黑夜中模糊成一团,起先还有粗重的呼吸声,随后被一阵杂乱匆忙的脚步声盖住。

捉刘秀芬的人上来了,那人厉声喝道:"人去哪儿了?"

姥爷转身去挡,随之而来的,被单下放的速度骤然加快,尤思嘉甚至来不及接住,眼看着刘秀芬直直坠了下来,秸秆发出一阵噼里啪啦折断的声响。

"跑了!下去了!"手电筒的光线从上至下一通乱晃,脚步声渐远渐轻。

尤思嘉赶紧扒开秸秆,发现刘秀芬半倚在墙面上,捂着肚子,气息不稳:"我跑不动,你跑,天黑看不清,引走他们……"

尤思嘉早就出了一身汗,她把旁边的秸秆抱过来全堆在刘秀芬身上,遮了个严严实实,随后扭头就往村子外面狂奔。

夜晚原本就闷热,尤思嘉跑起来,气流从她耳边呼啸而过,绕过几条巷子,手电筒的光线紧跟其后,她的嗓子充血,心脏"咚咚"似要跳出来。

不知跑了多久,跑出了村子,跑到后面不再有脚步声,尤思嘉才逐渐停了下来,慢慢喘着粗气,一时有些茫然。

她对这里不熟悉,好像来到了一块田地里,周围的玉米已经茁壮,黑压压一片围在两边。

尤思嘉不敢往里面走,只能摸着黑绕着荒地田埂转,转悠着转悠着,突然感觉走了上坡路,随后脑袋就撞上了一个东西。

她抬头一看,是一个圆盘状的木架,上面铺满层层叠叠的纸花。她后退了几步,才发现自己刚刚走上了一个小土堆,脑袋撞上的是插在上面的花圈。

原来这是一座坟。

意识到这件事的时候,尤思嘉转头就往回走,走了两步腿突然软了一下。她拍拍自己的头,默念:"小思嘉,魂上身,小思嘉,不害怕……"

念叨了两句,好像恢复了力气,她接着就开始闭着眼狂奔。

气流重新在自己耳边呼呼作响,尤思嘉喘着气,终于看到熟悉的村落,路上不再有晃荡的手电筒光线,她连忙回到之前的墙壁旁,往秸秆堆里扒了一扒,竟发现里面空无一人。

等她绕回房子前面,发现大门也是虚掩着,她喊了两声,只有姥姥一个人答应。姥姥一看见她,又急又气:"你跑哪儿去了?!"

"我也不知道,"尤思嘉擦擦汗,环顾一周,"我妈呢?"

"藏起来了,没逮住,但是摔着了,你姥爷驮着去医院了,"姥姥说着就坐不住了,"还不知道怎么样?"

尤思嘉不说话了,她又累又困,进了屋子往床上一歪,立马失去了意识。

第二天早晨,尤思嘉是被门口的摩托车声给吵醒的。

她爬起来一看,大半年不见的尤志坚出现在这里,他跨在摩托车上,嘴里叼着烟,正皱着眉头同门内的姥姥说话,同时带回来了刘秀芬早产的消息。

"人怎么样?"姥姥着急地问。

"大人没事,小孩得住保温箱,一天花销厉害了。"

姥姥起初松了一口气，随后又紧了眉头，问："是个啥？"

尤志坚不说话，嘴边的烟头一明一灭，很快积了一沓灰。

"看你脸色我也知道了。"姥姥说，"你和你爹娘怎么商量的？"

"拿不出来。"烟灰抖下来，落在摩托车上，尤志坚弹了弹，"商量着放弃。"

梧桐树上的知了突然鸣叫了起来，姥姥一时间也没接话。

末了，她问："秀芬现在有人伺候吗？"

"老丈人和俺娘都在。"尤志坚把烟头扔到地上，抬脚踩了踩，"明天你再过去倒班吧。"

尤思嘉在旁边站着，抠着手等了一会儿，听到这句，便开口："我能去吗？"

尤志坚一手握着油门，一只脚往下蹬了两下打火，在摩托车的轰隆声中瞄了尤思嘉一眼，像刚发现她一样："你添什么麻烦，在这儿蹲着吧。"

尤思嘉追着走了几步，继续问："那我什么时候能回家？"

回答她的只有扬起的尘埃和滞后的车尾气。

尤思嘉只好重新进了屋。姥姥开始准备午饭，她搬了个小凳子坐在炉灶旁，拉着风箱打下手。姥姥没什么心情，饭就做得简单，刚盛上要往屋里端，门外重新响起了熟悉的摩托轰鸣声。

一个多小时前来过的尤志坚又满头大汗地回来了。

姥姥把盘子往桌子上一放，手擦着围裙就迎了出去："怎么刚走就回来了，人没事吧？"

尤志坚进来直接躺到太师椅上，端起旁边的茶缸就开始"咕嘟咕嘟"灌水，随后"啪"的一声往桌上一放："没事，小孩还在保温箱住着。"

"要养？"

"嗯。"

"那这钱怎么出？"

"这个不急。"

怎么能不急，汗珠逐渐浸透了后背衣裳，姥姥伸手拿了蒲扇，"呼哧呼哧"敲打着，日光焦灼，转向女婿时，发现他不动声色地往旁边看了一眼。

她顺着他的目光瞧过去——

尤思嘉正坐在小板凳上，两耳不闻窗外事，一手攥着煎饼，一手拿筷子往里面夹菜。

蒲扇停止了摇晃。

姥姥反手摸了摸后背，忽然发觉出的汗是冷津津的。

尤志坚讲，那家人住在市中区，工作都很体面。由于女方身体的关系，两人结婚七年都没有孩子，期间吃药打针各种方法都试了个遍，也没怀上，最后找人算了算命，劝抱养个同姓的闺女养着。

姥姥打断："找人算命？"

"就咱村那个，"尤志坚又喝了一口水，"之前，不也是用这招把大郎家的二闺女送出去了。"

他语速跳脱，说好巧不巧，给刘秀芬接生的护士，是女方之前护校的同学，于是就这么联系上了……

屋顶上的风扇叶子"呼啦啦转"，房间内一时寂静无声。

"那家人比咱条件好多了，"尤志坚继续道，"要是下次再生就直接交罚款，不用东躲西藏了。"

餐盘旁边落下了一只苍蝇，尤思嘉挥挥手赶走。姥姥见状直接将筐子盖在菜上，追着来了一句："确定了？"

"没定，晚上那两口子亲自过来看看。"

尤志坚通知完，就仿佛卸下了一副担子，耸耸肩便走了。

太阳快落山的时候，姥姥坐在门口择芸豆，尤思嘉也搬着小板凳坐在一旁帮忙。姥爷这时骑着三轮车从医院回来，临到门口按下刹车把，车链发出"咔嗒咔嗒"的响声。

他还没下车就说道："那家人没看上。"

姥姥停住了手上的动作："因为啥？"

"嫌是早产的。"

"不是说抱闺女回去引着怀孕，和早产有啥关系？"

"那人家忌讳这个。"

"那不白受罪。"姥姥说着来了气，把手里的芸豆往盆里一扔，"你当时要是在墙上不丢手，能早产？"

姥爷也不乐意："你现在开始怪我了，不是你出的馊主意，说要从墙上吊下去？秀芬都快九个月了，逮着大不了交钱。"

"拿钱拿钱，你上下嘴皮子一磕巴，这两个字说得轻轻松松，要是能拿出来还躲？当年来说媒的时候我就不愿意这家，你非得同意。"

这旧账一翻起来就没完没了。尤思嘉择完盆里剩下的芸豆，姥姥、姥爷还在吵得不可开交。

她起身去村里溜达，边走边踢着地上的小石子，最后坐在路口的石凳上。

天色逐渐昏暗,蚊虫也逐渐多了,才一小会儿,尤思嘉就拍死了四五只蚊子,这时还能隐隐约约听见姥姥、姥爷的争吵声。

尤思嘉突然想起了之前坐在墙角石凳旁的杨暄。

一样的暮色时刻,一样的吵闹。

杨暄那时的心情,是不是和现在的自己一样呢?

等夜色沉了下来,尤思嘉才回去。饭桌上,她咬着筷子,还是没忍住,问什么时候自己能回家。

姥姥头也没抬:"等你爹来接你。"

"那他什么时候来?"

"那谁知道,他是个好爹,他忙!"姥姥"啪"的一下把筷子放下,话里带着未灭的火气,"你想走,我还嫌家里多一张吃饭的嘴呢!"

尤思嘉不吭声了。

但是她的忙人父亲第二天竟又出现在了门口,且二话不说,他直接招呼尤思嘉上了摩托车后座。

尤思嘉精神一振,立马爬了上去。她很少坐尤志坚的车,此刻有点兴奋。摩托车开起来车速很快,她有些害怕不稳,就从后面去抱着他的腰,胳膊刚伸过去,手背就被抽了一下。

"别碰,"尤志坚说,"这么热的天,身上都是汗!"

尤思嘉立马收回手甩了甩,她刚开口,声音就被风吹散:"爸爸,我们是去医院吗?"

尤志坚没回应,尤思嘉提高了音量又问了一遍,对方的声音才从前面被风吹过来,语气不容置疑:"你跟着走就行。"

尤思嘉万万没想到,尤志坚竟然带着她来赶大集。

他把摩托车停在路边,随后拽着尤思嘉挤过蜂拥的人群,来到了一个简单搭建的蓝色大棚下。大棚前面支起了一个木板当摊,摊上有叠起的短袖、短裤,被围过来的人群挑来挑选去,早就凌乱成一团。

尤志坚拽了一件:"这个怎么卖的?"

老板娘正忙着收上一位顾客的钱,头也没抬:"旁边纸板上写着。"

尤志坚瞄了一眼,估计是能接受,回头问尤思嘉:"给你买这个?"

尤思嘉有点受宠若惊。

老板娘听见说话声,赶紧走了过来:"给谁买?"

尤志坚指指身旁的人:"俺闺女。"

"小闺女家挑什么短袖、短裤。"老板娘一侧身,变戏法一样露出身后挂着的鲜艳裙子,拿着铁钩往上一指,"你看,今年新款,一上午卖出去了不少,都是和她年纪差不多大的小孩买的,有好几个不给买就坐在地上哭着不走。"

"多少钱?"

"六十五,最低五十。"

"多少?"尤志坚瞪了一下眼,摆手,"那不要。"

"给闺女买衣服还心疼钱?"老板娘打量了一眼尤思嘉,"哎哟,你看这闺女,双眼皮大眼睛的,就是穿得灰头土脸的。你这当爹的也不给人家打扮打扮,你看她身上的衣服都多少年的旧款了。"

不知是哪句话触动了尤志坚,他犹豫了一下。

老板娘一看有戏,赶紧趁热打铁,取下一条粉色连衣裙。裙子上身是圆领低背的柔软汗布,腰间的闪光松紧带连着下面的泡泡纱。

下一秒,尤思嘉眼前就飘过来一团粉色泡泡,原来是老板娘把裙子往她怀里塞了塞:"闺女,我带你去后面店里试试大小,穿给你爹看看,绝对洋气!"

她抱着裙子,抬头瞅了一眼尤志坚。尤志坚说了个"去"字,然后从怀里开始往外掏烟。

尤思嘉身上的衣服还是她姐小时候穿的,换下来后,她抱着旧衣服往尤志坚那里走,纱裙层层叠叠地轻拂过她的小腿,像踩在粉红云朵上,走路都有点发飘了。

老板娘在一旁继续夸她:"一上午卖出去这么多,就她穿上最好看,闺女长得随她妈妈吧?"

尤志坚看一眼尤思嘉,把烟头扔地上,和老板娘掰扯了半天,最后又砍了十块钱,临走前打了个电话,带着她离开了。

尤思嘉一路提着裙子,看着身旁飞速掠过的景色越来越熟悉,便认出来这是回家的路。她在后面哼着歌,心情逐渐雀跃了起来。

摩托车驶过村前的杨树林,却没继续往村子里拐,而是停在了神婆院子旁。

尤志坚停了车之后,尤思嘉也跳下来,刚想往家里跑,就被她爹一把拽住:"你别动,待会儿老老实实的。"

尤思嘉还不明白是什么状况,就被他拎着去了院外停着的一辆黑色轿车旁,又看着轿车的车门打开,从上面下来了一对夫妇——

两人大约都还不到三十五岁,男的中等身材,穿得和尤思嘉学校的男老师差不多。女的清瘦,穿裙子,上身是白色的防晒披风,头发绾在脑后,紧贴着头皮,她的目光直接落在尤思嘉脸上。

尤志坚显得有点局促,从兜里掏出烟来,就要给对方递过去。对方摆摆手,说了句"抽我的",便掏出了自己的烟盒。

正当尤志坚拿着打火机给对方点烟的时候,尤思嘉感觉有人拍了拍自己的肩。

她一转头,下巴就碰到了女人的手。林慧敏的皮肤滑凉滑凉的,声音听起来也轻,问她:"你就是思嘉?"

尤思嘉点点头。

林慧敏收回了手,继续问道:"上几年级了?"

尤思嘉一字一句回复:"二年级。"

林慧敏笑笑,又追问了些什么,接着尤思嘉就跟着他们进了院子。

这是尤思嘉第二次来这里。

她发现无论是冬还是夏,这个堂屋里总是阴森森、暗黢黢的,神婆仍旧是微合着眼皮,在她面前甩了甩香,下一秒停住动作,猛然鼓起腮帮子,朝尤思嘉吹了一口气。

烟气熏人,尤思嘉被呛出了眼泪。

在这里磨蹭了得有十来分钟,尤思嘉终于被尤志坚放走,她揉了揉通红的两只眼,撒腿就往家里跑。

刚跑没几步,她突然意识到自己身上还穿了裙子,于是下意识地放慢了脚步。

走到家门口,她发现原先墙壁上的破洞已经被补上了,新的水泥颜色更深,不规则的一团,大刺刺地糊在原先的墙壁上,看起来像被小孩尿湿的床单。

家里只有尤思洁一人。

她姐一看见她,立马打量过来:"谁给你买的裙子?"

"咱爸。"尤思嘉说。

尤思洁有点不乐意:"那怎么只给你头?"

尤思嘉挠挠脑袋:"那咱俩换着穿。"

"我能穿进去吗?"尤思洁又打量她一眼,"都穿裙子了,头发还乱糟糟的,一点都不搭,拿梳子去,我给你梳个辫子。"

尤思嘉赶紧拿着小马扎和梳子过来。

她姐很少给她扎头发,但手劲上也是遗传了刘秀芬,尤思嘉只觉得眼角都有点被勒上去了。左边的头发扎完后垂在了肩头,尤思嘉用余光一看,好像是麻花辫。

之前杨暄也给她扎过麻花辫,但是动作可比她姐轻柔多了。想到这里,她心急了起来,嘴里催促着:"好了没有?"

"急什么,咱爸呢?"

"在神婆那里和人唠嗑。"

"和谁?"

"不认识。"

等扎完辫子,尤思嘉立马站了起来,还没跑到斜对门,又停住了脚步,她拽了拽裙子,心里莫名涌上一股说不出来的别扭感。

杨暄还没见过自己穿裙子呢。

所有的期待和别扭都在看清之后落空——

因为木门上面上了一把铁锁。

尤思嘉走过去晃了晃,只能听到"哗啦啦"的铁链声响,门上还贴着过年时贴的画像,上面凶神恶煞的门神不知被谁撕走了一半。

尤思嘉晃悠了两圈,发现连旁边狗窝里的大黄也不知所终。

她重新回到门旁,不死心一般,手指扒着门缝,整张脸贴近缝隙里,想要更仔细地去瞧。

目光还没把院内的景色扫全,身后就传来了声音——

"你在这儿干什么!"

尤思嘉立刻转过身,看到了从神婆那里回来的尤志坚。

他身后没有其他人,右手和左手都满满当当提着东西,正训斥她:"刚买的新衣服,你别蹭脏了。这家没人,别看了。"

尤思嘉连忙问:"人呢?"

"这几天都没人,好像是去住院了。"

尤思嘉一惊:"怎么回事?"

"好像是你四奶奶。"尤志坚似乎也是道听途说,边讲边转身往家里走,"以前经常胃疼胸口疼,前几天被你四爷爷气得发作了,一查才知道是心脏有问题,就住院装支架了。"

"很严重吗?"

尤志坚不耐烦了:"这我哪知道!"

尤思嘉追在他后面继续问:"那啥时候回来啊?"

"我哪知道！"尤志坚把东西往地上一放，挠了挠脸，"这些东西……是刚才那个叔叔和阿姨给你的。"

"能拆吗？"

"拆吧。"

得到允许，尤思嘉欢呼一声，不忘把箱子里的牛奶分给还在一旁正纳闷的尤思洁。

一连几天，尤思嘉都在门口晃悠着。

两天烈日，两天暴雨，接着又是烈日。门口小路的泥土从龟裂到泥泞再重回硬邦邦的状态，斜对门的小木门依旧上着一把铁锁。

尤思嘉晚上躺床上翻来覆去睡不着，便下床去上个厕所，伸脚勾了两下，却没碰着拖鞋。她只好退回，趴在床沿垂着头往下看，鞋子果然被踢到了床底。尤思嘉伸手去捞，手指又碰到了一个硬质壳板一样的东西。

她顿时愣住，随后连鞋都顾不得穿，直接光脚从床上跳下来，单膝跪下，把方才摸到的东西给拽了出来。

是一个纸箱子，她掀开上面的纸板，里面是熟悉的物品——

玻璃弹珠、沙包等全部在，甚至还多了许多之前没有的东西，比如几袋泡泡胶、两把塑胶枪，还有裹着贴纸的口香糖。

因为闷热而不停拍着扇子的尤思洁也被她的动静惊动，便直起身来："你在干什么？"

尤思嘉抬起脸："我的东西怎么在床下面？"

"啊，这个，"尤思洁重新躺了下来，扇子拍在腿上"扑哧扑哧"响，"房子修好后，杨暄送过来的。说等你回来后告诉你这事，结果我给忘了。"

尤思洁说完之后，屋内只有棕叶蒲扇摇动的动静，听不到回应，她翻身瞧了尤思嘉一眼。

尤思嘉蹲在地上，从箱子里拿出来一只小布狗捏着，垂着脑袋不知道在想什么。

"我说你这几天在人家门口晃悠啥，"尤思洁疑惑，"你拉着个脸是什么意思？怪我忘了？东西没丢不就行了。"

"他还说什么了吗？"

"没，就让我记着给你。"

尤思嘉把东西放进箱子里，又把箱子重新推回床底下，闷闷地"哦"了一声。

刘秀芬终于出院了。

尤思嘉看到襁褓里的妹妹时，顿时大失所望——

黑黑瘦瘦，像只没长开的小老鼠。

但丑归丑，尤思嘉还是愿意蹲在屋里看她，见小婴儿除了吃奶就是睡觉，睡醒就哭，尤思嘉好奇一般地掀开她的小褥子，发现里面湿淋淋一片，原来是尿床了。

她看着妹妹，身旁的刘秀芬也去看尤思嘉，最后微不可闻地叹了好几口气。

当天的晚饭是请爷爷奶奶过来一起吃的。大家围坐在一起，满满当当八个菜，比年夜饭还要丰盛。

尤思嘉开心得蹦上蹦下，享受到了过年都没有的待遇。一旁的尤思洁终于察觉出不对劲来了："怎么做这么多好吃的？"

大人没理会她的疑问，拿喝酒的杯子给尤思嘉倒了一杯果汁。

吃完饭之后，尤志坚把尤思嘉叫进屋里，问她还记不记得前几天送她礼物的叔叔阿姨。

尤思嘉说记得。

"他们家在市中区，城里人。"尤志坚清清嗓子，"这几天他们回去办手续了，你以后就去城里上学，跟着他们住。"

尤思嘉起初没反应过来，眨巴着眼想了一会儿，问："我姐去吗？"

"她去干什么。"

尤思嘉的表情像一团没化开的冰，又问："那我什么时候回来？"

"你傻。"尤志坚说，"你过好日子去了，还回来干什么？"

尤思嘉抠着手，仰着脸想了一会儿，最终还是说出自己的想法，声音小小的："那、那要是没人陪我玩怎么办？"

"你担心这个？"尤志坚有点不耐烦了，"人家住商品房，你到时候天天吃好吃的，玩好玩的。"

"但是——"

"别但是，"尤志坚打断她，"他们过几天就来接你。"

话音说完，就听见门外"砰"一声脆响。

尤志坚赶紧出门去看，尤思嘉也紧跟其后，只见地面上飞溅得到处都是白瓷碎片。对门屋子的婴儿被惊醒，开始啼哭起来，刘秀芬赶紧进屋去哄。

始作俑者竟然是尤思洁，旁边的爷爷奶奶赶紧拉住她安抚："你生什么气，她本来就小、好哄，你这样，万一再弄得她不愿意去了……"

尤志坚也怒了："你要造反？"

尤思洁挣脱旁边的手，红着眼睛和尤志坚对视了一眼，快步走出去了。

距离开学还有一个多星期的时候，尤思嘉坐上了去往市中区的车。

尤明和林慧敏亲自过来接她。尤思嘉打开车门的一瞬间，扑面而来的是一阵甜腻刺鼻的凉气。

她缩在后座的车窗前，整个人别别扭扭的。起初，她用手捂住鼻子，后来开始用嘴巴呼吸，身下皮制的坐垫和裸露的腿部皮肤摩擦，有发涩的触感。

车窗的景物开始流动的时候，尤思嘉突然回头往后看。

隔着有些朦胧的后窗玻璃，她看到已经进门的父母，她姐还站在原地。再往后，斜对门的木门直到现在都没有打开的迹象。

车身摇晃着转了个弯，快速移动的棵棵杨树连成栅栏，把人圈了进去。村落开始模糊，那一闪而过的小教堂，已经成林的玉米地，她捉过小螃蟹的小溪流，学过自行车的荒地，她散落在各处的秘密基地，都一一闪烁着过去了。

尤思嘉望着外面，就这么一直望着，直到那片荒野成了一道分割线，成了眼睫眨动时翻下的一阵影，直到她看不见任何从前熟悉的景物，她才转过身重新坐下，突然觉得胃里沉甸甸的，有什么东西在里面不停地翻涌着。

从春河镇到市中区没有通铁路，路上的行程也弯绕难行，穿过乡镇街道和不平的土路，拐出山区，才能上高速，而路上要耗费近三个小时。

尤明下了高速，踩着油门直接去了洗车店。

店里的员工拖着长长的水管不停地冲刷车后座，尤明在一旁抽烟，面上没有什么表情："你怎么不提前说自己晕车？"

尤思嘉一路被香薰味裹着，摇摇晃晃的后座让她难受，在高速上转弯时，还没来得及说什么就吐了。她这时才惊觉自己似乎犯了大错误，只一脸菜色地站在阳光下，鼻腔和嘴巴之间残留着黏稠的异物感，身上一阵冷一阵热。

林慧敏买了一瓶水过来，闻言回复道："你别一开始就往小孩身上怪。"

尤明抖抖烟灰："我哪是怪她了？"

林慧敏转身摸摸她的头，把手里的矿泉水瓶拧开递给她："思嘉，喝水漱一下口。"

尤思嘉照着做,又听林慧敏问道:"你以前也晕车吗?"

尤思嘉口里含着水,摇摇头。

"以前不晕?"

"我以前没坐过车。"尤思嘉吐在地面上的水迹正以肉眼可见的速度蒸发掉,她舒服了一些。

林慧敏一愣:"没事,下次你就提前和我说,咱拿着袋子。"

尤思嘉点点头。

车驶进了一个陈旧的院落里面,尤思嘉望着这些掉漆的楼房,每户都是一个小格子,小格子互相堆叠起来,像鸽子笼。而进门以后,她才发现里面比自己想象得更加狭窄,和自己以往住的地方大不相同。

两室一厅的房间,装修陈旧整洁,有很多家具电器,她的小房间在尤明和林慧敏夫妇对面,紧挨着阳台。

房间里是上下两层的双人床,对面是书柜和小桌,旁边甚至还摆着一个四四方方的电脑。尤思嘉以往只在学校微机室里碰过电脑,两个星期上一次,每次上课前,还要往鞋子外面套上鞋套。

林慧敏晚上教她用热水器洗澡,尤思嘉觉得新鲜。以前住村子里的时候,夏天屋顶上摊着黑色的晒水袋,到晚上就凉了,而这里的淋浴头无论什么时候都出热水。

尤思嘉不经常见尤明。这几天,大多数情况下,尤明只有晚上才回来。而林慧敏在医院上班,工作时间不固定,很多时候是晚上出去,第二天睡一整个上午,睡醒之后就做饭,随后又要去上班。

尤思嘉很想出去玩,但是环境陌生,她闷在屋里,每日都觉得喘不过气来。林慧敏看出了尤思嘉的躁动,便带她在小区附近转悠了几圈,但是不允许她自己单独出去。

快开学前,尤明带着尤思嘉去新学校办理手续。

小学离自己家不算特别远,去的中途,尤明下车给她办了一张公交学生卡,又指了指上学的线路,说这个小学是整个市中最好的小学,他为了她能来这里上学,费了好些劲。

尤思嘉只顾着点头,新学校很大,赶上之前乡村小学的好几倍。或许办理转学手续的都是在这一个上午进行,尤思嘉进了学校的大厅,看着桌子前排起来长长的队伍,她跟在尤明旁边,打量着周围的环境。

有人交完资料往前走,尤明接着补了上去,尤思嘉也跟着往前走,脚步突然一顿。

她看到一行人从前面起身离开,一个穿着讲究的中年人带着两个男孩,一个高一个矮,跟在最后面的高个男孩穿着白T恤、牛仔裤,微微低着头。

这身衣服是陌生的,但是瘦挑的身形、走路的姿势以及那一闪而过的侧脸,让尤思嘉确定那是杨暄。

她下意识地去喊他的名字,一时激动,张开嘴竟发不出一点音来,只能眼睁睁看着他往外面拐。

尤思嘉顾不得其他,拔腿就去追。

刚跑两步,她就听到身后"哎"了一声。

尤思嘉转身,看到了一脸不悦的尤明:"干什么去?"

尤思嘉扭头,看到杨暄的衣角消失在大厅,她急了,再次回看尤明,手里比画着:"我看见一个认识的人,说句话就回来。"

"不行,你不能乱跑,马上就到——"

"我很快。"尤思嘉撂下这句话就追了过去。

她跑起来的时候,额上的头发都扬起,还险些撞到其他人。等出了大厅,她往四周环顾,扫过西边的小亭子、东面的教学楼,都没有熟悉的人影,只有校门外行人匆匆,却不知道杨暄在哪里。

尤思嘉顺着方向,往旁边的停车场走,边走边看。

她没注意前方的路,小腿不小心磕到花坛边上,突然感觉身体一阵失衡,接着整个人扑在了地面上。

膝盖下方传来一阵尖锐的疼痛,她的手掌顺势贴在石砖上,还能感受到砖面有烈日炙烤一上午的灼热。

尤思嘉用手掌撑着地面,挪动了一下位置,刚微微抬起头,就被一片阴影遮住。

视线首先触及的,是一双鞋,边缘洁白干净,看着颇昂贵。

尤思嘉挣扎了两下,费劲地爬起来,眯眼瞧着面前的男孩。

他比自己高半个头,皮肤白,脸上没什么表情,只是垂着目光看她从地上灰扑扑地爬起来。

尤思嘉拍拍身上的土,发现膝盖处破皮流血,又抬头见这人的衣服眼熟,突然间灵机一动,他不就是方才杨暄身旁的另一个男孩?

尤思嘉睁大眼睛,顾不得膝盖疼,连忙上前一步:"你认不认识——"

"不认识。"

陆泽铭边说边往后退了一步。

他声音冷,避她不及的样子,紧接着转身往后面走。

上了台阶走了几步后,陆泽铭察觉身后的动静,又偏头看了一眼。

杨暄从卫生间出来,看到陆泽铭站在外面,正聚精会神往前方看。他甩了甩手上的水珠,随着陆泽铭望着的方向扫了一眼,没看出什么名堂,便问:"你在看什么?"

问完之后没有回应,陆泽铭仍旧望着原来的方向,没搭理他。

杨暄收回目光,也没指望陆泽铭回复。

自从陆新民把他接过来后,这个弟弟只要一和他单独相处,基本就是爱搭不理的模样。他心想,都是上二年级的年岁,小孩和小孩之间性格气质差别未免太大。

就在这时,陆泽铭突然开口:"刚刚,有个小女孩撞到花坛后摔倒了。"

杨暄惊讶地瞧了他一眼:"然后呢?"

"然后她爸来了,"他笑了一下,"连拖带拽把她给拉走了。"

杨暄低头把书包拿到胸前,拉开拉链:"那有什么好笑的?"

"因为她摔倒的姿势很搞笑,样子也很狼狈。"陆泽铭转头看向他,"这不好笑吗?"

杨暄不置可否。他随后从包里掏出小瓶装的矿泉水,问陆泽铭:"我包里有水,你喝吗?还没拆封。"

陆泽铭转过头去,连摇头都懒得摇一下。

杨暄没和他计较,只觉得嗓子发干,便单手拧开盖子,仰头一口气喝完,转身看到旁边的垃圾桶,他犹豫了一下,还是把空瓶装回了自己的书包里。

两分钟后,司机把车从停车场开了过来。车窗摇下,陆新民坐在副驾驶座招呼他们上车。

"晚上有个局,"他俩上来以后,陆新民说道,"待会儿我带你俩一起过去吃饭。"

"爷爷,"陆泽铭说,"我下午四点有钢琴课,我妈妈晚上还给我请了围棋的家教老师。"

陆新民没说话,手指在膝上敲了两下,才说道:"推到明天不行?"

"明天还有马术课,"陆泽铭往后缩了一下,"不去上课,我妈妈肯定不高兴。"

陆新民哼了一声:"你妈一天到晚跟我对着干。"

他又问杨暄:"你愿意跟我去吗?"

杨暄的视线望向窗外,飘飘忽忽的目光不知道落在哪里:"我想去医院看看姥姥。"

车子停在路口，陆新民哼了一声："你俩一个个都孝顺。"说完不再强求。

车厢里重新安静下来，红绿灯再次变换，司机重新踩下油门。

"哥。"

杨暄的目光还飘荡着不知落在哪里，猛然听见身旁人这么喊他，一时都没反应过来。

陆泽铭声音难得软起来："我渴死了，你书包里是不是还有一瓶矿泉水？"

杨暄一愣，说没了。

"你没给我留吗？"

陆新民紧接着从后视镜里瞧了他们一眼，把手旁的杯子往后递了递。

"谢谢爷爷，"陆泽铭接过来，"还是爷爷好。"

陆新民被恭维得哼笑了一声，心情愉悦起来。

晚上，杨暄在医院楼下的摊位上买了几个苹果，用塑料袋拎着上了楼。

他进到病房的时候，姥姥已经做完手术，正在监护当中，穿着病号服倚在床头上，床旁边还有一个空着的折叠椅，却没看到姥爷的身影。

看见杨暄来，姥姥对他招招手。

杨暄坐在床前，帮她按了按胳膊和腿，又问姥爷去哪里了。

"你别理他，"姥姥声音虚弱，"躲起来了，生气呢。"

杨暄不说话了。

姥爷不待见陆新民，但住院后的很多事情，都是陆新民找人帮忙处理的。陆新民接杨暄回家住，话里话外的意思都想让他留在这里，上午更是直接带他去了新学校转了转，甚至已经预备好了转学的手续。

姥姥又问他："你住得怎么样？见到你爸没？家里人好相处不？"

这一连串问句抛下来，杨暄迟疑地点点头，做了笼统模糊的回应。

严格意义上来讲，他只和他的亲生父亲见了一面，更不知道那人叫什么。那人在一个晚上醉醺醺地回来，瞧了他一眼，含含糊糊说了些话，就去睡觉去了。第二天，那人又消失不见。陆新民从师文淑那里得知，那人第二天一早又被"狐朋狗友"拉去鬼混了。

师文淑是陆泽铭的妈妈，一个很年轻很漂亮的女人，开了几家美容院，每日除了工作就是照看陆泽铭。有一次上下楼时，距离很近，杨暄能嗅到她身上浓郁的香水味。

杨暄过去住的时候，师文淑明面上没有什么态度，也很少和他讲话。

她对陆泽铭倒是很严格，陆泽铭上家教课，她就在一旁看着，晚上还经常检查陆泽铭的作业。

姥姥盯着他的反应，随后拉着他的手说道："手术用的是国产的支架，我问了做手术的医生，出院还能报销大部分……"

杨暄手中动作不停，只垂着目光，心里不知道在想些什么。

等天色擦黑，杨暄才起身回去。

他上了公交车，扔了钢镚，看到最后一排靠窗的位置还空着，随后踏上台阶、挤过人群坐下，将窗户开得更大一些，小臂搭在上面。

夜风已经带了凉意，他额头上的碎发被吹起。

现在是八月底，燥热的夏天马上要过去了。杨暄发觉城市的夏天比乡村更漫长一些，此时如果在乡下，晚上他们偶尔会裹上薄外套。

这样想着，外面吹进的风竟也带着深几分的凉意，杨暄往外面看去，原来是公交车摇摇晃晃地行驶到了河边。

柳枝垂下，夜幕下的墨水河汩汩流淌，水波映着岸边的光亮，像一条蜿蜒明亮的丝绸缎带。而河岸另一端坐落着一片独栋小区，是繁华下难得的静谧位置，紧邻着闹市，每一户都散发昏黄的光晕，像缎带上点缀的珠宝，一颗颗错落有致地散落在绿荫里。

陆新民的家正是其中的一颗。他早就丧偶，和儿孙一起住在一座小独栋里。

杨暄进门的时候，他因为饭局不在家，而师文淑则敷着面膜，把切好的水果盘往正在上家教课的陆泽铭房间里端。

师文淑上楼时瞧见杨暄进来，脚步顿了一下，对他说道："我让陈阿姨给你留了晚饭，在厨房。"

杨暄说了一声谢谢。

他独自进了厨房。杨暄吃饭很快，没十分钟就解决得差不多。

陈阿姨进来收拾东西，看见杨暄把碗筷放下，一瞧，有些惊讶："吃这么干净！是不是不够吃？"

"不是，"杨暄笑了一下，"我觉得不能浪费，胃还有点撑。"说完他把碗盘收拾收拾往池子里放，卷起袖子就要刷碗。

"哎哎哎，"陈阿姨过去拦他，"这个活不用你干。"

"陈阿姨。"师文淑不知道什么时候出现在门旁，笑盈盈的，"暄暄愿意干就干吧。"

陈阿姨讪讪地收回手，手在围裙上无意识地搓了搓："哎哟，这么小就这么懂事。"

水龙头旋开,水流哗哗响,浓郁的香水味飘了过来。

"肯定呀。"师文淑笑着捧场,"毕竟妈妈以前也做过保姆,刷碗这种活,他应该很熟练。"

陈阿姨没接腔。水滴飞溅出来,杨暄感到面上一阵凉意,他伸手擦拭了一下面颊。


距离开学还有三天,杨暄准备离开这里。

姥姥、姥爷那边已经办理好了出院手续。杨暄出门的时候,师文淑拎着几个箱子挂在他手上,眉眼弯弯:"你姥姥住院这么长时间,我都没去看看,这几箱补品你得拿着,对病人身体好。"

杨暄犹豫再三,还是接着了。

陆新民开车从公司往家赶,到的时候就看见杨暄接过东西往外面走。他一个眼色扫过师文淑,对方没理他,直接转身进门。

陆新民走到他面前,面露无奈:"怎么,还是要回去?"

杨暄点点头。

"城里日子过不习惯?"

"没有。"

"你姥姥、姥爷逼你回去?我不是说医药费我出?他们还是不愿?"

杨暄摇摇头:"不是。"

"那你在这里不比回家强?"

"你之前来找我的时候,"杨暄说道,"我往地里播玉米种,之后还打了药、翻了土,好几次下地去除草。"

陆新民不说话了。

杨暄的语气和面色都很平淡:"还有一个月就到国庆,玉米该成熟了,我得回去掰玉米。"

"掰玉米?"陆新民重复一遍,"就这样?"

杨暄微微点头,跟着叙述了一遍:"就这样。"

陆新民原本要送杨暄走,但杨暄说不用。

他去了旁边的商场,在一楼的百货店里看了很长时间,算了一下口袋里的钱,最后挑了一个精装盒的芭比娃娃。

他之前问过陆泽铭,据说城里的小女孩都玩这个。

售货员看他一个人在这里徘徊很长时间,便过来和他讲话:"小帅哥,给谁买?"

"给妹妹买。"

"你手里那个不如这个,"售货员拿过来一个更狭长的盒子,"这个比你手里的豪华多了。"

杨暄对比了一下,发现里面只多了几件衣服,价格却翻了一倍。于是,他摆摆手:"我买这个就行。"

"但是这个衣服多,可以玩换装游戏。"

杨暄贴近看了一下,看清楚后更放心了:"我回去可以自己缝。"

付完款,他抱着了礼盒,放下心来。

尤思嘉是有小脾气,但是不难哄。

拎着大包小包再次坐上公交车,杨暄隔着河岸望向那片住宅区。

阳光照眼,屋顶的玻璃闪着光,看起来更像被绿荫包围的珠宝盒子。

珠宝再昂贵,可惜不是属于他自己的。

要回家了。

他这么想着,身下的公交车摇摇晃晃开起来。杨暄怀里、脚下都是东西,他收紧了手臂,心情像是旷野里扑腾闪过的鸟,只余一身轻松。


直到开学,尤思嘉小腿处的伤口才结了痂。又逢下雨天,隔着皮肉都在隐隐发痒,她上课时,总忍不住隔着裤子去抓。

频繁的小动作被讲台上方的老师发现,老师低头看了一下座次表,随后点了她的名字。

尤思嘉瞬间收回手,腾地站起来。

新班级的人数几乎是她以前班级人数的三倍,桌椅之间的距离更狭窄,她起身的动作挺猛,身后的椅子也跟着"当啷"往后退。

下一秒,尤思嘉就听到身后有重物落地的声音。

她赶紧扭头,只瞧见了身后男生弯下的脊背,地上是跌落的黑色保温杯。

她还没来得及给对方道歉,讲台上的老师就提了她问题。她只好转身回答,回答完毕后,就听闻周围传来一阵细微的笑声。

"坐下吧。"老师往下压压胳膊,"第一节课更要注意听讲,还有,下次回答问题记得要用普通话。"

尤思嘉有些不明所以,她下意识地去抓了抓头发,手中却不再是熟悉的如杂草般乱糟糟的触感。林慧敏开学前专门带她去打理了头发,想到这儿,她又连忙把头发压下去。

下课铃响起,老师夹着课本离开。尤思嘉还记着上课发生的小插曲,连忙转身:"对不起,你的——"

她话说到一半就卡了壳。

后面的男生面庞白皙,眉毛乌黑,眼神很漠然。

尤思嘉几乎要跳起来:"是你!"

陆泽铭自顾自整理着桌面,没理会她。他将语文课本收回桌洞,随后拿出下节课的书本,端端正正地放在桌面上。

尤思嘉拖着椅子往他桌子方向挪动,语气急切:"你真的不认识杨暄吗?"

看到她莽撞的动作,陆泽铭扶住自己的杯子,目光警惕。

"哦,对不起。"尤思嘉注意到杯子,想拿起来看看,"我上课不是故意的,你的杯子——"

她的动作伸出去了一半就顿住。

因为陆泽铭重新把杯子拿走,往后挪远了一点距离,他盯着她的手看。

尤思嘉顺着他的目光瞧去。

从二年级开始,他们就要用钢笔写字,尤思嘉还不太熟练,一节课下来,弄得手上都是一块又一块的墨迹。

她讪讪地收回了手,见他还是不回答,只好转回了身子,只疑心那天是眼花看错了。

尤思嘉的同桌也是个男生,戴了一副圆框眼镜,把刚刚发生的一切都看在眼里,他踢踢尤思嘉的凳子:"你别问陆泽铭了,他不和女生说话的。"

尤思嘉更不理解了,最后没忍住,还是伸手挠了挠头发。

尤思嘉对新环境适应得很快。熟悉回家的路线后,她就很少去坐公交车和校车,更愿意自己一个人背着书包走回家。

只是新学校要比之前学校的课程多,而且每周上完课后还有额外的乐器课和书法课,有时回家晚了,尤明会绷着脸,林慧敏也难免说她两句。

这天上完书法课,老师检查完尤思嘉的字,由衷地夸她:"才几天进步就这么大,真棒!"

同桌趴着脑袋过来瞧:"什么嘛老师,尤思嘉的字明明写得不好看!"

"比的是进步。"老师说,"尤思嘉以前基础不好,字歪歪扭扭像小狗爬,但是态度好,现在和以前相比,已经是很大的进步了!"

"你听见了没?"同桌抓住话里的漏洞,转头找认可,"老师说尤思嘉的字像狗爬!"

尤思嘉扭头瞧了一眼，发现陆泽铭竟然也跟着露出了笑容。

不过她不在意，还是捧起自己的本子左瞧右瞧，心情雀跃地哼着小曲，越看越满意。

今天她回家的速度很迅速。

林慧敏在家休息调整作息，尤思嘉在屋里写作业，写一会儿，玩一会儿。

她前几天在书桌柜子的上层发现一摞厚厚的杂志和书，杂志从《读者》到《意林》，再到各路《故事会》，书则五花八门什么都有。

尤思嘉以前不看课外书，但待在这里，实在没处溜达，只好百无聊赖地随便翻翻，看进去之后，竟发现是另一处辽阔天地。

借着纸张上的铅字，她像是回到了尤家村，回到了那些野花野草相伴的日子，她小小的灵魂迎着大风，在荒原上像小马驹一样自由奔跑。

看得正入迷，听闻外面有开门声响，尤思嘉赶忙把课外书收起来。她拉开门，探出了个脑袋，瞧见尤明下班回来，脸色阴沉着。

他先问尤思嘉："你妈妈呢？"

对于称呼，尤思嘉其实还没改过口来。但他既然这么问，尤思嘉只好说在房间内休息。

尤明放下包，烦躁地坐在沙发上，拿着遥控器按来按去。林慧敏此刻从房间出来去做饭。尤明紧接着看了一眼尤思嘉："你作业写完了？"

尤思嘉点点头，随后飞快跑回房间，拿着本子出来递给尤明，格子纸上布满整齐的钢笔字迹。

"让我检查？"

"嗯嗯。"

尤思嘉说完，双手背在身后，踮着脚尖，有点期待地瞧着尤明。

尤明靠在沙发上，拿着本子，手指捏住其中一页翻过去，又"哗啦"一下翻回来，眉头夹出蜿蜒的黑线。

下一秒，他伸手，"唰"地将这两页纸给撕了下来。

他可能觉得还不够，接着把这两页对折，又撕了一遍，把碎片往她面前一扔："字太难看，重新写。"

几页碎纸像苍白的蝴蝶，奄奄一息地落在地板上。

尤思嘉表情空白，愣了好一会儿。

她随后慢慢蹲下，将碎纸一点点捡了起来，一句话不说，拿着本子进房间去了。

林慧敏做好饭出来，环顾了一圈不见人影，她去敲门，发现房间反锁了。

"思嘉,"林慧敏隔着门板喊她,"出来吃饭了。"

好一会儿没动静,林慧敏又敲了一遍门,尤思嘉的声音从门缝里飘出来,说自己不饿。

五分钟后,林慧敏拿着钥匙打开了门,进去一看,尤思嘉正伏在书桌上,拿着塑料胶带粘作业本。

林慧敏过来摸摸她的头,坐在她旁边和她一起粘:"下次再写认真一点就好了,爸爸要求高,这也是为你好。"

尤思嘉用嘴巴撕掉胶带纸,还是不吭声。

"他今天因为工作不顺,所以脾气不好。"林慧敏继续说道,"我们不和他一般见识,等他吃完了我们再出去吃,好不好?"

尤思嘉这才缓缓点了点头。

尤明可能觉得过意不去,第二天亲自给她买了早饭,还送她去上学。

因为第一节就是语文课,作业被撕掉后,尤思嘉昨晚熬夜重新写了一份,还好没有错过交作业的时间。

他们学习了新课文《珍珠鸟》,每次新学一篇文章,都要选一列学生进行一次"开火车"游戏。

第一排的同学纷纷屏住呼吸,几双眼睛纷纷跟着老师的教棍游走,"嗒"一声轻响,一锤定音,教棍末端落在第一排中间的桌面上。

桌椅移动,随即是清脆的朗读声——

"真好!朋友送我一对珍珠鸟……"

尤思嘉却心叫不好,因为自己也在这一排里。她连忙抬头数了一下位置,自己是第三个,紧接着低头用指尖在课本上滑着数段落,一段、两段……

朗读火车突然在她前面卡住,尤思嘉和其他同学一样,都好奇地抬起头来。

前面的女生站起来,停了很久,最后终于从嗓子里憋出动静:"嘶、嘶……"

周围笑声渐起。

尤思嘉看了一眼课本内容——三个月后,那一团越发繁茂的藤蔓里边,发出一种尖细又娇嫩的叫声。

尤思嘉的同桌笑得最大声:"老师!你赶紧让程圆圆坐下吧,她是个结巴!"

老师"砰砰"敲了两下课桌维持纪律,道:"安静!读完才能坐下。"

可程圆圆的面色涨红,手指抠着课桌的边角,整个人要烧起来了。

程圆圆有轻微口吃，以"S"开头的任何音节，都仿佛被女巫布下了咒语，平日里不显山露水，但在极度紧张的情形下会如急症一般不期然发作。

耳边是同学的窃窃私语，旁边是老师不苟言笑的神情。程圆圆的呼吸开始变得急促，她盯着课本，舌尖被涌上来的气流冲击到发麻，"三"这个字就卡在喉咙间，像课文里的珍珠幼鸟，几经挣扎仍旧深陷在藤蔓里。

"老师！我来替她读！"

听到这个声音，程圆圆惶然转头。

后排女生高高举起手来，她留着蘑菇头，一双眼睛圆溜溜，如葡萄般乌黑发亮。

老师让程圆圆坐下，接着尤思嘉特别有气势地站了起来，捧着课本一字一顿地大声朗读。

没想到以同桌为首，班里的笑声更盛了。

等尤思嘉读完，无辜地瞧了一圈。

语文老师无奈："你的普通话也太不标准了，平翘舌音完全不分啊。"

尤思嘉挠挠头发："可是、可是我以前的老师就是这么说的呀。"

"你以前在哪儿上学？"

"霍庄小学。"

"我没听说过这所学校，放学后你来办公室，我帮你纠正发音。"

尤思嘉"哦"了一声，重新坐下。

下了课紧接着就是眼保健操，做完眼保健操，程圆圆转过脸来："谢、谢谢你。"

尤思嘉不好意思了："没关系。"

同桌带着一帮男生也跟着喊："谢、谢谢你。"

程圆圆脸色顿时涨红了，重新转过身去。

尤思嘉瞧了一眼同桌："你怎么能这样！"

"我哪样？"他靠近了一点，"以前就觉得你土里土气的，没想到你真是从村里来的小土妞！"

他说完就转头："陆泽铭，你说是不是？尤思嘉是村里来的小土妞！"

陆泽铭黑漆漆的眼睛盯着尤思嘉看了两秒，没说话。

尤思嘉不高兴了，她把板凳往前挪了挪，又拿了根铅笔，在课桌上画了道"三八线"，以此来表达自己的不满。

但也因祸得福，她和程圆圆成了好朋友。

两人放学后开始一起回家。为了感谢尤思嘉，程圆圆神神秘秘地掏着书包:"我请你吃好东西!"

尤思嘉好奇地凑过头去看,见她掏出来两个包装袋,把其中一袋分给了她。

原来是辣条。

"我们吃完再回家,"程圆圆边拆边说,"要不然我妈妈闻到味道又会骂我。"

尤思嘉捏着包装袋,说道:"我们村子有个神婆,她住的地方以前是个辣条厂。"

"哇!"程圆圆羡慕了,"那你岂不是经常可以吃辣条?"

尤思嘉点点头,和程圆圆一起把辣条吃完才回家,她还把自己的玻璃弹珠送给了程圆圆。离家前,她掏了一把玻璃弹珠放在口袋里。

因为这件事情,一连几天,班里都有调皮的男生模仿程圆圆的结巴和尤思嘉的口音。

"小土妞。"

同桌起的外号广为流传,现在很多人都这么喊尤思嘉。

第一次喊她,她不理会,接着喊的话,尤思嘉就会拿着课本站起来作势要打人,捉弄她的男生就会更加兴奋,被她追着绕教室跑一圈,停下来都气喘吁吁。

"你把三八线撤了吧。"自习课上,同桌说。

"谁让你给我起外号的!"

"你不就是小土妞吗?"他说,"小结巴的玻璃弹珠是不是你送的?我也想要。"

尤思嘉听他这么说,更不想给他了。

同桌磨了半天,见她不给,便要翻她书包,两人打闹了起来。

后面的陆泽铭受到影响,敲了敲桌子,绷着一张脸:"别往后靠。"

两人的动作都轻了许多。同桌扯着她的书包:"你看你把陆泽铭惹生气了吧,赶紧分我一点。"

尤思嘉不给:"谁让你给我起外号!"

同桌一把扯过她书包上的挂坠:"那这个是我的了!"

尤思嘉一看,遭殃的还是那只小布狗,她真的生气了,站起来就要夺:"你还给我!"

"这只狗还打了补丁哈哈哈,你真的是小土妞。"

陆泽铭又被迫从桌面上抬起头来,下一秒,一个东西"啪"地落在他的课桌上。

"陆泽铭,你接着……"

陆泽铭还没反应过来,见有东西掉落下来,他下意识抬起课本,小布狗就这么被拂到了地上。

紧接着,同桌弯腰去捡,尤思嘉猛地起身去夺,两人扭打在了一起。

只听"哗"一声响,班里的其他人被惊动,纷纷站了起来——

陆泽铭的课桌被掀倒,三个人都倒在了地上。

第二天,尤思嘉就被请到了老师办公室。

她一抬头,吃惊地发现尤明和林慧敏都在办公室里的黑皮沙发上坐着,旁边则是一个穿着打扮异常时髦的女人。

教导主任正弯腰给那女人倒茶。

见尤思嘉进来,尤明的眼神直接扫了过来。

"情况就是这么个情况,"师文淑端起茶杯,在手里转了一圈,"我儿子昨天回家,胳膊上有擦伤,书本也有破损。问他,他也不说,后来和认识的家长,哦,对,就是这个女孩的同桌的妈妈,打听了之后才知道,泽铭的前桌是个这么野蛮的小女孩,和人家打架误伤了我们家泽铭。"

尤思嘉张口想说什么,尤明又一个眼风扫过来。

她在一旁垂着头不吭声了。

最后,尤明和林慧敏站起来和师文淑握手道歉。

师文淑此刻特别大度:"早知道您在教育局工作,小孩子嘛,调皮难免,现在说开了,您多教育一下,孩子下次肯定不会再犯了。"

距离放学还有一节课,尤思嘉只好闷闷地跟在尤明、林慧敏后面,送他们出了教学楼。

临走之前,尤明转过身,刚扬起胳膊就被林慧敏按住:"现在还在学校,你干什么!"

尤明只好放下胳膊,指了指尤思嘉:"你今天放学早点回家,在学校也要老老实实的!"

尤思嘉仍旧垂着头。

陆泽铭站在楼梯上目睹了这一切。

师文淑拍拍他的胳膊:"儿子,我在外面车子里等你,下了课妈妈送你去学琴。"

陆泽铭动了动嘴唇,刚想说什么,师文淑又道:"听话,以后不要和闹腾的小孩一起玩。"

"妈妈，"陆泽铭鼓起勇气，"昨天其实——"

"好了，好了，赶紧回教室吧。"

伴随着高跟鞋的"嗒嗒"声，一阵香风飘远。陆泽铭站在原地。

一直是这样，师文淑从不给他解释的机会。

最后一节课上到一半，天上飘了一场淅淅沥沥的秋雨。

天气陡然转冷。

尤明和林慧敏从下午等到晚上，一直没有等到尤思嘉回家。

从市中区到亭山区，从春河镇到尤家村，路程有多远，需要乘坐什么交通工具，尤思嘉通通不知道。

她最后还是向程圆圆借了零花钱，背着书包，迎着冷雨，英勇地踏上了回家的道路。

尤明和林慧敏险些报警，最后查看学校监控，一路追到了汽车站。

汽车站位于老城区的东北角，地面泥泞，去往各地的大巴在细雨中蛰伏着。

"我一看就不对劲！"穿着保安服的工作人员是个大嗓门，"她背着书包过来问我路，衣服全湿了，脸冻得发白……"

尤明买了一条烟递给保安大叔，对方一口一个不要，摆着手接到了怀里。

林慧敏从汽车大厅里把尤思嘉拉出来，见她的头发湿漉漉地贴在脸上，握着的手也冰凉。

保安大叔乐呵呵地道："赶紧跟着爸妈回去吧，回去洗个热水澡，省得生病。"

尤思嘉闻言，顿时挣开林慧敏的手，转身要跑。尤明一个跨步过去拉她："你这小孩，不听话！"

他的力气大，锁链般锁住了尤思嘉的手腕，尽管尤思嘉倒腾着两条腿，还是被拽了回去，她索性低头照着尤明的胳膊就来了一口。

保安大叔咋舌："哎哟，这闺女！"

最后反抗无效，尤思嘉还是被拖回了家里。

"不教育一下以后还得跑，出了事谁负责？"尤明沉着脸，"先别给她饭吃，锁屋里反省半个小时。"

林慧敏不同意："衣服都还是湿的，先洗了澡再说。她都快十岁了，有自己的想法不是很正常？"

"当时我就不太愿意领养这么大的，要不是……"

"是我自己的原因吗?"尤明还没说完,林慧敏眼圈就红了,"如果知道这么伤身子,当时就不该打……"

"好了,好了,"尤明赶紧摆手,"打住,我去温饭。"

尤思嘉不愿意动,更不肯吃饭,最后只洗了澡换了衣服,缩房间里不出来。

林慧敏敲了几次门都没动静,只好重新去拿钥匙开门。

尤明抱着胳膊:"下次就把锁给撬了,一生气就锁门,这是什么规矩。"

"你少说两句吧。"林慧敏掀开被子摸了摸尤思嘉的脸,"这么烫,发高烧了。"

尤思嘉迷迷糊糊间被人抱起来喂了药,随后一阵冷一阵热的感觉逐渐消失,她陷入深度沉睡中。

好久没睡过这样沉的觉了,像"扑通"一声掉进一个深潭里。

她悠悠地往下坠落,偶尔睁眼,还能看到水面粼粼的波光,耀眼白光在水里浮动晃荡,又逐渐变得柔软,像布料一般扑在她的脸上,尤思嘉慢慢举起胳膊,猛地一伸手——竟然抓住了实物,绵软轻薄,是洗到发白的衬衫衣角。

耳边风声"呼呼"响起,周围的景物清晰了起来,杨树叶子边缘闪着绿光,在两边抖来抖去,她坐在自行车后座,眯着眼,身体晃悠悠。

杨暄扭头看她:"你怎么不唱歌了?"

"啊?"尤思嘉低头,松开了手,皱巴巴的衣角被风吹起来,隐隐约约嗅到了皂粉的味道,心里有点说不出的怅然若失。

她说:"我想回家。"

杨暄站起来蹬了两下自行车,速度顿时加快:"我们不就是在回家的路上吗?"

尤思嘉低头看着地面飞速掠过的野草,突然跳下来。

落到了地面后,双脚踩到泥土的感觉让她顿时心安,她快速跑了起来,越跑越快,越跑越轻盈。

杨暄感到身后一轻,回头瞧,马上要刹车。

"你别停,"尤思嘉抓着后座跟在后面,"我能跳上去!"

杨暄松开一只车把手,将胳膊往后伸。尤思嘉顺势拉住他的手,他的掌心温暖干燥,她借着力向前跑,她感觉自己似乎变得透明了,她和这片旷野几乎融在一起,风从其中穿过,所有的烦恼都被过滤掉。

她抓紧了杨暄的胳膊,用力一跃。

身体一空，尤思嘉睁开了眼睛。

周围还是一片黑，自己则闷出了一身热汗，她刚想踢开被子，脚边却传来软绵的感觉。

"怎么，你好点了吗？"

是林慧敏的声音，原来林慧敏一直在床的另一端守着她。

尤思嘉掀开被子："热。"

林慧敏起身打开灯，过来摸摸她的脑袋："还好退烧了。"

林慧敏重新把被子给她盖好："别凉了汗，烧退了我就回房了，你继续睡。明天让爸爸给老师打电话请两天假。"

房间的门"咔嗒"关上，屋内重新陷入黑暗。

天花板上的灯在一开一关间隐隐泛着青光。尤思嘉重新闭上了眼睛。梦境仍在继续。

微风拂过头发，杨树叶闪动的影子投在她的床边。

第二天一早，尤明去楼下买了早饭，三个人坐在餐桌前沉默地吃着。尤明瞅了一眼她俩，随后拎包出门上班去了。林慧敏则剥了水煮蛋递给尤思嘉："来，刚生完病，补充点营养。"

尤思嘉埋头"呼呼"喝了一大碗粥，吃了三个包子，最后盘子里只剩下了孤零零的蛋黄。尤思嘉的身子板很硬朗，吃完饭又变得活蹦乱跳，没再提回家的事情。

享受了两天悠闲的假期，回到学校后，一下课，程圆圆就立马转头："思……思嘉，你前两天怎么没来学校？"

"我生病了，但是很快就好了！"尤思嘉从书包里往外掏了钢镚，现在她每个月也有了一点零花钱，"这个还给你。"

程圆圆接过去："今天放学早哎，你要不要来我家玩？"

"好啊！"尤思嘉歪歪头，还想说什么，突然有人从后面戳了戳她。

她转头就看到陆泽铭，他说："我的钢笔掉下去了，你能不能帮我捡一下？"

尤思嘉弯下腰，果然在自己的板凳下面发现了一支表面泛着金属光泽的黑色钢笔，握在手里冰凉凉、沉甸甸的。她刚想把钢笔放到他桌子上，陆泽铭就从她手里接了过去。

他说了一句谢谢。

尤思嘉感到意外，抬眼，刚好和他对视上。

陆泽铭的眼睛也好看，睫毛很长，这是她遇到过第二个睫毛这么长的男生。

最后,她说了句没关系,挠挠头转身过去了。

放学后,尤思嘉跟着程圆圆回了家。

程圆圆家住在墨水河旁,还有一个小院子,院子里扎了一个秋千。

尤思嘉坐在上面晃啊晃:"圆圆,你家真好,还有院子,我以前的家也有院子,但是现在没有了。"

程圆圆在后面推她:"是搬家了吗?"

"是我换地方住了。"

程圆圆的妈妈在屋里喊她们进来吃水果,两人像小麻雀一样飞进了屋子里。

尤思嘉和林慧敏报备后,放学后便经常来程圆圆家,偶尔还会被留下来吃晚饭。

有一次,尤思嘉背着书包往回走,突然感觉有些不对劲,扭头一看,身后隔着两三米,竟然跟着陆泽铭。

尤思嘉瞪圆了眼睛:"你怎么会在这里?"

他瞧她一眼:"我家就住在这里。"

"哦,原来是这样。"尤思嘉点头,"你和圆圆家离得好近。"

说完,她就打算继续往前走,就听身后传来陆泽铭的声音——

"你怎么……"他说了一半就停下了。

尤思嘉扭头:"怎么?"

"你每天傻呵呵的,在乐什么?"

"啊?"尤思嘉反应了一会儿,总觉得不像好话,于是说,"你才傻呢。"

陆泽铭顿了一下,说了句"算了",从她身边走过。

尤思嘉把这件事情讲给程圆圆听的时候,对方正在电脑前帮她申请QQ号。

"你给自己取个名字吧。"

尤思嘉托腮想了一会儿:"就叫阳光女孩?"

程圆圆噼里啪啦打完字:"好了,我加上你了。不过陆泽铭平常都不搭理人哎,我看他也就和你能说上一两句话。"

"可能我俩是前后桌吧。"

"那都多久了,不是早就换位置了。"

"我也不懂。"

"那他怎么会骂你傻啊?"程圆圆倒在了床上,"这不是好朋友之间才会说的话吗?"

尤思嘉并排躺了过去:"你也觉得我傻吗?"

"你确实乐呵呵的,你没有烦恼吗?我最近可讨厌我的同桌了,他总是给老师打小报告。"

"圆圆,我教你。"尤思嘉拍拍她的手,"你闭上眼睛,把你讨厌的人变成睡前小剧场的大坏蛋。"

程圆圆乖乖听话闭上眼睛,尤思嘉的声音响在耳边:"然后你想象自己有了超能力,能力的开关是一个按钮,可以是你的书包挂坠,只要一按,就可以突然变身成英雄,踩着云彩,披着红披风去打败他——"

"你经常这样想吗?"

尤思嘉点点头。

她的小剧场里的反派,起初是虎子,后来变成尤明。当然有时候还会继续编故事,有时候让自己回到儿家村。

杨暄现在只会出现在她的睡前小剧场里。

不知道从什么时候开始,尤思嘉突然发现,她竟然有些记不清这位儿时玩伴的长相了,任凭她怎么拼命回想,他的面容仍旧不可抗力般,就这么一点一点模糊掉。

小学毕业后,尤思嘉和程圆圆一起去了市中区最好的辛北中学上初中。

学校离家里不算近,她们一起在旁边报了一家小餐桌吃饭,没有午休时间。

周末可以睡午觉,但是初二下学期,学习时间变得紧张,周末下午,尤思嘉仍旧要爬起来上补习班。

有时候午觉睡得太足,从床上一骨碌坐起来,她的思绪就像从水里刚刚捞出来,还滴答着梦的痕迹。

尤思嘉往脸上扑了一把凉水,黑发被水打湿粘在脸上,她对着镜子擦干净,把发丝勾下来,捞起长发扎了个马尾。背上书包出门前,尤思嘉看到桌子上摆着午饭的餐碟,上面的饭菜没动多少。

林慧敏这几天请假在家休息。不知道怎么回事,她面色不太好看,饭也不合胃口,有时候还会跑进卫生间呕吐。

尤思嘉隔着房间门对林慧敏说自己要出门了,但是她在房间里没应声,大约在休息。

春天又来了,路两旁的海棠和晚樱怀着怨怒盛放,春光白亮,花都欲燃,脸上打湿的头发被熏干,尤思嘉也被香气熏得脑袋发晕。

她踩上陡峭的路边岩石，摇摇晃晃走着，又好像察觉到了什么，偏头往斜后方瞧了一眼。

陆泽铭穿着黑卫衣，斜挎着一个黑色的包，上半身伏在一辆山地车上，随着她的脚步速度极慢地骑着，不知道在后面跟了多久。

陆泽铭也在辛北中学，只不过他们是兄弟班级，根据两边老师的硬性要求，补习班是一起上的，因此经常能碰面。

尤思嘉见是他，又把头扭了回来，继续往前走。

陆泽铭的腿点了一下地面，山地车往前进了一点距离，他偏头望向她，也不说话。

尤思嘉再次看他："怎么了？我脸上有东西？"

"你一副没睡醒的样子，"他捏了捏车把，"我在后面跟着，都怕你从台阶上栽下去。"

尤思嘉本来就困，听他调侃就更懒得回答了。

陆泽铭见她没回复，突然加快速度，从她旁边飞速掠过。

"哎！"他在前面刹住了车，喊住她，"你看这是什么？"

尤思嘉原本正要拐弯，被他一喊就吸引了过去。原来，街角垃圾桶旁边有一个纸箱，纸箱里装了一只灰溜溜的小土狗。

虽然是陆泽铭最初发现的，但他对这只小土狗不怎么感兴趣。尤思嘉想去摸的时候，他在一旁制止了她："你不怕有什么病毒吗？"

尤思嘉收回了手。

等上完课，尤思嘉再次来到这里，确认了这只小狗是被人丢在这里的流浪狗。她喊程圆圆过来，轮流喂了几天，还找了宠物店给它洗澡。尤思嘉给它起名叫"皮皮"。

尤明和林慧敏是不养宠物的，尤思嘉问程圆圆可不可以养皮皮。

"不一定哎。"程圆圆有点为难，"我家里有只金毛了，这只是小土狗，我爸妈不一定会同意。"

最后，尤思嘉一咬牙，把皮皮抱了回去。

进门后，她在玄关处停住，看到鞋子时，意识到尤明已经下班回家了。

正当她犹豫要不要直接进去的时候，尤明打电话的声音就飘了过来，某些关键词钻进了耳朵，她紧接着就听到了自己的名字。

尤思嘉的动作顿时停住。

第四章 /
**你过得还好吗**

电话另一端的人,尤思嘉差不多能猜到是谁。

尤明的声音时断时续,音调忽地扬起,忽地下坠,你来我往,费了好大劲在掰扯。这让尤思嘉想到自己很小的时候跟着奶奶去赶集,她也是用这种语气和商贩讨价还价——

这边加,那边减;她指瑕疵,她扯款式;买家佯装不要扭头就走,卖家"哎哎"两声直追过来。最后,奶奶勉为其难地收下砍价一半的物品,对方则是痛心疾首、直呼做了亏本买卖。

怀里的皮皮挣扎了几下,尤思嘉把它的两只爪子给按下去,示意它不要出声。

皮皮看她,她看皮皮。皮皮是摇尾乞怜的小狗,但她不是。

等尤明挂掉电话,尤思嘉轻手轻脚出了门,在门外站了一会儿才进去。

皮皮作为不速之客,果然没有被接纳。

尤思嘉只好拿不穿的衣服垫在纸壳子里面,给它做了个窝,又将纸壳子放到了楼道里面,喂了它几根火腿。

晚上躺下后,尤思嘉翻来覆去睡不着,想起来看一眼皮皮,刚坐起身子,就听到尤明和林慧敏在吵架。

房间关着门,平常说话的音量听起来轻微,除非双方互相都动了气。

尤思嘉听了一会儿,果不其然又听到了自己的名字,只好重新躺下。

第二天,尤思嘉早起去上学,尤明也在客厅,说要开车送她。

路上,尤明破天荒地说起了林慧敏怀孕的事情。

尤思嘉眨眨眼睛,问:"那是小弟弟还是小妹妹呢?"

"目前还不知道。"他顿了顿,"你今天下午放学,就别去辅导班上晚自习了,我来接你。"

尤思嘉实在没想到,尤明放学后竟然会带自己去买鞋子。

平常的衣物都是林慧敏带她买的。班里的绝大部分同学家境优渥,和他们相比,尤思嘉的穿着打扮没好到哪儿,也没差到哪儿,衣服基本上以舒服大方为主,固定的运动品牌,少女的款式。

十来岁的年纪,虚荣心也旺盛。外面既然披着校服,那唯一能显露比较的就是鞋子。

尤思嘉不太在意这个,但是尤明指了指那双限量款让她去试的时候,她还是小小地惊讶了一下。

"闺女漂亮,当爸的也舍得花钱。"店员一边包装,一边夸。

面对吹捧,尤明提起嘴角,紧接着觉得这个笑容来得似乎不合时宜,又立马收拢。

尤思嘉此刻在看店里的镜子,她偏偏头,长长的马尾从肩膀滑下来。这个角度,尤明的表情变化一览无余。

他们回家接了林慧敏,随后直接去了最近新开的一家餐厅吃饭。

包间是提前订好的,落座后,尤明把菜单递给尤思嘉:"你挑几个爱吃的。"

没有客人,不是节日。收到鞋子的时候猜到了七八分,此刻坐在装潢明丽的包间里,尤思嘉只觉得似曾相识。大人对待小孩,行事风格总是那么类似。

但她还是把菜单拿给林慧敏一起看:"这家店我们同学都说好吃来着!"

林慧敏兴致不高,上了菜也只吃了几口,便撂下了筷子。

晚上睡觉前,林慧敏果然进来她的屋,说要和她聊聊天。

尤思嘉穿着睡衣还在看书,闻言便乖乖坐到了她的对面。

林慧敏看着她的脸,酝酿了好一会儿都没说出话来,最后要起身:"让你爸来给你说。"

"我知道怎么回事。"

林慧敏起身的动作凝固住:"你知道?"

"我知道,我听见——"

尤思嘉顿了一下,尤明和尤志坚撞在一起,她甚至都不知道怎么称呼。她最后只说:"我听见他们打电话了。"

林慧敏望着她,最后像下定决心一般:"你是怎么想的呢?你如果不愿意再回去,我再和爸爸商量一下……"

"我想……"尤思嘉说了两个字就停住,抬眼看了看林慧敏。

林慧敏不是失职的母亲,和刘秀芬相比,甚至更细心、更温柔,更重要的是,林慧敏会问她的想法。

当初收养她的原因是什么,尤思嘉大概也知道。

这几年,她在教育资源优渥的学校上学,和同学们一起参加课后辅导,暑期去研学旅游,分享动漫,去宽阔的影院看电影,攀比电子产品和衣物。尤明和林慧敏喜欢乖巧的孩子,她除了刚来那一年经常被老师叫家长,后来不知不觉间逐渐也变得安静。

可她清楚,这不过就是在玩一个扮演游戏,她永远是一个野孩子,她做梦都在那个下着雨的秋夜往回跑。程圆圆是她最好的朋友,但是程圆圆不是她的同类。

这些都不够。

只要人一辈子钓过一次鲈鱼,或者在秋天见过一次鸪鸟南飞,瞧着它们在晴朗而凉快的日子里怎样成群飞过村庄,那他就再也不能做一个城里人,他会一直到死,都盼望自由的生活。

"回家"这个字眼,从八岁一直到十四岁,尤思嘉终于能说出口。

确定下来后,尤明就马不停蹄地帮忙办理转学手续,回去的日子定在四月的一个星期日。

前一天的周六,尤思嘉上完课后去了程圆圆家里,拎着两份冰沙。

菠萝冰沙堆成绵密的小山,在玻璃盘里融化成涓涓的溪水,程圆圆握着勺子边哭边打嗝。

尤思嘉又抽了几张纸过去,安慰她:"圆圆,你要勇敢一点,我家离这里好像不算特别远。"

"那、那你回去,我能去找你吗?"

"当然可以啦。"尤思嘉继续道,"那皮皮就交给你了,如果你爸妈不让养,你就送给别人养就好了。"

程圆圆红着眼睛点头。

陆泽铭骑着山地车慢悠悠回家,他骑车时喜欢听歌,白色的有线耳机从口袋延伸出来,绕过上衣,贴着领口。

春日夕阳下坠,比往日更加暖洋洋,住宅区宁静安详,小道僻静,空无一人,只剩下红砖墙上缠了嫩黄色的蔷薇花,微风轻拂过来,花瓣呼啦啦地落下。有人不懂怜香惜玉,正蹦蹦跳跳地从花瓣上无情踏过去。

陆泽铭刹住了车,把耳机拽下来。

与此同时,他看到前方的尤思嘉走着走着,突然把书包卸下来,像个"中二"少女一样,拽着带子摇晃了几下,接着伸手就把书包往天上抛。

抛上去的书包碰到蔓延出来的花,坠下去时带走几朵花瓣,尤思嘉跑过去接住,随后重复刚刚的动作,继续抛上抛下,乐此不疲,嘴里还念念有词。

陆泽铭往前骑了几步,到她后面才听清楚——

"……锦城虽云乐,不如早还家。"

尤思嘉刚背完这句诗,再次落下来的书包突然张开了嘴,里面的书本全部掉在了地上。

陆泽铭见她就像一个傻子一样被砸了个满头,又忙不迭地蹲下来满地去捡,也不知道在乐什么。

他下了车,快走两步过去,瞧着满地的书本,勉为其难地蹲下去和她一起捡。

尤思嘉边捡边转身,而他刚好去捞她旁边的那本书,两人碰巧头撞在一起。

尤思嘉接过他手中的书,捂着脑袋说了声谢谢。

随后,她起身抖了抖书包,哼着不知道是什么调子的小曲,继续晃悠悠地往回走。

陆泽铭愣在原地,后知后觉一般,也摸了摸自己的额头。

周日清晨,尤明开车送她到了汽车站。

在尤思嘉还没下车之前,他清了清嗓子:"这些年我们吃穿用度,都没亏待你。

"你回去呢,我和你妈也过意不去,往你爹卡里打了几万块当之后的学费,然后你妈昨晚上也给了你一点零花钱。"

尤思嘉抱着书包点点头。

尤志坚同尤明之前就已经商量好了,会在早上八点来车站接她,但此刻已经过了十分钟,对方还是不见踪影。尤明打了个电话没打通,便看了看表:"我待会儿还有事,我把你爹的电话号码给你,你在车站等他。"

尤思嘉继续点点头。

于是,她从车后备厢掏出一个装衣服的大行李箱、一个手提袋,背上大书包,臂弯还挂了一个手提袋,站在汽车站旁边等着。

等尤明驾车扬长而去后,她费了好大力气从口袋里掏出手机,开始给尤志坚拨电话。

从八点等到十点,电话拨了三个,仍旧无人接听。尤思嘉只好拖着大包小包,看着指示牌,自己独自往站台走。

去春河镇的汽车在倒数第二辆,候车时间即将结束,坐在前方的驾驶员已经启动发动机,整辆大巴就像一个风中不停抖动的破旧纸盒子,轰隆隆的声响连带着前门踏板和屁股下的座位一起震颤。尤思嘉抱紧自己的行李,就这么摇摇晃晃地出发了。

抵达春河镇时,已经是下午两点。尤思嘉从脑袋里搜刮出小时候的零星记忆,选择在镇中心下车。

春日风大,沙土漫天飞扬,她灰头土脸地颠簸了一路,刚下车就被喂了一嘴沙子。

尤思嘉"呸呸"吐了两下,重新摸出手机,怀着有枣没枣捞一杆的心情再次拨去电话,她一边听着"嘟嘟"的声响,一边打量着下车的地方——

这里并没有发生什么翻天覆地的变化。

她下车的地方,往北走几百米就是春河中学,她以后就要在这里上学了。而今天上午应该是春河大集,到了下午人流逐渐稀少,这才露出马路沿子后面破旧的店铺。

不出意料地,话筒里传来的仍旧是冷冰冰的机械女声:"您好,您拨打的号码暂时无人接听,请稍后再拨……"

尤思嘉在路边瞅了半天,把行李拖到对面,最后决定问一下路。

路两旁扎着一排半新不旧的店铺,左边是一家卖化肥的店,右边则是一家又小又窄的修车行,门头都是齐刷刷的红底白字,掉漆的掉漆,坏字的坏字,倒透露出整齐的丑陋来。

化肥店没开门,修车行外面蹲着一个边吸烟、边等着修车的中年男人,他的电瓶车被架起来,后面的车胎被人扒拉了个精光。昏暗的店里有瘦削模糊的身影,正蹲在地上"叮叮当当"倒腾什么东西。

她先问了抽烟的大叔:"叔叔,你知道尤家村往哪儿走吗?"

对方吐了口青烟,指了指一个方向:"只知道往南走,具体你问问里面的小青年。"

尤思嘉只好松开行李箱,绕过地上凌乱的各种工具和装水的盆子,往里走了两步——

店内极其狭小,屋内墙上挂着各样的扳手配件,而里面原本蹲着的人突然从地面上直起身来,伸着手去够木架上的工具。

木架刚好遮住了他的脸,尤思嘉能看清楚这人有很高挑的个头,两边的袖子被撸到了臂弯,肩宽,露出的小臂劲瘦有力,上面的筋脉随着动作微动。他身上挂了一件黑色的皮革罩衣,能隐约瞧见油污凝成结块,烙在罩衣前方,像暗淡的疤痕。

尤思嘉刚想喊他,突然听到一阵震耳的轰鸣从远处袭来,发动机裹挟着直逼耳膜的躁动音乐,在大白天就开始大摇大摆地震动街道。

紧接着,两辆极为拉风的摩托车在尘土飞扬中高调地大转弯,"刺啦"一声停在修车店前。

比车还拉风的是人。

两辆摩托车上竟然跳下来六七个青年人,年纪估摸着都不满二十,而且穿着打扮都很……相似。

比如上身都是一样的黑色皮夹克,深色紧身牛仔裤裹着麻秆腿,还有一水的黄色头发和一溜通红的脚脖子。

他们似乎和店主相熟,下来后搬起旁边的马扎直接就坐下,随后跷起二郎腿。

尤思嘉被这气势震撼住了,顿时往后退了几步。

还坐在摩托车上的黄毛一号瞅了尤思嘉几眼,声音洪亮且热情,大声问:"修车?"

尤思嘉又往后退了一小步。

黄毛一号把音响停了,眯着眼睛继续追问:"你说啥?"

"我……问路。"

剩下的黄毛二号、黄毛三号闻言来劲了,七嘴八舌地要围过来:"去哪儿?"

尤思嘉瞧了一眼堵在门口的这群人,犹豫了一下,还是问道:"尤家村往哪儿走?"

"这不巧了吗?"黄毛四号一拍腿,"这儿还真有住尤家村的,哎——"

他往店里探了探身子,对着一心忙着干活、两耳不闻窗外事的人喊道:"喧,这儿有你村人——"

这人还没开口前,尤思嘉口袋里的手机突然振动了起来。她掏出来一看,竟然是失踪大半天的尤志坚打过来的,她赶忙转身,边走边点开手机。

"哎!别走啊小美女!"身后有人扯着嗓子吆喝,"我们有车,可以帮你拿行李!"

杨暄在店里翻腾东西,只觉得外面嘈杂,似乎有人喊了他的名字,剩下的就没怎么听清楚。最后,他走出来,走到电瓶车后方,蹲着卸下车轮往里装胎,拿撬棒压着凹槽严严实实转了一圈,一边动作,一边随着他们的咋呼声往路边瞥了一眼。

他只看见一个女孩的背影,年纪不大,扎着马尾,穿着打扮看着不像这里的人,只是大包小包的行李坠在身上,行动间磕磕绊绊,走两步就要停一下,像被大风吹得摇摇欲坠的野草。

杨暄只看了一眼,便继续低头忙自己的事情。最后,他把电动车从架子上搬下来:"换内胎二十八,其他没收你钱,再骑两年没问题。"

对方递过来纸币和钢镚,他接过来垂眼一数,随即弯腰"啪嗒"一声扔进旁边的铁盒子里。

收完钱后,他不知怎的,又抬眼往路边瞧了一眼,却不见方才那女孩儿的踪影。

杨暄重新走进屋,端了装清水的洗脸盆出来放在板凳上,摘下罩衣放在一旁,先洗手,洗完手又俯下身子"哗啦哗啦"往脸上扑水。

"哎,暄,"身后有人喊他,"明天的活你去不去,胖哥那边让我多喊点人。"

杨暄抬起脸来转身,面庞湿润,下巴处挂着的水珠打湿了领口,眉毛却乌黑且分明。他抹了把脸:"什么时间?明天星期一。"

"星期一咋了?"孙龙抖着腿,"你有事?"

"周一课多。"

话音落下,其余人都笑了起来,后面的人踹了孙龙一脚:"你辍学多长时间了,别在这儿丢人现眼。"

孙龙腾地站起来,回头揪着屁股后面的布料拍了几下,怒了:"我刚洗的裤子,一共就两条换着穿,另一条还没干,弄脏了你给我买?"

对方啐他一口:"瞧你脸人的,没得穿就光腚。"

"你还好意思说我,我是辍学,你不是和暄一个班吗?你去过学校几次?还记得教室门朝哪儿开吗?"

孙龙说完又转回来,整个人像散架的破车,语气怪腔怪调的:"想不到咱暄哥还是个学霸呢。"

杨暄被他恶心得够呛,只送了他一个"滚"字。

闹哄了一阵,有人从口袋里掏出盒烟来,挨个分了一圈。杨暄摆手没要,大部分人就去了墙根,那里风小。

李满也没去,他比其他人大个两三岁,之前上过中专,因为打架退了学。他在这群人里,穿着打扮难得正常。此刻李满敲着车把,瞧着杨暄欲言又止。

杨暄回看他:"你要是也说那两个字恶心我,咱俩就绝交。"

"我不说。"李满笑了下,"暄,咱这个破地、破学校,能出什么学霸。"

杨暄也无声地笑了一下。

"他们就这样,谁学习就嘲笑谁,"李满顿了顿,"明天定的时间是晚上。"

杨暄点点头:"下午就两节课,晚自习我不上,到时候你来找我,咱从店里出发。"

李满叹了一口气:"还是少跟胖子来往,你是学生。"

杨暄笑:"你说话语气和我班主任一样。"

"我还不是以过来人的语气劝你,和我们混在一起能有什么出息。"

杨暄又抬手抹了把脸,上面的水珠早已风干。他许久不吭声,最后只说:"我手头紧。"

方才尤志坚的那一通电话打得很玄妙。

尤思嘉隔着手机,只能听到"哗啦啦"的麻将声,尤志坚的嗓门夹杂在"碰"和"吃"中分辨不清。

她抬头看了看地方,费了半天劲和他讲清楚自己在哪儿,最后听他来了一句"马上到",随后"当啷"一声挂了电话,只留下"嘟嘟"的忙音。

原本尤思嘉以为,最起码还要再等他一个小时。但出乎意料,十来分钟后,她就看到一个中年男人开着辆机动三轮从南边驶了过来。三轮车的速度不算快,以至于尤思嘉能辨认出是记忆中的尤志坚。

对方离她越来越近,尤思嘉以为他要停下来的时候,只见他眯着眼睛,目光四处扫荡,经过她时只狐疑地瞅了一瞬,攥着车把的手却没松,就这么从她旁边不停歇地开过去。

尤思嘉连忙出声喊住。

尤志坚驶出了十来米远,这才转弯倒退了过来。他面上除了这些年的风霜,还有打麻将通宵后的痕迹。尤志坚看见她的第一句话便是感叹:"我刚刚都没敢认!"

两人把行李搬上三轮车。车子后面都是杂物和尘土,没有座位,尤思嘉只好把行李箱放平坐在上面。

车"咣当咣当"地开起来,风把尤志坚身上浓重的烟味给带了过来。

他没解释为什么这个时间点才过来,只说:"今天手气太烂,要不是来接你,还得再输。"

风大,头发糊了满脸,尤思嘉伸手拨下来。一上午没喝水,她的嘴唇干裂得像寸草不生的荒地。

摇摇晃晃了十分钟后,终于久违地回到了尤家村。

路上,尤思嘉发现村东面那一片宽阔的杨树林不见了,一同消失的还有神婆的院落和破落的小教堂,取而代之的则是蓝色铁皮围起来的施工场地,吊机在里面轰隆隆作业。

尤志坚解释,这边似乎要盖个度假山庄,征了村里的地,还发了钱。

村口石凳上坐着晒太阳的老头、老太太,尤志坚载着尤思嘉经过的时候,几乎所有人都伸长了脖子看她。

面对好奇探究的目光,尤思嘉突然有点无所适从。但还好尤志坚没停,直接把三轮车开进了院子里。

家里变化也很大,之前的露天院子变成了全遮挡,地面铺了水泥,还新盖了配房,有个半大的小女孩听到动静,顿时从屋里跑了出来,揪着手看回来的人。

"这是你小妹,思楠。"尤志坚一边搬行李,一边说,"家里没收拾房间,你先住你姐的屋。"

尤思嘉连忙问:"我姐呢?"

"初中毕业后去了市里上中专,学的护理,放暑假才回来。"

"那我妈呢?"

"在镇上餐馆当服务员,晚上下班。"尤志坚语速很快,像要把一切都交代完,"学校的手续都给你交完了,你明天直接去上学,初二(1)班,就骑着墙根的那辆自行车去就行。"

说完,尤志坚就进了屋,鞋也懒得脱,直接倒床上就睡了,没两分钟震天响的呼噜声就传了出来。

尤思嘉又渴又饿,最后去了新盖的伙房里瞧了瞧,锅里碗里都没啥剩饭,只好自己下了一把面条吃。

尤思嘉忙活的时候,小妹在旁边一直瞅她。于是,尤思嘉吃到一半,便过去拿包,从包里翻了半天,找出了两块糖递给她,对方拿着糖蹦蹦跳跳离开了。不一会儿,小妹不知道从哪里又领着一个男孩过来,瞧着只比她小两岁。

尤思嘉翻了翻包,发现没有糖了,便问尤思楠:"过两天我再去买,这是你的小伙伴吗?"

尤思楠摇摇头,说:"这是我的弟弟。"

尤思嘉不说话了,吃完面条,把碗随便一刷就回到房间休息。但隔壁尤志坚的呼噜声太吵,她躺了一个小时都没睡着,只好重新起来收拾东西。

等到晚上,刘秀芬终于回来了,还带了饭店里剩下的饭菜当晚饭。她打量着尤思嘉,一时亲近不是,不亲近也不是。她无法将面前亭亭玉立的少女同记忆里在外面奔跑的假小子联系在一起,最后只叹了一口气。

尤志坚睡醒后,吃了点东西又要出去打牌。他应该不出去务工了,如今干什么工作,尤思嘉也不清楚。刘秀芬拦他没拦住,吵架间,睡着的小男孩被吵醒,大哭起来。

因为第二天还要去新学校报到,尤思嘉早早就躺在了床上,听着外面的动静,她拿起了手机登上QQ。

程圆圆在对话框里发了好几条信息——

那遗矢dé青春丨ゞ:思嘉!到家了没!

那遗矢dé青春丨ゞ:你失踪了!

那遗矢dé青春丨ゞ:思嘉!看到请回复!

…………

尤思嘉赶紧打字——

阳光因陡:到啦到啦,已经准备睡觉啦。

那边回复得很快——

那遗矢dé青春丨ゞ:你爸妈看到你是不是很开心!

阳光因陡:哈哈哈,是的呀。

那遗矢dé青春丨ゞ:那我就放心了,我睡觉了,晚安。

阳光因陡:晚安。

回复完信息,尤思嘉把手机重新塞回枕头下面。

或许是舟车劳顿,这些年她在心里一直幻想和期待的那种回家的喜悦并没有如期而至,反而是一种没有预料过的疲惫感率先兜头袭来,夹杂着还没回过味来的彷徨和疑惑。

她这么想着,整个人的思绪变得迷迷糊糊,梦中好像听到了轰隆隆的摩托车声。

从村里去学校,骑自行车需要二十来分钟。尤思嘉算好时间起床,洗漱之后背上书包出发,等准备推车的时候才发现不对劲。

自行车很陈旧,坐垫上还蒙了一层灰。尤思嘉拿卫生纸擦了擦,只是车头之前应该被摔过，有点歪歪扭扭的。

她骑着这辆车晃晃悠悠地出发了，路上又发现这车的刹车不是很灵敏。但也没办法，她只好一路小心翼翼，终于卡着点进了学校。

整个春河镇只有春河三中这一所中学，涵盖了初中和高中，并且按照划分，分别在两栋教学楼里上课，中间用操场相隔着。

尤思嘉东拐西拐险些走错了地方，最后终于找到了老师办公室。班主任是个秃顶的中年人，姓张，看完资料后就直接领着她进了班级。

没想到整个初二就两个班，而且班主任也没搞什么自我介绍那一套，直接让她选个空位置随便坐。

这个时间点，按理来说应该在晨读，但是班里一共四十来个人，却没几个人出声读书，进去的时候空气中弥漫着一股早饭的味道，有的男生在倒头睡觉，几个女生围在一起照镜子梳头。

尤思嘉刚坐下，就感觉四周投来各种打量的目光，令人如坐针毡。

进入新环境的第一天总是难熬的，尤思嘉只好埋头干自己的事情。但没想到上课期间，前边有几个女同学仍旧不停地转头看她。更夸张的是，上英语课时，老师还在讲台上讲着课，她的桌面突然蹦过来一张小纸团。

她顺着方向看，发现是靠窗的一个男生扔过来的。他把胳膊垫在后脑勺上，整个人懒洋洋的，看到尤思嘉往这边看的时候，突然抬抬下巴，随后捋了捋自己的头发。

尤思嘉不懂什么意思，只好把纸团打开，上面歪歪扭扭赫然呈现着四个大字：认识一下？

尤思嘉无语。

她把纸团塞回桌洞，权当没看见。

午休的时候，尤思嘉也没出去吃饭，只去小卖部买了一袋面包和一根火腿。等下午上完课，她原本以为这一天的难熬终于结束。谁知返回途中，身下的白行车突然蹬不动了。

尤思嘉赶紧下车，跑到后面一看，车后轮胎已经瘪了下去。

意识到车胎被扎的瞬间，尤思嘉的力气好像也跟着被抽走了。

她讪然地蹲在地上，突然不知道该做些什么。

她现在所在的位置很尴尬，这里已经出了镇子几里地，离村里还有一段距离。尤思嘉抬起头，能看见两边麦地里的穗子在齐刷刷地摆动，即将落下去的太阳在往外驱赶最后一点余晖。

她眨了眨眼，缓了两分钟后重振旗鼓，算了一下距离，准备把自行车重新推回镇上。

尤思嘉这一路走得满头大汗,等天色开始发暗的时候,她终于抵达了修车行。瞧着破败的门头和阴暗的屋子,她庆幸这里还没关门。

更庆幸的是,门口不像昨天那样乌泱泱,只有一个男生坐在马扎上吃卷饼,而且埋头啃得很认真。尤思嘉喘着气停下的时候,男生把注意力从卷饼上移开,刚抬头,饼里的土豆丝就掉在了他的衣服上。

他顿时叉开腿弹走,忙不迭起身抖抖衣服:"修车?"

"对,"尤思嘉稳了稳气息,"车胎没有气了,应该是被扎了,但是早晨的时候它——"

面前的男生抬手示意她停:"妹妹,你先别急着说。"

尤思嘉愣了愣。

"我帮人看店,"他从旁边移出来一个马扎,"会修车的那个去买饭了,很快回来,你坐下稍微等一等。"

尤思嘉心刚提起又落下,最后蒙蒙地"哦"了一声。

她还没来得及落座,身后就传来一个年轻的声音:"有人修车?"

尤思嘉赶紧转身,这人却刚好从她旁边走过去,两只手都拎着塑料袋,其中一袋是汤,另一袋是打包好的餐盒。

"对,刚来,"李满从他手里接过东西,"你先吃点还是先修?"

"先修。"

他说完就捞过手套,问尤思嘉的时候目光却落在别处:"那是你的车?"

尤思嘉瞧了他一眼,点点头。

昨天在屋内的应该是他,隔着昏暗的夜色也能看出来他好年轻,像学生,头发很短,脸型窄小,利索中带着熟悉感。

这人戴上手套后,从旁边捞过手电筒,大踏步往自行车的方向走,随后蹲下,打开光线,边按着车胎边问:"在哪儿扎的?"

尤思嘉实话实说:"出了镇后,骑了五分钟就骑不动了。"

"挺远啊。"他有点意外,这才抬头看她,"这儿有好几里地,你推着过来的?"

他看过来的时候,那种熟悉的感觉更明显。尤思嘉眨眨眼,说:"对。"

手电筒转了个圈,被随意地放在地上。光柱向上映出飞舞的细小灰尘,也照亮他的脸,竟是极清秀的面容。他转头对李满说:"满哥,屋里木架子上有纸杯,你帮忙给人家倒杯水吧。"

他这么一侧脸,眉骨处的月白色疤痕就露了出来,极浅极细的一道线。尤思嘉看清楚后,心下顿时被勒出轰然一声响。
　　尤思嘉瞬间认出面前这个人是谁。

　　李满闻言,两三下就把手里的饼塞进嘴里,袋子扔进垃圾桶后就进了屋。
　　李满端着纸杯过来的时候,嘴里还嚼着东西,说话也含糊糊:"刚从暖壶里倒出来的热水,别烫着哈。"
　　他往旁边一递,见尤思嘉没接,一时意外,捏着纸杯顺着她的目光瞧,只见对方直愣愣瞅着地上忙活的人。
　　"咋?看呆了?"李满咽下最后一口饭,瞧她的样子乐了,"是不是很帅?"
　　尤思嘉猛然回过神,揪着书包带子无所适从。
　　杨暄耳朵动了一下,随后颇好笑地看了一眼李满,一副司空见惯的神态,随后起身把自行车推到店中间。
　　李满端着纸杯又往前递了递,尤思嘉这才后知后觉接过,小声说了一句谢谢。
　　杨暄在旁边的地上插了一根竹竿,随后把白炽灯缠上去,接上电源后,店前方的这一小块水泥地顿时变得亮堂。
　　"得换胎。"杨暄拎起修车的罩衣,反手系在身后,"但是我刚刚检查了一下,你这个刹车也不灵,该换了。"
　　他说完瞧向尤思嘉:"你想怎么修?"
　　纸杯壁薄,指腹被热水传递过来的温度烫得有些痒,尤思嘉垂下眼睛:"得多少钱?"
　　杨暄挨个报了价。
　　尤思嘉有些为难:"能骑回家就行……我现在身上没带这么多钱。"
　　"那我帮你把胎给换了,"杨暄进屋拿东西之前又看了她一眼,"你坐吧,得等十来分钟。"
　　尤思嘉在马扎上坐下,抱着纸杯,心里只升腾出一个念头——
　　他认不出自己了。
　　意识到这件事后,仿佛盖着什么东西的幕布被掀开一角——
　　心心念念的家乡不复记忆模样,她同幼年最好的玩伴相逢不识。
　　那是不是也意味着,那些无忧无虑的幼年时光、那些平静如溪水流过青草的悠闲日子、她的领土、她的栖息之所,只有自己记得,也只存在自己的意念和想象之中。

"妹子，不就是车坏了，"李满坐在旁边，"这算什么事，你怎么一副快要哭了的样子。"

杨暄戴着防护手套，正在灯泡下面用电扳手卸轮胎，突然回头看了他俩一眼。

尤思嘉赶紧端起纸杯喝了一口水，以此来遮掩表情。

李满垂着手，像突然想起来什么："哎，你有点眼熟，是那天来问路的那个？"

尤思嘉点点头。

"你也在这儿上学？"

她又点点头。

"放心吧，都是一个学校的，他上高二，"李满指了指忙碌的杨暄，"我待会儿帮你说说，怎么也给你打个友情价。"

杨暄动作很快，把车修理好后往路边推，人坐在车上骑了两步，随后微微俯下身子检查了一遍。

等尤思嘉起身走过去，他这才站起身，随后面向她："轮胎换了，刹车也帮你修了一下……"

尤思嘉的身高只到他的下巴，所以看不到他说话时的表情，目光所及，是他褪下一只手套塞进前面的口袋里，声音倒是很柔和。

她开口："多少钱？"

"你给二十就行了。"

尤思嘉把书包拿下来，从书包最里面的口袋翻出纸币递给他。

杨暄用没戴手套的那只手接过，示意她骑车看看。

等尤思嘉坐上去，他稍微靠近了一点，交代她："这个刹车，你得用力握才行。"

她按照他的说法捏了一下。

"再往边上一点，"杨暄说着上手，略微粗粝的手掌蹭过她的手背，在刹车尾端捏了一下，"这种力度就行。"

说完，他松了手。

尤思嘉说了一声谢谢，推着车急忙转弯要走，脚下还打了一下滑。

杨暄赶紧过去扶住她："转弯慢一点，你住得远吗？这么急。"

尤思嘉的胳膊被扶住，腾腾热气随着他的动作靠了过来。她重新站稳，再次道谢，随后逃也似的离开了这里。

杨暄站在原地握着手套，有一个瞬间突然忘了自己接下来要干什么。

李满催他："赶紧吃饭吧，发什么呆，待会儿孙龙他们就过来了。"

杨暄这才回过神，把东西一收，搬了两个凳子，拎着饭盒坐到白炽灯下，拆开塑料袋掰开筷子就低头吃饭。

李满汤喝了一半，端着碗问他："你刚刚是不是少收钱了？"

杨暄夹了筷土豆丝："哪有。"

"放屁呢。"李满不客气。

杨暄没回应他。

"我说打友情价又没让你对半砍，刚那姑娘脚下穿的鞋够你两个月生活费了。"李满"呼噜"又喝了一口汤，"你姥姥的药钱不是都从你这儿出？你姥爷盘个店，也没见他来几天。我前天还看见他在瞎子面馆吃饭，要了一瓶酒，直接把辣椒面放嘴里嚼，接着再喝口酒，满头汗都出来了，他怪会享受……"

杨暄看他："人家就是一个小姑娘。"

李满开始挤眉弄眼，用假嗓模仿他说话："人家就是一个小姑娘。"

"不是，"杨暄还想说什么，最后道，"算了。"

饭还剩下最后两口的时候，隔着老远就听到了炸街的轰隆声响。这种自带出场音乐的行为艺术，不用看就知道是孙龙那一帮人。杨暄把最后几口饭扒完，随后起身收拾了一下，从店的最里面把自己的摩托车给推了出来。

杨暄按照身份证背面所印刷的日期等待，十八岁一过，就去考了摩托车驾驶证。

这辆摩托是改装过的，孙龙每次看见都眼放金光、跃跃欲试，这次屁股还没沾上，就被杨暄给推开："别碰。"

"嗐，不是你，"孙龙面子抹不开，"每次都这样，你一个破修车的矫什么情癖。"

李满看孙龙再次吃瘪，觉得好笑："别说你了，他连我都不让碰。除了我之前胳膊骨折那次，用车驮着我去了一趟工人医院。"

杨暄不理会他们，把卷帘门往下一拉，拎着一个包翻身上车，随后戴上了黑色头盔。

这次专门挑了饭点。

一群人浩浩荡荡拐进了目的地，车灯照亮了狭窄小巷，在一户人家门前停了下来。

这动静惊动了不少左邻右舍，大家纷纷探出头来看。

杨暄把包扔地下，拉开了拉链，里面装的是一堆钢管、木棍之类的物件，还有一个白色的塑料大喇叭。

其余人围过来，各自蹲下挑了个称手的，随后拎着家伙就往门内走。

杨暄刚要蹲下，李满就过来拨开他："你在后面放风，别冲前面。"

说完，李满拿起喇叭按开，"刺啦"一声响，里面传出提前录好的音频："欠债还钱！天经地义！欠债不还！天打雷劈！"

这户人家似乎提前听到动静，赶紧从里面反锁了门，孙龙几个叫不开门，直接上脚踹。

丁零当啷一顿响，门竟然被他们硬踹开了。

杨暄起身慢慢跟了过去。

这么多人一窝蜂全进了屋，桌椅板凳被掀翻，碗筷"哗啦啦"滑了下来。

院子里养了只狗，扯着脖子上的链子一声接一声叫唤，杨暄拎着棍子走过去，它往后退了几步，最后"呜呜"两声爬回了窝。

狗一安静，屋里女人和小孩的哭声就传了出来，乱作一团，接着屋里窜出来一道黑影子，是个瘦得像猴的男人，他的上衣已经被扯烂，正往大门外冲。

孙龙几个人喊着"追"，一群人跟了上去。

接着，一个衣衫不整的女人也跟着冲了出来，哭着喊着抱住了一个人的腿："东西都砸了，人要是再有个三长两短，那钱就更还不上——"

话还没说完，她被一脚踹开，趴在地上起不来。

杨暄越过哭泣的女人，进屋扫了一圈，玻璃片在地上散得到处都是，他伸手扯下了沙发上的罩布，正要走出去的时候，脚步突然一顿。

堂屋左右都连着门，左边的门后躲着一个小女孩，差不多七八岁的样子，头发乱糟糟的，脸上挂着泪珠，一双眼睛怯怯地往他身上瞧。

杨暄把棍子往身后藏了藏，但一对视上，她又躲回到黑暗里。

他转身出去，见门外围着看热闹的左邻右舍，便把刚刚拿的罩布往女人身上一盖，跟着出了门。

最后，胖子来收场的时候还算满意。临走的时候，胖子的目光突然扫到杨暄，来了兴致，过来捏住他的肩："哟，这得有大半年没见你了。"

杨暄笑笑没说话。

"还上着学呢？"

杨暄垂下眼睛："随便上上呗。"

"你这话说的。"胖子松开手，"老大那时候相中你了，好几次放话让你跟着他混,结果你猜怎么着,这话说完就找不到你人了,几次问我,这弄得我怪不好看。"

李满过来递烟:"胖哥,你这话说得就客气了。"

胖子把烟送到嘴边,李满点火:"张老大这几年不都是看重你,暄当时是你带过去的,他就是个学生,不顶事。"

"确实不顶事。"胖子突然上手拍拍杨暄的脸,力道不重,"但是抗揍,能忍也是个本事。"

胖子说完,突然从李满手里抽走烟盒,捏出来一根朝杨暄晃了晃,不由分说塞到杨暄嘴里,接着给他点了火。

杨暄垂着睫毛,目光盯着猩红一点明明灭灭,青白烟雾慢慢腾了上来。

胖子满意了,把烟盒往李满怀里一扔,大摇大摆地走了。

等人走远,杨暄低头,烟掉在地上,他抬脚踩了踩。

杨暄骑着摩托去了趟工人医院。

他熟门熟路地拎着满满一塑料袋的盒子出来后就开始往家赶。摩托车轰隆隆响,车上的塑料袋被风吹得东摇西晃。

摩托车被推进院子后,他提着袋子,动作尽量轻地往屋里走。

迎接他的是飞出来的鞋。

像是有所预料一般,杨暄躲开,抬眼瞧见沙发上瘫坐的姥爷,他一双眼充着血,唇齿含混不清:"谁、谁让你拿钱买的?"

杨暄索性把袋子拿出来,脸上没什么表情:"哪里还有钱,不都被你拿走了?"

"不吃药死不了。"姥爷继续瘫回去,长时间的酒精浸泡让他语无伦次,"死不了,老了就是死了……"

杨暄不再管他,自顾自往里走,把袋子放回姥姥床上:"这次藏好,别再让他给你扔了。"

"买它干什么,"姥姥从床上翻身,"还不如死了,这不是拖累——"

杨暄不爱听这种话,直接打断她:"买来了你就吃。冠心病本来就要终身服药,这两年喊你去复查也不去。"

"再查出来什么毛病,不又得花钱?"

杨暄脸色一沉,扭过头不说话了。

姥姥继续说道:"你姥爷不喝酒还好,一喝酒就开始闹,这两年你看他什么时候清醒过。"

瞧着杨暄不吭声,姥姥便想着转移话题缓解气氛:"你晚上吃了?"

"嗯。"

"我中午出去的时候,听村里人说那个谁回来了,"姥姥絮絮叨叨地低声念着,"那个谁,我一下子想不起来名字。"

"想不起来就别想了。"杨暄有点心不在焉的,起身帮忙关上灯,"我洗漱完也早点睡。"

尤思嘉到家后,家里除了弟弟和妹妹,没有其他人。

刘秀芬下班晚,而尤志坚不知道又跑哪里去打牌了,姐弟三人只能一起去后面爷爷奶奶家吃饭。

爷爷奶奶似乎没什么变化,甚至看见她后也没说什么。他们在尤思嘉的记忆里是苍老的,如今依旧苍老,非要说不同,无非是在这苍老上加盖了一层灰。

她这么想着,脑海里突然闪过尤志坚和刘秀芬的脸,竟惊觉他们有一样的神态——

眼神隔着这层灰,是一片劫后的荒野,是死寂一般的麻木。

尤思嘉饭没有吃多少,从爷爷家的院子里出来,不知道怎么回事,胃突然变得沉甸甸的。她越走越快,最后几乎是跑着回到了家里,一刻不停地翻出镜子看自己,又洗了一把脸,仔细擦干净,确保看不出一点相似的痕迹和端倪。

尤思嘉睡前又听到了摩托车的轰鸣声,她在床上翻了个身,迷迷糊糊地睡去。深夜不知几点的时候,她又被惊醒。原来尤志坚半夜打麻将回来输了钱,正和刘秀芬吵架,两人骂得难听,弟弟在旁边哭号了起来。

尤思嘉第二天顶着黑眼圈起床。

她推着自行车正准备出门的时候,突然听到外面传来摩托车的打火声。

一时不知道是出于哪种心情,尤思嘉顿时往后退了一段距离。

两扇大门只开了一扇,尤思嘉在关着的那扇门后面躲着,听到地上的石子和沙土被车轮碾出声响,接着瞄到杨暄戴着头盔,人跨在黑色摩托上,从门前慢慢驶过。

等摩托车的声音消失不见,尤思嘉这才骑着车摇摇晃晃地出发。

她到了学校,把车子停在校门外,买了两个包子边走边吃,刚进教室门,就感受到一种微妙的氛围。

和昨天初来乍到的那种关注不同,这次是像蛛丝一般黏腻地注视和观察。

等走到位置上,她才发现自己桌子上摆着一份早饭——塑料袋里装着手抓饼和茶叶蛋,旁边还有一杯豆浆。

尤思嘉环顾四周,只见周围同学都伸长脖子往她这里看。

一时摸不清状况,她只好把早饭往桌角一挪,随后从书包里掏出课本放在桌面上。教室里没人读书,她就拿出本子来抄抄写写。

快下晨读的时候,前面的女生突然转过脸来,喊了一声她的名字。

尤思嘉惊讶地抬起头。

对方也很羞涩,把耳边的头发往后使劲捋着,声音很小:"思嘉,你不记得我了吗?我是王子涵。"

尤思嘉先是"啊"了一声,过了两秒,两人大眼瞪小眼,她再次"啊"了一声,第二次的音调更高,是真的想起来了。

"我刚刚,就是刚刚一下子,没认出你,你和以前不太一样。"尤思嘉有些语无伦次,但看着转过来的女生,这两天飘飘浮浮的心情总算有了一点点着落,遇到相熟的人,她在意外和惊喜之中生出了一些踏实的庆幸。

"你才是和以前一点都不一样。"王子涵说道,"我昨天就看见你了,但是变化太大没敢认,后来回家问了我妈,才知道你被——"

她说到一半感觉失言,只好停住话,有些尴尬地看着尤思嘉。

尤思嘉倒没在意,突然想起什么,指了指桌角的早饭:"这个……"

王子涵立刻趴到她耳边,神神秘秘地道:"靠窗的那个男生,叫张远,是他给你买的。"

尤思嘉下意识地要往那边看,被王子涵拉住:"哎,你先别转头,他正往这边看呢!"

尤思嘉怔住,更加困惑不解:"可我和他不认识呀。"

"他才不管这些,他在我们班就是那种,"王子涵不知道怎么去解释,"老大,那种老大!你懂吧?"

尤思嘉猛点头."懂!"

"更重要的是,"对方的声音更低了,近乎耳语,"好多人都来找他……有一个和他关系特别好的女生是高二的!"

尤思嘉有点吃惊了:"没想到他还挺厉害!"

"其实年纪差不多,因为他上学晚加上打架休学……哎,重点不是这个!"王子涵急了,"以前张远有个女同桌,两人玩得好,这女生就去堵他同桌,逼着人家把位置给调换了。"

尤思嘉点点头:"我明白了。"

说完,她就站起身来,拎着塑料袋往张远的位置走去。班里其他男生见她过来,发出了意味不明的怪叫声。

张远被人一起哄,又开始摸头发,整个人越发懒散地往后靠。

尤思嘉走过去把早饭放在他的桌子上,一句话没说,转身就走了。

起哄的男生发出了更激烈的嘲笑,尤思嘉没管他们,只回到了自己的座位上。

王子涵看着她,最后缓缓说道:"思嘉,你真是一点没变,胆子还是那么大。"

尤思嘉笑笑,拿出课本准备上课,深吸一口气,把这些烦心事全部抛到脑后。

下午第一节课是历史课,半个班的人都趴在桌子上昏昏欲睡,尤思嘉的眼皮也像坠了铅块一样直直往下沉。

等下课铃声一响,她立马起身去了卫生间,拧开水龙头就往脸上扑水。水珠顺着下巴滴滴答答滑进衣领里,她终于清醒了一些,弯腰拧上开关,余光看到身后有几个人在排队。

尤思嘉直起腰,刚想侧身让位,却被身后的人堵住了去路。

她一抬头,发现是三个女生,很瘦,都披散着头发,脸很白,嘴唇很红,比她大几岁。

尤思嘉原本还想绕开走,但是走到哪儿被堵到哪儿,她顿时明白这群人是来找事的。

打头的女生抱着胳膊,打量着尤思嘉,直接开口:"你就是尤思嘉?"

尤思嘉拿手背擦了擦脸上的水珠,故作镇静:"怎么了?"

女生笑了:"我听说张远早晨给你买了早饭?"

"不认识,"尤思嘉说,"反正我没让他买,也没吃。"

女生伸出手来戳了戳她的肩膀:"你少去招惹张远,老实点。"

"能不能讲点理?"尤思嘉把她手拿开,"关我什么事?"

对方有点惊讶:"他给你买早餐,怎么不关你事?"

"那我不就是受害者?"尤思嘉有点生气了,继续和对方掰扯道理,"你不去管他,来找我麻烦干吗?"

对方见她这个样子,一时犹豫,突然问:"你跟谁混的?"

尤思嘉见和她讲道理讲不通,只装出恶狠狠的样子说:"马上打上课铃了,再不让我过去,我就喊老师了。"

说完,她就猛地撞开一人,从她们中间穿了过去。

上课铃响起的时候，虎子还在睡觉，同桌戳了他两下，他把脸往左边转了转。同桌又戳了戳他，他往前拱了拱桌子。

最后没办法，同桌只好拿起课本，"啪"的一声拍到他脸上。

虎子瞬间睁眼，随着"嘭"的一声，整个人直起身子来："你干什么？"

"什么干什么！喊你起床！"

"这节课不是自习吗！"

"上自习你也不能一边流口水，一边打呼噜！"

虎子直接挽起袖子擦擦下巴，接着听到同桌幸灾乐祸地道："你完了，你起来的时候把杨暄的杯子蹭到地上了，赶紧捡起来吧。"

"什么完了，"虎子瞅他一眼，又往后仰了仰，"说得我多害怕他似的。"

"哟，人不在眼前就能说大话了，平常怎么在他后面跟小猫一样。"

虎子抖着腿，语气不耐烦："我说过多少次了，小的时候，杨暄就是个弟弟，我那时候能揍得他满地爬。"

同桌咧着嘴："你把脑子睡出毛病了？"

"喊，"虎子转着笔，"他不就是后来上初中和人打架后认识的人多了嘛，都是些混社会的……这有啥，而且下午自习他不都去修车了嘛，放学捡也一样——"

"今天不去。"

话说到一半，就听到有人在背后来了这么一句。

虎子嗓子眼里的话卡住，同桌幸灾乐祸地笑出了声。虎子连忙起身把杯子捡起来，擦了一圈放到前桌上："暄，怎么上课你才来？"

杨暄甩了甩手上的水珠，坐下抽出纸巾擦手，擦完手又开始擦刚才掉下去的杯子："洗手去了。"

"哎，对了。"虎子像突然想起来什么，"你放学着急回家吗？"

杨暄没回头："什么事？"

虎子挠挠脑袋，往前探了探："我最近呢，和李苗关系挺好的，然后她那边——"

"不去。"

"你听我说完。"虎子又往前拱了一下，"不用你干啥，就是李苗的小姐妹跟人起了冲突，对方高傲得很，这不准备放学去堵人，让我多喊几个人撑场子。"

"你还小学生过家家呢，乱七八糟的。"杨暄又说了一句，"别喊我。"

虎子自从小时候被他妈拉着循环骂街后，自尊心这种作为人身上最没用的东西早就被磨了个干净，因而死皮赖脸既是他的缺点也是他的优点。

他每隔一会儿就念叨一句，最后咬咬牙："明天早饭我包了，不，明天、后天的早饭——"

"放学再说。"

"好嘞。"

春河中学前面的那条路，只有放学的点才会变得热闹和拥挤不堪。穿过青烟缭绕的炸串店和炒饼小摊，杨暄跟着虎子往学校旁边的巷子拐。

"你站巷子口就成，杀手锏得放最后，"虎子停下，煞有介事地说，"我先进去探探是啥情况。"

杨暄点点头，从包里拿出手机点了几下。

虎子进去了有两分钟，杨暄还在盯着手机看，昏暗的巷子里还有其他人在那儿扎堆抽烟，气味全散了过来。

杨暄伸手挥了挥，随后收了手机，刚往里走几步就碰到了出来的虎子。

"怎么样？"

杨暄问完，就往身后看了一眼。

三四个女生围在一起，旁边还站了一个吊儿郎当的男生，几个人一起面对着墙壁，而墙壁前站着一个瘦瘦的女生，卫衣帽子将她的头和脸遮住了。有断断续续的说话声传来："你之前不是高傲得要命？现在跑啊？"

"我还以为是谁呢，应该用不着你，李苗也不说清楚，"虎子耸耸肩，"就是教训一个女生。"

杨暄更没兴趣了，重新掏出手机转身就要走。

"你以后再给这个尤思嘉买早餐，信不信……"

杨暄停住脚步，眉毛一皱，转回身。

虎子："咋了？"

杨暄问："你听见他们说的了吗？"

"什么？"

虎子还没说完就被杨暄推到一边，杨暄大步走过去。

距离还有几步的时候，就看见其中一个女生戳完旁边的男生，就开始往后推戴卫衣帽子的女孩，等对方踉跄着贴到墙壁后，直接伸手扇了对方。"卫衣帽子"没躲开，但是反应却不慢，直接跳起来以牙还牙扇了回去，瞧着劲更大，打得对方瞬间捂着脸。

其他人顿时措手不及，反应过来后赶紧抓住跳起来的"卫衣帽子"死死按住。"卫衣帽子"挣扎着要低头咬人,刚刚被打的女生开始抡起胳膊。

杨暄一个箭步冲了上去,握住这女生的手腕。

女生先是一挣扎,随后看清楚是谁后一愣:"杨暄?"

杨暄却没管她,把她往旁边一拽,又伸手把其他人拨开。

杨暄先开口,问话带着不确定:"思嘉?"

面前的人身高不到他下巴,不说话,只垂着脑袋,帽间探出几缕凌乱的发丝,随着呼吸上下浮动。

杨暄犹豫了一下,最后抬起手勾住她的帽子,开始一点一点往下拽。他动作缓慢,小心翼翼地再次试探着喊了一声:"小思嘉?"

小思嘉。

离家后再也没有人这么叫过她。

但尤思嘉讨厌杨暄这么喊她,这让她原本昂扬的斗志突然化成一股烟气消散,说不清的委屈如潮水一般涌上来。

帽子原本被他掀开一半,尤思嘉把头一偏,躲开了他的触碰。

杨暄的动作顿住,最后只好收回手,扭头看了一圈其他人:"怎么回事?"

这下轮到其余人尴尬了:"你认识她啊?"

杨暄没说话,只走到张远面前,上下打量他,表情复杂,欲言又止。

张远被杨暄看得头皮有点发麻:"不关我的事,我以后不招惹她就是了……"

"她是你什么人?"李苗问,"妹妹?你不是不收干妹妹吗?"

"妹妹。"杨暄打断她直接承认。

其余人懂了,收拾一下要从巷子离开,杨暄喊住他们:"先别走。"

这时,虎子从后面过来,瞅瞅这个,看看那个,一时摸不着头脑:"哎,什么情况啊?"

杨暄重新走到尤思嘉面前,用只有两个人才能听到的音量低声问她:"她们打你哪里了?脸吗?"

尤思嘉垂着脑袋继续不吭声。

"我看一下。"说着,他再次抬起胳膊。

这次尤思嘉没有躲,帽子被杨暄拽下去——

她的头发略微凌乱,乌黑睫毛垂着抖了两下,靠近下巴那一块泛着红,不怎么严重,但因为侧脸白皙,显得痕迹明显。

杨暄微微俯身看了一眼,就收回手直起身子,询问她:"让他们给你道歉？"

尤思嘉摇摇头，明显是不想和这群人纠缠了。

杨暄转过身。而剩下的几个人面面相觑，懂对方意思后，赶紧一个接一个离开了。

虎子还在蒙着圈，瞧了一眼杨暄，随即也转身，屁颠屁颠地去追李苗："不是，啥意思啊？"

尤思嘉捡起地上的书包，低头拍拍灰尘，从杨暄面前走过去。

她的脚步很快，擦着对方的衣角，能嗅见洗衣粉的清新气味。

杨暄还给她让了路。只是，她没走两步，就听到他在后面喊了一声自己的名字。

但是，尤思嘉没停。她直接一口气走到学校大门口，此时街上的学生已经散了许多。她找到自己的车子，右脚往后去蹬开支撑架，突然感受到一股阻力。

尤思嘉回头，发现是杨暄。他抓住她自行车的后座，阻拦她的动作。

杨暄原本微微弯着腰，见她回头就扬了下眉，这才松开手，用的是陈述句："你跑这么快。"

尤思嘉瞧他一眼，很快撇开目光，把自行车推出来，接着又要往外面拐。

杨暄再次拽住车子，轻声喊她的名字："思嘉。"

身后的马路很吵，卖饼的小贩在吆喝，两辆型号相同的电三轮车夹杂在车流之间互相鸣笛不退让。杨暄定定地看着尤思嘉，是有那么一瞬间在疑惑的。

"你，"他笑着问，"该不会是不记得我了吧？"

尤思嘉握着车把的手攥紧又松开，随后重新攥紧。她没回答这个问题。

她继续推着自行车准备走，却第三次感受到了后面传过来的阻力。

杨暄仍旧不让她走。

她扭过身子，终于开口，语气故意恶狠狠的："你干吗！"

"这么凶，"杨暄举起双手做投降状，仿佛真的被她吓到了一样，"你有车，带我一程行不行？"

尤思嘉想也没想就拒绝："我不要。"

"为什么？"

"就是不要。"

"那我不让你走了。"说完，他两步跨上车后座。

他骤然贴过来，尤思嘉吓了一跳："这个车不好骑！"

"骑坏了我给你修。"说完,杨暄挑了一下眉,低头看她,"昨天你怎么不说,我肯定不会收你钱。"

距离太近,尤思嘉别扭到开始缩着脖子:"那你去哪儿?"

"就是那个修车店。"

她不乐意:"这么近!"

"我懒得走了。"他说得理直气壮。

尤思嘉只好同意,随后看着如今身高腿长的杨暄,有点底气不足:"我载你。"

杨暄有点好笑地看着她:"行啊,我都可以。"

尤思嘉稍微提高一点音量:"那……摔倒了不要怪我。"

杨暄笑道:"不怪你。"

等真的出发时,尤思嘉只感觉这辆小车像大海里的浮舟一样漂漂浮浮,她紧张得手都有点出汗,握着把手摇摇晃晃地前行。

还好距离很近。

还好杨暄在后面不讲话。

她提心吊胆了几分钟,终于到了修车行门口。

停下来的时候,尤思嘉松了一口气。

"你今天怎么这么晚回来?"李满从店里探身出来,瞧见他俩一愣,"怎么回事?车又坏了?"

杨暄从后座站起来:"没事。"

"哦。"李满点头,随后又看过来,"那就几步路你至于坐车来?"

杨暄反问:"不行?"

"行行行,哎,难得你姥爷在这儿待了一整天,瞧我来才走,但他把收钱箱里的钱全拿走了。"

杨暄听他说完也没什么表情,只是突然转过身:"思嘉。"

正准备离开的尤思嘉被突然点名:"嗯?"

"你要不把车放这儿吧,"他说,"我帮你再修一下。"

尤思嘉犹豫了:"可是我怎么回家呢?"

杨暄指指旁边的摩托车:"今天好像没什么人,我早点关门,可以带你回家。"

李满在旁边插了一嘴:"不是,你什么——"

"你可以坐我的摩托车,"杨暄打断他继续说,"刚刚你不是载我了吗,我载你回去也成。"

李满震惊了。

尤思嘉低着头:"那我还是先回家吧。"

今天下午发生的事情太多,她的脑袋好像被塞进去一群乱飞的麻雀,直到现在,她其实还有点蒙蒙的。

杨暄没强迫她,想了一会儿,说:"也行。"

尤思嘉侧过脸同他们打招呼再见:"我先走了。"

李满边挥手,边瞄了一眼杨暄:"拜拜。"

杨暄没挥手。

杨暄往前走了几步,像是最后的闲聊一样:"你回来多久了?"

尤思嘉说三天。

"还回去吗?"

尤思嘉摇摇头。

她抬眼看他的时候,发现对方也在很认真地看着自己。他其实也和小时候不太一样了。

尤思嘉总感觉杨暄还有很多话想问,但是他只点点头,没再多说,最后道:"那你路上小心。"

等尤思嘉转弯从路的那一边消失掉后,李满才凑了过来:"这才一天就熟到这个程度?"

杨暄没理他,捞过旁边的马扎坐下,戴上手套解释:"不是,早就认识,是以前一起长大的邻居家妹妹。"

李满更纳闷了:"那昨天你怎么跟不认识人家一样?"

杨暄身形一顿,有点不想提这茬:"没认出来,她……她和以前不太一样,而且她小时候被送走,我就再没见过她。"

"'送走'是啥意思?"

杨暄没回复,自言自语一般:"我们小时候关系很好来着。"

李满揪住一个点不放:"那你还认不出人家。"

"她小时候,"杨暄索性把手套一摘,伸出手指比画了两下,"头发乱乱的,就是……"

杨暄像是陷入某种回忆中,但想了半天,竟然找不出合适的形容词去描述。他最后只好笑笑,无奈又怅然地呼出一口气。

尤思嘉回到家后就把书包扔到一旁,整个人扑在床上,抱着被子滚了一圈,随后望着水泥天花板发呆。

她转了个身,不知道想起什么,突然起身去把书包里的手机掏出来。

其实说不清楚是什么心情。

尤思嘉抱着手机，登上QQ后，给程圆圆发过去一个笑脸。

还没隔半分钟，程圆圆就回复了过来——

那遗矢ｄé青春丨ゞ：什么事情这么开心？

阳光囡陔：我遇见了小时候的小伙伴。

那遗矢ｄé青春丨ゞ：哇！那他们和你在一个班吗？

阳光囡陔：有的在。

那遗矢ｄé青春丨ゞ：那就有人陪你了！真好！

那遗矢ｄé青春丨ゞ：但是有一个问题！

尤思嘉刚在对话框里打了一个问号，突然又有消息跳了出来——

她点了一下，手机页面跳到了另外一个对话框。

是陆泽铭。

Monologue：这几天晚上你为什么都没来补习班？

阳光囡陔：我转学了。

回复完之后，她紧接着点进和程圆圆的聊天框。

那遗矢ｄé青春丨ゞ：问题就是，你可别忘了我，我们说好一起考一中！

阳光囡陔：你是我最好的朋友呀，我不会忘了你的！

那遗矢ｄé青春丨ゞ：那就好！我待会儿把咱的学校发的期中考试试卷拍给你，你有空就做做哦，千万别落下学习！

尤思嘉又回了几个笑脸给程圆圆。

而陆泽铭那边却没再有消息回复过来了。

尤思嘉丢下手机，想到自己班里的学习氛围，心里突然没了底，赶紧坐回书桌前翻课本。

大概晚上十点半，尤思嘉再次听到了摩托车的轰鸣声。

此刻，她已经换上小熊睡衣，在床头插一个小电灯正在背英语单词，脑袋里突然划过一个念头——

杨暄为什么每天晚上都回来这么晚？

她捏着单词本，踩着拖鞋快速爬上楼。

夜晚的尢家村静谧且悄无声息，春天的月色精细清亮。尤思嘉猫着腰，影子也跟着缩成了小小的一团。

她站在高处，能清楚地看到杨暄家院子里的景象。杨暄把摩托车推到墙边，摘下头盔，随后从旁边架子上拿出抹布擦拭车子，接着进了屋，只留下了月光下的黑色摩托车，像有生命的野豹子一样蛰伏着，同整个破烂陈旧的院子极其不搭。

尤思嘉看他进去，便直起身子，正准备下楼睡觉的时候，突然听到屋门被猛然推开，在安静的夜晚猝不及防发出"嘭"的一声响。

她吓得立马重新猫起了腰，过了几秒钟才慢慢抬起头来往外看——

是烂醉如泥的四爷爷，被杨暄一个人连拖带拽地架了出来。

四爷爷嘴里嘟囔的什么她听不清，只是震惊于杨暄的力气变得这样大。

杨暄一声不吭地把人弄出门，双手紧紧锁住对方的肋下，弯腰缓了几口气，随后用力一抛——

四爷爷就这么直接被丢进了门外墙角堆着的秸秆里。

杨暄拍拍手进了门，半分钟后又出来，往秸秆堆里扔了条毯子，这次终于回身关上了门。

尤思嘉这么看着，终于找到了那种别扭感在哪里。

杨暄不再像小时候一样隐忍。他如今个子高挑，开摩托，修车的动作很麻利，周围还围着一群不三不四的人。

下午替自己解围时，原本很嚣张的男生都害怕他，女生还用那种眼光看他。

他变得锐利又陌生。

尤思嘉抬头看看月亮，发现那晶亮的圆盘外，不知什么时候挂了一层晕。

明天或许是个阴天。

第二天，尤思嘉起床变得困难。她急急忙忙地洗了脸，卫衣中间被蹭了一身的水迹，心里埋怨阴天，阴天果然又害自己迟到。

她拉开大门后的插销，准备迎接外面的愁云惨淡，在推开第一扇门的时候就顿住了动作。

外面天是暗的、风是凉的，人睡觉睡到脑袋不清楚的时候，很容易分不清这是在早晨还是下午。外面的梧桐树就笼罩在这种阴阴暗暗的环境下，树枝上蹦跶着几只早起的麻雀，树枝下停着一辆威风凛凛的摩托车。

杨暄穿了一身黑色跨坐在上面，一只手抱着头盔，见门开了之后就偏偏头，冲她笑了一下。

尤思嘉还在发愣的当口，对方便直接问："你是不是要迟到了？"

"……好像是。"

"我送你？"

等了两秒，尤思嘉还在犹豫当中。她往秸秆堆里瞧了一眼，发现那里已经没有人了。

而杨暄还在看着她,感觉一切都好奇妙。虽然她现在不是小孩子了,可是眼前仍旧会浮现以前的场景,小小个头的思嘉,搬着马扎坐在门口等着自己出来。

只是那时候的尤思嘉不会犹豫。

最后,尤思嘉背着书包,慢慢走到了摩托车后面。杨暄把头盔递给她,她摆摆手说不要,他再次递给她,她仍旧推托。

最后,杨暄放弃,自己戴上头盔后,让她在后面坐好扶着他。

不知道是不是头盔隔音,车开起来的时候她没扶他,到后来车速变快的时候,她才抓住了他的衣角。

杨暄把摩托车开到学校门口,轰鸣拉风的动静吸引了不少进校的学生往这里看。尤思嘉赶紧从后面跳了下来。

杨暄扭头说了句什么,她隔着头盔听不清楚。

看着她迷茫的表情,杨暄把面罩掀起来,他的嗓音这才传了出来:"我把车停回店里,你先回学校。"

尤思嘉点点头:"哦,好。"

他随即要拐弯,突然想起来什么,又喊了一声:"思嘉。"

尤思嘉已经走了几步,闻言转身:"嗯?"

"你吃早饭了吗?"

尤思嘉当然没来得及吃,但是她点了点头。

杨暄瞧她一脸心虚的样子,刚想说什么,但是她已再次急匆匆转身进了学校。

他在原地顿了两三秒,最后骑着摩托车走了。

尤思嘉在学校小卖部排队买面包的时候,突然想到放学后自己回家的事情,刚刚急着走忘了问,难道自己放学后要去修车店找他吗?

买的面包到了人课间才被拆开包装吃掉,吃到一半的时候,尤思嘉被同学告知要往老师办公室里去一趟。

她赶紧把面包往桌洞里一塞,擦了擦嘴巴就往外面走。

把她叫进办公室的是英语老师。

在英语学科里,他是少见的男老师,好像刚结婚不久,面皮白净但是额头油光,鼻尖上架着一副眼镜,上课经常点人回答问题。尤思嘉刚来没几天,几乎次次上课被他点起来。

尤思嘉听王子涵说,英语老师特别喜欢给班里人,尤其是成绩不好的女生课后辅导。

她站到办公室的角落里,看到英语老师的目光藏在镜片之下,在反复打量自己。

过了半分钟,他才说明了来意。

因为之前班里的英语课代表是个吊儿郎当的男生,成绩不好也不收作业,他经过这几天的观察,决定让尤思嘉成为新的英语课代表。

"你成绩那么好,听说以前还是在辛北中学,"英语老师拿着本子戳了戳她的胳膊,"你以后得给班里人做个好榜样啊!"

做不做得成好榜样,尤思嘉不知道,但是下午的时候,她就感觉这个差事当不下去了。

最后两节课是英语自习,老师不来,课代表要搬着板凳坐在讲台上值日,代替老师守自习课。

尤思嘉上去后,除了张远在下面一反常态的安静,班上的其他男生全部变得异常活跃,整个班里乱成了一锅粥。

这其实不能怪尤思嘉,因为她长得确实没什么威胁力——

一张丰腴白皙的小圆脸,漆黑明亮的眼珠,眉毛和眼角都弯弯着下垂,表情越愤怒,反倒越让人觉得亲和。

最后,尤思嘉索性不管了,只垂着脑袋写自己的作业。

期间有人往讲台上丢小字条,她也没看。丢字条的这个人王子涵也给她介绍过,是班里那群混混中的一个,和张远不太对付。

终于熬到放学,尤思嘉拎着书包就要走,却被人堵住了。

这人和张远长得不一样,但动作和神态几乎是一个模子刻出来的,他上来就问:"你怎么不看小字条?"

尤思嘉绕过他就要走。

他"哎哎"叫着又拦过来:"加个QQ呗。"

尤思嘉被他堵住,只好说:"我没手机。"

"骗人。"他扬起下巴继续道,"第一天我们就知道你手机是什么牌子了。张远的面子你可以不给,你哥我的,总得给一个吧?"

尤思嘉被他莫名其妙的台词激起一身鸡皮疙瘩,又看见张远从前面过去,他瞧过来,一副看好戏的样子。

尤思嘉突然心一横,她也学着仰起下巴,装出一副冷傲的模样:"你配吗?"

对方一愣:"啊?"

"杨暄,"她搬出杨暄来,"认识吗?"

话音落下，不只是面前的人，连周围几个经过的男生都停下了脚步。

尤思嘉心道这也太夸张了，报他的名字这么管用。

面前人声音转了个弯："高中那个？"

"对，就是高中那个！"尤思嘉继续仰着脸，"你别惹我！你知道杨暄是我什么人吗？"

狐假虎威之后，周围人仍旧不说话，她有些纳闷，却发现对方的目光不在她这里。

微妙的感觉弥漫开来，尤思嘉顺着目光慢慢转身。她看见杨暄站在后面，就倚在走廊的栏杆上，也不知道来了多长时间，正抱着胳膊听得津津有味。

像是火山在自己面前爆发，岩浆轰隆隆滚落了下来。

尤思嘉不动弹了，灼热的感觉从脖子一直烧到耳朵尖。

面前的男生越发烦人了，还在疑惑地问："是他吗？"

"……对。"尤思嘉起初声音很低，最后梗着脖子硬着头皮再次强调，"对啊！害怕了吧！"

身后果然传来一声轻笑，这让尤思嘉的面皮更热了。

"那你脸红什么？"

尤思嘉睁大眼睛："我哪有！"

"好了。"杨暄终于从后面过来，拽住尤思嘉书包的带子往自己身旁拉，"赶紧走吧。"

杨暄垂眼瞧她，话却是对面前的男生说的："你再不走，她就要冲上去咬你了。"

尤思嘉听见杨暄这样讲，有点不服气地抬头，和他对视了一眼，竟在对方乌黑的眼睛里看到自己，她立马垂下了脑袋。

周围人散开了，但杨暄还在看尤思嘉。

幸好他把刚才的事情当成小插曲，没有追问，只是再次拽了拽她的书包："走吧，思嘉。"

尤思嘉被他拽着下了楼。

鞋底踩着楼梯一格格往下，发尾垂在脑后，随着动作慢慢扫过杨暄的手背，毛茸茸的触感像小刷子一样。

走下楼梯后，他就收回了手。

尤思嘉清清嗓子，问："你怎么知道我在这个班？"

"一共就两个班，我找不到才奇怪。"

尤思嘉"哦"了一声。

从学校大门步行不到五分钟就到修车店了，路上，他停在一个卖炒面炒粉的摊子前，问她吃不吃辣。

尤思嘉拽着书包带子，瞄他一眼："不回家吗？"

"马上回，"他解释，"给你捎一份带回家吃。所以吃不吃辣？"

尤思嘉说微辣。

杨暄转向老板："三份炒面，加火腿鸡蛋，都是微辣，一份多放醋。"

老板说了句"好嘞"，随即起锅，热油激出了烟气和香味。

尤思嘉在颠勺颠锅的碰撞声中，又听到杨暄问她中午怎么吃饭。

她"啊"了一声，面露迷茫地看向他。

"你能抢上食堂里的饭？"

"抢不上。"尤思嘉一五一十地汇报，"前两天去了小卖部买泡面，今天和班里同学一起出来吃的。"

准确地说，是王子涵看她自己每天中午一个人，便邀请她一起。

她跟着王子涵去了一家狭小的奶茶店，墙面上贴了花花绿绿的便利贴。王子涵和其他人围在一起，嬉笑着往便利贴上写什么。这种有小秘密的团体，她凑不进去，和其余人也不太熟，更插不上嘴。她只觉得奶茶不好喝，买的饼也不好吃。

杨暄这才点点头，没说什么，把钱递给老板，接过装着炒面盒子的塑料袋往前走。

"那你呢？"尤思嘉边走边问，"你中午能抢上食堂吗？"

"我不吃食堂。"他看她一眼，"食堂的饭不好吃。"

尤思嘉的好奇心被成功勾起："那你怎么吃饭？"

杨暄却没直接回答，他想了一下，问："你明天中午过来看看？我吃饭的地方算是熟人开的，能打折。"

尤思嘉故作矜持地考虑了三秒，然后才慢慢点头。

李满照例在修车行门口坐着，见他俩过来，便朝尤思嘉打了个招呼，随后接过杨暄递过来的饭。

杨暄把给尤思嘉的那一份挂在车把上，随后开始往外推车："你先吃。"

李满问："干啥去？"

"送她回家。"

"还回来？"

"嗯，这不买了两份饭。"

李满虽然不理解，但仍旧点点头。

这次尤思嘉终于接过杨暄递过来的头盔，她在后面紧抓着他的衣角，在一路轰鸣中被送回了家。

下了车之后，她摘下头盔递给杨暄，双脚还有点轻飘飘。

杨暄把炒面给她，正要回去，尤思嘉突然说："我明天早晨还是自己骑车去上学。"

毕竟时间凑不到一起，总不能让人来回跑。

杨暄看了她一眼，那目光莫名让尤思嘉觉得自己干了什么错事。她没来得及解释，就听他说了一声"好"。

第二天中午放学，王子涵问她还要不要和自己一起去吃饭，尤思嘉便摇了摇头。

说来也奇怪，杨暄没说地点，也没给她联系方式，但尤思嘉就像早就预料到了一样，又在教室里坐了一会儿。

一道大题还没解完，后门就被人轻敲了两下。

尤思嘉转头，果然看见杨暄站在后面。

于是，她丢下笔，跟着他走。

杨暄带她没走多远，来到一家红色招牌的孙家米饭屋。店面不大，设施陈旧，一进门，饭菜的香味就把人冲撞得头晕眼花。

杨暄和店员很相熟，打了声招呼，而尤思嘉对着菜单上的套餐挑选了半天，最后还是放弃。

杨暄吃什么，她就吃什么。

他们走到最里面，杨暄在桌面上抽出纸，先给她擦了擦凳子和桌面，等她坐下，又弯腰抹了抹自己面前的桌面。

身后传来有点耳熟的声音："你真跟有病一样，我每天晚上都拿布擦了的。"

尤思嘉转头，竟然看到了围着围裙的……黄毛一号。

孙龙把菜端上来，目光移到尤思嘉脸上，一愣："哎！这不是那天……"

"妹妹。"

杨暄两个字堵住了孙龙的嘴。

"啊？"孙龙把盘子放下，"你不是不认干妹妹吗？"

杨暄把一次性筷子递给尤思嘉："不是干妹妹。"

"亲的啊？"

"也不是。"杨暄懒得回答了，"你不干活了？"

对方讨了个没趣，走了。

尤思嘉没敢说话,接过筷子后埋头吃饭,吃到一半才抬起头,看到对方的表情时,她停住筷子,声音含糊:"你笑什么?"

杨暄收了笑容:"我笑了吗?"

尤思嘉点点头:"笑了。"

"那可能吧,"他低头继续吃饭,"就是看你吃饭很香。"

吃饭不香是对饭的不尊重。尤思嘉一直秉承这个原则,不过孙龙家米饭屋的味道确实可以。

周末,尤思嘉还是准备学习,但是家里却不太安宁。

自从地被征用、村里分了一点钱后,尤志坚就不再出去打工。他之前干过建筑工人,留在家里后,偶尔也跟着包工头去接农村自建房的私活,但这一整年都没怎么出活。

尤思嘉回来这几天,他每天回来就是补觉,清醒的时候同刘秀芬吵架,而今天甚至叫了一群人来家里。

堂屋因此被一群男人占据。他们坐在马扎上,叼着烟头挤在一张小木桌旁,这就显得本不宽敞的地方越发逼仄,而青白色的烟此刻成了有形的云雾,黑压压堆在每个人的头顶,又同"呼啦啦"的麻将撞击声一起顺着门缝挤进尤思嘉的房间。

在这种环境下学习效率很低,她花了一整天才做完程圆圆拍过来的试卷。

刘秀芬周末也上班,只是下班早,带着疲累回家。儿子见到她,就开始哭号,而尤志坚充耳不闻。刘秀芬怒从心起,她冲过去,抬起胳膊就把堂屋中间的麻将桌掀翻在地。

尤思嘉听到声响后赶紧出来,一推开门就看到掀翻在地的桌子和地面上散落的麻将,几个大男人站起来,面色都不好看。尤志坚的面色铁青,他自觉颜面过不去,两步跨过去,直接甩了刘秀芬一个巴掌。

周围人都顿时一惊。

刘秀芬捂着脸反应了两秒,随即哭叫着冲上去和尤志坚厮打了起来。

尤思嘉冲上去拦,但没拦住,不知道是两人谁的胳膊伸出来把她推了出去,她撞在旁边散落的桌子角上,后背传来一阵尖锐的疼痛。

其余人赶紧上去拉架,弟弟和妹妹看到这个场面,一个接一个张着嘴巴哭号了起来。

尤思嘉捂着后背,缓了半分钟才站起来。

有街坊邻居过来看热闹,也帮忙劝和,在一片鸡飞狗跳中,尤思嘉突然觉得好没意思。

她慢慢走到了门外。

外面残阳如血,梧桐枝丫上还是有几只麻雀在欢快地蹦跶。像有所察觉一般,尤思嘉扭头,又看到了杨暄。

他的摩托车被推了出来,装备整齐,似乎是准备去哪里,但又因为听到了吵闹声,刚好停住了动作。

于是,尤思嘉走到他面前,抽抽鼻子:"你要去哪里?"

杨暄低头看她:"你哭了?"

尤思嘉摇摇头:"没有。"

杨暄接着问:"你家里没事吧?"

尤思嘉赌气一般道:"不管他们。"

"思嘉,"杨暄再次喊了她的名字,"一直没问过你。"

"嗯?"她抬头。

杨暄的眉眼在欲落未落的夕阳下发亮:"你之前去哪里了?过得还好吗?"

多普通的一个黄昏,尤思嘉心想,但是她的眼眶突然发酸,有点狼狈地低下了头。

见她不回答,杨暄又说:"去哪里不要紧。"

他拍拍后座:"上来吗?带你去看日落。"

# 第五章 /
## 爱是恒久忍耐

就像幼时一样。

她在落满梧桐花的小路前等待，等待他邀请自己。

杨暄回屋，不知道从哪里变出来另一个头盔，还是崭新的，他抬起胳膊，沉闷的头盔兜头罩住了尤思嘉。

引擎发动，景物由慢变快往后倒退，当村落被甩在后面，即将转向平坦的柏油马路时，杨暄突然一个转弯。

尤思嘉连忙抱住他的腰。

杨暄的声音隔着头盔，闷闷的。他微微偏头："害怕？"

尤思嘉将胳膊收得更紧一些，生怕他听不到，便大声喊："再快一点！我才不怕！"

杨暄好像笑了，又好像没笑，因为尤思嘉听不太清。

尤思嘉能听清的只有耳边呼啸的狂风和身下摩托的轰鸣，能看清的是快速掠过的绿化树木，它们在余光中连成一片密密的线，指向更远的天空。尤思嘉冲进由靛蓝到赤红渐变的黄昏里，远山的影子模糊，延伸的马路摇晃，她的世界只剩下一片金浪。

直到晚上入睡前，这种强烈的漂浮感仍旧包裹着尤思嘉，她的小剧场也随之摇摇晃晃。

似乎要为曾经丢失的尊严找补，尤志坚开始变本加厉，越来越多的人被他拉进家里来打麻将。

午饭时，尤思嘉向杨暄讲起这件事情，朝他打听周围有没有晚自习补习班。

杨暄像是思考了一会儿，随后问："这是什么？"

"就是，那种机构啊。"尤思嘉比画，"就是你交钱，然后去那里上晚自习，有老师给你辅导的那种。"

杨暄喝了一口水："这边没有，估计只有寒暑假学校老师自己开，但通常也招不到人。"

"没有老师辅导也行，能有地方上自习就行。"

"那还要什么钱？"

"嗯？"尤思嘉没明白。

杨暄低头继续吃饭，只说以后放学跟他走，他试一试，看看能不能给她找一个免费上自习的地方。

第二天放学，杨暄带着她买了三份米线，先回到修车行找李满。

杨暄把高凳子放到尤思嘉面前当小桌子，让她趴在上面吃，自己则和李满蹲在马扎上，一手捧着碗，一手捏着筷子，三个人对着马路来来往往的车辆"呼噜呼噜"吃米线。

等天色擦黑，杨暄把卷帘门拉下来，把头盔抛给尤思嘉："走，我给你找了个学习的地方。"

她接住，像小尾巴一样跟在杨暄后面："我们去哪里啊？"

"去哪儿？"李满也把他的车推出来，是一辆小电摩，他边拧钥匙边哼笑，"当然是去给我干活了，要不然我为什么天天帮他守着这破修车店，我是慈善家吗？"

摩托车沿着马路骑行没几分钟，开始七拐八拐，进到一个小巷里。

这里离春河三中不远，小巷道路狭窄，是有名的"一条街"。尤思嘉单手揽着杨暄的腰，看见街旁掠过一格格的理发店，老板娘都紧挨着门口，目光隔着帘子落到他们身上。

停下的时候，尤思嘉把头盔一摘，抬头望见了闪烁着的灯牌——

福满网咖。

尤思嘉欲言又止："啊？上网啊？"

杨暄的神色在灯光下有种异样的柔和，他伸手拎过她的包，打开门跨进去，尤思嘉紧紧跟着过去。

房间里昏暗，略吵闹，竖着两排电脑围成一圈，能闻到烟味，迷蒙光亮映出的都是年轻的脸。尤思嘉似乎还瞧见两个脸熟的男生，正扭着头想看仔细，有只胳膊就扶着她的肩将她拉过来，接着杨暄的手掌搭上来，虚虚捂住她的眼睛。

"别乱看小思嘉，"他推着她往二楼的楼梯上走，"乱看容易学坏。"

133

地上的木板踩起来"嘎吱嘎吱"响。上了楼梯往左拐，二楼安静很多，身旁陈列着好几个房间，杨暄把其中一间拧开："你在这间学习，走之前我叫你。"

尤思嘉这才知道李满家是开网吧的，晚上杨暄会来当网管。

杨暄选的地方只有几平方米，像是平日里休息的房间，只有一张床，一张桌，墙面干净没东西，桌靠近窗，关上门后杂音就被隔在了外面。

尤思嘉觉得蛮不错，甚至还打开手机给程圆圆拍了一张自己新的学习地点。

图片刚发过去，杨暄就敲敲门，尤思嘉扭头："进。"

杨暄不知道从哪里端过来一碟果盘，还顺带了两瓶汽水。他把这些全部放在尤思嘉的桌子上，走之前瞄了一眼她："好好学习，别玩手机。"

尤思嘉小鸡啄米一样点点头。

直到现在，尤思嘉的学习和生活才规律了起来。

早晨，她跟着杨暄上学，中午两人一起吃饭。杨暄经常翘掉下午的自习课，尤思嘉便去修车行，晚饭的话是两人加上李满一起吃的，然后回到网吧，杨暄在下面值班，她在楼上学习，学到接近晚上十点，最后跟着杨暄回家。

尤思嘉没觉得有什么不对劲。直到天气逐渐炎热起来，放完端午节回学校的第二天，王子涵终于在下晨读后转身问她："思嘉，你最近还好吗？"

尤思嘉抬起头来："我很好啊。"

对方却欲言又止。

尤思嘉挠挠头发："为什么突然这么问啊？"

"思嘉，你最近怎么一直和那帮人混在一起？"

尤思嘉抬起头来："啊？哪帮人？"

"就是高中……还有校外的，咱班还有人看见你去网吧了。"

尤思嘉犹豫了一下："我说我是去那儿学习的，你信吗？"

王子涵顿了两秒，最后担忧地说："班里好多人都在议论你。"

"我不知道哎，都说什么了？"

"咱班孙婷婷说，"王子涵瞄了她一眼，"说你，好像是在和高中的那谁……"

尤思嘉从位置上瞬间跳起来："那是她在胡说！"

"你反应别这么大！"王子涵把她拉下来，"我们都知道她在胡说。"

尤思嘉突然感觉好热，耳朵和面颊都在发烫，她拿出书本开始扇风，纸张飞扬，一点凉风却让她更加心浮气躁。

王子涵继续安慰她："没关系，你以后和那个谁保持距离就可以了。不过也正常啦，她们其实就是有点嫉妒你，我好几次听见她们讨论你穿的鞋子、衣服……"

尤思嘉扇风的动作慢了下来，最后停下。她望着窗外渐浓的绿色枝丫，整个人伏在桌案上，心里有三分迷茫，一点惆怅。

她好像在别人那里总是异类，总是格格不入。因为过于土气，或者过于洋气。

放学后，尤思嘉把收好的英语作业抱起来，照例往办公室里送。

英语老师的桌子在办公室一角，是个隐蔽的位置。尤思嘉抱着作业经过走廊，从开着的窗户往里望，还能瞧见老师没下班。

进去放下作业，尤思嘉才发现英语老师面前还站着一个女生，刚巧是孙婷婷，被他拉过来训话补课。

英语老师伸出手，把最上面的作业本子捞过来，随手卷了一下，开始戳孙婷婷的胳膊："说了多少遍，你上课又不听讲，是不是？"

尤思嘉站在旁边，开口："老师好，这是今天收的作业。"

英语老师这才发现她的存在："哦，可以，放这儿吧。"

随后，他又开腿，伸手把孙婷婷往前面扯："你往前一点，听得清吗？"

尤思嘉随着他的动作瞄过去一眼。

她发现英语老师一边说着，握着本子的手从戳对方的胳膊，变成戳对方的肚子。夏季的衣衫轻薄，孙婷婷的衣服被卷上去了一些，她伸手去挡，老师却顺着她挡住的位置往上滑。

尤思嘉环顾了一圈，发现其他老师都走了，办公室里只剩下了英语老师，她连忙喊："老师！"

对方动作一顿，随后扭头，隔着镜片，眼睛眯了一下："还没走，有什么事情吗？"

"啊，这个……"尤思嘉瞄了一眼孙婷婷。孙婷婷也在看她，面露难堪。

"你要不要检查一下作业有没有收齐！"

"这不是你当课代表该干的事情吗？"英语老师转回身子，"婷婷，你作业交了没？"

"老师！"尤思嘉又喊了一声，"今天是孙婷婷值日，她得去扫地。"

还不等对方反应，尤思嘉就把孙婷婷往边上拉："孙婷婷，你这人真讨厌，怎么还偷懒呢！"

孙婷婷被她拽得趔趄一下，直愣愣地看着她。

英语老师推了推眼镜："那孙婷婷先回去吧。"

见人出了办公室门，尤思嘉松了一口气，刚转身出去，就感觉后面有人拽了她一下。

"思嘉，"英语老师握住她的一只胳膊，"你当课代表有一段时间了，我都还没和你聊聊呢。"

尤思嘉反应很快地抽回手，一边往后退，一边回复："老师，我也值日。老师，我先走了。"

说完，她就跑出了办公室。

跑到楼梯拐角的时候，尤思嘉的脚步慢了下来。

孙婷婷还在这里，她瞧见尤思嘉出来，动作不自然地撩了一下头发。

尤思嘉从她身边走过去，又突然倒退了几步，问："他经常这样吗？"

孙婷婷又撩了一下头发："哪样？"

"就是，"尤思嘉开始比画，"就是刚刚……"

"你小声一点！"孙婷婷紧张了，"这个老师，其实就是喜欢动手动脚，但具体也没干什么……"

"不对。"尤思嘉摇摇头，"刚刚他拿本子戳你的时候，你是不是不舒服？"

孙婷婷点了点头。

"那这就是不对的！"尤思嘉义愤填膺，"小时候有人告诉过我，不要让陌生男人碰自己，只要你感到不舒服，那这就是不对的。"

"他是老师……"

"老师也不行，你没和别人说过吗？"

"和谁说啊。"孙婷婷看她一眼，"班里男生知道只会拿这个来嘲笑你，而且他每次都叫我们学习不好的几个女生，就算家长知道了，也只会觉得是老师好心……"

尤思嘉有点泄气。

中午吃饭的时候，杨暄见她无精打采的模样，问了一句怎么了。

尤思嘉把这件事情给杨暄讲了一遍。杨暄的神色严肃了起来，问："他碰你了？"

"没有。"尤思嘉赶紧摇摇头，"我跑掉了，并且准备去班主任那里辞掉课代表。"

说完，尤思嘉捏着筷子惆怅地叹了一口气。像有所察觉一般，她抬头，和杨暄对视了一眼。

对方的神色让她别扭起来："我脸上有东西吗？"

杨暄摇摇头。

"那你笑什么？"

"就是刚刚才意识到，你好像不是小孩了。"

尤思嘉愣住，小声道："我本来就不是小孩了。"

说完，她就像找补一样，开始低头猛扒饭。

周五第一节就是英语课，打完上课铃后十分钟，英语老师还没有进来。

班里有男生开始号叫："课代表怎么不去喊老师？"

他话音刚落，就被身后的人打了一下："喊什么喊，上自习不行吗？"

尤思嘉还没辞去课代表，她刚想起身去办公室，班主任就进来了。

他拿黑板擦"哐哐"砸了两下讲台："安静！你听听！整个楼道就咱班动静最大！"

班里瞬间安静下来，四十双眼睛齐刷刷地盯着班主任，就等着他的下一句话。

果不其然，他说："你们英语老师最近身体不舒服，这几天的课都上自习。"

话音一落，整个班拍手鼓掌。

班主任再次"哐哐"砸讲台："安静！有什么好兴奋的，不上课对你们是好事吗？一个个在这儿当显眼包。英语老师骑车摔倒了，身体不舒服你们还在这儿高兴！课代表，上来看自习！"

尤思嘉只好搬着凳子去了讲台，等班主任一走，班里顿时又乱成一锅粥。

正当尤思嘉准备掏出耳塞时，下面突然有人用力敲了两下桌子，班里顿时一静。

她循着声音望去，发现竟是孙婷婷。孙婷婷拍完桌子后，大声说道："都别说话，看不见课代表在上面坐着吗！"

话音刚落，班里有好惹事的男生怪叫起来。

孙婷婷在班中颇有威望，又一次拍了拍桌子，这才彻底安静了下来。

下课后，尤思嘉准备出门去卫生间，孙婷婷突然从后面过来，往她怀里塞了一瓶饮料，神神秘秘地道："思嘉，还得是你。"

"啊？我怎么了？"

孙婷婷调侃一般撞了一下她的肩："我会为你保密的。"

尤思嘉有种不祥的预感:"保密什么?"

"我懂的。"孙婷婷拍拍她,语气夸张,"像你这种老大的妹妹,一般都是要保密的,对吧?"

"妹妹"两个字带重音,咬字咬得百转千回,引人遐想。

尤思嘉的胳膊一松开,塞进怀里的饮料就骨碌碌滚到了地上。她赶紧弯腰去捡,起身辩驳:"你不要乱讲……"

"我没乱讲,"孙婷婷眨了一下眼睛,"英语老师才不是骑车摔倒的。"

尤思嘉"哦"了一声,她大概能猜到是怎么回事,随后像是突然反应过来一样,赶紧辩白:"不是,杨暄不是老大,我也不是那什么——"

孙婷婷揶揄道:"什么?"

"我是他妹妹。"

"是亲妹妹吗?有血缘关系吗?"

"没有。"

"这就对了。"孙婷婷打了个响指,"干妹妹嘛,我们都懂的。"

尤思嘉从孙婷婷那里得知了不少他们所谓"道上"的"规矩",也从中补全了杨暄前几年的一些风云传闻。

比如,初中打架、高中进局子、毕业就准备进入黑社会等。

尤思嘉听得咋舌,由于传闻有夸张的因素,她没敢去问杨暄,但是把这些事情告诉了李满。

听她说起这些传闻的时候,李满在修车店前面围着杨暄的罩衣,右手拿着一把剪刀,左手拽着挂在尤思嘉脖子处的毛巾,正在给她剪刘海儿。

她放学后,原本是要去理发店剪头发的,但李满却跃跃欲试,并让她别花冤枉钱。起初,尤思嘉不太信任他,后来杨暄也在一旁说李满以前在发廊当过学徒工,尤思嘉这才坐下。

听她一本正经地学话,李满笑得手抖,接着剪刀一偏,刘海就多出来一道豁口。

尤思嘉只觉得李满就像被掐住脖子的鸡,明明上一秒还在笑得直打鸣,下一秒就被掐没了气。他剪头发的动作变得迟缓和犹豫,左边修修,右边剪剪,全无起初把她按在椅子上的神气。

杨暄拎着晚饭回来,发现李满心虚地瞅了自己一眼。他喊尤思嘉吃饭,对方也不理他。

李满把杨暄扯到一边,咳嗽了两声:"咋办?"

"什么怎么办?"杨暄看他,"这下也不理我了。她本来就是爱美的年纪,你怎么搞的?"

"你的头发都是我打理的,我的手艺你还不放心吗?"李满把手搭在他肩上,开始辩解,"就是我听到了你的一些传闻,哈哈哈……"

杨暄把他的手拨开:"烦不烦,我带她买顶帽子吧。"

"那加我一个。"李满说,"我家狗下了六只崽,周六有集,咱俩卖了吧。天热了,剩下的钱还能给咱妹买点冰棍吃。"

"什么咱妹,"杨暄说,"和你有关系吗?你还把人家头发剪成那样。"

李满自觉理亏:"行行行,你妹,你妹行了吧。"

因此,周末一大早,尤思嘉就被杨暄拉着去赶集。

有的服装店刚开门,正往街上搭帐篷,杨暄让尤思嘉去架子上选帽子。

尤思嘉挑了半天,最后选了一个没有任何商标和图案的黑色鸭舌帽。

"你要这个?"杨暄看了一眼,"确定?"

他说完,就把自己选的给她看:"这些粉的、黄的多好看,上面还有小鸭子和小绵羊,你不喜欢?"

尤思嘉瞄了一眼上面的卡通图案,飞速地摇摇头:"这都是小学生才戴的。"

说完,她走到正在安装帐篷的老板面前:"老板,这个多少钱?"

老板干活出了一身汗,把衣服往上一撩,露出半个西瓜一样的肚子:"这个?三十块。"

尤思嘉刚要掏钱,杨暄就来到她身后,伸手把帽子拿过来,开始和老板讨价还价:"三十块?贵了吧,来个良心价。"

老板瞅他一眼:"这是你妹?二十五块,不能再低了。"

"十五块,"杨暄直接报价,"开门第一单生意,爽快点。"

"二十块,再低就不能回本了。"

尤思嘉扯了扯杨暄,对方没理会她,继续坚持:"十五块我直接拿走。"

"哎,你这小子,"老板把卷到肚腩的衣服重新撸下去,"看你真想要,十八块行了吧。"

杨暄把帽子放下,拉起尤思嘉的手腕就往外走:"咱去那边店看看。"

他力气蛮大,尤思嘉刚被拽着走了两步,就听见身后老板的声音响起:"哎哎哎,回来,给你装着,唉,亏本卖的……"

杨暄这才返回。他掏钱付给老板,随后说不用袋子装,接着把帽子扣在尤思嘉脑袋上。

太阳一露面,热气也开始浮上来。

杨暄用讲价省的钱买了几根老冰棍,分给了尤思嘉和李满。

他们三人找了个地方,往前摆了一个大纸箱子,纸箱子里面铺了一层稻草,里面则挤着六只呜呜直叫的小土狗,一团团的,颜色各异,但都是毛茸茸的脑袋和圆滚滚的眼睛。

李满撕下纸箱的盖子,用记号笔在上面写了"每只三十元"五个大字,摆在了自己面前。

尤思嘉叼着冰棍,把其中一只总是被踩的小狗抱了出来。

它灰灰的毛发让她想起皮皮。

皮皮目前还在程圆圆家,她偶尔会给自己发视频,已经长大了很多。

正这么想着的时候,杨暄突然开口:"你喜欢这只?"

尤思嘉点点头。

"和你经常在手机上看的那只很像?"

"哎?"她有点惊讶,"你知道?"

"吃午饭的时候看见了。"杨暄说完就戳戳李满,"这只你留着。"

"凭什么?"李满来劲了,"一上午就快卖完了,你想买,亲兄弟也得明算账。"

最后,这只狗还是被留下了,作为回报,杨暄晚上请李满吃饭。

地点选在了孙龙家的米饭屋。夏天的时候,他们会把桌椅板凳搬到外面,还会支起烧烤架。

除了他俩和孙龙,听说还有黄毛二号、三号、四号等。尤思嘉原本不想去,但是跟着杨暄到店时,一进门就看见他被这群人围起来,其中还有几个穿着很清凉的女孩子。

尤思嘉没找着机会说离开的事情,只好默默坐下。

夜间风清凉,烧烤架的烟气吹了过来,尤思嘉低头咳嗽了两声。

一张宽大的矮桌子围了七八个人,杨暄同侧角坐着的一个女孩聊着天,聊到一半突然拍拍尤思嘉:"你往我这儿靠点,省得烟扑着你。"

尤思嘉搬起小马扎挪了挪。她听见那个女孩在问杨暄能不能骑车带她玩。

杨暄笑笑,起身把面前的串串分了一圈。

"后山不是经常有飙车的吗?"女孩往后撩了撩头发,"我跟着看过几次,特别刺激,好像他们还会设立奖金。"

一串五花肉放在尤思嘉面前的碟子里,接着又落下一串烤鹌鹑蛋。

杨暄继续分烤串:"你不吃蛋黄是不是?这种能吃吗?"

"我吃蛋黄——"那个女孩说到一半,突然意识到他好像不是在对她讲话。

但杨暄还是把烤串递给了她。

女孩的目光落在尤思嘉脸上,有点好奇:"这是?"

杨暄忽略这个问话,坐下的时候回答了上一个问题:"那种野赛参加不了。"

"为什么?"

"他们玩得大呗。"李满接话,"暄这辆春风,是二手的,这还是冬天价格低,花了两万三提的。

"磕着碰着心疼是其次,那群玩车的都是有钱人,摩托都是宝马S1000RR、杜卡迪,人家不差钱,更看不上咱。"

尤思嘉见杨暄没说话。半分钟后,他突然起身出去。

不过很快,杨暄就回来了,手里拎着几瓶啤酒。

他边聊天,边给周边人倒,唯独跳过她。

尤思嘉吃了几串烤肉,听他们聊车,觉得好无聊,又感到有点闷。记忆里的杨暄会被人欺负,会带着自己骑自行车上下学,但是长大后的杨暄似乎总能轻而易举地成为人群中的焦点。

他刚坐下没两分钟,又离开了。

尤思嘉瞧着他的背影,视线跟了一半,突然又被前桌男人吸引,只见他摇摇晃晃起身,走到马路对面,对着一棵树突然解开裤子。

尤思嘉吓了一跳,赶紧撇开目光。

等回过神,她才发现桌中间好吵,大家开始举胳膊要碰杯,有人大喊杨暄去哪里了。

李满发现尤思嘉的杯子空空如也,站起来要给她倒啤酒。

一只手阻拦了李满的动作。

"你别给她倒啤酒。"杨暄坐下,随手往她桌子上放了一瓶可乐,也没看她。

李满问尤思嘉:"妹,喝不喝?"

尤思嘉不知道自己是出于什么心理,就像不甘心总被人当成小孩子,于是她说她要喝。

杨暄从坐下就一直在忙活,现在才看她,笑道:"我拿筷子沾一点,你尝尝味算了。"

周围人哄笑了起来,而尤思嘉扭开了脸。

终于吃完饭回家,尤思嘉抱着小狗从摩托车上跳下来。正当她要进门时,杨暄突然喊了她的名字。

尤思嘉扭过头。

"你怎么不大高兴?"他问,"是觉得吃饭太无聊了?还是不喜欢这群人?"

她说都没有。

但杨暄说他知道了,他又问:"你给它起名字了吗?"

他指这只小狗。

尤思嘉说:"它叫乐乐。"

说完,她忽然想起来什么:"大黄去哪里了?"

有蚊子扑过来,杨暄拍了一下胳膊,他说:"大黄老了。"

"老了?"

"对,它活到去年。"

尤思嘉不说话了,她重新走到他面前:"那把乐乐给你。"

杨暄摇摇头:"有大黄就可以了,乐乐是你的小狗。"

谈起以前的事情,会忽然觉得有点奇妙,所以,杨暄也想起来一件事:"你等一下,我有东西交给你。"

杨暄把摩托车推进屋。而乐乐已经困了,在农村,土狗很容易养活,尤思嘉把它放回纸箱子里,再出来的时候,杨暄已经重新回到门口,而他也抱着一个纸箱子。

"想起来个事。"他弯下腰,打开手电筒,"这都是你的东西,你走后,你家里人把这些扔到家后垃圾堆里,我看着眼熟就捡回来了,一直留到现在……"

尤思嘉不用打开,也知道这里面是什么。

原本以为,关于童年,她已经没有任何东西可以留念。

尤思嘉蹲在地上,迟迟没有打开这个箱子。

杨暄突然拍了一下她的胳膊。

尤思嘉抬头看他。

杨暄的眼睛发亮,他把手电筒照在手掌上:"有蚊子。"

尤思嘉愣愣地点头。

手是温的,呼吸是热的。

奇怪,尤思嘉想,这明明是个活人。

但她莫名觉得组成杨暄的东西好像不是骨骼、血肉,就像她经常在梦中把自己变成摇晃的杨树叶子，或者躲在石头下的螃蟹。

杨暄应该也由别的物质组成，比如冰凉的啤酒、发亮的钢铁或者夏日的秸秆，这种。

尤思嘉同杨暄互道晚安，随后"哼哧哼哧"把纸箱子搬回去，她如同重获至宝，一件件拿出来仔细打量。

除了熟悉的物品，竟然还有芭比娃娃这种城里小孩的玩具，也不知道从哪里来的。

尤思嘉又把东西放回原位，小心翼翼地重新藏起箱子。

尤思嘉想起从前杨暄送过她一只碎布片缝成的小狗，她曾经长久地挂在书包上。后来，它旧了、脏了，被扔进洗衣机里转了一次又一次，不知道什么时候就不见了。

现在他又送了她一只小狗，活的、热气腾腾、窝在纸壳子里会打呼。

乐乐很好养活，给它一块能窝着躺的垫子，面前再放一个小铁盆，个头小一点的时候用热水把煎饼泡软，剩饭剩菜倒进去，它就闷着头吃得很香。

再大一点，它开始学会接尤思嘉放学。哪怕晚上已经窝在垫子上睡着，只要远远听到摩托车的轰鸣声，它就会立刻爬出来，摇摇摆摆走到门口，等尤思嘉从摩托车上跳下来后，它就绕着她的裤脚转。

暑假来临了，乐乐已经学会去钻各种各样的草丛，带着满身的草棒叶子和苍耳回家，随后趴到尤思嘉跟前，等主人帮它把身上的杂草摘干净。

但有时它的算盘也会落空。

比如此刻，尤思嘉步履匆匆地进门，直接忽略了一旁的乐乐。她有点手忙脚乱，因为刚刚得知程圆圆即将从市中区过来，她准备拿着钱包去镇上请对方吃饭，再给对方找个地方住。暑假尤思洁也回来了，房间睡不开多余的人。

起初，尤思洁回家，姐妹俩见面还很高兴。但尤思洁前天和父母大吵了一架，连着好几日白天，尤思嘉都没见着尤思洁的踪影。

她从刘秀芬那里得知了吵架的原因。因为尤志坚给尤思洁介绍了一个邻村的对象，尤思洁本人不太愿意。

说起这个事情的时候，天色已经发暗，刘秀芬正往烧着火的不锈钢空心快壶下塞苞米棒子："这死丫头，估计自己谈了。你爹给她介绍的多好，那家人的爹刚好是工地上的包工头。"

尤思嘉不可置信："我姐还没上完学呢。"

"还上学,村里和她同龄的都抱孩子了,没结婚的也都说妥了,我看着都替她着急。"

刘秀芬一脸平静,边说边往快壶底下继续添火。很快水开了,起先"咕嘟咕嘟"冒着泡,最后发出尖锐的鸣叫,夜鸟哭号一般,直到被刘秀芬拎走。

被留下的苞米棒子已经烧黑透着红,热气一阵阵袭过来,尤思嘉舀了一勺水浇上去,看着腾起的白雾,突然在某一瞬间察觉到周围空荡荡的。

黄昏转黑夜,暗色就像倾覆过来的海水一样要把她给淹没,她不想自己一个人待着。

可假期里杨暄在镇上干活,总是忙到很晚。

因此程圆圆的到来,可谓是一件大好事。

尤思嘉兴高采烈地推开卧室门准备拿东西,下一秒就愣住了。

尤志坚在她的房间里,正弯腰翻着东西。她书包里的课本全部被掏了出来,尤志坚还觉得不够,又翻过来倒了倒,接着她的小钱包就掉在了地上。

正当他弯腰去捡的时候,就见尤思嘉推开了门,尤志坚顿时直起身子来,"嘿嘿"笑了两声,有点局促。

她走过去,从他手里把自己的钱包拿走:"这是我的。"

"你这小孩,"尤志坚咳嗽两声,"还分你的我的。我是来找那个什么的,那个啥找不到了……"

含糊说完,他接着就转了语气,严厉起来:"你以为什么?难不成我还图你这三瓜两枣的零钱?"

尤思嘉没说话,默默地把自己的书包给收拾好。

尤志坚在房间里绕了两圈,翻翻箱子动动柜子,嘴里念叨着"在哪儿在哪儿",仿佛真的在寻找什么东西。

最后临出门的时候,尤思嘉突然喊住他。

尤志坚转头:"干什么?"

尤思嘉的眼睛清澈:"我的学费你还留着吧?"

"什么学费?"

"我回来的时候不是给钱了吗?"

"啊!"尤志坚一副恍然大悟的样子,随后教育她,"大人的事情你少操心,学你的习!"

尤思嘉背上书包,骑着自行车去镇上接程圆圆。

程圆圆一见到她,把拎着的包一丢,张开胳膊就扑了过来:"思、思嘉,我想死你了!"

尤思嘉过去帮她拎包："路上是不是很累？"

"这个车摇摇晃晃的，我都快吐了，但是见到你就开心了！"

尤思嘉骑着自行车载着程圆圆，两人就像以前一样叽叽喳喳聊着。

程圆圆很少下乡，觉得一切都很新鲜。快到晚上的时候，尤思嘉又把程圆圆送回镇上。她学习的地方有张小床，程圆圆可以睡在那里。

在网吧面前停住，尤思嘉便伸手把还在犹豫的程圆圆拉了进去。

杨暄正在登记台坐着，瞧见她俩就站了起来。

程圆圆还在心虚地说："这需不需要身份证？"

"不要。"

杨暄边说，边从杂乱无章的桌子后面绕过来。他身量很高，穿着黑色短袖，眉眼相貌半遮半掩在昏暗光线里："你就是圆圆？我经常听思嘉提起你。"

程圆圆一下子就卡壳了："啊，我、我是。"

杨暄则转向尤思嘉："带她上去吧，把包放过去，我待会儿把风扇也搬上去，省得夜里热。"

尤思嘉拽了拽愣住的程圆圆："我带你上去。"

两人踩着"嘎吱嘎吱"的扶梯一前一后上去，还没走两步，就听杨暄在下面喊了尤思嘉的名字。

尤思嘉停住脚步："嗯？"

"放完东西就下来吧，门口凉快一点，我给你俩切西瓜吃。"

"好。"

进了屋，程圆圆放下书包，还在小声问她："他是谁？"

"我说过啊，和我一起长大的哥哥。"

"可你没说他，"程圆圆比画了两下，"就是……"

"怎么？"

"你没说过他长得这么帅呀！"

尤思嘉一愣，竟有些不知道做出什么反应："……是吗？"

"嗯！"程圆圆点头，"你不觉得吗？还是看久了感觉不到？"

尤思嘉摸摸头发："那应该是看久了的原因。"

不知道为什么，她有点莫名地心虚。

两人还没说完，后面就响起敲门声。

程圆圆转身，拧开把手，门开了一条缝，杨暄的声音传过来："思——"

尤思嘉一个激灵，几步跨过去，伸手"哐"地把门合上。

145

门前被堵住的杨暄一愣。

门后的程圆圆也一愣，她缩缩脑袋："怎么了思嘉？"

"啊……"尤思嘉像是突然反应过来一样，连忙摆手，"没事，没事！"说完，尤思嘉重新把门打开。

杨暄还在外面，有些不明所以："怎么了？"

"没事！"

"哦。"杨暄没有深究，"下来吧，西瓜切好了。"

尤思嘉和程圆圆坐在门口的小板凳上啃西瓜，有超载两三人的小电摩从门口经过，上面的人口哨一吹，石砖被压得"咯噔咯噔"响。

相比里面的闷热，外面则要好很多，夜风垂顾狭窄的巷子，隐匿其间的花绿霓虹招牌不为所动，尤思嘉却感到了一点凉意。

西瓜放在井水里冰镇过，甜腻冰凉的汁水流了满手，她朝地上搁置的小盆里吐籽，眯眼想了一会儿，慢慢说道："圆圆，你有没有过那种感觉？"

"嗯？"程圆圆啃了一口西瓜，声音含含糊糊，"什么？"

"就是，怎么讲，"尤思嘉在想着组织语言，"难以形容，就感觉很空，自己好像不属于任何一个地方，没有落脚点。"

"你想去哪儿呀？"

"不知道，有时候哪里都想去，有时候就只是想找个地方藏起来。"

尤思嘉说完，像察觉到什么一样，一扭头，发现杨暄静静地站在自己身后。

她问："怎么了？"

"没事，"杨暄晃了晃手里的花露水，"手抬一抬，有蚊子。"

尤思嘉乖乖把瓜举起来，杨暄弯腰往她的小腿和胳膊上来回喷了一圈，薄荷的清凉气息蔓延开来。

程圆圆见状，两三下把西瓜啃完，随后瓜皮一扔，连忙起身："我自己来，我自己来。"

杨暄闻言，便直接把花露水递给对方。

程圆圆在春河镇待了三天，尤思嘉亲自把她送走后，暑假就变得一晃而过。

开学后，尤思嘉备战中考，而杨暄步入高三。

李满不止一次提醒杨暄："你看咱妹这个拼劲。"

杨暄边听边点头，目光聚精会神地放在电脑屏幕上，手指轻点了两下鼠标。

"初中部能出一个上重点高中的,就算这学校冒青烟了,大部分人直接继续在镇上混个高中文凭,好一点的就直接上中专学个技术。高中这边也差不多,所以,喧,你……"

李满说着,见杨暄还在认真忙自己的事情,便凑过去一看,见他正翻着往年市一中的录取分数。

杨暄不知道从哪儿弄来尤思嘉的成绩单,他仔仔细细对比了一下,最后放心下来,说道:"走正榜招生没问题。"

"我刚说的你听了没?"

"什么?"

"点你呢,"李满恨铁不成钢,"你怎么想的?不准备考出去了?"

杨暄往椅子上一躺:"我那点分,去哪里不都一样。"

"那总比待在这里强。"

杨暄用指腹蹭着成绩单薄纸的边角,不说话。

"你前几天又去张老大那儿了?"李满转脸问他,"胖子本来就因为张老大排挤他,何况最近严起来了,他又开赌场又干暴力催收,指不定啥时候被查呢。"

杨暄转移了话题:"我昨天晚上帮我姥姥量血压,血压过低。"

李满也不讲话了,最后叹了一口气道:"你不是之前说过,她不愿意去复查吗?"

"我这两天想办法再劝劝她吧。"杨暄说完,看了一眼表,"快十点了,我上楼喊思嘉回家,明天见。"

天气渐冷,摩托车就不算一个舒服的交通工具。

晚上回家的时候,尤思嘉刚想戴上头盔,杨暄就从包里掏出一包东西递给她。

她接过的时候只觉得这一团松软,伸手抖落开,才发现是一条长长的黑色针织围巾。

尤思嘉摸摸后很喜欢,随即绕在自己肩上:"好看!"

杨暄走到她面前,他的手背发红,拎着围巾的一角又帮她缠了一圈,说话时嘴里呼出寒气:"你系紧一点。"

尤思嘉抬抬下巴,发现杨暄脖子上也绕了一条同色的围巾,不过短了很多,只能绕一圈,在前面打个结。

"你买了两条?"

"没花钱。"杨暄收回手后也整理了一下自己的围巾,"家里还有毛线球,我就织了两条,不过线不太够。"

听他这样讲,尤思嘉竟然也不意外。

她坐到摩托车后面,暗淡的路灯一格格闪过去,她把头抵在杨暄后背上,凛冽的风吹过,刺得她小腿发麻。车驶出镇上,灯光一打,杨树被光秃秃地照亮,沉沉闷闷地站了一排,不知道是不是每日经过其间受了影响,她总感觉杨暄也越发沉闷起来。

十二月份的一个阴沉清晨,尤思嘉背上书包出门,门口等待她的却不是杨暄。

李满站在外面,瞧头发的凌乱状态和眼神的迷离程度,就知道他应该从被窝里爬出来没多久。

看到尤思嘉出来,他抹了一把脸,把电摩往门口一拐:"妹,今天我载你上学哈。"

尤思嘉顿时不安起来,连忙问:"杨暄去哪里了?"

"杨暄姥姥昨天半夜心绞痛,他直接去医院了。"

尤思嘉有点急,往前一步跨过,问:"没事吧?"

"估计要住院再治疗。"李满劝她,"你继续上你的学,他能解决得了。"

话是这样说,但是一连三四天,尤思嘉都没能看见杨暄。

她重新骑上自己的自行车上下学,下课时不时拿出手机,看他有没有回复自己的短信。

杨暄这几天有些自顾不暇。

他忙上忙下办理住院手续,而姥姥还在挂着点滴。她目前的状态有些虚弱,昨天做了冠状造影之后,相比继续吃药的保守治疗,医生还是建议做搭桥手术。但姥姥一直闹着要出院。

等杨暄看到尤思嘉的信息时,他正在医院外面取药。

天闷闷地发沉,有点下雪的预兆。杨暄回复信息,让她好好学习,自己随后拎着一大塑料袋的药准备回医院,途中竟听到赞美的歌声。

杨暄停住了脚步,这才发现工人医院的旁边有一座小小的教堂,瞧着里面热闹的样子,他才想起来今天是圣诞节。

穿着白色细麻衣的信徒在小小的礼堂内唱歌,杨暄坐在下面听了很久。

或许是因为他一个年轻人坐在一群老人之中很显眼,排队出去的时候,有人往他手里塞了一个塑料袋,里面装满了花生、瓜子和糖。

杨暄嘴角动了一下,最后说了声谢谢。

刚说完，紧接着，他手里又多了一份挂历。

杨暄展开，封面印着熟悉的黑体经文——

爱是恒久忍耐。

杨暄回到医院，把挂历放在姥姥的床边。

她闭着眼，面庞浮肿，但身体很瘦，皮包着骨头，像柴火一把。如果把心脏比喻成一块土地，那这块土地已经有些早到枯竭，没有多余的营养去滋养农作物，挂在手臂上的点滴在急急忙忙沿着血管做最后的修补。

她已经六十多岁了，经历过贫穷、饥荒、丧女、家暴，这些没有一次压垮过这样一个瘦弱的、沉默的、忍耐的女人。

她的心脏如今衰竭，但坐在病床前的他却刚成年。

尤思嘉骑车回家，晚上的天色暗沉发红，风吹在脸上不算特别冷。

就在马上要拐进村子的时候，余光里有什么熟悉的东西一闪而过——

高高的个了，身影隐在暗红色的天色下，朦朦胧胧。

尤思嘉从旁边经过。起初还没反应过来，等过去几米后，她才猛然停下车。

她匆忙间停好车，喊了一声"杨暄"，刚往前小跑了两步就听到身后"咚"的一声响，一回头，发现是自行车没停好，倒了。

尤思嘉只好又跑回去扶，拽住把手的时候感觉一轻，杨暄从后面探过身把车子提了起来。

她被夹在车子和人之间，一时有些不敢动弹。

不过杨暄很快撤开身子，刚刚几秒的温度仿佛是一场错觉。

他坐在车后座上，抬眼看她："李满不来送你吗？这么晚也不太安全。"

"我没让他送，"尤思嘉急急忙忙地问，"你怎么回来了？四奶奶怎么样？"

"她不愿意住院，我下午就带她回来了。"杨暄说话仍旧不紧不慢，"我想先稳定她的情绪，过几天还是会劝她去做手术。"

"为什么不愿意住院？"

杨暄耐心解释："她认为自己老了，不想再多花钱了。"

"你有钱吗？"尤思嘉小心翼翼地问，"我可以借你，其实我养父母也给过我生活费，我都攒着没花多少呢！"

杨暄不说话了，很认真地看了她一眼。

在他的这种眼神之下，尤思嘉又出现了那种心虚的感觉。

杨暄的目光往下落在某处，突然抬起胳膊，手掌向上慢慢靠近。

这时，尤思嘉突然往后蹦了一步："等会儿！你先离我远点。"

杨暄一顿，收回手："怎么了？"

"最近我弟弟起水痘了，"尤思嘉说，"我小时候起过所以不怕传染，但是我怕传染给你。"

"哦，"杨暄笑了，"我小时候也起过水痘。"

"你也起过？"

"嗯。"杨暄语气放低，"我姥姥当时怕我挠，就拿布条绑住我的手，一整晚不合眼地守着我。村里人不都说起水痘吃狗肉会好，姥姥不忍心动大黄，就去求村子里之前养狗的那家人，把他家要卖出去的狗肉分她几块……"

尤思嘉站在他面前，听他说着，偶尔眨眨眼睛。

杨暄说完又瞧她一眼，随后继续抬起胳膊，手背险些碰到她的下巴。他帮她整理了一下围巾，说："你系紧一点。"

尤思嘉不吭声了。

等他收回手后，她像是才想起来问这个问题："你怎么在这里？"

杨暄觉得有点好笑："你放学除了这一条路可以回来，难道还有别的路吗？"

"嗯？"尤思嘉还有点迷糊，刚想继续问，突然感觉面上一凉。

她伸手抹了一下，随后抬起头。

天上云团暗沉，雪花绵密，正寂静地落下来。她的额头、鼻子和嘴巴，都先后感受到了这种绵柔细碎的凉意。

她看见亮晶晶的碎片也落在杨暄的身上。

"下雪啦。"尤思嘉小声说道。

她见杨暄也抬头往天上看，雪花飞舞着，落在地上顷刻消失，也落在杨暄的眉毛和眼睫上。他眨了一下眼，雪花就被体温烘凝成水滴，湿漉漉地挂在上面。

杨暄声音很轻地说："回家吧。"

尤思嘉没动，说实话，她有点不太想回家，低声说道："再等一会儿。"

杨暄看她："等什么？"

"就……"尤思嘉拽着袖子，"看雪啊。"

对方走近，突然用手背碰了碰她的手，说道："手冰凉的。"

尤思嘉还来不及做什么反应，他继续捏了捏她的袖口，往外翻了一下："穿得也不多。"

说完，他就下了决断："推车回去吧，再待着，冻生病了怎么办。"

尤思嘉还想再挣扎一会儿，杨暄已经绕过她，推着车大步往前走。

"思嘉跟上。"

尤思嘉只好小跑到他身边，风吹过来，雪花飘进围巾里，凉意让她耸了耸肩。

杨暄瞧见她这个样子就笑了："我说回家吧，你这都冻成缩脖子的鹌鹑了。"

尤思嘉反驳："你才是鹌鹑！"

"抖落落，抖落落，"杨暄心情莫名变好，边推着她的车边念起童谣，"寒风冻死我，明天就盖窝。"

尤思嘉到家的时候脚步也轻快了。

堂屋的角落有火炉，尤思嘉摘下围巾推门进去，还没察觉到热气，尤志坚和刘秀芬的吵架声就先迎了上来——

尤志坚坐在马扎上，边说，边拿着火钳掏炉箅子："冬天不好找活，我能有什么办法？"

"你少赌一点比什么都强！"刘秀芬情绪已经激动起来，"这两天但凡能上班我肯定不闲着，小孩起水痘总是不见好，不一直是我在家照看着？但凡你搭一把手呢！"

炭火不是很旺盛，尤思楠被冻得不停地流鼻涕，她把擤鼻涕的纸团捧成一堆，全部扔到炉子里面烧掉。

尤思嘉放下书包后蹲在旁边烤手。原本在后面躺着的乐乐顿时爬起来，抖了抖蹭在它身上的炉灰，过来趴在尤思嘉鞋子上。

尤思嘉摸了摸它的脑袋，才发现乐乐的皮毛被烤得暖乎乎的。

尤志坚吵累了，咳嗽了一声，随即吩咐尤思嘉："拿筐子去楼梯间盛点炭。"

尤思嘉拍拍乐乐的脑袋，它就从她的鞋面上爬起来。她拿着手电筒和筐子去外面，它也颠颠地跟过去。

她走到院子的楼梯口，能看见雪花已经落下了薄薄的一层，被手电筒灯光一照，地面亮晶晶的，像撒满了盐巴。

尤思嘉用铁锨没铲两下，就听到铁锨和地面摩擦发出"刺啦"声，原来是木炭没了。于是，她只装了半盆，回屋后对尤志坚说："家里没炭了。"

尤志坚咳嗽一声："让你妈明天打电话订。"

刘秀芬猛然扭头:"订？你上下嘴皮子一碰说得倒轻巧,哪有钱！"

尤志坚不满:"一提点事你就急,急什么？不能好好说话？"

"过上好日子我就好好说话！"

尤志坚把火钳往地上一扔:"缺你吃了还是缺你穿了？"

刘秀芬冷笑一声:"你怎么好意思说。"

"怎么不好意思？"

"小孩起水痘,让你去镇上买点狗肉给他吃,谁想到这点钱你都去玩麻将。"刘秀芬越说越来气,"你再赌咱俩就离,我看这日子也没法过下去了！"

尤志坚呛回去:"离就离！"

说完,他要起身出去抽烟。

乐乐回来后,趴在炉子旁边继续取暖,尤志坚起身,抬脚就把它踢开:"畜生还挡路！"

尤思嘉一惊,来不及阻止就听见乐乐"嗷呜"一声,它被尤志坚踹出去了半米远。

她赶紧过去,见乐乐早就从地上爬起来,呜咽着往她手里躲。

门打开又被关上,尤思嘉只感觉到外面的寒气争先恐后地进来。

下完一场雪,天越发冷了。

天气寒冷,路面湿滑,杨暄让尤思嘉把自行车推到修车行。只见他蹲在地上忙活了大半天,该换的换,该修的修,"叮叮当当"把自行车从头到尾翻修了一遍。

"马上就寒假了,"李满抱着一个暖水袋说道,"你还修它干啥？"

杨暄拎着轮子转了两圈,嫌干活不方便,又把白线手套扯下扔一边。弄完之后,他手被冻得通红,举起手来哈了一口气:"开春了再骑。"

尤思嘉见状赶紧把自己的暖水袋递给他,被杨暄摆手拒绝:"手上都是车油,等我洗一洗。"

李满抱着自己的暖水袋不撒手:"要我说实在没必要,你不一直送咱妹上下学？"

"我准备带我姥姥去做心脏搭桥手术,"杨暄说道,"费用还差一点,这几天正在联系买家,我准备把这辆摩托车卖了。"

李满愣住了,过了一会儿他问:"还差多少？我这边也能添点。"

杨暄摇摇头:"你也不容易,暂时不求助于你。"

"你先和思嘉去孙龙那儿吃午饭,"杨暄说道,"我去打个电话,随后就到。"

李满点点头。

杨暄走到墙根,呼出一口气,随后从口袋里摸出手机,开始一格格往通讯录下面翻,最后停住,看了几秒后,拨了出去。

对面很快接通,杨暄清了清嗓子,客气问好。

对面静了有十来秒,随后声音才传过来:"我刚刚去翻日历了,看看今天是什么日子,最后发现不是什么节日,你这拜年电话打早了吧。"

杨暄装作听不懂对方的冷嘲热讽:"您身体还好吗?"

"每次都是这个话,"对面哼了一声,"承蒙你一年一次的问候,好得不得了。"

"那我就放心了。"

"你哪能放心,我身体好,有人身体不好吧。"

杨暄不说话了。

"沉默干什么?被我说中了?除了这事你也不会打来电话,想通了?"

"我——"

"我过几天去亭山看项目,"对方打断他,"到时候见面说。"

不等他回复,对面就挂断了电话。

杨暄把手机塞回口袋里。他关上了修车行的门,慢慢走到餐馆。

掀开帘子的时候,饭香和热气也随之袭来。他看见尤思嘉和李满已经点好菜等着他。

李满连忙朝他招手:"赶紧来!你打个电话这么磨蹭,你不来咱妹就不让我吃饭,可把我急死了。"

尤思嘉赶紧反驳:"我哪有!"

"你没有吗?我刚刚饿得要命,刚拿起筷子你那眼神……"

尤思嘉被气得脸都红了,继续同对方辩驳。

杨暄坐在她对面,见她朝李满张牙舞爪比画着,他笑了还没两秒,又想到什么,上扬的嘴角突然像被挂了铅块,弧度控制不住地往下坠。

考完期末的最后一场考试,寒假也正式到来了。

尤思嘉这几天忙得晕头转向,考完只觉得轻松。杨暄的摩托车还没来得及卖,目前还能送尤思嘉回去。

回家的路上,她让杨暄在干货店门口停住,随后跳下来让他等一会儿。没两分钟,尤思嘉就拎着一袋东西"嗒嗒嗒"地跑出来。

杨暄问:"这是什么?"

"小鱼干，"尤思嘉把塑料袋抖得"哗哗"响，"你能相信吗？乐乐明明是只小狗，但是它最爱的竟然是小鱼干！"

这几天因为复习，她都没来得及陪它玩，昨天也没见着它的踪影，也不知道跑哪里去了，所以尤思嘉决定买点它最爱吃的补偿它。

到家之后刚好是午饭的点，尤思嘉进门后就开始喊乐乐的名字。

尤志坚从厨房探出身来，一脸惊讶："你怎么中午就回来了？"

"我考完试放假了呀。"尤思嘉连忙问，"你看见乐乐了吗？"

尤志坚咳嗽了两声，摸了摸鼻子："估计跑了吧，土狗在哪儿都能活。"

"不可能。"尤思嘉反驳，"它平常听见摩托车声音就会来接我。"

"那不清楚。"

尤思嘉晃了晃自己手里的小鱼干，开始去屋内找，找了一圈没找到，又出门，把周围一圈的秸秆堆全部找了一遍。

最后，她还是一无所获地进了门。她想把装着小鱼干的塑料袋放到厨房，省得被野猫偷吃了，谁知刚踏进厨房门，尤志坚立刻从里面踏出来拦着她："你进厨房干什么？"

尤思嘉被他吓了一跳："我想把小鱼干挂起来。"

"给我。"尤志坚伸手把她手里的袋子夺了过来，"我帮你挂，考完试你就玩去吧。"

尤思嘉纳闷了，往里瞧瞧："你在做什么饭？"

刚动了一下身子，尤志坚就堵住她："哎，你这小孩！怎么一点都不听话！"

尤思嘉愣住了，反应了两秒，随后抓着他的衣服把他推开："你让我进去看一眼！"

对方单手拦住她的腰，把她往外面拖，刘秀芬听见动静也出来了，要把她拉开。

尤思嘉不敌两人的力气，突然转头咬住尤志坚的胳膊，即便隔着厚重的衣服，这一口也咬得不轻，他松开了她。

而这时，尤思嘉反倒平静下来了。她慢慢走到厨房门口，愣了几秒，还是没进去。

她感觉胃里有什么东西在翻涌，想吐，却吐不出来，但是眼睛却滚烫又肿胀。

尤志坚和刘秀芬在朝她说什么、解释什么，尤思嘉完全听不到了。

她点点头，很平静地从厨房外离开，又出了大门，像往日出门散步一样。

她迷迷瞪瞪地走着,突然被人拽住。

"我刚刚喊你好几声,"杨暄语气有点急,"你怎么了?"

尤思嘉被他拉着转了个弯,目光只能看见他厚重的黑色外套。

"乐乐……"

"什么?"杨暄听不清她在说什么,弯了一下腰。

从小到大,尤思嘉几乎不哭。

她喃喃道:"我的小狗……"

杨暄这下听清了,连忙问:"怎么了?"

她的小狗被吃掉了。

意识到这件事情后,尤思嘉突然拽住杨暄的袖口,她的指尖都发白了,整个人控制不住地发抖:"我的小狗……"

她好像只会重复这四个字。

尤思嘉嘴唇颤抖,好像有一团棉花塞在嗓子眼里,堵得她呼吸不过来:"我的……小狗……"

她眨眼,泪水"啪嗒"一下落下来。

看到水迹在袖口处晕染了深色的一圈,杨暄心下"咯噔"一声,顿时把原委猜了个八九不离十。

见尤思嘉有些呼吸不过来,他连忙去拍她的背。他原本是想给她顺顺气,谁知像触碰到了某种开关,她忽然紧紧抓住他的衣领。

尤思嘉的力气不是很大,却令他也喘不过气来。

杨暄只好俯身抱住了她。

粗糙的衣服蹭到她的面颊,很难讲清楚是什么感觉,凛冽的寒气,一点皂粉味,像降落在某种熟悉的港湾。

尤思嘉把脸埋在上面,起初是沉闷小声地哭,肩背一抖一抖。杨暄像哄小孩一样上下来回拍着她的背,直至她终于开始放声号啕起来。

杨暄微不可闻地叹了一口气。

等哭累了,尤思嘉泪眼汪汪,这才抬起头来。她看到他衣服上面清晰的痕迹,没控制又抽噎了一下,声音黯黯的:"对不起……"

杨暄说没事,随后从口袋里翻出纸巾,要给她擦眼泪。

尤思嘉觉得眼泪鼻涕横飞的样子有点丢人,赶忙接过纸巾:"我自己来……"

她擦完眼泪后又抹了抹鼻子,捏着纸巾,又瞄了一眼他前襟衣服,想过去帮他擦一擦，刚踏出去，就险些被绊倒。

还好杨暄一把扶住她。

尤思嘉低头一看，绊倒她的竟然是一棵大白菜，外沿一圈的菜叶覆着霜，硬邦邦地长在地里。

她这才抬起头来观察周围的环境。原来自己在不知情的状况下，竟走进了村外的一块菜园子，被冻得梆硬的白菜一簇簇横列在地里。

"你刚刚真是吓死我了。"杨暄说，"我在后面喊了你好几声，你都听不见，只见你出了村子直愣愣地往南边走。"

被风一吹，布满泪痕的整张脸紧绷起来，尤思嘉后知后觉感到了冷："我不知道走哪儿了，还好你拉住我了。"

"嗯。"杨暄看她，"当然要拉你，因为再多走两步，就会有一口井。"

尤思嘉想到了什么，欲言又止，但下一秒杨暄直接说出来了："我妈当年跳的就是这口井。"

尤思嘉张了张嘴，热气呼出来后又消散。

杨暄拉住她的手往回走："我们回去。"

尤思嘉被他拽着，脚下寒土踩起来"嘎吱嘎吱"响，可他的手掌粗粝，温暖又宽厚，只是到村子口的时候，他就松开了她。

杨暄送她到了家门口。尤思嘉刚踏进大门，就一眼扫到门后杂物堆上方的纸箱子。

这是夏天时，乐乐睡过的小窝。

尤思嘉眼圈顿时红了，下意识转身出了门。

杨暄还没走。她看着他，说道："我不想回家。"

"不想回就不回吧。"杨暄朝她招了招手，"你来我家，想吃什么我给你做。"

尤思嘉走过去，鞋子踢到地上的小石子。

一连三四天，尤思嘉都是郁郁寡欢的状态。

杨暄说要带她去镇上玩，她也摇头拒绝了。

李满知道这件事后，去找孙龙那一帮人打听了一圈，结果真打听出来有人家里刚生了小狗。李满便过去挑了一只花色相似的，用棉袄包好，让孙龙骑着摩托，自己坐在后座上，轰隆隆地来了尤家村。

他献宝一样来到尤思嘉面前，但她掀开一看，顿时触景生情，眼里又开始泛起了泪光。

杨暄直接把这两人给打发走了。

最后还是程圆圆出马,她喊尤思嘉去市里住几天。

尤思嘉在屋里收拾行李箱的时候,听见尤志坚边吸烟边抱怨:"庙小,供不下这一尊尊大佛,都想着往外面跑,有本事出去了别回来。"说完,他往炉灰里吐了口痰。

尤思嘉不为所动。

尤思洁今年寒假也没回来,好像是在外面打工。尤思嘉去市里,顺便还能见见她。

杨暄把尤思嘉送到汽车站,他搬下箱子来,看着对方被冻得通红的耳尖和鼻尖,又帮她紧了紧围巾:"好好玩,回来给我打电话,我去接你。"

尤思嘉点点头。

大巴车摇摇晃晃地即将驶入车站,正当人群骚动着往前走的时候,杨暄突然把手套摘掉,伸手用力揉了揉她的脑袋。

尤思嘉的头发被他搞得乱糟糟的,一脸蒙地瞧他笑着跨上摩托车。

等目送尤思嘉上了大巴,杨暄这才戴上头盔,骑着摩托车往回赶。

他没回家,也没去李满那里,而是绕着整个春河镇转悠。

冬季的景色一片静寂,骑到哪里,哪里都是灰扑扑的,枯叶横飞,暗河结冰,太阳落山后,地面就升腾起模糊又寒冷的雾气。

他把车灯打开,仍旧照不清前面的路。

他从下午一直骑到晚上,没什么目的地,也不知道接下来要去做什么,或许知道,但是他感到异常疲惫。

摩托车的买家已经联系好了,对方这两天催他见个面,他推了两次。因为住院的事情,姥爷每天又开始醉酒寻事。张老大托人来找他,想让他寒假去帮忙。陆新民已经来了春河镇,最近也给他打了两次电话。

这些杨暄通通都不想管了。

他这几天干脆没回家,直接躲进李满家的网吧,困了就跑到尤思嘉上自习的小屋睡一会儿,醒来就戴上耳机坐在电脑前听歌打会儿游戏。

唯一的好消息是尤思嘉心情转好,这几天开始给他打电话,叽叽喳喳地汇报,说自己见了姐姐、看了什么电影,还和程圆圆去了一中转了转,提前去以后的学校踩点。

杨暄窝在沙发里听着,时不时"嗯嗯"回应两声。

"你呢?"

杨暄像刚跑神回来,连忙直起身子问:"嗯?"

"我去市中区上学,你去哪儿呀?"

杨暄握着手机,另一只手背蹭了蹭鼻尖,整个人缓缓往后仰。

他最终没回答尤思嘉的问题。

很多时候他自己也不敢问自己,只是这个问句落在心里,飘来飘去总是没有底。

尤思嘉走了有一个星期,杨暄去了镇上的羊肉汤馆。

这家店颇出名,外面停着不少外地的车牌号。

杨暄抱着头盔进去,沿着木质扶梯上了二楼,手边的包厢按着节气命名,大寒、立春、雨水、惊蛰。

他停住,伸手一掀帘子,整个人弯腰探身进去。

里面一张大方桌,陆新民自己一个人坐在上座,面前摆了一碟炒羊肝、一碟拌羊肉,两碗清汤冒着热气。

陆新民撕了烧饼丢进碗里,抬眼看他:"坐啊,都这么大小伙子了,还愣着?"

杨暄这才坐下,捞过另外一碗汤,埋头吃起来。

他吃到最后身上已经出汗,抬头,刚好看见陆新民在对面早就放下筷子,正无声打量他。

陆新民鬓角已经全白,但精神状态很足,保养得当,目光炯炯有神。

杨暄拿纸巾擦了擦嘴,慢慢说了自己的想法。

对方耐心听完后,笑了一声:"我来找你,可不是听你支支吾吾说这种借钱的事情。"

杨暄回看他。

"你姥姥、姥爷都老了。你小时候,我可以理解你是和他们感情深厚,你对从小长大的土地有感情,所以你放弃更优越的条件回去,因为你那时候是小孩子。"陆新民看着他,好像要看进他心里,"杨暄,在这里生活了十八年,你难道没自己的想法?你不为自己考虑?再这样下去,你能有多大出息?"

杨暄垂下了目光:"我姥姥——"

陆新民打断他:"这不是什么大问题,我甚至可以找最好的医院、最好的大夫,你跟我走,改姓陆,以后——"

杨暄直直地看向他:"我姓杨,我是我妈的儿子。"

"你妈……"陆新民哼笑了一声,"你想要钱,又想要理。这个世界上没有这么两全的事情,你要学习的还有很多,但是我可以慢慢教你。"

从小到大,这都算一个不可触碰的疑团,但从他人的只言片语和各方的虚实态度中，杨暄其实逐渐拼凑起了当年的真相。

"所以，"杨暄吐字艰难，"我妈当年……是被强迫的，对吧？"

陆新民不愿意回答这个问题，他低头喝了一口热水。

杨暄起身要走。

"因为这样，你姥爷不希望你跟我。"陆新民喊住他，"假如我是你邻村的人，我儿子干了这件事情，他大可以找人来把家砸了，替闺女讨一个说法。"

杨暄按了按手指，只能听到"咔嚓咔嚓"的声音，他压抑着语气："是，你很厉害，你很有钱，其实你已经教会了我很多。"

陆新民惊讶地看了他一眼。

"你让我知道，制定社会规则的就是你们这群有权有钱的人。"

陆新民哈哈大笑起来，颇为欣赏："但你姥爷是穷人，人穷还有自尊，是一件多可怕的事情。他除了能用酒精麻痹自己，唯一还能做的就是控制你。"

"从一开始你就看不起我姥姥、姥爷，"杨暄说，"你看不起穷人，更不把女人当人。"

至于为什么一而再、再而三地来找自己，无非是因为自己身上流着和陆新民一样的血，为了血缘的延续，这算是陆新民自恋的反射，总归不是为了他。

杨暄回头看了陆新民一眼，最后还是掀起帘子离开了。

他继续骑着摩托车，轰隆隆的声音驶过镇上，往更远处开，起起伏伏的山脉被落叶般的寒霜凝住，风也带着刺刺的冰凌。

郁气难平。

隔着老远照亮尤家村的小道，杨暄心情舒畅了一点。

他没回家，只在斜对着的门口停下。寒风把杨暄的思维吹到迟缓，刚呼吸了外面的冷气，才反应过来尤思嘉不在这里。

杨暄顿了一下，只好将头盔重新戴上，又轰隆隆地驶出尤家村。

到孙龙家的餐馆时，天已经完全黑了下来。

杨暄拿纸巾擦了擦板凳，把手套和头盔全部放在了上面。

上午那碗羊肉汤堵在胃里难受，他晚上只要了青菜和汤。正吃着，门帘子又被重新掀开，吵吵闹闹的声音让杨暄夹菜的动作顿了一瞬。

但他很快恢复如常，继续自顾自用餐。

一群五大三粗的青年人坐在他前面的桌子上，不一会儿，一个人起身，来到杨暄面前坐下。

杨暄掀起眼皮，看了对方一眼。

胖子见他回看，笑了一下："吃得这么清淡？"说完回头招呼了人，拿来一瓶酒，将两个小瓷杯放在桌面上。胖子直接用牙咬开瓶盖，往里面倒酒，"咱俩喝点？我请。"

一个杯子满了，正当他往另外一个杯子里倒的时候，杨暄把手覆在杯子口，制止了他接下来的动作。

胖子一愣，脸上的表情微妙起来："什么意思？"

"我骑摩托车回去，"杨暄另一只手端起汤碗喝了一口，"不喝酒。"

"杨暄，"胖子直呼他的名字，"我已经很给你脸了。"

杨暄把汤喝完，碗底"砰"的一声碰到桌面："我吃好了，先走一步。"说完，他就抱起旁边的头盔和手套往外走。

"嘿哟！"胖子察觉出了不一样，"怎么，我瞧着你有火气？不像往常一样装孙子了？"

杨暄没理他，走之前才撂下话："张老大那边我不过去，别每次见我就跟斗鸡眼一样。"

前面桌子上的人闻言，全转过脑袋来看他。杨暄也不管身后胖子的脸上是什么表情，直接绕过这些人出去。

这几天，杨暄的日子过得乏味，白天在修车店蹲着，晚上在李满那里耗着，他最后还是惦记姥姥，决定回家一趟看看。

村前大马路后面，是用蓝色铁皮板围起来的度假山庄工地，正逢午饭的点，不少工人从里面出来，操着杨暄听不懂的南方口音。

杨暄路过的时候，毫不意外地在那里看到了戴着头盔的陆新民，他正听着其他人的汇报。

陆新民也看见了他，挥手招呼他。

杨暄犹豫了一下，最后还是过去，只是面上没有表情。

陆新民摘下头盔，照样面容含笑，问他吃了没，似乎对昨天的事情毫无芥蒂。

这样的轻描淡写，这样胜券在握的态度。

"瞧瞧这表情，"陆新民说，"你是我亲孙子，不知道的还以为是什么仇人。"

杨暄低了低头，想着打个招呼就转身。

陆新民喊住了他："给你提个醒，先别回家。"

杨暄转身看他。

"上午不巧,冤家路窄,碰到你姥爷了。"

杨暄皱眉:"你和他说什么了?"

陆新民吹了吹头盔上的灰尘:"一些迟早要面对的问题。"

杨暄忍着怒气:"我什么都没答应你。"

"我知道,"陆新民看着他,"所以我也只是建议。或许他现在正在气头上,或许他在哪个地方烂醉如泥。"

杨暄最终还是去了修车行,刚巧尤思嘉发了短信,说下午回来,杨暄看见后,便答应要去接她。

李满中途来了一趟,见杨暄正蹲在地上沉闷地修车。

"你耷拉着脸好几天了。"李满蹲在一旁抽烟,"怎么回事,咱妹走了,也不见你露个笑脸。"

杨暄不吭声。干完活,收了钱,等客人离开,他才开口:"我准备明天把车卖了。"

"你这话和狼来了也没区别。看你磨磨蹭蹭,我以为你是不舍得卖。"

杨暄蹲在地上"叮叮当当"地收拾各类工具。

"赶紧的吧,能出这个价的买手不多,你再出尔反尔一阵,别人一不乐意——"

"砰"的一声脆响,杨暄把手里东西砸在工具箱上,打断了他的话。

李满愣住。

杨暄伸手抓了抓头发,深深吐出一口气,声音很低:"你说得对,我确实是不舍得卖。"

李满张了张嘴:"不是哥们儿,你……"

杨暄继续道:"求人不如求己,如果不是万不得已,我也不走这一步。"

李满也冒了点火:"我之前是说过吧?我这边也能帮衬着点,你当时是怎么说的?"

杨暄解释道:"你帮衬我很多了,你自己也不容易,人情只会越欠越多……"

"懂!"李满站起来,"还是情分不够,咱热脸不贴这个冷屁股,咱走还不成?"

杨暄喊住他:"满哥,我不是——"

"你可别叫我,"李满推着车子,"我可欠不起你这人情,大冷天我不在网吧里蹲着暖和,我跑你这修车店里坐冷板凳,我真是犯贱!"

寒风吹得人脸发麻，李满只觉得有盆炭堆在自己头上，也不顾杨暄在后面喊他，直接怒冲冲地走了。

回到网吧，李满坐到电脑前戴上耳机就开始噼里啪啦敲键盘，杨暄给他打了三个电话他都直接挂掉了。

他把屏幕上的小人当作杨暄，"嘿哈嘿哈"一顿，血条没了。

李满这才气消。

李满拿出手机一看，杨暄半个小时前给他发了条短信道歉：满哥，这两天事情多，我火气有点压不下来，不应该对你发脾气，真对不住。

李满"喊"了一声，腿抖了起来，又玩了一局游戏，心想着晾够了，正准备屈尊给杨暄回个电话。这边还没打出去，手机屏幕就自动跳出来一通电话，竟然是孙龙打过来的。

对面有点吵闹，孙龙像是慌了神，扯着嗓子求救一般："满哥！满哥！你快来！"

李满直起身子："别光喊！说事！"

"杨暄和胖哥打起来了！我家饭桌都被掀了！你赶紧来！"

李满立刻蹲了起来，边拿外套边往外走："不是，啥情况？"

"我也不清楚。反正今天暄看着心情不怎么好，胖哥手底下有个人过去找事，他就没忍着……"

等李满急急忙忙赶过去的时候，店里已经被打扫干净，胖哥那一群人早走干净了，杨暄正给孙龙爸妈道歉赔钱。

孙龙走到李满身边："因为我爸妈在这儿，最后也没打起来，就掀了个桌，几个碗盘碎了，不过人挂了点彩。"

李满走过去，抓住杨暄肩膀往外一带，果然看见他拿着卫生纸捂着额头，估计口子还不小，整张纸都血淋淋的。

"不是，"李满不知道说什么了，"你去卫生室看看去行吗？我真怕你死在这儿了，孙龙家这店是开还是不开？"

"行。"杨暄看着自己手上的痕迹，估计也觉得骇人，"我自己去包扎，你帮我去接一下思嘉，她还有二十分钟到车站。"

李满答应了，杨暄这才把卫生纸往垃圾桶一扔，孙龙赶紧又给他撕了一大沓卫生纸，杨暄接过，捂着伤口出去了。

消毒、包扎，虽然血流得多，但也没到缝合的地步，卫生室的人员给他推荐了去疤痕的药膏，杨暄问了问价，最后摆手拒绝了。

对方打量他："你的这张脸，留道疤也太可惜了。"

杨暄闻言犹豫了，去镜子前瞅了一眼，最后还是买了个价格低一点的药膏。

出来的时候，太阳已经落山，天冷，出了镇子后，路上一点光也没有。

杨暄出来了几天，终于回家了一趟。

轰隆隆的声音充斥在狭窄的小道上，车灯照亮巷子两边的大门。

尤思嘉应该还没回来，但是自己家的木门竟然也紧锁着。

杨暄熄了火，下车走到门前，敲了敲门。

没动静。

杨暄有些纳闷，按理说早睡也不会这么早。

于是，他又敲了敲，力气一大，木门"嘎吱"开了一条小缝，竟然没反锁。但他瞧见屋内没有灯光，入眼满是黑漆漆的。

杨暄推开一扇门，一条腿刚踏进去，下一秒就看到屋内亮了灯，黄澄澄的一片，隐约传来东西挪动的声音，像是姥姥在急急忙忙出来，不小心碰倒了桌椅板凳之类的。

杨暄突然有点愧疚，因自己这几天躲起来，也没能陪伴她。

等两只脚都踏进去的时候，杨暄忽然感觉到不对劲——

他听到背后传来沉重的呼吸声。

杨暄回头，看见姥爷躲在另外一扇门后面，灯光照出他赤红的双眼，一根粗实的木棍被他高高举起。

等自己转身的瞬间，杨暄眼睁睁地看着这棍子闷头砸了下来。

姥爷用了十成十的力气，他情急之下偏了下头，这一下就结结实实砸在了肩膀上。

杨暄吃痛，整个人斜倒在了旁边的墙壁上。

姥爷一身酒气，口齿不清："你别想走！你别想走！你个畜类！"

说完，趁人没起来，姥爷又抬起棍子。酒精让这个人被恨意充满，直接抬手就往杨暄后脑上砸，杨暄瞬间用手护了一下。

杨暄确定木棍上有倒刺或者没拔干净的钉子头之类的，木棍落下来时，手背瞬间传来剧烈刺痛，让他呼出声来。

房门被推开，姥姥拄着拐杖，看到这个场面，整个人喘不过气来。她像一只疲惫衰老的老鹰，哀鸣着喊了一声杨暄的名字，摇摇欲坠想过去护住他，但下一秒拐杖就从手里掉了下去，她也抚着胸口倒在了地上。

杨暄大喊了一声姥姥，随后顾不得疼痛，连爬带滚地扑向屋内，看到她的样子，又抖着手拿出手机，开始按急救电话。

电话刚接通，他话都有些说不利索："喂，这里、这里是尤家村——"

他还没说完，后脑突然感受到一阵剧烈尖锐的疼痛，那躲过的闷棍终于还是落了下来。

杨暄疼到眼前一阵发黑，他的手机掉在地上，摸索了半天都摸索不到。

"你别想走！"姥爷似乎只会重复这句话，一边说着，一边又往他身上砸了几棍。

杨暄感觉自己的脖颈湿漉漉的，他确定是新的伤口，新的鲜血。

血腥气弥漫了过来，手指不知道摸到了什么，潮乎乎一片，耳边也朦朦胧胧听不真切，但眼前逐渐能看到东西了，他看见了这个酒鬼，这个带给姥姥、带给自己一生阴暗的家伙。

杨暄摇摇晃晃地站了起来，他的眼神也变得直愣愣的，出声问他："我去哪儿？"

"你别想走！"

姥爷还是念叨着那四个字，又举起了棍子。

但这次还没落下，杨暄就一把将棍子夺了过来。他伸手直接把对方推在地上，声音提高，质问他："我能去哪儿？"

姥爷挣扎着要起来，却发现不是杨暄的对手。杨暄也像喝醉了一般，不停地追问他："我是没爹没妈的野孩子，后来又是私生子，你告诉我，我去哪儿！我能去哪儿！"

血腥越发浓厚，杨暄感觉眼眶周围一圈都在发胀。

他从小跟着这个酒鬼长大，他害怕成为他，可毕竟从小到大耳濡目染，或许到这个瞬间，才意识到自己血液里面也流淌着像他一样的野蛮基因。

周遭的事物忽然全虚化掉。阴暗的一面像藤蔓一样蔓延上来，缠住了他，他去哪儿？他能去哪儿？他该怪谁，他该恨谁？

杨暄盯着这个人，只盯着这个人。

如果没有他，如果……

就像他之前一样，杨暄也高高举起了棍子。

第六章 /
## 我是甘愿托举你的

像把这段时间的郁气和埋怨全部集中在上面,杨暄握住棍子的手背青筋暴起,用尽了全部的力气,就在即将重重落下去的瞬间,有人大喊了一声他的名字。

"杨暄!"

在他迟疑和迷茫的一瞬间,尤思嘉从门口猛地扑了上来。

她像头勇猛的小野兽,把杨暄扑得往后倒退了几步。尤思嘉死死抱住他的腰,阻止了他下一步的动作。

李满紧跟其后,跑过来把杨暄手上的棍子夺走,看见倒在地上的杨暄姥姥,紧接着弯腰捡起手机,把刚刚报到一半的地址重述了一遍。

杨暄手里如今是空的,但胳膊仍旧保持着上扬的动作,等尤思嘉又喊了他一声,才终于把他唤回了神。

他慢慢放下了胳膊,手掌搭在了尤思嘉的肩上,轻轻环住了她。

人体的温度,扑过来的热息,头发丝蹭过来的毛茸茸触感,都让他落回到了实地,让缠绕上来的藤蔓尽数褪去。

杨暄的人脑逐渐清明起来,他喃喃了一声:"思嘉。"

随后,他猛然反应过来,立即松开她,转身去看姥姥。

救护车很快"呜哇"鸣叫着过来,上面旋转闪烁着的灯照亮了整个狭窄的街道,急救人员抬着担架进了院子。

在一片手忙脚乱和村里人的围观中,杨暄来不及和尤思嘉多说什么,他扶着担架上了救护车。只听"砰"的一声闷响,车厢合上,救护车又"呜哇"叫着离开。

李满留在家里帮忙,把院子里的醉鬼拖了回去。尤思嘉想过去搭把手,刚一伸胳膊，突然发现自己手上湿淋淋一片。

她借着昏暗的灯光一看，竟然是血。

尤思嘉惴惴不安地回到了家里。

天冷，尤志坚和刘秀芬吃完晚饭就进屋休息了，屋里的炭火快要熄灭，只残留了一点余温。

尤思嘉发现家里买了新炭，她重新把炉火通旺，坐在小马扎上，一直等到夜里快十二点。

原本寂静无声的村子突然有了杂音，尤思嘉急急忙忙地出去。

门口停了一辆租来的面包车，有瘦高的人影从里面下来，和司机一起，把一个小担架抬进了屋子里。

尤思嘉哈出一口气，回头望了望旁边的李满。

李满朝她摇了摇头。

明白了他的意思后，尤思嘉顿时感觉呼吸进的寒气里夹杂了碎冰，整个肺里凉飕飕、沉甸甸的。

没两分钟，杨暄就走了出来。他面上一点表情也没有，血迹在衣领上凝成暗色的一块，他也不觉得疼，只木着一张脸，像执行一种机械程序一般，开始去周围本家亲戚敲门，等对方一出来，他便屈膝跪下报丧。

红事不请不来，白事不请自来。

周围邻里有人冒着寒夜起来，沾亲带故的叔伯、村里有话语权的老人都围了过来，甚至连尤志坚都披上衣服出门搭了把手。

有经验的人在前面指挥，杨暄直愣愣地按照风俗规定去做。

前家二奶奶和后村大婶子拎着热水和毛巾进门，给杨暄姥姥擦身子、换衣服。人被放在桌板上高高架起，桌板立在堂屋门口，头的方向朝外。

桌板下面，正对着头部的地方，放了一炉香火，还在袅袅升烟。香炉左侧是一碗米，米上撒一层炉灰，右边搁了一碟无酵饼，最前方则盛了一碗豆油，碗沿贴着棉花捻成的长长烛芯，一团盈盈的火光燃在上面。

引路灯不能灭。

尤思嘉站在院子里，看着屋内桌板下的那点烛火摇摇晃晃。

她去找杨暄，但是杨暄已经忙得不见踪影。男人们商量场地，女人们在忙活讨论明天的丧服活计。门旁夹了一道白条纸，在寒风中抖动着，告示着这家有丧。

杨暄像是不停歇的陀螺，只有转起来，才能抑制自己去面对一些事实。

他一宿没闭眼，晨雾升起来的时候骑着摩托车去姥姥娘家，对剩下不多的亲戚报丧，俯身在硬土上磕头；他去供销社买了一箱又一箱的烟酒，摆在屋内，供围过来帮忙的长辈安排丧葬，烟灰和烟头都堆在地上；他戴上孝子帽，扎了白腰带，挨家挨户去撒帖；他踩在高板凳上喊路，整个人面向西南方向，嗓子像塞进了棉花，哽咽了几瞬，才喊出声："姥姥，天堂大路去！"

连喊完三声，像是力气都被抽尽了，杨暄直直跪在了地上。

身后披麻戴孝的人群乌泱泱哭丧了起来，但杨暄一滴泪也流不出。

尤思嘉看门前路上支起了大棚，红漆桌子、高脚凳子都一一被抬了进去，张张桌面覆上塑料薄布，做饭的老厨师开始支起大锅炒菜，人群逐渐鱼贯而入。

悼念三天，街坊邻里纷纷过去吃席喝豆腐汤，其间耳边传来不停歇的乐队声，夹杂着唢呐响、锣鼓敲。

尤志坚去随了礼，带着尤思嘉和弟弟、妹妹入座吃席。棚内人声喧嚣，桌椅挨着桌椅，后背挨着后背，杯子、烟酒、瓜子和糖，刚端上来就被抢夺一空。

尤思嘉拿着一个干净的小碗，费了好大劲从一桌小孩和老人的筷子下抢出一碗菜，然后起身夺了一个馒头盖在上面，猫着腰出去了。

家里有奔丧的人进进出出，杨暄跪在草席子上滴水未沾。

尤思嘉等一拨跪下磕头的人离开后，这才捧着小碗蹲到杨暄旁边。杨暄的嘴唇干裂起皮，面色苍白，瞳孔是冷黑的，看到是她，眼皮才眨动了两下。

杨暄脖子后面的伤口已经快结痂了，帽檐下的额头包着纱布，因为磕头已经变得脏兮兮，他接过碗和筷子，躲进里屋草草吃了几口。尤思嘉又搓了杯水递给他，看他一口气喝完后，一声不吭地又跪了回去。

丧事办得匆忙，第三天上午就要火化，期间陆新民来了一趟。

陆新民似乎也没料到事情会发展成这样，这与他的初衷相离甚远。陆新民沉重地叹了口气："不该逼你。"

杨暄仍旧跪在草席上，好像听不见他说话。

陆新民看到角落里的杨暄姥爷挣扎着要起来，露出鬣狗一样的眼神。他只好离开，走之前留下话给杨暄："你可以随时来找我。"

自始至终，杨暄无动于衷。

火化的人群回来，杨暄起身去接，黑色的木匣子上盖了一层红绸布，他听着周围人或虚或实的哭声，仍旧觉得不真切。

上坟前，猪头、鱼和鸡作为祭品，全部陈列在案板上，案板被架出来放到屋外。

炮声轰隆隆响在耳边，杨暄在人群里跪下，三叩九拜行礼，最后摔盆，敲锣打鼓声震天，他抱着骨灰盒，在披麻戴孝的哭丧人群的簇拥下，去完成最后的上坟仪式。

杨暄这几天没合眼，葬礼一结束，立刻躺回床上闭了眼。

李满买了饭来看他，话里带着担忧："他得睡了快两天？"

尤思嘉点点头。

"你去探探他的气。"

她照做，刚把手伸到杨暄面上，对方突然一把握住她的手腕。

尤思嘉一愣，下一秒就看见杨暄掀起眼皮，头在枕头上微微偏了一下，正看着她。

他眼睛里似乎还有雾气，眨了眨，瞬间消散了。

"发丧如抄家。"尤志坚在炉子旁边吸烟，想起前两天的葬礼，突然发表评论说，"就醉犯头那样的为人，村里趁发丧想暗地里使坏的人可不少。谁来就给谁烟，使唤谁就给谁一瓶酒，弄不好最后还落一屁股账，也就看杨暄那小子一个人可怜，最后落了个平账，没赚也没赔。"

尤思嘉在一旁听着，默不作声。

"你初三了？"尤志坚突然问她。

尤思嘉点头。

"哼，好好学，"他一反常态地说，"上个副榜去一中也没事，多交几万块钱呗，说不定家里也能出个大学生。"

尤思嘉吃惊地看他。

"你这是什么眼神？"

尤志坚不乐意了，从兜里往外掏了几张纸币，扔到尤思嘉怀里："还因为狗离家出走，瞧你出息的！拿钱，再买！"

"你妈还要跟我离婚，"尤志坚把烟头往地上一扔，抬脚踩灭，"现在离。她亏不死，玩这个不就是这样，先亏再赚，等我再赚几笔就收手，到时候去镇上开个炒鸡店……"

事出反常必有妖，但尤思嘉不怎么关心尤志坚的宏图伟业，她只觉得杨暄越发沉默冷静。

杨暄还是照常去修车看店，晚上回来，甚至还在书桌前翻起了课本，连李满都觉得他正常到有点不正常了。

有一天休息的时候,尤思嘉去斜对门找杨暄,见他的房间乱糟糟的,很多东西被翻了出来。杨暄站在中间,拿着一张挂历瞧了很久。

他突然喊她:"思嘉。"

"嗯?"

"你觉得人有灵魂吗?"

尤思嘉点点头。

从很多无意识的仪式能窥见这一点,丧葬的仪式是为了引导魂魄的归来,教堂的存在也是为了灵魂的安息。杨暄开始用各种各样的理由去怨恨陆新民,他的征地摧毁了建筑,而姥姥也很久不去教堂,他甚至不知道姥姥的归宿是哪里。

杨暄垂下了手,像是耗尽了力气一般。

他狠狠地把头转开。

缓了一会儿,杨暄说自己要去骑摩托车散心。

"我和你一起。"尤思嘉说。

杨暄看着她:"外面很冷。"

她很坚定地重复:"我和你一起。"

杨暄把头盔抛给她,引擎发动,轰隆声重新响起。

冬天所有的景物像是褪色了一般,像黑白底片一般从身旁快速掠过。

尤思嘉在后座伸出胳膊紧紧抱住了杨暄。

耳边寒风呼啸,但尤思嘉能感到他的胸膛在细微地颤抖,是迟来的、压抑不住的哭泣。

开学前,天上又飘了一场雪。

路边吃席时残留的垃圾、摔火盆时留下的痕迹,都被这一场雪盖了个干净。


开学之后,杨暄久违地做回了一个学生。

修车行关门,他开始完整地待在学校里上课,放学后带着尤思嘉去李满店里学习。

李满见杨暄值班的时候,桌面摆放着一本书,并且一动不动看得认真,他在后面来来回回踱步了好几趟,也不敢说话。

后来,李满过来倒水,见摊着的书页上的插画有点眼熟,十分钟之前是这个,半个小时之前也是这个。

搞了半天,杨暄连一页也没翻过去。

再一瞧杨暄,他整个人半俯在桌面上,低低垂着脑袋,身子逐渐往前倾。

李满推推他:"哎!"

杨暄顿时往前趴了一下,他的手掌抓住桌沿,整个人像从水里潜上来一般迅速吸了口气,愣了两秒后抬起头,看向对方。

"都困成双眼皮了,"李满说,"你要不去楼上躺一会儿?"

杨暄抹了把脸,整个人往后倒,仰在了椅子上。

李满有点别扭,毕竟他认识的人里没几个看书的,包括之前的杨暄。李满磕磕绊绊地问:"就……就是,那个,你们高三生压力大,那啥要不给你炖点汤补补?"

杨暄将手掌从脸上滑下来,眨了眨眼。

"你前几天不是给咱妹买了补脑液?是这个吧?我也给你去拿一瓶?"

"你正常点。"杨暄终于发话了。

"哦。"李满不知道说什么了,"我看你这段时间像梦游一样,魂都不知道飞哪儿去了。"

杨暄垂下眼睛,把书一合,慢慢道:"我一天到晚迷迷瞪瞪的,坐学校里也是,你看着我是在看书,其实一个字都没看进去。"

"啊。"李满发出了一个气音。

杨暄顿了一会儿,突然喊他:"满哥。"

"啊?"

"你有什么目标吗?"

"什么?"

"就是,"杨暄斟酌了一下用词,"换句话说,就是……理想之类的?"

"啊?"李满乐了,"我配用这种词吗?"

杨暄也笑了,没笑两秒就觉得笑容牵起的两侧肌肉变得酸涩劳累,这让他不得不收回了笑。

"满哥,"杨暄又抹了把脸,"我吧,我现在,完全不知道自己要干什么了。"

他以前的目标是赚钱买药、给姥姥治病,这些是可见的,他就像奔着标杆直跑的人,哪怕肩膀上有担子,望着那个可见的目标,他也是充满干劲。

现在什么都没有了,标杆和担子齐齐消失掉,他就突然停住脚步,对着茫茫雪地无所适从。

李满劝他:"学习,上学,养活自己,这不都是你能干的?"

"我知道，这些我知道，但是我就是——"杨暄的声音低下来，"我就是一点劲都提不上来。"

杨暄这段时间的反常，也照样引起了班主任的注意。

班主任姓高，教语文，是个小矮个，戴着眼镜，皮肤黝黑，从高一教到他们高三。

杨暄最初觉得这个老师不太一样。依稀记得开学第一天，他就站在讲台上不说话，等所有人安静下来，高老师突然开口念了一句诗，念完之后写在黑板上，让他们工工整整地抄在语文课本的扉页上。

班里有一半人连笔盖都没打开，但杨暄现在翻开自己的课本，还能看到用钢笔端端正正抄下的八个字，如今已经略微褪色——

莹莹白兔，东走西顾。

据说出自《诗经》，杨暄也不懂什么含义，但是这一出着实把他唬住了。这让杨暄觉得高老师是个文学气息极其浓厚之人。

毕竟春河镇的学生日常就是不上进、爱惹事，所有的老师都见怪不怪，更懒得和他们说什么，不在学校犯事就是他们的最低要求，大部分老师都是讲完课把粉笔头一扔，夹着课本回到办公室靠着墙面喝茶聊天，而第一天如此郑重其事、玄乎其玄的老师并不多见。

但高老师的文学气息也只体现在上课时的严肃，面对每日消耗青春不干正事的学生，明哲保身保护血压才是第一要事，因此他平日里身上散发最多的是烟味。

比如说此时此刻，杨暄离他还有几米远，已经被这浸染了数十年的老烟枪冲击了一下，他没忍住揉了揉鼻子。

"杨暄，"高老师把茶杯放桌上，开始拎着暖壶往里面倒水，"我当你这些年班主任，也没正经找过你谈话，以前是找不到你人，想聊都没得聊，最近你在学校待的时间长，好不容易逮着你，今天咱俩就聊聊。"

杨暄问聊什么。

"你的打算，你的未来。"

杨暄没忍住笑了一下，带着浓烈自嘲含义的。

高老师捕捉到了杨暄的笑容。他的目光藏在反光的镜片后面，他在打量杨暄，但不是自上而下的。

很久没有长辈用这种目光看自己了。

在这种目光下，杨暄突然就涌现一些细微的倾诉欲，他最终选择开口："老师，我觉得吧，在我身上讨论这个，不太有意义。"

高老师听到这个回答，直起了身子，但也只是看着杨暄，示意杨暄继续说下去。

"我前几天看了一下模考成绩，不光看我自己的，也看了整个班的。"

"嗯，"高老师问，"有什么发现和想法？"

"能过本科线的，也就一两个人吧。本来咱省上学竞争就激烈，这个地方的教育水平就在这儿，哪怕我现在拼命去学，最后破天荒也不过就是上个三本。申请助学贷款后，每年还要交几万的学费，我呢，也负担不起这个费用。"

"更何况，"杨暄顿了顿，倾诉欲开了一道口，就有些拦不住的趋势，"我没有这个动力。"

"怎么说？"

"都说知识改变命运，但这对我来说太遥远，以前我会觉得逃课赚点钱更实在，至少把钱捏在手里，能解决眼前的困难。现在我没有什么困难了，以后的日子，过一天是一天，退一万步来讲，我有手有脚，总不至于饿死。"

高老师听杨暄说完，沉默不语。

随后，高老师端起了茶杯，喝了一口后，缓言道："大家都说知识改变命运，不错，目前仍然适用，但这其实是比较偏功利的想法，但显然，你目前没有这个功利性。"

杨暄轻轻点了头，似乎是听进去了。

"你刚刚说不至于饿死，"高老师看着他，语气并不严厉，"所以你认为，学习是为了填饱肚子吗？"

见杨暄没反应，他继续说："那我换种问法，你认为活着就是为了填饱肚子吗？"

杨暄迟疑了。

"你有在乎的人吧？"

杨暄睫毛动了一下。

"你还要和在乎的人一起生活，你们在一起也不只是吃喝，不只是仅仅满足于物质的需求，人活着还有很多其他的东西……"

说了一通，高老师就有点口干舌燥了，但脱离课堂，在一群学生中，难得能有他为人师的机会，于是他又猛灌了一口茶："你说得不错，你有手有脚，踏实能干。既然这样，那就不如去学技术，人实实在在掌握一项本领，那就是你的。"

"现在这些话你可能一时不明白，或者消化不了，但是没关系，以后还很长,"高老师起身,"你出去吧,春天的花都开了。山青花欲燃,小青年,别沉沉闷闷的,多出去走走看看。"

杨暄垂着目光,不知道在思索什么。

最后,他走出办公室,抬头望了望外面。

日光耀眼,他眼睛有些睁不开。风吹在脸上,夹杂着袭人的香,他看见杨树叶子抽出了新绿,墙根旁的地上长出了野忍冬和马齿菜,玉兰、海棠和梨树都已经渐次开放,花木竞艳。

杨暄这才惊觉,原来已经是春天了。

气温回暖,万物复苏,尤思嘉也感觉全身的筋骨都逐渐活泛了过来。

踏在这片土地上,她开始爱上跑步。每天早起一会儿,她绕着尤家村环绕一圈,跑出村庄、绕过工地,在国道边上经过一路开放的海棠,最后沿着长长的山坡跑回来。

柔和的风带着细微的花香扑在脸上,尤思嘉越跑越快,跑到最后"呼哧呼哧"喘着粗气,跑到心脏"咚咚"跳个不停,每当这时候,她才有了一点点落地的实感。

有时候,她气喘吁吁地跑回家,杨暄刚巧推着摩托车出来,见她这个模样一愣:"出什么事情了?"

她飞快地摇摇头:"没事呀。"

"那你怎么跑得这么急,像只兔子。"

"我要真是只兔子就好了。"

尤思嘉是这么回答的。

最近这几天,家里安静得有些过分,原因是尤志坚已经好几天没回家了。

对于他的不知所终,家里人好像不是很关心,反而不约而同去珍惜这难得的安生日子。

这天晚上,尤思嘉刚从杨暄摩托车后座上跳下来,只听"砰"的一声响,从门口飞过来一个东西砸在了路旁的梧桐树上。尤思嘉借着昏暗的光线一瞧,是边缘已经开裂的盆。

杨暄也从摩托车上翻身下来,把尤思嘉往身后拉了拉。

今晚不同于以往的小打小闹,院子里的摔打声猛烈而急促,尤思嘉还没进门,就见刘秀芬推着电动三轮车从大门里倒退了出来。

刘秀芬一言不发,三轮车厢里载着大包小包,弟弟和尤思楠这么晚也没睡觉,像两只小鸡仔一样跟在车子后面。

尤思嘉刚想问她去做什么，尤志坚就追了过来，他穿着的衣服褶皱很多，面庞泛着熬了几天大夜后的青白，语气冲而凶："大半夜，我看谁敢走！"说完，他弯腰就把儿子给拽了回去。

刘秀芬一见，急忙过去抢，两人撕扯起来，孩子被夹在中间推搡，疼得号啕大哭。

刘秀芬的手都在抖："你还想干什么？我哪敢想你安生了几天，又作了个大的，不把小孩带走跟你受活罪吗？"

尤志坚仍旧不放手："你自己跑，我不管！小孩留下！"

孩子内心偏向着母亲，抱着妈妈不撒手。一番撕扯争执之下，刘秀芬把孩子拖到了车后面，骑着三轮车就往街上拐，尤志坚追了几步没追上，往地上吐了口痰，借着昏昏暗暗的月光，打量了其余人一眼。

尤思嘉在杨暄后面站着，一副司空见惯的表情和眼神。尤思楠则因为刘秀芬走的时候落下了自己，正抠着手有些无所适从。

"看什么！"尤志坚又吐了口痰，"都回家睡觉！"

杨暄后来托李满去打听了一圈，终于弄清楚了事情的原委。

尤志坚前几天不见，应该是被人带上了"船"。

"张老大那群人就爱玩这招，"李满咬了一口馅饼，"先给你点甜头，赢大了就把你带上船，赌到急眼，三天三夜都不下来，最后看看还能剩下什么，连房子赔进去的都有。"

杨暄有些吃不下去了，原本还想继续打听尤志坚欠了多少，接着他瞧了眼旁边的尤思嘉，对方却捧着馅饼吃得很香，两三口吃完一个，又去桌子上的小筐里捏起来另一个。

尤思嘉察觉到杨暄的目光，动作迟疑了一下，把馅饼往他那里一递："给你？"

杨暄摇摇头。

尤思嘉仍旧早起跑步、上课。周五放学早，她刚出校门，书包里的手机铃声就响了起来，她拿出来一看，竟然是接近一年都没有联系的尤明。

她接通电话，听到他的声音后，还感觉有一点陌生。

对方没有寒暄，直接步入正题："你妈妈这两天要生了，你知道吗？"

尤思嘉一愣。

尤明继续道："你家里说你想回来。"

"我没说啊。"尤思嘉赶紧解释。

"那他给我打电话是什么意思？还说你上高中学费不够，之前不是给过钱了吗?"

尤思嘉有点难堪:"我不知道这个事情。"

尤明不说话了,紧接着就把电话给挂掉了。

周末的时候,尤思嘉的姥姥自己一个人骑着三轮车来了家里,要把尤思楠给接走。

临走前,她和尤志坚争吵了起来。

"两个小孩都带走,你要是不愿意离,咱就上法庭,看判给谁!再养不起也比丢给你强!"

尤志坚吸着烟:"我又不是凑不齐这个钱!"

姥姥闻言,往地上啐了一口:"就你这个熊样!"

"思洁毕业了就该出门子了,包工头那家给的彩礼能上这个数。"尤志坚说着,伸出五个手指头来比了比。

"你还敢说。"姥姥越发气不打一处来,"你以为我没打听?那家大儿小时候发烧把脑子烧毁了,现在上厕所都得让人帮忙提裤子,思洁不是你闺女?你怎么有脸说!"

尤志坚咳嗽了一声,瞥了一眼被拽着的尤思楠:"老二说大不大,说小不小——"

"你个丧良心的哟!"姥姥转了一圈,最后从墙根拎出来一块搓衣板扔了过去,"小思嘉连个面都没见就让你送走,你现在还想送!"

尤思嘉站在一旁默默听着,冷眼围观这一出鸡飞狗跳。

尤志坚侧身躲过飞来的搓衣板,从兜里掏出手机,顿时喝道:"别出声!我有电话!"

"哎!"尤志坚惊喜地应着,转身进了屋子,"大哥您说!"

没两分钟,尤志坚喜笑颜开地从屋里出来:"那句话怎么说,天无绝人之路!"

姥姥平复了呼吸:"怎么?"

"当时养思嘉的那家人,怀孕之后把人送回来,这事干得就不厚道,这不,"尤志坚拍拍大腿,"小孩生出来不是很健康,进重症了。"

"咋?"

"我说肯定是把人送回来的原因,抱走养的哪有送回来的道理,现在被我说动了,这正打电话给我商量这个事情。"

姥姥也犹豫了,看向一旁的尤思嘉。

尤思嘉开口:"我不去。"

姥姥上前一步。

尤思嘉立刻后退:"你们一次都没问过我的意见。"

"哎,孩子——"

"凭什么想让我走我就得走,凭什么决定我的人生?"尤思嘉语气急促起来,"你们有人问过我的意见吗?"

"城里日子好还是乡下日子好?"尤志坚还是那些话,"你反正还得上一中,学费和生活费——"

"我自己交!"尤思嘉眼圈红了,"我大不了中考完就去打工,反正我早就没把家当家,你们就当没我这个人。"说完,她深呼吸了几口气,平复了情绪,把眼泪憋了回去。

她才不会因为这种事情掉眼泪。

没有家怕什么,她大可以做流浪的侠客或勇士。

说完,她转身,刚出了大门,就顿住了脚步。

尤思嘉看见从巷子口突然拐进来成群结队的摩托车,每辆车上都载着带有文身和染着发的年轻人,轰鸣和喇叭声在门口响起。车上的人纷纷跳了下来,有人往地上扔了一个包,打开后,竟是钢管、木棍之类的东西。

正看着他们要拿着东西冲进来的时候,突然又听见轰鸣声,这次的声音很熟悉,下一秒,黑色的摩托车冲进了巷子,原本堵在门口的那群人纷纷往后退了几步。

黑色的车,黑色的头盔,上面的杨暄也穿着一身黑衣服。

他跳下来后,紧跟其后,又迟迟地拐进来了几辆车,原来是李满带着孙龙那帮人也来了。

尤志坚听闻动静,赶忙出来,见家门口围着乌泱泱一群不良少年,又见他们都拿着棍棒,顿时明白是来催债的,瞬间慌了神,寻思着要跑。

为首的是一个胖子,瞧见杨暄后,顿时笑了:"哟,消息知道得够快啊。"

杨暄没说话,走到他面前:"胖哥,这单先缓一缓。"

尤志坚见杨暄能和人说上话,顿时贴了过去:"好小子,你帮你叔说一下——"

胖子不等尤志坚说完,就上手推了他一把:"你先滚一边去。"

杨暄看了一眼被搡得趔趄的尤志坚,没说话。

"怎么,想干架?"胖子眼睛环绕了一圈,"和你玩得好的这群人,大家伙也认识,你觉得能打起来?"

"没想打。"杨暄说。

"那你叫人来是干什么的？给咱喝彩？"

李满从后面走过来："胖哥，不是不让干，这家和暄呢，都是邻里邻居的，闹起来不好看……"

"我就是知道你打听过，才来这儿。"胖子有点得意扬扬，"张老大也同意了。"

杨暄问："你想怎么样？"

胖子上下看了他一眼："你过来给我磕两个头。"

杨暄没啥反应，李满和孙龙几个人动起来了。

看着蠢蠢欲动的两帮人，胖子退而求其次："那行，咱俩单独。"

杨暄这才点头，他跟着胖子走，剩下的人也乌泱泱骑着车离开。

尤思嘉急了，几步就要冲上去，被李满一把拽住，他小声说："你别慌，应该没什么大事。"

尤思嘉抓着他问："他们干什么去？"

"就……"李满挠挠头，"找个地方揍一顿。"

她愣住了："谁揍谁？"

李满转移话题："你也别太有压力。暄本来就不想和这帮人混一起了，借这个机会被打两拳、瘸个几天，就能划清界限，也挺好。"

尤思嘉张了张嘴，没说出话来。

她看着这群人"呼啦啦"尽数离开，自己则坐在马扎上。

她姥姥领着尤思楠走了，离开前问她要不要一起跟着。

尤思嘉盯着外面看，最后问了一个问题。

姥姥没回答上来，叹了一口气，骑着三轮车走了。

尤思嘉继续坐在马扎上等杨暄回来，心里还在想着那个问题——

不同意把姐姐和妹妹送人，那当年为什么会同意将自己送人呢？

外面栽种的梧桐已经是十米高的老树了，淡紫色的桐花落了满地。

大约过了一个小时，尤思嘉再次听到了摩托车的声音。回来的只有杨暄自己一个人，他把车停到了门口。

尤思嘉赶紧起身，等杨暄摘下头盔后，她凑过去，上上下下观察了一遍。

他额头上有瘀青，嘴角破了皮，但是腿没瘸。

尤思嘉一时不知道是高兴还是难过。

杨暄抱着头盔，坐在门槛上。他的两条腿有点无处安放。

尤思嘉拿着棉棒，沾了一点药水，小心翼翼地往他破皮的额头上涂。

她的发尾滑下来，蹭到他的脖颈，酥酥麻麻的，额头则是棉棒带来的清凉微刺感。见她凑近,杨暄的第一反应是闭眼。

不过很快,他又睁开。

杨暄开口:"尤志坚欠的那个数,他自己应该还不清。所以,过两个月他们还会再过来。"

"但起码拖到你中考之后了,"他继续说,"你——"

尤思嘉点点头:"我知道了。"

杨暄看了她一眼:"你别难过,这件事情是他的错,你能考出去,就别回来了。"

"我不难过,"尤思嘉说,"我和他没什么关系了。"

她帮杨暄贴上创可贴,随后坐在一旁,慢慢说道:"以前在养父母家,过得不是很舒服,我总想着回家就好了,后来发现家里人也不太在乎我。现在我知道,人在哪里不重要,重要的是要有自由的能力。"

杨暄听她讲着,微微偏头看她。

"大人们干了什么要去哪里,我不感兴趣,我只是讨厌自己像货物一样被人送来送去。"

她垂下了头,声音低低的:"那样,我就需要一点钱,不需要很多,但是我现在没有。"

这样讲着,她就盘算起了以后的打算,考完试,她可以先借住在圆圆家里,然后打份暑假工⋯⋯

杨暄说:"不会有人再把你像货物一样送来送去了。"

尤思嘉抬头看他。

"思嘉,"他喊她的名字,"没有落脚点,那就一直跑吧。"

"什么?"

"之前你的好朋友来找你,"他同她对视,"你不是说自己不属于任何一个地方,没有落脚点吗?"

"嗯?"尤思嘉有些惊讶,他记得自己之前说的话。

"一直跑的意思就是,想去哪里就去哪里。"

尤思嘉眨了眨眼,随后问:"那你呢?"

那自己呢?

杨暄望着她,能清晰地从她的眼睛里看见自己。

很多时候,杨暄看到尤思嘉就想起小时候的那些日子。孩子的世界太小,小到一起玩耍的快乐可以充斥所有。每次,他望着她就像望向自己,看向她的同时也是在看向自己。

杨暄没有直接回答。他起身，从旁边的杂物堆里翻了几下，最后翻出了一根树杈和一根皮筋。

他做了一个弹弓样式的小玩意儿，蹲下捡了一块小石头。

皮筋绷直，拉长，杨暄松手，小石子射到了对面的墙上，"咔嗒"一声留下了痕迹。

杨暄指了指小石头："这个是你。"

你是自由前进的。

他又举起弓，晃了晃："这是我。"

我是甘愿托举你的。

六月，空气已经燥热。

尤思嘉有次回到家，竟发现堂屋、卧室，包括自己的房间都是一片凌乱，像遭了贼。

等数点了一圈少的东西，她才反应过来，应该是尤志坚自知还不起钱，为了避免被人讨债，趁着月黑风高收拾东西，骑着摩托车不知道逃往哪里去了。

乱糟糟的房屋，最终只剩下了她自己一个人。

尤思嘉弯腰捡起被踩出几个黑脚印的床单抖了抖，又看了看被扔出来的抽屉柜和满地的杂物，开始挽起袖子动手收拾。

忙活了半个小时，才勉强整理好，尤思嘉难免出了一点汗，直接往床上一倒。

她盯着屋顶上的白炽灯发呆，有被光源吸引的飞虫在灯泡周围撞来撞去。

尤思嘉翻了个身，有点小疲惫。

睡会儿吧，明天又是新的一天。

她默默地安排明天的计划——

还要早起跑步，早饭想吃煎饼馃子，明明学校门口有一排早餐摊位，但杨暄带她连吃了三天的小笼包，她都有些吃腻了。

六月中旬的时候下了一场雨，温度稍微舒服了几天，紧接着就是紧锣密鼓的高考和中考。

这两场考试在春河镇倒没有什么特别大的动静，杨暄和尤思嘉也平静地考完，等待成绩。

高考成绩先出，杨暄查完后，没有任何犹豫，直接报了市一中对面的职校，学了汽修。

李满和孙龙几个人煞有介事地要请他吃饭，庆祝杨暄成为他们这些人里为数不多继续上学的出息人。但是杨暄摆手拒绝了，只说过段时间自己请。

中考成绩出来后，为了表彰考上重点中学的学生，学校特地在门口拿张红纸贴了个榜，上面用毛笔寥寥写了几个名字，"尤思嘉"三个字赫然在列。

白天刚挂上，杨暄就在光荣榜前来来回回看了好几趟。

李满他们更夸张，直接去镇上订了个横幅标语，红底黄字好几米长，兴冲冲地要挂在校门口两边的树枝中间，但被尤思嘉给拦住了，最后只好退而求其次，将横幅挂在杨暄的修车行门口。

杨暄这才组了个局，请大家晚上一起去热热闹闹地吃顿烧烤。

吃饭的时候，尤思嘉面前的桌子上放了一个透明的塑料杯子，孙龙几个人开了几瓶菠萝啤，每人边恭喜边轮流着往她杯子里倒了一点，泛着气泡的黄澄液体逐渐溢了出来。

尤思嘉在拿起杯子前，下意识瞧了一眼杨暄。对方笑着回看她，没说什么。

夏夜燥热，她有些口渴，端起杯子就一口气闷完，随后把空杯子往桌子上一放，用手背擦了擦嘴巴。

"好！"孙龙几个人特别捧场，在一旁拼命鼓掌，"不愧是女侠！"

尤思嘉也很受用，眯着眼就开始拿串串。

杨暄坐在马扎旁，刚收回目光，就听见李满继续问他："过几天走？"

"嗯。"他点点头，"我先过去找个活干，也联系了人，在学校旁边的城中村租了间便宜的房。"

"那修车店就不管了？"

"本来就是我姥爷的，他愿意干就继续干吧，我——"杨暄顿了顿，继续说道，"我不管了，也管不动了。"

李满拿起啤酒对着吹了半瓶，随后说："早该这样，你俩以前我都分不清谁是爷谁是孙。"

杨暄无声地笑了一下。

"你先去上学，好好混，等我去市里找你。"李满说着放下了酒瓶，皱着眉问他，"不是，你确定让咱妹继续喝下去？"

杨暄扭头一看，发现在其余人的叫好、怂恿下，尤思嘉已经开始抱着瓶子准备仰头大喝一场。

杨暄连忙起身去拦。

没想到尤思嘉虽然没喝酒，但几瓶饮料下去，她精神越发抖擞，眼睛亮亮的。回去的路上，她坐在摩托车后座还能愉快地哼着小曲儿。

摩托车停在梧桐树下，月光从树枝缝隙间漏下去，把门前三轮车照出漆黑的影。

尤思嘉从摩托车上跳下来，看见了坐在门口的人。

是她姥姥。

姥姥像是等了很久，先打了一个哈欠，随后慢慢地站了起来。

她问："家里没人了？"

尤思嘉点点头。

"我去问了你爷爷奶奶，"姥姥控制不住又打了个哈欠，干瘪的眼袋困出了一点泪光，"他们也是一问三不知。"

说完，她从怀里掏出一块手帕，最外面是灰黑色的方巾，掀开，里面是一层吃席时发的艳红色碎花布，再掀开，又露出了靛青色的麻布。就像剥洋葱一样，一层又一层，终于露出里面的芯子。

是一沓钞票。

尤思嘉很惊讶，下意识地和杨暄对视了一眼。

姥姥把钱往尤思嘉那里递了递，道："交了学费、学杂费，你看看还能不能凑合一段时期。"

尤思嘉起初没接。

"你别怨咱。"姥姥声音断断续续，"没办法，你弟弟和妹妹小，只能接回来养，你大姐也能养活自己，能给你的就这些，这还是卖了麦子新换的……"

杨暄在后面碰了碰尤思嘉的肩，说拿着吧。

尤思嘉这才接过，攥在手里，说了一声："谢谢姥姥。"

姥姥这才点点头："那我回去了。"

尤思嘉挽留对方，说可以在这里睡，但姥姥还是往前走，一直走到了自己的三轮车前。

杨暄过去帮忙，把车给掉了个头。姥姥接过车把的时候，突然认真打量了一眼杨暄。

这是个高大颀长的小伙子，面相生得好，人也稳重，不流里流气。

姥姥嘴唇动了两下，骑在三轮车上，临走前，还是出声："就当我拜托你的，你……稍微照看着她一点，别让人欺负了她。"

杨暄轻轻点了点头。

七月份,杨暄和尤思嘉终于离开了春河镇。

走之前,杨暄还是卖掉了那辆摩托车。他办了一张银行卡,把现金存进去,拖着大包小包的行李,带着尤思嘉一起坐上了摇摇晃晃的大巴。

他俩的行李多,没抢上座位,只能坐在发动机盖子上。杨暄坐在最外围,手里抓着两人的行李。

车上没空调,味道难闻,尤思嘉挤在发动机盖子上,被热气烘出一身汗,头发粘在脸上很不舒服,而山路曲折不平,车身又摇摇晃晃。她热极困极,索性一头栽倒在杨暄肩侧。

他衣服上有皂粉的味道,好清新,阻拦了周遭一切的杂乱烦闷。

杨暄拽着行李不敢丢,肩膀上又贴个呼呼大睡的人,期间路途颠簸不停,他只好费劲腾出一只手去抓住她的胳膊。后背变得热烘烘黏腻腻,杨暄望向玻璃窗外的景色,山路两边的郁葱树木都一一掠过。

他进出过这里许多次,以后或许还会回来,但是此时此刻,心里就是浮现了这样的感觉——

他是真的离开这里了,模样或许有点狼狈,但不至于落荒而逃,因为身边有互相扶持的人。

到了市区,尤思嘉先暂住在了程圆圆家里,程圆圆父母为了锻炼孩子,还亲自帮她们找了兼职,一直干到一中开学之前。

杨暄开学比尤思嘉晚。

一中和职校只隔着一条大马路,因为临近城市边缘,周围有很多拥挤的平房,每个月租金便宜。杨暄按月租三百的价格租了一个院子的二楼,里面是南北朝向的两间房,有些陈旧,房角还有些漏水。

因为有之前的修车经验,他在学校旁边的摩托车行找了兼职,赶在开学前修缮了房间,补了楼顶,去二手市场淘了窗帘、上下两层的钢丝床,还有一些干净的家具。

楼下同样住了过来陪读的家长,见他早出晚归,休息日忙忙碌碌,有时还有个小姑娘过来帮忙,便疑惑地问他是学生还是陪读的家长。

杨暄犹豫了一下,说是陪读的家长。

对方"哦"了一声,连忙夸他能干:"你年纪不大,那个小女孩是你亲妹妹?我看长得不太像。"

杨暄只好说是远房亲戚,但是从小一起长大,比亲兄妹更亲。

对方这才恍然大悟。

尤思嘉高中住校,每个周末才回来一次。每当她回来的时候,杨暄要么回学校,要么就在店里支起一张躺椅睡,避免在一起过夜,怕影响不好。

好在尤思嘉大大咧咧,也从不过问。

她把姥姥给的钱一并交给杨暄,让对方存着,杨暄每周给她固定的生活费让她充饭卡里。

高中的寄宿生活,尤思嘉起初还不是特别习惯。

首先的问题是抢不上饭,她之前跟着杨暄习惯性地开小灶,可目前作为新生,还在离食堂比较远的教学楼上课,前两个星期压根儿不是其他学生的对手。

杨暄知道后,下午就从学校回家一趟,炒两三个菜装进保温盒里,然后烧一锅汤用暖瓶存着,隔着校门栅栏,给另外一端的尤思嘉递过去。

一般情况下,尤思嘉通常会把饭盒洗干净,第二天下午下课的时候再送出去。

等后来逐渐习惯了这种生活节奏,尤思嘉就不让杨暄过来了,毕竟他还有兼职,但杨暄还是时不时过来给她送饭。

不只是杨暄,程圆圆也会给她开小灶。

程圆圆是走读生,人又好说话,每天早晨就承担起了帮同学带早饭的任务,即便她和尤思嘉不在一个班,也会帮尤思嘉捎一份。

虽然下课时间只有十分钟,尤思嘉也会从教室跑出来,去楼下找程圆圆一起手拉手上厕所。

这天,数学老师有点拖堂,尤思嘉匆匆忙忙从教室出来,刚往楼梯里拐,来不及脚步刹车,就迎面撞上了一群说说笑笑正上楼的男生。

一时躲闪不及,尤思嘉直接扑进正打头的男生的身上。

对方个了很高,没穿校服,猛然撞过来 个人,既没躲也没扶。

周围顿时一阵哄笑声。

尤思嘉耳朵发热,连忙起身道歉:"对不——"刚抬头,剩下的字就卡在了嗓子里。

面前的男生在人群里是鹤立鸡群的好相貌,还有一贯冷冷的神态。

"陆泽铭?"尤思嘉有点惊讶。

陆泽铭就像不认识她一样,连看一眼都不看,只整理了一下衣服,就从尤思嘉面前绕道而行。

身后的男生也跟着陆泽铭陆续离开,尤思嘉听到一个声音问:"你俩认识？"

陆泽铭回答与否、说了什么，尤思嘉都没听到，只是除了陆泽铭，其余几个男生都纷纷回头看了她一眼。

尤思嘉同程圆圆说了刚刚的事。

程圆圆好奇："他说不认识你了？"

"看样子是。"

"不应该呀。"程圆圆纳闷，"你刚转走的时候，他还来找过我，有段时间还想把皮皮抱走养呢。"

尤思嘉的重点开始偏移："皮皮现在不还在你家吗？"

"对呀，我猜是他妈妈不让他养，所以不了了之，但不理你就很奇怪。"

"不懂，不过我之前，确实觉得他有时候奇奇怪怪的。"

过了几秒，尤思嘉又补了一句："当然，他也有可能觉得我很奇怪。"

但这次碰到陆泽铭以后，奇怪的事情总是频繁发生。

尤思嘉不喜欢待在拥闷的教室，但凡下课铃声响起，她就要跑出去透气。小课间时，她会在走廊趴着，大课间还会和程圆圆一起往楼下走，绕过一圈圈楼梯，下去遛弯。

尤思嘉偶尔也会自己一个人去连廊的东北角，从这个角度可以眺望整个校园、校园外面的马路，以及马路对面的学校。

看着对面砖红色的楼层，她猜测杨暄此刻应该在那里，或者他出了校门准备去干活了。

尤思嘉和程圆圆聊天的时候还不觉得，有好几次，自己一个人趴在栏杆上时，能突然察觉到一种飘浮的视线。

不是那种很强烈的注视，但迟钝如她也是能感知到的。

尤思嘉转了一圈，隔着中间悬空的教学楼，在另一端的走廊，看到了同样趴在栏杆上的陆泽铭。

他的班级不在这个楼层，身旁总是有和他说话的其他人。但他确实又在看她。

尤思嘉用困惑和迷茫的眼神回望过去，同他隔空对视。

对方没挪开视线，这时尤思嘉听到身旁几个同班女生在窃窃私语，谈论的对象就是陆泽铭。

其实认识他的人也蛮多？尤思嘉觉得他不一定是在看自己。

下午的课上完，学校广播里开始放英文歌曲。

天气逐渐转冷，风开始带起凉意，但尤思嘉还是跑到连廊上，趁白昼逐渐缩短，抓紧时间看太阳的余晖。

这个时间段，天空就变成了油彩。西边明亮的云朵堆叠在一起，太阳摇摇欲坠，金灿灿的夕阳让尤思嘉眯起眼睛。

墙壁两边贴上了白瓷砖，反射之下，连廊的地面上就囤积了一摊溶化的落日，除了她，还有其余人从其间蹚过。

于是，她又一次遇到陆泽铭，这次他是单独一个人。

她眯着眼睛，见金光跳跃下，他的眉毛、眼睛和鼻子都看不真切，身形有点虚化。

等落日沉下去了一点，能看清对方后，尤思嘉脑子里像不受控制一般，突然蹦出来杨暄的脸。

不怪她想，这么一看他俩的眉眼还真的有点相似。只不过相比陆泽铭的精致青涩，杨暄则更加成熟硬朗。

尤思嘉又开始跑神。

多美好的晚霞啊，要是杨暄也在就好了。

或许是长久的对视给了陆泽铭什么信号，陆泽铭竟然一反常态地朝她走了过来，尤思嘉也不知道这次碰面，他究竟要不要和自己打招呼。

她心里正打鼓，就在这时，放学的歌声突然停止。安静的环境下，手机的几声振动就被凸显了出来。

尤思嘉掏出来一看，想什么来什么，是杨暄给她发了信息：晚饭，南门门口。

尤思嘉立即转身跑掉了。


高一刚放寒假，尤思洁就联系上了尤思嘉，说要来看她。

尤思洁从护校毕业，在诊所上了一段时间班，最后还是辞职，准备去南方打工。她临走前来看妹妹一眼。

尤思嘉去接她的时候，天上已经飘起盐粒一般的小雪。两人怕楼梯打滑，小心翼翼地扶着栏杆上楼。

尤思洁进门，入眼一间房，桌子、椅子、锅碗瓢盆挨在一起，东西虽然满，倒是被收拾得有模有样。屋子里还有几片破旧的暖气片，也不至于特别冷。

她摘下围巾，边打量边问："自己租的？租金多少？难得你能把房间收拾得这么齐整。"

尤思嘉跑到另外一个房间，从柜子里拿出干净的玻璃杯，没有听清她在问什么。

尤思嘉拔开暖壶瓶盖，往杯子里注入热水，滚烫的蒸汽哈着尤思嘉的脸。

尤思洁掀开帘子进来，继续打量："这是你睡觉的屋子？"

上下两层的小床贴着一面墙，另一面则是木柜子，杂物整齐摆在上面，往前有书架，塞满了书，从苏教版《语文必修一》到《汽车故障诊断技术》，尤思洁都一一扫过，顶着窗户的是一张书桌，尤思嘉正提着暖壶朝桌子上的杯子里"哗啦啦"倒水。

尤思洁往床铺上一坐，突然瞄到床头边一沓整齐干净的衣服。

她觉得不对劲，拎起来一看——

灰色的毛衣、夹克、黑色的贴身衣物，这分明都是男士服装。

尤思洁当即跳了起来，把刚放下暖壶的尤思嘉吓得缩了一下身子。

尤思洁几步跨过来，一把扯住她的耳朵，将她拽到床前要个解释。

尤思嘉边吸气边讨饶，说她误会了，这不是别人的衣服，这都是杨暄的。

她姐闻言，脸更是一沉，转了几圈，终于在门后面找了一根扫帚，隔着厚衣服就是"砰砰"一阵抽。

这架势，即便不是很疼，尤思嘉也"嗷嗷"直叫了起来，在屋里转悠着逃。

"什么叫不是别人？他什么时候回来？"尤思洁追不上尤思嘉，把扫帚往地上一扔，喘气，"咱姥说你俩在一起上学，她托这小子照应你，没想到住一起了！"

尤思嘉赶紧解释："我要是来，他晚上就不睡这儿！"

"真的假的？"

尤思嘉连忙点头。

"我看他小时候就不像好人，从小就知道给你缝个小猫小狗的拐着你玩。"尤思洁重新坐下，"你当时屁大一点，天天跟着他跑；现在快成年了，也没长出心眼来！"

尤思嘉反驳："我有心眼——"

尤思洁瞪了她一眼："你有个什么心眼！关系再好，他也是个男的。"

尤思嘉似懂非懂："哦。"

"他干什么去了？什么时候回来？"

"在修车店干活，晚上回来做饭。"

"家里的房子被追债的人占了，"尤思洁说着眼圈红了，"但凡咱爹干点人事……生活费他给你？"

尤思嘉点点头。

尤思洁买的是晚上的绿皮火车票,没办法久留,临走前还不忘交代尤思嘉:"你没事记一下账,等我攒点钱,还有你工作之后,一齐再还回去,到时候再加点利息。他也不容易,人情不能欠。"

尤思嘉说知道了。

尤思洁用怀疑的目光看着她,继续絮叨:"人情是人情,你得有点防备心,他要是想对你做点什么,你千万别答应,记住了?"

尤思嘉眨眨眼,没说话。

杨暄是下午五点回来的。

外面的雪势渐大,他进来前,在门口垫子上使劲跺了跺。

杨暄上身穿了一件缀了毛领的黑色派克服,肩上落满了雪,尤思嘉走过去的时候还能感到寒气。他咬下手套,手里拎着一个红色的塑料袋。她接过来,发现里面装着一整只鸡。

杨暄让她进屋继续看书,自己则去做饭。

天下着雪,他拿砂锅炖了参鸡汤。

往一整只童子鸡里塞了糯米、红枣、参块,炖了几个小时后,鸡肉已经脱骨,香味飘逸到另一个屋子。

尤思嘉写不下去了,出来坐在桌子前吞口水。杨暄掀开砂锅的盖子往上面撒了点盐巴和胡椒,又切了几碟小菜摆桌子上,最后才把砂锅端上来。

她眼巴巴看着对方盛了一碗给她,立刻埋头大快朵颐。

杨暄见尤思嘉出了一头汗,中间抽了两张纸巾递过去。

她伸手去接,杨暄却盯着她的手背看了一眼,问:"你的手怎么了?"

尤思嘉看了一眼,上面有道红印子,是尤思洁拿扫帚抽她的时候,不小心蹭到的。她解释给杨暄听:"我姐不小心弄的。"

杨暄有点惊讶:"你姐来了?"

"对,不过很快就走了,她要去南方打工。"

说完,尤思嘉想起了什么,她放下勺子和碗,望向他,欲言又止。

"怎么了?"杨暄也被她的神情弄得莫名有丝紧张,便问,"她是不是说什么了?"

尤思嘉点点头,颇为认真地问:"你觉得我有没有心眼?"

这个问题把杨暄难住了,他想了一会儿,说:"你……挺机灵的。"

这个答案让尤思嘉满意,她继续捧起碗继续喝鸡汤。

杨暄也拿起勺子继续吃饭,又问:"你姐教育你了?"

"嗯。"尤思嘉点头,"她让我防备着你,万一你对我做什么——"

猝不及防听见这话,杨暄猛然呛了一下,他把碗往桌面上一放,随后剧烈地咳嗽了起来。

尤思嘉慌了神,连忙起身去拍他的背,杨暄摆着手拒绝了。

他的脸被呛得发红,缓了一会儿后,这才清清嗓子,方才的话题也因此中断了。

"没事吧?"尤思嘉担忧。

他没看她,只说没事。

杨暄走之前,把围巾和手套重新戴上。

尤思嘉看了看外面的大雪,突然拽了一下他的衣角。

正要出去的杨暄转身:"怎么?"

"你回店里还是学校?"

"学校,店里太冷。"

她继续问:"寒假也让住?"

"可以,还有暖气。"

"但是现在外面雪很大,你晚上为什么不在这里睡?"尤思嘉说,"明明上下两张床。"

杨暄原本是笑着的,闻言忽然垂下了眼睛。

"要不你今天——"

"你姐说得没错,"杨暄说,"你确实得长点心眼。"

尤思嘉抬头看他。

杨暄突然抬起胳膊,犹豫了一下,最后还是拿手敲了敲尤思嘉的脑门。

有点疼,尤思嘉伸手捂住额头。

她看着杨暄重新戴上帽子,推门出去了。

雪已经在台阶上堆积了一层,他扶着栏杆踩下去,只听到"嘎吱嘎吱"响。

楼梯下到一半,他忽然回身,抬手示意让尤思嘉关门,别让冷风进去。

尤思嘉原本站在门口,现在只好关上,隔着朦胧不清的玻璃门窗,看见他从楼梯下去,穿过被皑皑白雪覆盖的院子,最后消失在冬夜的小巷里。

## 第七章 /
**怎样的一个春夜**

寒来暑往。盼到放暑假,尤思嘉去补习班做了兼职,第一个月的工资发下来,她先给杨暄买了件衣服。

网上购物刚流行,一件T恤花了她大半个月的工资,剩下的钱,她则下单了滑板的零件。

这是尤思嘉的新爱好。

城市的最北边,有刚刚新建成的广场。四月份的时候,她在那里遇见了一群玩滑板的少男少女。在气温低的日子他们就已经穿上短袖和裙子,不少人还有瞩目的发色,胳膊上布满了花花绿绿的文身贴,就这么踩着滑板过去,周围所有人都为之侧目。

尤思嘉也不例外。

杨暄瞧她经常去看,便留心打听了一下。他去滑板店里挑了块板面,桥和轴承都选了稍贵一点的,自己动手给她组装了一块双翘,还不忘在板面上贴了贴画。尤思嘉见到后,简直爱不释手,立马拎着新玩具加入了滑板大军。

上学期间只有每个周末能玩,但她也很快学会了不少招式,豚跳和尖翻都不在话下,每学会一招,她回来就拉着杨暄展示。

对方很捧场,但看着她摔得破洞的裤子和磨损的鞋子,嘱咐了好几遍:"你别做太危险的动作。"

尤思嘉嘴上答应着,等一放暑假,每当太阳即将落山时,她就拎着滑板跑没影了,晚上回来得也很晚。杨暄只好把做晚饭的时间往后推,只弄一点清淡的饭菜当夜宵。

尤思嘉前天练习大乱,动作又快又猛,落下来的时候只听"咔嚓"一声脆响,她直接滚在地上,周围的伙伴全围上来扶她。

她摆摆手说不用,过了好一会儿才爬起来,低头掀开裤子看了一下,流了很多血。膝盖破皮流血是小事,板面和桥竟然都被她踩断了。

尤思嘉不敢告诉杨暄,更不想再让他多花钱,便用剩下的工资偷偷在网上订了零件。

晚上吃饭的时候,杨暄忽然打量她。尤思嘉心虚,小声地问怎么了。

杨暄问:"你怎么瘦这么多?"

"啊?"尤思嘉松了一口气,随后捏捏自己的脸,"还好吧。"

杨暄继续盯着她瞧。

尤思嘉确实是瘦了,但不是脱相的消瘦。她下巴尖尖,眼神灵动,顾盼间有少女的清韵。

意识到这一点,他瞬间撇开了目光,夹了一筷子青菜放她碗里:"多吃点。"

尤思嘉望着绿油油的颜色,瞅了杨暄一眼。

对方是难得强硬的态度,说着又往她碗里添了一筷子。

"吃。"

"哦。"

尤思嘉送的那件衣服,杨暄干活的时候是不穿的。

他之前在摩托车行干了一段时间,老板是个玩摩托车的富家子,和杨暄关系处得不错,知道他手头紧,就把他介绍到了洗车店里当洗车工。这边按小时收费,不耽误上学。工作虽然累,工资倒是可观。

杨暄算了一下存款,扣除掉学费、日常开支,他已经有余力从熟人手里再买一辆摩托车。

这天干完活,杨暄把连体防水服脱掉,身上已经闷出了一身汗。他直接兜头拽掉上衣,端盆水往身上一浇,用毛巾把水珠擦干净,才换上自己的衣服。

"哟!"有人过来拍拍他的肩,"新衣服不错,大小伙子穿上真精神。"

说话的是带他的师父,姓刘,已年逾五十,也在这家店里干活。杨暄不知道店主和他什么关系,但店主对其余人吆五喝六,面向刘师傅时总有几分尊重。

刘师傅瞄了一眼上面的商标:"谈对象了?"

"没。"

"衣服肯定不是你自己买的。"

杨暄低头笑了一下，默认。

"学校追你的小姑娘挺多吧？"刘师傅点燃一根烟，"年轻就是好啊，衣服也是喜欢你的姑娘送的？"

杨暄一愣，有些说不清的情愫从心里一闪而过，他不敢捕捉。

刘师傅还想说什么，正巧一辆车开了进来。

他立即掐断了烟。

干这行的就是这样，生意随时来，累不说，饭都吃不好，或多或少都有胃病。

开进来的是辆路虎揽胜，浑身漆黑，车头饱满厚重。刘师傅迎上去，车门一开，司机先下来，接着副驾驶和后座的门也被推开。

杨暄原本想过去帮帮忙，等看到下来的人，顿时停住了脚步。

刘师傅像是认识对方，但语气又透露出客套来："还是洗车加保养？"

陆新民"嗯"了一声，随后从兜里掏出烟，递给对方。

刘师傅摆手拒绝："我马上洗车，吸不了。"

"接着吧。"陆新民抛过去，目光落到杨暄身上，"这不还有人吗？"

"他准备下班了。"

陆新民这才认认真真打量杨暄："这么早就下班？"

杨暄垂下了眼睛。

刘师傅接过烟："学徒工，你也放心？"

"你带出来的学生，我有什么不放心的。"

刘师傅看了一眼杨暄，杨暄点点头。杨暄回到内间重新换了衣服，给尤思嘉发了条晚点回去的消息，让她饿了可以自己买点东西先吃。

她此刻应该在玩滑板，玩疯了就什么也顾不上，但是发条短信以防万一。

杨暄拿着水枪去冲车，其余人往外面走。

"泽铭，"陆新民吩咐身后的人，"去给你刘叔叔买两瓶水。"

水流的压力大，水滴溅到杨暄的脸上。他抬眼，看到了转身往马路对面走的一个高挑背影。

陆新民继续和刘师傅聊天，声音断断续续传过来："这几年，家用汽车行业发展快极了，生意好做吧？"

"那比不得陆总。"

冲车冲了二十分钟，杨暄感觉到胳膊有些沉重，但还是拿起毛巾来继续擦车。

刘师傅和陆新民重新走进来时，杨暄半蹲在地上，手中停不下来。

"先擦哪里，再擦哪里，毛巾怎么叠，都有讲究，眼睛能看到的地方都得擦。"刘师傅说着，也拿起毛巾，"这小子是我带过的人里，干活最耐心仔细的了。"

陆新民笑了："那这么说，只洗车多可惜。"

"这话不对。"刘师傅反驳，"小事见真章，洗车都干不好的人，还能干什么。"

身后的陆泽铭闻言，目光动了动。

刘师傅拍拍杨暄的肩，示意他可以走了，剩下的活交给自己。

杨暄这才起身。

陆新民的目光一直落在杨暄身上，正当他要转身去换衣服的时候，陆新民拍了拍身旁的人。

陆泽铭走了两步，往杨暄手里递东西。

杨暄低头一看，是一瓶矿泉水。

过了两秒，他接过，道谢。

陆泽铭没有回复。

等坐回车上，陆泽铭才拧开自己的那一瓶。

爷爷在和司机聊天，谈论的是方才的人。

"这小子心气太高。"

"年轻嘛，多磨磨就好了。我当年像他这么大的时候，还在大街上游荡着打架。"

陆泽铭仰头喝水，方才明明还很渴，嘴唇沾到瓶口，就突然没了喝水的欲望。

陆新民笑了一声："老张也干这行，你打听打听他们公司今年进不进学校招实习生。"

"没问题。"

后座发出了瓶子被拧上的塑料声响，在昏暗的车厢里有一丝突兀。

陆新民从后视镜望过去一眼。

自己动手，丰衣足食。尤思嘉给滑板换了新的桥和板面，继续练习招式。有一起玩滑板的男孩见尤思嘉满头大汗，要请她吃冰，她摆手拒绝了。

"那一起吃饭？"对方继续追着问，"我请你。"

尤思嘉踩在滑板上滑行，后脚扣住板尾，脚踝用力，下蹲、踢板、起跳。

滑板在脚下翻转，尤思嘉轻松完成了大乱转。

她跳下来欢呼一声。

有人碰了一下说话的男生："人家心中只有滑板，你干什么呢？"

尤思嘉这才拎起滑板回头，让他们帮自己录像。

今天玩得有点晚。

等尤思嘉掏出手机才看到杨暄发过来的两条信息，一条说他会晚回，另一条是问她现在在哪儿。

尤思嘉没在家附近的广场玩，下午的时候和小伙伴们一起刷板到了市中心，想要回去，起码得滑四十分钟。她给杨暄回信息，说半个小时后到家。

刚巧有人要回家，对方骑着一辆电动车，后面载了一个女生，单手又拉着另外一个踩着滑板的男生，几个人快速地从尤思嘉面前掠过，踩着滑板的男生朝尤思嘉伸了一下手，正是方才要请她吃饭的那个人。

尤思嘉心生一计，踩着滑板追上去，抓住了那人。

电动车的速度带起滑板呼啦作响，他们一行人迅速汇进了非机动车道上。

在马路上驰骋的滋味很不错，两旁的路灯全被抛在后面，夜风把尤思嘉的头发刮起来，耳旁就是滑板轮子的声响，她踩着滑板的脚被震到发麻。

尤思嘉感觉自己变得像追逐极光的麋鹿一样轻巧迅速。

快到家时，因为远离市中心，地面上的路逐渐变得不平整，滑板颠簸到了尤思嘉有些站不稳的程度，但前面骑电动车的人速度却不见减慢。

她想自己慢慢滑回家，便抖了抖自己的手腕，示意前面的男生松开，但对方却不为所动。就在尤思嘉想用力挣开的时候，突然感到脚下一滞，像是轮子卡住了小石子。

下一秒，她从滑板上飞了出去……

不知过了多久，尤思嘉抱着滑板，慢慢爬到了楼上。她不知道现在具体的时间，只知道屋内还亮着灯。

尤思嘉不敢敲门，犹豫了半分钟，随后坐在楼梯上，动作很轻缓地往上提自己的裤子，还没动几下，就疼得她直抽气。

她听见屋内传来声响。

尤思嘉赶紧把裤子放下，咬着牙站起来，转身用滑板挡在自己面前。

杨暄从里面把门推开，很平静的表情，只是不说话。

尤思嘉不敢和他对视。

过了半分钟，她听见杨暄喊她的名字，连名带姓："尤思嘉。"

她心下跳空了一拍，仍旧没抬头："嗯？"

"现在几点了，你知道吗？"

尤思嘉小心翼翼地瞄了对方一眼。

杨暄顿了两秒，换了个问法："打电话为什么不接？"

尤思嘉下意识地捂住了口袋。

杨暄觉得不对劲，伸出手掌，在她面前展开，示意她把手机拿出来。

尤思嘉一只手拽着滑板在前面遮遮掩掩，另一只掏手机的手动作慢吞吞，拖拉半天，最后终于交上来——

在朦胧灯光的映照下，能隐约辨认出放上来的手机屏幕已经碎成雪花，无法开机。

杨暄看清后，眉心一跳，把手机一收，侧身，伸出胳膊把她往屋里拉："你先进来。"

尤思嘉跌跌撞撞，行走间扯到伤口，抽了一口气。

对方听到，顿了一下，立刻松开手："身上也摔了？"

尤思嘉没吭声。

杨暄把她的滑板顺手靠在门后，转身借着灯光，这才看清楚尤思嘉灰头土脸的样子——

手掌心、两只胳膊肘上都有擦伤，这都算是轻度，严重一点的是腿，她的长裤直接磨破，膝盖处的布料被一点血迹浸染成暗色。

杨暄沉着脸不说话了。

良久，他让她坐到沙发上。

尤思嘉乖乖照做。她一瘸一拐地坐下，见杨暄进了另一间屋子后，这才慢慢把裤子往上卷，动作小心翼翼。

擦伤带来火烧火燎的错觉，相比较手肘、掌心这种星星之火，尤思嘉感觉自己腿上的灼烫感如燎原之势，而膝盖被摔肿，布料蹭在上面则加剧了刺痛，她只能龇牙咧嘴地往上拽裤子，又忽然看到杨暄抱着一堆瓶瓶罐罐出来，她耗子见了猫一般，连忙盖上。

"别动，"杨暄出声制止，"卷上去。"

尤思嘉只好把裤子重新撸回去。她见他往旁边的桌子上一件件放东西，生理盐水、碘伏、药膏、敷料，还有纱布绷带。她再次发现家中柜子里的东西总是很齐全。

杨暄拿了毛巾，拎着板凳坐在她下方，看了一下其他地方的伤口，决定先处理腿上的。

他把毛巾递过去："拿这个垫着，我先给你冲一下伤口，把沙土冲下去，会很疼。"

尤思嘉瞧他面色好了一些，这才松快下来，邀功一般，说自己不怕疼。

杨暄掀起眼皮看过来。

她瞬间老实，端端正正坐在沙发上，等对方帮自己处理伤口。

杨暄拧开生理盐水，准备往下倒的时候，发现怎么都不得劲。

如果她把腿伸长，伤口折叠不好清理，像现在这样正常坐在沙发上，又离他太远。

最后，他犹豫了一下，问："你把腿搭上来？"

尤思嘉点点头，刚把鞋子抬高一点，杨暄就握住她的脚踝，动作轻缓地拉过来，搭到自己腿上。

这个姿势很放松，尤思嘉的小腿蹭着他的裤子布料，酥酥麻麻的。

杨暄处理伤口的时候表情挺严肃。尤思嘉起先看他拧拧这个瓶盖，叠叠那个毛巾，后来注意力不知怎么就转移了，她开始盯着对方看。

头顶的灯光昏黄，他们距离很近。

她见他低头，眉骨、鼻梁、嘴巴都很清晰，侧脸线条高挺流畅，眼睫毛忽闪忽闪，翻下的影子就这么投在眼下的一小块皮肤上。

她看得太认真，以至于后知后觉出刺痛来，冰凉盐水从膝盖上流下去，把杨暄的裤子打湿。但他没在意，反而把她的这条腿放下，又去捞另一条。

尤思嘉往前挪了一点，挨着沙发边缘坐，起初有些不稳，她下意识扶住了他的肩。

杨暄拿着瓶子，动作一顿。

她偏头问："怎么啦？"

对方没说话，更没看她，继续手上的动作，轻轻地、一下又一下地冲刷伤口。

杨暄期间一直沉默，不知道是不是还在生她的气。他垂着眼，冲洗完伤口，拿棉签蘸上碘伏，由内向外转着圈地涂抹。

尤思嘉以为到这步就可以了，便偏过身子去拿纱布，杨暄忽然攥住她的手。

或许是因为夏夜，他的掌心火热，但像烫伤一般移开的人，竟然也是他。

"容易留疤，"他说，"涂点药膏后再绑纱布。"

尤思嘉"哦"了一声。她见他行云流水一般处理好了她膝盖上的伤口，自己的两条腿上都被缠上一圈纱布。

理所当然地,她将胳膊也伸了过去。

杨暄却起身了:"其他地方不是很严重,你自己处理吧。"

尤思嘉有点惊讶,以至于愣了两秒。

这种心情,像是小时候早起,竟然发现杯子里的小螃蟹不知所终,有种意料之外的失落感。

杨暄嘱咐她:"伤口不要沾水,洗澡的时候不要用淋浴头,拿着盆接上热水,把毛巾泡进去,用热毛巾擦一下身上——"

说到一半,他立刻止住,两秒后重新开口:"总之不要碰水。"

尤思嘉盯着他看,眨眨眼。

"这一周就不要出去玩滑板了。"

她垂下脑袋,点点头。

"厨房留了饭,你可以喝点汤,太晚吃东西也不健康,不吃的就倒掉吧。"

尤思嘉继续点头。

"很晚了,我先走了。"

她点头的力度变得微弱。

接连几句都没听到回应,杨暄这才看她,尤思嘉也抬头,两人都没说话。

气氛有点奇怪。

杨暄试图缓和一下:"你从小就这样,一到夏天,就把自己搞得破破烂烂的。"

她小声反驳:"才没有。"

杨暄笑了,过去揉了一把她的头发:"我走了。"

尤思嘉刚想站起来,就又被他按下:"坐着吧,手机我看看能不能修,不能修就换个新的,嗯?"

尤思嘉说好。

"我走了,思嘉。"他第三次告别,这才出了门。

门关上,尤思嘉的视线被遮挡。

她拿起桌子上的瓶瓶罐罐继续处理伤口,按照杨暄刚才的流程。只是伤口沾到盐水的一瞬间,她忍不住"嘶"了一声。

奇怪,刚才明明没那么疼。

尤思嘉的伤口经过一个星期才长好新肉,结痂之后,她蠢蠢欲动地想继续出去玩滑板,只不过还没出门就被杨暄按住。等伤口好得差不多了,暑假也结束了。

杨暄送了一部新手机给她，权当补偿。

尤思嘉开学上高二，她选了理科，这下需要重新分班。前几天上了系统查询，她兴奋地发现，自己竟然和程圆圆在一个班。

报到那天，她早早过去，准备提前给自己和程圆圆占一个好位置。

尤思嘉下午一点半到校，班级里几乎没有人。

征询了程圆圆的意见后，她挑了左边靠窗的第三排，自己则坐在过道旁边。

其余人陆陆续续进门，有一些是曾经的同学，还和她打招呼，更多的是陌生的面孔。

两点半开班会，大部分人都提前来占位置。结束了假期，班里异常躁动，头顶上的风扇"呼啦啦"转着，尤思嘉悄悄给程圆圆发信息，问她到哪里了。

对方回复得很快，说自己午睡起晚了，会卡点到。

尤思嘉只好让她注意安全。

发完信息后，她低下头继续翻了翻题集，因为班主任没到，耳旁的喧嚣声越来越响。

不知道什么时候，躁动的班级瞬间安静了下来。

尤思嘉以为是班主任来了，顺着大家的目光望向前门，却见到了陆泽铭。

他依旧不穿校服，肩背上松松垮垮挂着包，被门后的日光一照，颇有点隆重登场的意思。

班里也就静了一瞬，随后声音慢慢地拉高。

他来得晚，目前就剩下了三个座位，除了给程圆圆占的那一个，最后面还有一个位置，剩下的那个在尤思嘉的斜前方。

陆泽铭肩宽腿长，从讲台上绕过去，往这边来。

她看到前面的女生挪动了一下板凳，整个人都不自然了。

尤思嘉也往后挪了一下桌子，想让前面的空间变得大一些，刚拉了一下，动作突然受到了一股阻力。

她看到一只戴着机械腕表的手。

陆泽铭伸手把她拉过去的桌子又拽回了原位，也不看她，摘下书包。

尤思嘉有种不祥的预感，她小声开口："等一下——"

但对方下一秒就直接从她后面绕了进去，众目睽睽之下，他坐在了她的旁边。

尤思嘉瞪大眼睛看向陆泽铭，对方微微偏头，目光短暂地同她相遇，随后平移，滑到了门外。

班里这次是真的安静了下来。

尤思嘉也跟着望过去——

一个中年男人出现在门口,四四方方的身材,秃头、戴眼镜,面上油光。

她听到身后的男生发出哀鸣一般的微弱气音:"怎么又是他!"

男生的同桌好奇地问:"你以前的班主任?"

"对,远近闻名的张秃子。"说完,对方瞬间低头,"嘘,别说话了!他看过来了……"

程圆圆这时终于出现在了门外,她在班主任后面探头探脑。

尤思嘉赶紧举起胳膊朝程圆圆挥挥手。

程圆圆想进来,奈何进去的路被堵住,尤思嘉见她左挪挪、右移移。最后,程圆圆无奈地喊了一声老师。班主任这才回头,看见她后却没有让路,反而把程圆圆拎了出去。

尤思嘉连忙抻着脖子往外看,又听到身后重新响起气音:"她要倒霉了……"

过了两分钟左右,程圆圆和班主任一前一后进来。程圆圆苦着脸,看到尤思嘉旁边的人,又露出惊讶和疑问来。

尤思嘉望着陆泽铭,一脸为难。但陆泽铭好像接收不到她的信号。

程圆圆见状,便坐到了斜前方剩下的座位上。

等下了课,程圆圆扭头、尤思嘉探身,两个脑袋成对角线拼凑在一起——

"我可倒霉了!"

"老师说什么?"

"他可凶了,骂了我一顿!"

"啊?"

"说我第一天就迟到,态度不端正,罚我打扫卫生。"

"没事,"尤思嘉安慰她,"我和你一起。"

程圆圆用余光瞄了瞄旁边,陆泽铭面无表情,仿佛听不见她俩的聊天。她用眼神询问尤思嘉怎么回事,尤思嘉回了一个无辜的表情。

晚自习结束后,两人留下来打扫卫生。

"所以你俩全天都没说话?"程圆圆惊讶道,"我和我同桌今天刚认识,晚自习在本子上聊天,写了七张草稿纸!"

"对。"尤思嘉直起身,挠挠脑袋,"哦,也说了一句。晚自习他的钢笔掉下来了,我帮他捡起来,他说谢谢。"

"好吧,我反正不敢和他多说话,他可高冷了。不过这样也好,没人打扰你学习了。"

"可我还是想和你坐一起。"

"没关系,"程圆圆说,"以后应该会重新安排座位。"

尤思嘉点点头。

但一反常态的是,直到第一次月考结束,班主任仍旧没有透露出重新调位置的信号。

尤思嘉和陆泽铭就这么做了一个月的同桌。到彼此正式有交流,还是因为一次物理课。

那天,陆泽铭没带物理练习册,课上了十分钟,尤思嘉发现对方桌面上只有草稿纸,便把自己的练习册往他那边挪了挪。

他看了她一眼,拿起一支笔,身子微微转过来。

每次碰到不会的物理压轴大题,尤思嘉总忍不住把头发揪得乱糟糟的,偏偏这个班的物理老师语速很快,思维跳跃,尤思嘉还在想第一问的画图,老师立马就跳到第二问的公式上,等讲完第三问,尤思嘉的头发已经变成了鸟窝。

陆泽铭突然问她,自己能不能在上面写解题过程。尤思嘉赶紧把头发往下压了压,说可以。

他用红笔写字,指节修长,字迹劲瘦。

等下了课,尤思嘉拿起练习册继续琢磨,突然发现陆泽铭写的解题过程比黑板上的更加详细。他把物理老师省略的几个公式全补了上去,以至于尤思嘉看了一遍,就豁然开朗。

周五放学早,尤思嘉背着书包去洗车店找杨暄。

杨暄还在工作,瞧见她过来,便让尤思嘉等他一小会儿。

她蹦蹦跳跳在周围溜达了一圈,再回来的时候,突然有人从后面搂住她的肩,接着是熟悉的声音——

"妹!我可想死你了!"

尤思嘉一转头,竟然是许久不见的李满。

她睁大眼睛,又惊又喜。

杨暄不知道什么时候出现在后面,他把李满拉开:"不嫌热。"

李满被推到一旁,不理解地道:"这都几月份了,秋老虎都跑没了,热什么?"

说完,李满又过来捏捏尤思嘉的脸:"变漂亮了!"

被夸奖了,尤思嘉很开心,朝李满笑眯眯的。

杨暄再次伸胳膊把对方拨开:"渴了,你帮我去买两瓶水。"

"哎,你这人,"李满不满意了,"我刚想叙叙旧。"

杨暄似乎是急着喝水,二话不说就把他推走。

晚上,三人像之前一样去下了馆子。

原来李满这周一就来了市里,他还是重操旧业,在附近的发廊工作。

尤思嘉趁他俩聊天,拿起旁边的饮料,往自己的杯子里倒了一大杯。

"从他手里买?"李满把烤串扦子往桌子上一丢,"那给的价格够低啊。"

杨暄喝了半杯啤酒:"也算是他之前自己的,没骑多少次,因为关系好,就低价转给我了。"

"富家子果然大方,他是不是去山上玩比赛?"

杨暄点点头。

李满瞧他的神色,继续问:"你跟着去了?"

杨暄点点头:"去了几次,不过大多数情况下是看他们玩。"

李满也有点兴奋了:"下次这种比赛喊我,我跟着去凑个热闹。"

尤思嘉听到关键词,也直起身子来:"什么比赛?什么热闹?我也想去。"

杨暄瞧了她一眼,没说话。

李满在旁边拍拍胸脯:"放心,我到时候肯定叫上你。"

吃完饭,李满回了自己的出租屋。杨暄拎着尤思嘉的包,送她回家。

路边灯光昏昏暗暗,两人的影子一长一短。

尤思嘉问:"你要买摩托车了吗?"

杨暄点点头。

"我有一件事情。"尤思嘉突然顿住脚步,神色认真。

杨暄也跟着停住,目光轻轻地落在她脸上:"嗯?"

"我也想骑摩托车,"她说,"你能不能教我?"

杨暄笑了一下,说可以。

尤思嘉欢呼了一声,快速往巷子里走了几步,即将进门的时候,杨暄突然喊了一声她的名字。

她转身:"嗯?"

灯光下,他的眉目柔和。

"还有一件事,"杨暄似乎在斟酌词语,"你马上十八岁了,是个成年人了。"

尤思嘉纠正:"还有两年。"

"好,"杨暄改正,"你还有两年就是个成年人了。"

尤思嘉等着他继续讲下去。

杨暄犹豫了一下,最后还是说出口:"李满呢,和你比较熟,他应该没有别的心思。"

尤思嘉点点头。

"但搭肩、捏脸这种就属于比较亲密的接触,你以后稍微注意一下,不要太随便让别人碰你……"杨暄生怕措辞生硬,又补了一句,"和女同学是可以的。"

"我和圆圆经常这样。"

杨暄点点头:"圆圆可以的。"

尤思嘉眨眨眼:"那和你呢?"

杨暄一愣,随后垂下了眼,没说话。

"咱俩也很熟啊。"尤思嘉说着往前走了一步,握住他的手腕抬高,"我觉得你可以,我脸可好玩了,圆圆也喜欢捏。"

杨暄的手修长有力,掌心粗糙。尤思嘉攥着他的手往上拉,像拉起一件沉重的旧物,有摇坠挣脱的风险。

她把脸凑近,轻轻地贴到两人交握的手心,对比之下,她的面颊很温凉。

杨暄碰了一下,随后抽回手。

尤思嘉抬眼看他。

他突然重新抬起胳膊,用指关节重重刮了一下她的脸,随后把她的头发揉乱,语气无奈:"你天天脑袋里在想什么?"

尤思嘉赶紧讨饶。

杨暄收回了手:"小孩。"

尤思嘉反驳:"你刚刚还说我是成年人了!"

杨暄笑笑:"赶紧上去睡觉吧,明天提摩扎车带着你一起。"

尤思嘉开心极了,扭头要进门。

"思嘉。"

他在后面喊了一声她的名字。

她转头:"嗯?"

"没事,"他说,"晚安。"

尤思嘉也挥挥手:"晚安。"

这个周末结束后，市一中的秋季运动会即将拉开序幕，时间定在期中考试前。

每个班都有固定参加的名额指标，体育委员这两天求爷爷告奶奶，挨个问班里人报不报项目。

报名表传到陆泽铭这里的时候，他没有接，只看了一下，语气淡淡的："我不报。"

对方一下子就垮了脸："哥，好哥哥，我还指望你报名带一下人气，你要是不报，这下更没人报了，你行行好，报一项也成啊……"

尤思嘉在一旁坐着，伸出一只手晃了晃："让我看看。"说完，她拿过表格，放在桌子上扫了一眼，咬开笔帽就"唰唰"往上填。

体育委员拿回表格的时候，有点震惊："你报这么多？"

陆泽铭闻言，也扫了一下，随后看向尤思嘉。

"对呀。"尤思嘉点点头，"只要是时间不冲突的，我都填上了。"

体育委员几乎要给她跪下："好姐姐，就算你拿不到名次，以后你也是我的救命恩人！"

尤思嘉摆摆手，有点跃跃欲试："我肯定能拿名次，放心！"

运动会一共两天，每个班里的学生都搬着自己的凳子围聚在操场。

尤思嘉报的项目多，但都集中在第一天下午和第二天。

她穿了一身宽松的运动服，热身之后去参加了跳远，轻轻松松进了半决赛。比完这场之后，她没什么项目，又坐回到了班级里。

程圆圆在她旁边拿着本子奋笔疾书，尤思嘉好奇："你在写什么？"

"赞美你的话！"程圆圆撕下一张纸，"待会儿我就送到主席台让他们念出来！"

她话音刚落，就见周围人都抻长了脖子往外看。

尤思嘉也跟着望过去，发现是体育委员和陆泽铭，两人抱着一个箱子，里面装着矿泉水、功能饮料，还有巧克力。

他们两人把人群划为两半，一人一边将矿泉水挨个分发到每个同学手上，运动员除了矿泉水，还多给一瓶饮料和一块巧克力。

尤思嘉和程圆圆坐的位置刚好是陆泽铭负责分发的区域。

陆泽铭走过来，从箱子里递给她俩每人一瓶水。程圆圆还在写东西，尤思嘉便替她接过来，说了声谢谢。

陆泽铭抱着箱子往后面去了。

程圆圆写完，把笔放下。尤思嘉把手中的另一瓶水给她。

"你的呢?"

尤思嘉晃了晃手里的矿泉水。

程圆圆感觉不对劲:"你可是运动员,怎么就只给了你一瓶水?"

说着,她就要起身喊人,但还没出声,就见陆泽铭往这里返回。

他从箱子里掏出来一瓶功能饮料递给尤思嘉。

尤思嘉刚接过,陆泽铭又递过来一瓶,她还没反应过来,他又把箱子反过来扣在尤思嘉膝盖上,拍了拍箱子底,随后拿开。

一小堆巧克力糖果全被倒了出来,还有几个掉在了地上。

陆泽铭什么话也没说,转身就又走了。

尤思嘉摸不着头脑,弯腰去捡掉下去的巧克力。

正捡着,就听见体育委员的大嗓门在前方响起:"不是说好,有剩下的咱俩偷偷分了?你怎么全给她了?偏心也不是这个偏法吧?"

刚说完,空气里静了两秒,随后,班上男生的起哄声响起:"哦——"

尤思嘉起身,还有点不明所以,只见陆泽铭目光闪烁地望过来。

但她管不了这么多,半决赛马上开始了,她把糖果、饮料全部交给程圆圆,随后起身继续去比赛。

从这天开始,班里就好像有点风言风语。

程圆圆有一天突然问她:"你最近和陆泽铭走得很近?"

尤思嘉没在意:"啊?没有啊。"

"真没有?"

"最近他会给我讲题,"尤思嘉抬起头来看她,"我感觉他人还行,怎么了?"

程圆圆看了一下她的表情,大概知道没什么事:"没事!我就是见有人乱传谣。"

"传什么了?"

"你别管啦,下次听见,我就帮你撕了那些人的嘴!"

尤思嘉咋舌:"没事的圆圆,你别生气,几句话而已,我一般都不在乎这些事情。"

说完,她就继续翻了一页课本。

因为期中考试结束后要召开家长会,所以对于这次考试,不只是尤思嘉,班里人都挺重视。

最后一场考完出来,大家都轻松了很多。

走廊里摆满了桌椅和课本,学生"叮叮咚咚"往里搬东西。尤思嘉却不着急搬桌椅板凳,她走到连廊上,趴在栏杆上往下看。

这是一个观赏晚霞的绝佳位置。

从上至下是一层层的楼梯,走廊上有进进出出的学生,喧嚣的人声像被阻隔到很远很远,又到了某一个时间点,会突然涌进来喷薄的夕阳,她被这种朦胧昏黄的光晕包裹着,好像回到了小时候。

尤思嘉从小就喜欢黄昏,喜欢那些旷野骑自行车的日子,杨暄在前面载着她,两人在落日沉沉之下,慢悠悠地往家赶。

杨暄多忙碌啊,他此刻应该还在洗车店里打工,午饭匆匆解决,从学校往工作的地方赶,那家店里有点沉闷、狭小,他要拉着沉重的水管,要咬着手电筒钻进车底,他没有时间看晚霞。

尤思嘉看着瑰色的天空,从口袋里掏出手机,准备拍下来发给杨暄。

她找了几个角度,看看屏幕,又看看天空,总感觉拍不出来想要的感觉。她只好往后退几步,重新找角度。

退着退着,她就撞到了一堵人墙。

"对不——"

尤思嘉偏头,看到了陆泽铭,他突然伸手握住她两只手腕,抬高,虚虚环着她。尤思嘉的注意力重新转回去,看见镜头里的晚霞异常明丽。

身后的人在屏幕上轻轻点一下,这一幕就被记录了下来。

"哇,好看!"尤思嘉仰脸回看他,"谢谢你。"

陆泽铭垂下胳膊,摸了摸鼻子,语气轻描淡写:"这算什么。"

尤思嘉美滋滋地把照片发给了杨暄,对方晚上才回复,说漂亮。

她看到回复后莫名开心,又下定决心以后多拍几张。

等下了晚自习,尤思嘉回到宿舍,拿着脸盆排队洗漱的时候,程圆圆给她发了好多信息,打头就是好多感叹号——

"思嘉!你快看群里。"

尤思嘉这才点进去。她发现班级群早就炸开了锅,鲜花和"99"刷了满屏。尤思嘉往上翻了一会儿,才发现源头是有人匿名在群里发了一张照片。

那张照片看着有些眼熟,尤思嘉点进去放大,才看清竟然是自己和陆泽铭,刚好是下午拍晚霞时的那个瞬间。

因为距离远,加上一些视觉上的错位,照片上的她就好像被陆泽铭抱着一样。

尤思嘉抓了抓头发,有点发蒙。

她赶紧在群里解释,但反倒激起大家更加激烈的讨论,陆泽铭的头像一直是安安静静的。

这张照片激起了几天的涟漪,在群里热闹了一小会儿,但白日在班里大家不会当面起哄,只把这种事情当作繁重学业之外的调剂品,尤思嘉和陆泽铭的相处倒也如常。

令人烦恼的事情还在后面。

考完试后的一整个星期,老师基本在讲解试卷上的题。

班主任教数学,讲解完试卷,又在黑板上抄了两道计算题,拿着名单瞧了瞧,点了两个同学上去做题。

好巧不巧,他念的两个人恰好是尤思嘉和陆泽铭。

班里又响起起哄声,虽然短促,但足以让站在讲台下的班主任望过去。

晚自习期间,陆泽铭的位置空了下来,直到快放学的时候,他才回来。

放学铃声响起,尤思嘉收拾着桌面准备回宿舍,破天荒地,旁边的陆泽铭喊了一声她的名字:"尤思嘉。"

她望过去:"嗯?"

"你想调座位吗?"

"什么意思?"尤思嘉没明白,"我们要调座位了吗?"

陆泽铭垂眼:"或许。"

"那可以自己选吗?"

"不可以。"

"啊……"尤思嘉有点怅然。没有选择的余地,自己还是没有办法和程圆圆坐在一起,还不如现在,两人起码离得近一些。

陆泽铭的眼睛黑漆漆的,他望过来:"你不想调位置?"

尤思嘉点点头。

"那,"他顿了顿,"你愿意继续和我坐同桌?"

尤思嘉挠挠头发,疑惑他为什么要问两遍这个问题,便又点了点头。

陆泽铭眨了下眼,像是下了某种决心,声音轻了下来:"我知道了。"

程圆圆已经在门口朝尤思嘉挥手。尤思嘉看了他一眼,便走向了门外。

第二天是周五,一整天,陆泽铭的座位都是空的。

期间,尤思嘉被班主任叫去了办公室。

尤思嘉被班主任的眼神瞅得浑身不自在,半分钟后,她才听到班主任开口:"知道我找你来是为什么吗?"

尤思嘉摇摇头。

班主任哼笑了一声:"一个比一个嘴硬,所以你也不愿意调座位?"

尤思嘉没搞懂:"啊?"

下一秒,班主任掏出了手机,问她:"家里谁有空?"

这个问题把尤思嘉给难住了,她不知道怎么说。

"说个电话,父母两方谁能过来,就说谁的号码。"

尤思嘉小声道:"两人应该都没法过来。"

班主任有点不悦:"就这么忙?他们也不关心你的学习?"

她点点头。

"家里还有谁有空?"

尤思嘉想了一下:"哥哥。"

"也行。"班主任把手机递给她,"打他的电话。"

等输进去号码,"嘟嘟"拨过去了好一会儿,对面才接通。

"哎,您好,是尤思嘉的家长吗?"班主任说着就站起身来,往走廊外面走,"咱这边有点情况……"

声音听不真切,但班主任只打了两分钟,便挂了电话,他又让尤思嘉先回教室去上课。

尤思嘉惴惴不安地回到了教室,到下午最后一节课的时候,她又被班主任拉回了办公室。

尤思嘉刚踏进办公室门,就顿住了脚步。

办公桌前的凳子上,坐着一个年轻的男生,像有所察觉一般,抬眼往门口看了一下。

尤思嘉被他这一眼看得莫名心虚起来。

前方的班主任落座,瞅了一眼尤思嘉:"往前站站。"

她慢吞吞地走到办公桌前。

班主任喝了一口茶:"具体情况呢,差不多就是这样。其实原本想简单处理一下,少男少女嘛,在一起相处时间长了有点什么感情,这都很正常。尤思嘉和那个男同学成绩都不错,我原本想着调开座位,但是这两人的反应很大。"

杨暄闻言,又看了尤思嘉一眼。

"我和那个男孩的妈妈通了电话,"班主任继续道,"两人应该是商量好了不分开坐,那男孩因为这个事情和家长闹情绪,今天都没能来上课。

"原本想着家长会那天说一下这个事情,但是到时候人一多,估计就来不及,咱就提前防患于未然,对学生做好疏导,不要耽误了学习……"

杨暄在一旁，边听边点头："劳烦您费心了。"

"哎，都不是大事。"班主任把茶杯一放，"你看着挺年轻啊，刚刚进来的时候，还以为是之前毕业的学生从外地回来。"

杨暄这才站起身来，再次朝对方道谢。

最后，杨暄带着尤思嘉走出了办公室，走到楼道口的时候，两人停住脚步。

杨暄不说话，尤思嘉便偷偷瞄了一眼杨暄，发现看不出他的情绪，只好开口："你下午没上班吗？"

话音落下，对方久久不回复。

正当尤思嘉心里打鼓的时候，她听见他开口："还有一节课？"

尤思嘉点点头。

"你先回教室安心上课。"

"那你呢？"

杨暄这才看她，声音是平静的："我在校门口等你。"

尤思嘉小声"哦"了一声。

他没再回复，转身下了楼梯。


放学后，尤思嘉赶紧拎着书包出了校门，在校门口转了好一会儿，却没见到杨暄的踪影。

正当她要拿出手机打电话的时候，突然瞧见他从一个小路口里拐了出来，随后进了一家小超市。

尤思嘉赶紧走过去，还没进超市，杨暄就从里面大步出来了。

两人一碰面，竟都没说话。

随后，尤思嘉听到"噗"的一声脆响，这才看见杨暄手里拎着两瓶汽水，他把瓶盖拧松，自上而下递了过来。

尤思嘉伸手接过，距离一靠近，她嗅到了一股淡淡的烟草味，但杨暄平日里几乎不抽烟。

她仰头喝了一口汽水，拧紧盖子，看了一眼对方的表情。

杨暄也仰头喝了小半瓶，没看她，半晌之后问："晚上想吃什么？"

尤思嘉一时摸不着头脑，便说都行。

杨暄便骑着摩托车带她去了趟菜市场，在小摊前讨价还价，买了一袋鲜虾，还有几袋瓜果。

一回到家，他直接钻进厨房。尤思嘉则坐在沙发上，盯着挂在墙上的滑板看了几眼,又听到"叮叮当当"切菜的声响,随即作罢,不准备出去了。

她心思浮躁,翻了几页书,又滑了几下手机,把桌上花瓶里的花拔出扔进,在做饭的地方晃悠来晃悠去。

杨暄只闷头洗菜、切菜,"咔嗒"一声拧开煤气灶,青白色的焰火腾起,煲汤的锅逐渐发出汩汩声,铲子往下拨菜,热油一激,烟气散了出来,杨暄反手拉上了门,所有的声响都被阻隔在内。

尤思嘉也被赶了出来,她坐回书桌前,单手托着脸,起初还在做题,后来开始走神,在白纸上写写画画,画了个摩托车,接着在摩托车上画了两个小人。

她想了想,又给前面的小人脸上添了两笔,加上倒挂的眉毛、绷直的嘴角,这下成了一个不开心的火柴人,她在火柴人脑袋上画了三个大问号。

正画着,身后突然传来声响。

尤思嘉吓了一跳,下意识地捂住草稿纸,随后扭头。

杨暄站在门口,用手背敲了一下门,瞧她一副受惊的样子,欲言又止,最后只说了两个字:"吃饭。"

尤思嘉"哦"了一声,连忙起身跟着出去。

饭菜已经摆好,炸好的椒盐大虾、豆芽炒肉丝、蒜蓉白菜,两只小碗里的小米粥冒着热气。

平日里尤思嘉一坐到饭桌前就埋头吃得很香,这次却咬着筷子犹豫。她见杨暄已经端起碗来开始吃饭,她才跟着慢慢动筷吃起来。

饭后,杨暄收拾好碗筷去洗刷,尤思嘉跟着一块去,洗碗池狭小,两人挤在中间,抬起胳膊时总是碰到对方。

杨暄见状,就把手套摘给她,自己去收拾旁边的锅盆。

尤思嘉把碗筷上的泡沫全部冲洗干净,扭头见杨暄已经出去了。她摆好碗筷,出去一看,他已经把挂在架子上的外套取下来了。

一晚上沉沉闷闷的气氛让她很不舒服,尤思嘉终于上前拉住他:"你要走吗?"

"对。"杨暄穿上外套,低头从衣服下摆往上拉拉链,"店里有点事。"

尤思嘉问得直接:"你生气了?"

杨暄找了半天才捏住拉链头,"刺啦"一声直接拉到领口处:"没生气。"

"那你为什么不和我说话?"

杨暄看她一眼:"我没不说话。"

尤思嘉心说不一样，她想了一下，继续问："那你为什么不问我在学校里的事？"

"我这不都知道了。"

"你不知道，"她有点生气，"你问我呀！"

杨暄听出她情绪的变化，顿了一下，喊了她的名字："尤思嘉。"

他的眉眼在灯光下看不真切，直直望过来："老师今天为什么会给我打电话？"

"我也不知道。"她有点着急了，"我就是想和圆圆离得近一点，老师以为我不愿意换位置——"

她愣住，像是反应了过来："你是觉得我在学校里没好好学习吗？"

"没有，"杨暄的语气听起来仍旧柔和，"我看了你的期中考试成绩。"

尤思嘉是真的有点委屈了："班主任说我不好，你就信了？"

"你挺好的，老师有老师的角度，你不用在意这些。"

尤思嘉再次提到刚才的话题："那你为什么生气？"

"我没——"说了两个字，杨暄止住了话。

空气安静了一瞬，他接着开口。

"这件事情我了解了，"他说，"班主任确实有点大惊小怪，我是想问，你为什么给我打电话？"

尤思嘉一愣，仔细回忆了一下："他说要家长的号码，谁有空就让谁来。"

"嗯，"他垂着眼睛，"你怎么说？"

"我说家里只有哥哥，就把你的号码给他了。"

他问："哥哥？"

尤思嘉下意识地重复："对，哥哥。"

杨暄点点头，说知道了。

看他平淡的神情，尤思嘉再次摸不准他的念头，但该说的都说了，又觉得他轻拿轻放的态度让自己很难受，还不如训她一顿。

最后，杨暄还是要走，并嘱咐她好好休息。

尤思嘉望了一眼他，没说话，转身进了房间。

杨暄下了楼，骑着摩托车转了一圈，最后停在五光十色的旋转灯柱旁。

李满坐在店里的沙发上，入乡随俗，染了发，上衣和裤子上都布满了拉链，见杨暄进来，他起身，身上的锁头互相碰撞着。

杨暄让李满给他剃个寸头。

"真帅啊，暄，"等全部弄完，李满拿着吹风机给他吹头发，"听说最近那富家女经常去找你洗车？"

杨暄抬眼看了一眼镜子里的自己："可能因为我干活仔细。"

见他透露出烦闷来，李满便没接着打趣，问："咋？瞧着不大高兴？"

杨暄说："今天我被思嘉班主任叫去学校了。"

吹风机轰鸣，李满凑近一些："嗯？"

"说她和男同桌走得太近。"

李满反应了两秒，突然停住动作："什么？"

他的音量提得有点高，周围剪头的顾客都往这边看。

"不好意思，不好意思……"李满停下吹风机，连忙道歉，说完就接着问，"那小子是谁？"

"你先帮我把头发弄好，待会儿等你下班再说。"

秋季，在外面吃烤串的人已经很稀落。

李满拎了几瓶啤酒过来，仍旧不依不饶："那小子是谁？"

他动作幅度很大，瓶盖被掀飞到地上。

杨暄边倒酒边说："不清楚。"

"你不去问问？什么东西也敢拱白菜？揍几顿就老实了！"

"下周会举行家长会，到时候应该能和人家家长见一面，班主任也说要把位置调开，"杨暄举起杯子，抿了一口又放下，"但思嘉应该没那个心思。"

"那还成，不影响她学习就成。"李满和他碰了个杯，"家长会你过去看看是啥情况。"

杨暄垂着眼，语气缓慢："我今天下午请假过去，在学校待了一会儿，一直到现在，心里都不是很得劲。"

"怎么？"

杨暄又不说话了。

李满急了，在下面踢了他一脚："说啊你！"

"说不上来。可能是我不知道该怎么和她说，起初我想问她那个男生的情况，后来又觉得问题不在这儿……"

"哎，青春期嘛，"李满从兜里往外掏烟盒，"你当哥哥的好好教育一下不就行了。"

杨暄无奈地道："满哥，你知道我不是她亲哥哥。"

"她把你当成亲哥哥不就行了？"

行吗？

这个问句在心里晃荡了两圈，泛出回响来。

杨暄顿住，好像猛然绕过来了一个弯："我没想当。"

"啥意思？"李满没反应过来，"你觉得累？"

杨暄点点头，又摇摇头。

"哎，理解。"李满说，"等她上大学就好了，你有什么困难和我说，我去帮衬一下。"

杨暄瞧了他一眼，没搭腔。

杨暄琢磨了一会儿，想继续开口，忽然兜里的电话响了。杨暄掏出手机来，没立刻接，只盯着上面的号码瞧。

李满察觉到他的异样："谁打来的？"

杨暄没说，犹豫一瞬后，还是接通。

周六清晨，尤思嘉缩在被窝里呼呼大睡，依稀做了几个模糊不清的梦。

屋内有窸窣的声响，很轻，但仍旧钻进了她的耳朵。尤思嘉翻了个身，把枕头折起来包住脑袋，下一秒空气突然安静下来。

尤思嘉猛地转头，看到穿戴整齐的杨暄站在房间门口，正动作轻微地整理东西，旁边摆着一个出行的大包。

她反应了两秒，飞速掀开被子从床上跳下来。

她跑到杨暄面前，整个人还在犯迷糊："你要干什么去？"

杨暄拉上书包拉链，站起来，见尤思嘉只穿着睡衣，顶着鸟窝头，睡眼惺忪。

"不嫌冷吗？"他移开目光，"你先回床上。"

"你要走？"

杨暄语气尤余："我回家一趟，还回来，老头好像身体不太行了。"

她紧接着问："去多久？"

"不确定。"杨暄没忍住继续道，"这两天降温，你先躺回去。"

尤思嘉慢慢回神，最后"哦"了一声，转身慢吞吞地走到床前，踢掉拖鞋重新缩进被窝里，过了两秒，她重新探出脑袋看了一眼。

杨暄又收拾了两分钟，拎着包出了房间，不忘把门带上。

尤思嘉这才下床，穿戴整齐后出来。

杨暄坐在餐桌前，上面已经摆好了早点，见尤思嘉从房间内出来，便把目光从手机上移开："洗漱完过来吃早饭。"

211

尤思嘉没吭声,她从餐桌旁边绕开,去了卫生间旁的洗手池。

草草洗了一把脸,凉水让她思路逐渐清明,想到昨晚的场景,尤思嘉又开始回过味,他的语气、他的表情之类。

她一边刷牙,一边透过镜子去看坐在桌前的杨暄,对方神色平和,仿佛无事发生一样。

尤思嘉每次洗脸,都会把衣服前襟一块弄湿,她拿毛巾擦了擦,最后坐在饭桌前。

很普通的早饭,两屉小笼包,保温壶打满了粥,还有两个茶叶蛋。

杨暄拿着纸巾慢慢剥鸡蛋壳:"我待会儿走,饭你自己解决,零花钱够吗?"

尤思嘉低头喝了一口粥,轻微点头表示够。

"我回去看一眼什么情况,"说着,他把剥好的鸡蛋给尤思嘉递过去,"蛋黄放盘子里留给我就行。"

尤思嘉接过,咬了一口,瞧他:"你下周能回来吗?"

"怎么了?"

尤思嘉摇摇头。

她吃了四个小笼包,两个鸡蛋白,粥喝了半碗,忽然道:"那下周我就留学校了。"

杨暄端起碗来的手一顿,掀起眼皮:"为什么?"

"家长会,老师需要住宿的同学帮忙引导。"

杨暄明白了:"我尽量过去。"

周日下午,尤思嘉刚到校,班主任就把她叫进了办公室。

见她进来,班主任便开门见山:"你哥哥给我打电话了,说你已经想通,愿意换位置。"

"嗯?"

"你哥还反映,之前咱班那个程圆圆对你帮助很大?说你俩在一起学习劲头会更足,有这回事儿?"

尤思嘉猛点头。

班主任半信半疑:"那你俩先坐一起。我看下次月考成绩,没有起色我就再调开哈。"

尤思嘉欢天喜地回到教室。她旁边的座位上仍旧没人。班主任为了以绝后患,把尤思嘉和程圆圆的位置挪到中间第一排。

做了好几个月的同桌,换位置前总要告诉别人一声。回到班级后,尤思嘉不忘躲在课桌下面给陆泽铭发了条信息。但就像他往日的风格一样,发出去的消息如同石沉大海,没什么回应。

她搬课桌之前想了想,又写了张小字条压在陆泽铭的课本下面。

周一早读即将结束的时候,陆泽铭才回校。

他从前门进来时,尤思嘉正背书背得昏昏欲睡,旁边的程圆圆看见,猛戳了她一下。

尤思嘉一下子打起精神来,转头看这人踏上讲台目不斜视地回到了自己位置上。

原先尤思嘉的位置已经替换成一个男生,他扭头对陆泽铭说了些什么。陆泽铭没说话,拿起课本,忽地从里面飘出一张小字条。

尤思嘉瞧见他捏起字条扫了一眼,下一秒手指松开,字条飘飘忽忽落在了地上。

尤思嘉一愣。

"他竟然敢扔你的字条?"旁边的程圆圆怒不可遏,"他在装什么!"

尤思嘉拉住她:"算啦,别管他了,我们俩坐在一起就好。"

因为调位置的事情,尤思嘉感觉自己再次把陆泽铭得罪了一通,即使她没想明白具体原因。

但事情的结果显而易见——

他不理她了。

班里课桌多,道路窄,尤思嘉打闹间不小心撞了人,即将要倒下时,受到一股阻力,她扭头一看,原来是身后的陆泽铭把她推开;下课期间,她出去接水,路上撞见,他也像看不见她一样。

家长会那天,尤思嘉在楼下负责给家长引路。

有不少同学是和家长一起来的,例如程圆圆。她妈妈看见尤思嘉很高兴,又想起什么,便悄悄把她拉到一旁,小声问:"嘉嘉,你这边是谁过来?亲爸妈还是养父母?"

尤思嘉摇摇头:"我没联系他们。"

程妈妈摸摸她的头发:"有困难给阿姨说,家长谈话签名什么的,我顺便帮你一起弄上。"

"谢谢阿姨,"尤思嘉笑眯眯的,"但是应该不用,我哥哥应该会过来。"

程妈妈这才放心,尤思嘉给她指了一下路,她便独自上去了。

程圆圆则留下陪尤思嘉一起,还不忘撞一下她,语气带调侃:"哎,你那帅帅的竹马哥哥啥时候到?"

说不清为什么,尤思嘉竟被她撞得心下一动,下意识地去捂程圆圆的嘴:"圆圆,你乱说什么……"

"我乱说什么了,"程圆圆笑嘻嘻地挣开她,"帅是真的吧?一起长大是真的吧?有好几次,咱下午吃的饭盒,是他给你做的吧?这也太贴心了……"

虽说自己的情况程圆圆都知道,但尤思嘉忽然意识到,她是不想让人这么大声讲出来的。

有些事情就像揉好的面团,平常不觉得有什么,可一旦大剌剌摊露出来与空气接触,就好像发生了什么化学反应,心里有什么东西在膨胀发酵,即将呼之欲出。

于是,她追过去:"圆圆!你小声一点!"

程圆圆后退几步,故作夸张地逗她:"尤思嘉,你怎么脸红——"

话没说完,只听身后有人"哎哟"一声,程圆圆才知自己撞了人,连忙鞠躬道歉:"不好意思,不好意思。"

还没直起身子,程圆圆就闻到了一股香水味,冷冽又知性,且拒人千里之外。

来人围着一条缀着流苏的大披肩,穿着高跟鞋,耳朵上的两只大耳环与精致的妆容相映生辉,语气也锋利:"两个小姑娘,怎么冒冒失失的。"

尤思嘉和程圆圆顿时立正站好,噤若寒蝉。

师文淑没再同她们计较,反而看向后面:"儿子,你教室在哪儿?带一下路。"

陆泽铭竟然也来了。

他同尤思嘉对视一眼,不动声色地移开目光,和师文淑一起沿着台阶上去。

在楼下待了快半个小时,家长们陆陆续续抵达。尤思嘉看了好几眼手机,杨暄仍旧没有回复。

家长会快开始的时候,尤思嘉无奈回了班级里。程圆圆在班里引导家长在名单上签名,她就出来在走廊上站着。

尤思嘉左边是自己班的教室,右边是多媒体自习室,她在中间捏着手机。杨暄前几天还在老家,尤思嘉说他忙的话就不用过来,但杨暄答应她一定会回来。

就这么垂着脑袋发呆,忽然听到有人喊了一声她的名字。

起初没听真切,她一脸惊喜地抬头,却发现是从班里出来的陆泽铭。

尤思嘉的表情还没来得及发生变化,只见他突然拧开多媒体教室的门把手,把她推了进去,接着"咔嗒"一声关了门。

尤思嘉刚想拍门问怎么了,接着就听到了师文淑的声音:"走廊上的那女孩呢?"

从小学起,师文淑就给尤思嘉留下了一些不太好的记忆,她顿时猫下腰躲了起来。

陆泽铭的声音很低,但仍旧可以听清楚:"家长都来了,她当然就回去了。"

"我就是想看一眼。在班里我问你的时候,你说她没来,要不是老师告诉我她在走廊上,我都不知道你又在瞒我。"师文淑的嗓音忽然哀婉起来,"儿子,妈妈从小就指望你,费心力培养你长大,你怎么能上了高中就不听妈妈的话呢?"

"妈,"陆泽铭像是在忍耐着什么,"家长会快开始了,你先回班里。"

"怎么,你还护起来了?"

"你再这样,我真的回家了。"

外面静默了一瞬,接着"嗒嗒"的高跟鞋响起又消失。

几分钟后,尤思嘉才推门出来。

陆泽铭就倚在门旁。

他看向她,终于开口:"你不是说想和我做同桌吗?"

尤思嘉眨眨眼睛,不知道怎么解释。

陆泽铭的神情就像遭遇了什么背叛一样,他盯着她:"第二次。"

尤思嘉实在摸不着头脑:"什么?"

他转身走了,像是与母亲赌气一般,不再待在班里。

桎圆圆这时从班里出来,看着陆泽铭离开的背影,连忙问:"他咋了?怎么不等他妈妈了?"

尤思嘉挠挠脑袋说不知道,又想起前段时间的杨暄,最后只发出一声感慨:"圆圆,我发现男人心真难猜呀。"

家长会进行到一半的时候,杨暄匆匆赶来。

尤思嘉在门口守着,一看见他就笑了,随后想起什么,立马收起了表情。

杨暄来得着急,还在微微喘着气,他注意到尤思嘉的表情变化,问:"我刚从车站过来,嫌我来晚了?"

尤思嘉摇摇头,杨暄下意识地想揉揉她脑袋,但胳膊伸了一半,悬在空中又垂下。

他推开后门,找了个空位置坐下。

杨暄来得晚,大约过了四十分钟,家长会就结束了。

一结束,班主任就被关心孩子的家长围了上去。

杨暄上前补了签到表。

忽然,胳膊上传来一股力量,杨暄抬头,竟是班主任的手。

班主任拉住他,语气热络,目光却是看向一位围着披肩、气质卓群的学生家长:"这孩子父母工作忙,没来,一直都是哥哥来沟通。我和这个年轻人之前沟通得还不错,或许家长之间还可以再沟通一下。我理解您对泽铭的关心,但也不能把孩子逼太紧,对吧?"

杨暄顺着班主任的目光望过去。他认出了师文淑。

师文淑原本是用余光来瞄他,看清后随即一顿,转过身,上下认真打量起杨暄,露出一点惊讶来,又稍纵即逝。

她移开目光,慢条斯理道:"说是哥哥那就是了?现在的孩子都不老实,在社会上随便找个小混混来冒充家长也说不准。"

班主任没搞懂什么意思,还在笑:"小伙子挺稳重的——"

师文淑连扫杨暄一眼都懒得扫:"家长会父母都不来,说明平日里也不怎么管教孩子。"

她接着做了一个请的手势:"有什么事情咱们单独谈,张老师方不方便去办公室,我想仔细了解一下泽铭的情况。"

这下弄得班主任有点下不来台,他尴尬地笑了笑,扭头看了一眼杨暄:"这……"

"老师您忙,"杨暄解围,"我这边该了解的都清楚了。"

"那成。"班主任说完,就跟着师文淑出去了。

看着两人的背影,杨暄握着笔愣了两秒,这才反应过来自己是来补签名的,随后弯腰签字。

他把笔盖扣上,刚直起身子,就见尤思嘉从后门探出一个脑袋,正朝班级里左右张望。

瞧她鬼头鬼脑的样子,杨暄没忍住笑了,他走过去:"你是待在学校还是跟我回去?"

尤思嘉没发现师文淑,顿时松了一口气,她装作一副为难的样子考虑了几秒。

杨暄继续补充:"我请你吃饭?你想吃什么?"

尤思嘉立刻说想吃面。

两人去校门口下了馆子。

冒着热气的两个海碗被放在桌子上，浓汤浸着手擀面，肉臊子堆成尖。

尤思嘉捏着筷子，埋头"呼噜噜"吃得很香。

吃到一半，额头就开始冒汗，对面递过来一张纸巾。尤思嘉接过来，抬眼瞧，发现杨暄面前的面条没怎么吃。

她擦了擦嘴巴："你不喜欢吃吗？"

杨暄摇摇头。过了一会儿，杨暄终于开口，问得有点艰难："就是你之前，那个男……嗯，男同桌。"

尤思嘉又捞起几根面条："怎么了？"

"你觉得他怎么样？"

尤思嘉停住了筷子，抬头，眨眼。

杨暄瞧她认真思索的样子，突然有点口渴，他捞过旁边的杯子喝水。

"其实，我觉得他人还挺好的。"

杨暄的手一顿，他把杯子放下。

尤思嘉继续道："就是脾气忽冷忽热的。"

他抬眼："怎么讲？"

"就是，"尤思嘉皱着眉，"动不动就生气，我也不知道怎么惹他了。"

面对杨暄她向来没有任何防备，开始倒豆子一样倾诉："他以前还会给我讲题，还帮我拍照，换位置后就不理我了。就这样，班里人还以为我俩关系多好呢！"

杨暄重新握住水杯，一时不知道该做什么表情。

许久，他才问："你们是高中才认识？"

"我早就认识他了，"尤思嘉放下筷子，"小学——"

她像是才转过弯来："你是不是认识他？"

杨暄一愣。

他握着筷子，听尤思嘉眉飞色舞地讲述几年前他们擦肩而过的经历。

杨暄良久不说话，心下竟是无比怅然。

如果当时和思嘉相认，或许自己真的会硬着头皮留在这里，命运是不是会有所不同。

尤思嘉看他的神情不对劲，便问："怎么啦？"

"没事。"他笑了笑。

之前还懊恼曾经的选择导致了不好的结果，但此刻看着她坐在对面，又觉得一切刚刚好。

吃完这顿饭,杨暄带着尤思嘉兜了风,陪了她一天,第二天他重新返回春河镇。

上周回家,他进门就看到姥爷直愣愣地站在院子里。天气转冷,姥爷穿得单薄,只裹了一件外套,还是杨暄上高中时的校服。

他看见杨暄后,原本空洞的眼神逐渐聚焦起来,抖了抖嘴唇,什么话也没说,转身往屋内走。

当他扶着门框迈进屋时,杨暄突然发现他脚上只有一只鞋,而另一只脚光着,脚底乌黑,但姥爷进进出出几次,竟然毫无察觉。

姥爷一直有酗酒的恶习,如今已经八十多岁,脑血管就像被铁锈堵住的钢管,脑梗的症状已经显露无遗。

无论怎么样,杨暄还是办理了住院手续。

人走总在病上走。老掉的机械无法复原,姥爷就在医院挂着点滴耗着,杨暄还要回去上学工作,只好给他请了个护工,自己则每个周末奔波于两边。

这样一来,尤思嘉见到杨暄的次数顿时减少。

她周末去李满的理发店,躺在洗发椅上,顶着满头泡沫问杨暄最近有没有给他打电话。

"杨暄姥爷最近不行了,"李满边给她洗头边说,"忙得要命,估计在准备后事吧。"

尤思嘉闭着眼睛,忽然慢慢叹了一口气。

难得见她这个模样,李满觉得新鲜:"怎么,人要走了,你觉得难过?"

"才不是。"尤思嘉睁开一只眼,"四爷爷从小打人,对杨暄也不好,我不喜欢。"

末了,她小声说了一句:"我是觉得他会难过。"

李满打开花洒,温水冲掉她头上的泡沫,他低头问:"你刚刚嘟囔了啥?"

"没事,"说完,她抬了一下腿,有些不乐意,"你把水全洒我脸上了!"

李满赶紧拿毛巾去擦。

十一月份的时候,杨暄把姥爷接回了家。

姥爷躺在简陋的屋子里,陈旧的被子一层又一层压着他,只露出一张异常蜡黄的脸,半合着眼,张着嘴已经开始倒气。

家里剩余的亲戚走动也不频繁,但杨暄还是打了电话,叫他们来看最后一眼。

他去打了热水,准备给姥爷刮一下胡子。

热毛巾贴到姥爷的脸上,姥爷像是忽然来了精神,使劲撑开眼皮,盯住杨暄看。

杨暄继续给他擦脸、刮胡子,把一套流程做完。

姥爷仍在盯着他看。

这几个月以来,杨暄几乎没和姥爷说过一句话。

但此时此刻,杨暄坐在床前,忽然道:"我没答应陆新民。"

姥爷的眼皮一动。

"以前没答应,以后也不会答应。"杨暄说,"我姓杨,我是我妈的儿子,是我姥姥的孙子,也是你的孙子,你死后,我为你披麻戴孝。"

说这些话的时候,杨暄看见被子一起一伏,幅度逐渐微弱。

床上的人像了却一桩夙愿一般,终于闭上了眼睛。


临放寒假那几周,雪下不来,天总是阴沉沉的。

冬至那天刚好是周六,尤思嘉接到了程圆圆爸妈的邀请,去了程家吃饭。

晚饭炖了一锅羊肉汤,她吃得浑身发暖。

"外面好像要下雪了。"程圆圆说,"天这么冷,你晚上留在我家睡吧,别回去了。"

尤思嘉已经接近一个多月没见着杨暄了,家里没人,暖气也不热。但她心里就是有种说不出的感觉,于是拒绝了程圆圆的邀请。

她坐了半个小时的公交车,在家附近的站台下车。天色已晚,但上空泛着淡淡红晕,已经有细碎的雪花落下来了。

尤思嘉拎着书包,把手缩进袖子里,脖子缩进围巾里,她形单影只,闷头往巷子里拐。

隔着 段距离,她看到路灯下有个人站着,个子高高的,肩很宽。

尤思嘉心忽然狂跳了起来。

她几乎是小跑着过去,隔着几米,又突然顿住了脚步。

路灯下站着许久不见、风尘仆仆的杨暄。

杨暄也在看她。

头顶的灯光很暗淡,隐约照出飞舞的小雪花,可他的神色依旧温柔,还有一点说不出的悲伤,就这么望着她。

"思嘉。"杨暄先开口,神色是笑着的,"姥爷的葬礼办完了。"

尤思嘉眨眼。

"他们都走了。"

杨暄的声音很轻："我真的，只有你了。"

雪花吹在脸上冰冰凉凉的。尤思嘉听他这样讲，起初心下先一酸，随后又发起热来。

她没有多思考，下意识地把书包一扔，接着就扑过去抱住了他。

杨暄被撞得往后退了一小步，身形有点僵硬。

他意识到她是在安慰自己后，这才微微俯身，回抱了回去。

下巴抵住她凉滑乌黑的头发，杨暄也放任了这个拥抱。

这是一个很安静的拥抱。

安静到彼此的呼吸都能听见，冷风带着细微的雪花游荡在周围，冬日厚重的衣物互相摩擦，沙沙声也流淌进耳朵。

尤思嘉贴着他的胸口，眨眼的时候眼睫忽闪忽闪蹭在布料上，她保持这个姿势一段时间，稍微动弹了一下，杨暄就松开了胳膊。

好像是拥抱了很久，又好像只是一瞬间。

尤思嘉还没反应过来，就抬头去看他，杨暄恰好也低头看过来。尤思嘉心下微动，觉得有些奇妙，明明才一个月不见，为什么从轮廓到眼神，都似乎和从前有些不一样。

她于是直愣愣地瞅着杨暄。

杨暄先打破沉默："不冷吗？"

尤思嘉这才回过神来，跺了跺脚，缩缩脖子："冷！"

杨暄忽然往前探身，握了一下她的手，很快就松开："赶紧回去，手太凉。"

尤思嘉却不动，她瞧瞧他垂在身侧的手臂，很自然地把自己的手伸进他的手掌里，感叹："但你的手好暖和啊。"

杨暄不轻不重地捏了下她的手，牵着她回家："你吃完饭了？"

"吃过了，在圆圆家喝了羊肉汤。"

刚走了两步，杨暄突然顿住脚步："你的书包？"

尤思嘉这才反应过来，赶紧跑回去，弯腰把书包捡起来拍打了两下。

杨暄今晚没走，他睡在另外一个房间，从柜子里拿了毯子垫在沙发上。

他下半年就要去工厂里实习，学校即将退宿，里面的东西已经陆陆续续地搬了回来。

尤思嘉见他回到家就开始收拾，先发现暖气不热，便找出来一床被子压在尤思嘉床上，接着开始烧水，又翻出来暖水袋，灌好热水后放在被子下面。

杨暄睡在旁边的屋子，这让尤思嘉觉得很新奇，他收拾整理，她就一直围着他转，最后杨暄勒令她去洗漱，把她屋子的门关上，自己才脱衣服休息。

尤思嘉周末爱睡懒觉，但是第二天难得早起，出去一看沙发上干干净净，被子、枕头叠成块放在一旁，而杨暄早就出去买早饭了。

等放了寒假，他又去二手市场搬了一架折叠床回来。假期结束，杨暄才搬去了工厂分配的宿舍，而尤思嘉继续她的住宿生活。

学校六十周年校庆在四月份举行。提前半个月，各种演出、排练活动纷至沓来，班里时时人头攒动，声音喧嚷。

每次班主任一进教室，就开始拿黑板刷猛拍讲台，粉尘四溅，尤思嘉和程圆圆捂住鼻子猛咳嗽。

"浮躁！极其浮躁！即将高三的学生了，马上面临高考，一个个心里都没点数！"

尤思嘉爱凑热闹，刚开学就积极报名演出活动，最后被选上了一个节目的伴舞。她每天下午放学后去排练，快步穿过学校的操场，去艺体楼里练习，还能正大光明地少上一节晚自习。

班里女生好奇她被选上的原因，问她："思嘉，你以前学过舞蹈吗？"

尤思嘉摇摇头："可能是我学东西很快，加上身形、个头合适。"

"少上晚自习真好，校庆表演选拔很严格的，所以咱班只有两个人被选中了。"

尤思嘉好奇："还有谁？也是这个节目吗？"

对方惊讶："……陆泽铭啊，他专门有一个钢琴独奏的节目，你是真不知道还是故意的？"

尤思嘉是真不知道。

但是别人说完之后，她傍晚去往艺体楼排练时突然想起这件事，突发奇想，便回了下头，发现陆泽铭竟然在自己身后五米左右。

他应该是早就看见她了，像是没料到她会回头，反应一怔，但很快恢复如常。

校庆演出在晚上，当天下午，同学们一起搬着板凳去操场开会，晚上在教室里用多媒体看表演转播。

尤思嘉早早去了教学楼前面的大礼堂后台，为演出做准备。她的表演服带着长长的水袖和裙摆，编好头发，化好妆。去照镜子时，她左瞧瞧右看看，对这副打扮很满意，这让她想起小时候自己披着床单当仙女时的样子。

距离演出还有段时间，尤思嘉回了一趟教室拿书包和手机。

当她抓着裙摆进去时，原本吵吵嚷嚷等着看直播的同学全扭头看过来。

尤思嘉有点不适应，随即弯着腰回到了自己的位置上。

程圆圆向来不吝啬夸赞："思嘉！哇，你今天太美啦！"

尤思嘉都有点不好意思了，她抿唇笑笑，从桌洞里掏出手机一看，好巧不巧，几分钟之前有人给她发了信息——

李满：妹！

尤思嘉：怎么啦？

李满：没事，晚上暄去郊区后山跑摩托，想起来之前答应过要喊你一起的。

尤思嘉：几点？

李满：七点半左右。

尤思嘉赶紧看了一下节目单，自己的舞蹈节目在七点就能结束，后山离这里不远，完全来得及。

她刚想答应，就见对方又接连发了几条消息——

李满：今天就算了，到时候我帮你录个像。

李满：刚刚我跟暄说要喊上你，他不让，说你要上学。

李满：瞧着有点生我气了。

尤思嘉赶紧噼里啪啦地打字：我想去！本来我们今天晚上都在看演出！不上学！不影响！

李满：那我晚上去接你？我和暄说一下哈，他不一定同意。

尤思嘉回复：你别说！你偷偷带我去！

对面犹豫了一会儿，最后回复了一个"OK"的手势。

尤思嘉这才放下心来，拿着手机和包重新返回大礼堂。

后台人很多，镜子前堆放着包和杂物。尤思嘉也爱美，化妆后的五官明丽、新鲜好看，便使劲同镜子里的自己对视，看着看着，镜子里竟然还多了一个人。

陆泽铭穿着黑色的西服，还打了领带。

尤思嘉扭头看他。

陆泽铭动了动嘴唇，终于开口："你裙子后面的带子开了。"

尤思嘉低头一看，腰上之前打的蝴蝶结早已松散，她连忙反手系上，又真心道谢："啊，谢谢你提醒。"

陆泽铭点点头。

有这么一来一往的一句话，尤思嘉总感觉陆泽铭在缓和关系，她便继续问："什么时候到你的节目？"

陆泽铭瞧她一眼："在你后面。"

尤思嘉点点头。

他又补了一句："我今天要弹的是《未闻花名》。"

尤思嘉"啊"了一声。她没听过，只说了句"好厉害"。

陆泽铭像是不满意她的回答，他转身，临走前又说："你表演完可以去观众席听一下。"

尤思嘉继续点头。

话是这么说，但是真正表演时，她还是有点小紧张，所幸没出差错。

等走完台，她去后面匆匆换了衣服，抱着包回到观众席，主持人正在为下一场报幕。

尤思嘉刚坐下，就收到了李满的信息：妹，我到你说的地方了，看见速来。

尤思嘉顿时站起来，猫着腰出去。走到门口时听闻轰鸣掌声，她回看了一眼，见聚光灯下有人端坐在钢琴旁，音符如水般流淌起来。

她出了礼堂门就开始小跑，音乐声越来越远，她绕开门卫，踩着一棵歪脖子树，从墙壁上翻了出去。

李满在下面接应她，生怕她摔着："我真担不起这个责任！"

尤思嘉却催促他："快点快点，我怕赶不上。"

"别催别催。"

李满开始发动引擎，身下的摩托车顿时加大马力，轰鸣声响彻街道。

路程不到二十分钟，他们就来到了郊区一片空旷的平地，这里是修了半截就废掉的公路，后面连着起起伏伏的山坡。

李满的车速变慢，尤思嘉隔着老远就看到了空地上临时支起来的镁光灯，柏油路面用黄色和白色的颜料画着不少横杠和图案，路两旁停着各种各样的摩托车，都带着被改装后的痕迹。

赛道起点周围有铁丝网，停着四五辆摩托车，镁光灯刺眼，照亮了围在周围的男男女女，每个人都穿着时髦，表情张扬。

好几辆蓄势待发的摩托车在起点排成一列，但尤思嘉一眼认出来其中一辆黑色的摩托车，上面的人穿着一身黑色的车衣，戴着头盔，上身微微弯着，长腿撑在地上。

尤思嘉立马从李满车上跳了下来，刚往前快走了几步，还没越过铁丝网，就听到了一声沉重的发令枪响。

起点的几辆摩托车瞬间像箭一样发射出去，伴随着巨大的轰鸣、欢呼，尤思嘉只能察觉到鞋底的震动和蹭过脸颊的狂风。

她赶紧趴在铁丝网上，目光往前看，整个人提心吊胆起来。

不到三分钟，这些轰鸣的摩托车就从山坡上绕了回来，率先冲进终点的是尤思嘉眼熟的黑色摩托车。

她小声地欢呼一声，随后和李满一起往里面走。

杨暄的脚刚落地，等在终点的不少人就围了上来。尤思嘉和李满就在后面止住了脚步。

尤思嘉隔着不远的几米，见杨暄把头盔摘下来，抱在胸前，正笑着听人说什么。她有点恍惚，因为好久都不见杨暄的这一面——

眼睛亮晶晶的，整个人意气风发。

李满指了指杨暄旁边的一对帅男靓女，给她介绍："这个男的叫李晓峰，是杨暄以前打过工的摩托车行老板。这美女是他妹妹，李晓雯。"

尤思嘉连忙点头，忽然见那美女伸出手来推了杨暄一把，随后又捂住脸笑。杨暄低了低头，看不见他的表情。

李满笑了一声，说八卦一般："哎，我总感觉他妹对杨暄有意思。"

尤思嘉眨眨眼，一时间没反应过来。过了两秒，她才猛然扭头看向李满，看完李满又看向杨暄，这时发现那对兄妹从杨暄身旁离开了。

尤思嘉还想继续问些什么，李满便拉着她往前走："咱过去。"

杨暄还跨在车上，瞧见尤思嘉，眉毛微动，整个人有点惊讶："思嘉？你怎么来了？"

尤思嘉走到他面前，瞧着他，一时不知道怎么接话。

杨暄看向李满："你怎么把她带过来了？"

李满忙着解释："哎呀，她今天学校校庆，这不之前答应了……"

杨暄这才点头，看向她，语气柔和："你先在旁边等五分钟，我再跑一场就去找你。"

尤思嘉没吭声。

她有点不高兴了。原本以为见面能给杨暄带来个惊喜，她还想着问他，有没有看出来自己今天有哪里不一样,但杨暄却对她的到来只感到惊讶。

杨暄没发觉她的想法,他又推着车去了起点。

李满瞧尤思嘉不像刚来那么兴致勃勃,以为她担心,便解释:"放心吧,这个点的几场都是友谊赛,大家热热场子跑着玩,在小山坡上转转就回来,他不玩黑的。"

尤思嘉好奇起来:"黑的?"

"就是过了零点,还有一批人来。他们玩得大,有些人是活得太顺当,要追求刺激;有的人是活得太不顺当,为了钱不要命。"

尤思嘉似懂非懂地点点头。

他们说话期间,发令枪又"砰"一声响起来。

第二场跑完,整个场地的气氛明显开始燥热了起来。

这次率先绕回来的还是杨暄,人群响起阵阵拍手叫好声。

就当尤思嘉以为结束的时候,她看见更多的摩托车又绕回了起点。

李满带着尤思嘉过去,问杨暄:"结束?"

杨暄摘下头盔点点头:"嗯,我不跑第三场了。"

这时,李晓峰从后面绕过来,捏捏杨暄的肩膀:"哎,有始有终,最后一场你怎么就放弃了?"

杨暄笑笑:"第三场得带人,我就算了。"

尤思嘉听他这么说,扭头一看。果不其然,其余摩托车上已经有了长腿的美女坐镇。

李晓峰笑:"带人更简单了,赢了说不定有惊喜。"

杨暄继续推辞:"我很少带人,况且没认识的熟人,我妹也来了……"

李晓峰这才瞧见尤思嘉,他朝她打了个招呼,随即拽了拽身旁的李晓雯:"我妹也是熟人,正好给她练练胆子。"

杨暄一愣:"峰哥,我觉得不太安全——"

话没说完,裁判开始催人:"马上开始了,后面赶紧上人,大家让开哈,清一下场。"

李晓峰瞧了瞧李晓雯:"你给杨暄坐个镇?"

对方笑盈盈的,不说话,只看向杨暄,等他表态。

李晓峰又拍了拍杨暄:"赶紧的吧,要不然你还能带谁,你妹年纪看着不大吧?"

不等杨暄回答,李晓峰又问尤思嘉:"第一次来是不是有点害怕?"

尤思嘉摇摇头。

或许是周遭的气氛太热烈，或许是她看到了杨暄笑容下的隐约为难，或许是因为其他，总之她忽然来了劲头。她从李满怀里拿走头盔，对方还没反应过来，她就二话不说戴上，随即跨上了杨暄的后座，身体靠前，胳膊抱住了他的腰。

旁边的几人都一愣。

尤思嘉坐在车后座，戴着头盔更看不到杨暄的神情，但她能感受到他无奈地笑了一下。

随后，杨暄拍拍她的手，示意她把自己抱得更紧一点。

半分钟后，在大家的欢呼声中，发令枪再次响起。

摩托车像豹子一样冲了出去，轰鸣和风声让尤思嘉的心脏咚咚跳个不停，这样的速度和周围起伏的呐喊，很难不让人热血沸腾，她好像悬浮在半空中，但是前面人的体温是真实的，又让人感到安心，不至于畏惧。

等尤思嘉再回过神来的时候，他们已经到达终点。

摩托车环绕着一圈人，大家开始拼命鼓掌，欢呼声和呐喊声此起彼伏。

尤思嘉把头盔拔下来，耳旁的声音这才清晰响亮起来——

"亲一个！亲一个！亲一个！"

听清楚后，尤思嘉头脑逐渐发蒙了起来，像是有火在自己身上熊熊燃烧，她连忙去看前面的人。

杨暄则刚把头盔摘下，也是笑着的，但是带了些无奈。

又是一阵激昂的欢呼，原来是第二到达终点的那对男女已经在终点拥吻了起来。

这就如同火上浇油一般，大家继续鼓掌——

"亲一个！亲一个！"

起哄的氛围如海啸一般铺天盖地袭来。

尤思嘉生平第一次遇见这种场面。

她扭头，看到旁边的美女跳下后座，走向前面的摩托车手，下一秒抬起胳膊就揽了上去，在尤思嘉的目瞪口呆下，两人来了一个深情拥吻。

欢呼、激情与亲吻，仿佛是跑圈后的庆祝仪式。

杨暄抬腿把停车架勾下，扭头问她："下来？"

周围太吵，尤思嘉没听清，便凑近："嗯？"

杨暄只好反手抱住她的腰，自己翻身下来的同时也把她从后座上带了下来。

这一背，周围的起哄声更响亮，就连尤思嘉也莫名紧张起来。

她原本是揽住了杨暄的脖子,被放下后,鞋底碰到坚硬的柏油路面,竟然是踩进棉花堆里的感受。她又咽了咽口水,从脖子到脸颊都感到燥热。

杨暄放开她,就往后退了一步,尤思嘉听到有人发出了长长的"嘘"声。

她是个受不得别人激的性子,更听不得别人小瞧她。

没多想,尤思嘉就往前走了一步,伸手抓住了杨暄的衣角。她够不着他,起初想把他给拽弯腰,但杨暄明显没反应过来,察觉到杨暄纹丝不动后,她紧接着就踮起了脚——

"哦——"

在起哄声中,她看见了杨暄眼睛里一闪而过的讶异。

他这样高,这样英俊,还这样垂着眼睛看着自己。方才那对男女的画面重现在脑海里,尤思嘉一顿,她忽然后知后觉自己接下来的行为会意味着什么。

明白过来后,她就陷入了一个进退两难的境地。愣了两秒,她开始松开攥住他衣服的手,刚想退回去,腰间就落下一只有力的大手,制止了她往后退的动作。

相反地,杨暄还把她往前带了一下,接着俯身,他的气息,沉沉的眉眼都压了过来——

尤思嘉下意识地闭上了眼睛。

周围的声音一下子被隔绝了好远,心脏"咚咚",像急速奔跑的小鹿,欢快地越过溪流和草地,下一秒就蒙头撞进了灌木丛中。

很短的触碰,尤思嘉的额头像被青草尖扫过,极轻极软。

她猛然后退了一步,捂住自己的脑袋,瞧见杨暄含笑的眼睛。

闹了半天,最后只见杨暄蜻蜓点水一般弯腰,额头只碰了碰面前人的头发,周围人扫兴之余,终于作罢,放过他们后继续寻找新的起哄对象。

李满终于挤了过来。他看了看抱着头盔不说话的杨暄,又看了看正在发呆的尤思嘉,感觉哪里有点不对劲,但是又说不上来,只好"嘿嘿"笑了两声,替他们打圆场:"这群人就爱瞎起哄,刚刚思嘉'嗖'一声就坐你后座上去了,我拦都拦不住……"

杨暄则抬起胳膊看了看表:"快儿点了,你们宿舍几点查寝?"

尤思嘉不吭声。

李满打了个响指:"回神!"

"嗯?"她抬起头来,"怎么了?"

杨暄瞧她:"我送你回去?"

"哦，好。"她还是呆愣愣的。

杨暄怕她错过回寝的时间，回去的速度比李满带她来时更快，等到了学校门口，他停下车，后面的人还紧紧地抱着他。

他拍拍她的手，示意到了。

尤思嘉这才松手，从后面跳下来。

杨暄觉得有点好笑："你今晚怎么了？"

尤思嘉瞪了他一眼："没、没怎么啊。"

他还在看着她，是那种仔仔细细地打量，目光带着温度。

尤思嘉被看得心里莫名发虚，她躲开了他的视线。

下一秒，杨暄却忽地笑了："你化妆了？"

不等她回答，他又接着说："怪不得今天看着有些不一样。"

尤思嘉追问："哪里不一样？"

"漂亮，"他说完补充，"以前也漂亮。"

尤思嘉藏不住心思，一被夸，开心就溢于言表。

她又瞄了他一眼。

杨暄看出来她的犹豫，问："怎么了？"

尤思嘉想问，当她学别人凑过去的时候，他为什么不躲，还主动凑过来。谁知一激动，话到嘴边就转成了另外一个意思，她脱口而出："你今天为什么不亲我？"

等反应过来自己问了什么，尤思嘉顿时想咬掉自己的舌头。

杨暄被她的直接给打得措手不及，一时愣住，随后苦笑了一下。

他揉了一把她的头发，语气颇为惆怅："你学点好。"

尤思嘉想反驳："不是——"

"别人一怂恿你，你就冲动。"

尤思嘉哑口无言，因为事实无法反驳，但——

晚自习的放学铃声敲响，走读的学生开始陆陆续续出来。

杨暄推她："回去吧，我看着你进去。"

尤思嘉回头看了他一眼，欲言又止。

他朝她摆摆手。

尤思嘉这才一步三回头，逆着人流回到了学校。

她穿过操场，往最南边的宿舍走去，脑袋里想着事情，又好像什么都没有想，等缓过神来，发现自己竟然走向了相反的地方。

她赶紧转身往宿舍方向跑，越跑越快，又忽然顿住脚步。

尤思嘉抬眼一望，自己选择了一条鲜有学生途经的道路。昏昏暗暗的路灯，水泥小路，两边是凉亭和紫藤长廊，而海棠花种了一路，她现在才闻到幽暗浮动的香气。

她忽然抬手，摸到自己"咚咚"直跳的心脏。

这是怎样的一个春夜，为何会让自己晕头转向起来，路两旁的海棠似乎要轰隆隆在耳边炸开，还有不知名的香气扑袭过来。

尤思嘉最后踩着点回了宿舍。洗漱完毕后，她躺在自己的小床上，听着舍友细微的鼾声，翻来覆去地睡不着。

宿舍朝南，她的床铺靠近阳台，月到中空，光线澄净净地落下来。

尤思嘉从枕头底下摸出来一面小镜子，借着月光打量自己，洗完脸后，化妆的痕迹就消失了，瞧了半天，还是全无睡意。

翻身的时候碰到了枕头旁的书本和钢笔，尤思嘉突发奇想，咬开了笔盖，在镜子上涂涂画画，最后上面竟然显现了"杨暄"两个字，月光映着蓝色的墨水，莹莹发亮。

她赶紧抽出湿纸巾擦干净，把镜子和笔全塞回枕头下面，蒙着被子，逼迫自己睡觉。

朦朦胧胧的感觉就像种子，尤思嘉一夜之间就有了一点小心事。

说不清道不明的，平常不显山不露水，但自己一个人的时候会偷偷琢磨。

程圆圆每日和她黏在一起，也察觉出了一点不对劲："你是不是有什么事情瞒着我？"

"什么？"尤思嘉反应很大，"什么？绝对没有！"

天气炎热，头顶上的风扇"呼啦啦"转着，程圆圆瞅她："你是不是和陆泽铭……"

尤思嘉松了一口气："他又怎么了？"

"你俩和好了？要不然怎么昨天他送我们雪糕吃？"

"我也不知道，给就接着吧，下次我请他喝汽水。"

说来也奇怪，尤思嘉没去看陆泽铭的钢琴独奏，原本以为他又会和之前一样再次不理自己，但一反常态地，这人第二天就直接堵住她，问她是不是表演完了就走了，压根儿就没把他的话当回事。

尤思嘉不知道怎么说，干脆点了点头。

当时陆泽铭的表情简直是变幻莫测，他不死心一般地问："你是真不明白还是在装傻？"

尤思嘉反问他："明白什么？"

陆泽铭动了动嘴唇,最后说了一句算了。

从那天开始,陆泽铭就像变了一个人,他下课开始主动过来找尤思嘉聊天,有时候还买点小雪糕和小零食送给她和程圆圆。

只不过尤思嘉的疑惑和那些不可告人的、隐约萌生的陌生心情,都因为高三的到来,全被强压了下去。

第八章 /
**祝你新年快乐**

以往放暑假,尤思嘉总不畏热浪,每天跑得不见踪影。

有时候大清早,杨暄一推门,竟见她装备整齐,一问,是要背着书包和同学一起去爬山,到傍晚才能回来。下午,杨暄干完活回来,等了半个小时,终于见尤思嘉进门,他还没来得及说什么,又见她一阵风似的放下书包,快速洗了澡后,再次拎着滑板"咚咚"跑下楼。

因为高考的临近,即便是贪玩的尤思嘉,也如临大敌。

假期补习班的费用有些昂贵,她便每日早起去图书馆里占座上自习,还能蹭一蹭里面的空调。

要说有多热爱学习,尤思嘉谈不上,她只是性子好强,尤其开学之后,每周都要进行模拟考,出成绩后还会将成绩单贴在班级墙上,她不愿意看见自己的姓名在后排。

一进入高三,日子就变得飞快。

日子重复而乏味。天还没亮就要进班里晨读,要在讲台上签名供班主任检查,因为睡眠不足,大部分同学都困得直淌眼泪。等人齐了,大家开始呼啦啦站起来,举着拳头开始宣誓,起初昂扬,后来声音一天比一天低沉。

程圆圆因为是走读生,每日上下学反倒增加了疲惫。从高二到高三,尤思嘉和她一直是同桌,只不过位置往后挪了几个。两人一听到下课铃声,双双倒头就睡。后面有人戳尤思嘉,她才睁眼,发现自己已经被发下来的试卷埋得严严实实,赶紧钻出来把自己和程圆圆那排的试卷往后传。

等高一高二的学生都放寒假了,他们依旧被关在教学楼里上课。

周末,尤思嘉回家拿换洗的衣物,待不了多长时间又要匆匆回学校。

杨暄左看右看,总感觉尤思嘉的脸瘦了一圈,下巴都尖尖的。

他问:"你在学校没时间吃饭?"

"其他年级的学生都放假了嘛。"尤思嘉被他看得不自在起来,连忙解释,"学生不多,就剩一个食堂还在营业,有时候去晚了,剩下的饭就很难吃。"

杨暄点点头。

尤思嘉刚上高中有些适应不过来,抢不上饭是常有的事,那时候杨暄给她开过一段时间的小灶,后来她逐渐适应了住宿生活,自己就很少再去送饭了。

但是当时买的饭盒、保温桶都还在,杨暄便翻出来重新煮了一遍消毒,继续给她送饭。

杨暄过来开小灶,饱口福的还有程圆圆。

就光这一周,她们晚饭就吃了莲藕排骨汤、鸡汤小馄饨、火腿炒饭。

天气陡然降温,下午窝在教室里做试卷的时候,尤思嘉听到外面北风呼啸,她偷偷摸出手机给杨暄发消息:今天风好大,要不你别过来了,我和圆圆想吃泡面。

发完信息,她合上手机,等做完理综试卷选择题,她看见手机亮了两下。

杨暄:泡面不健康。

杨暄:今天炖了红烧肉。

尤思嘉吞了吞口水,把手机重新塞回桌洞。

下午倒数第二节的课间,尤思嘉拿着保温杯去接热水。

开水机在走廊的最南边,那里已经排了不少人,尤思嘉刚走到最后面,突然听到有人喊了一声她的名字。

她往前一看,发现是陆泽铭。

他穿着黑色羽绒服,鹤立鸡群,在她前面几个位置站着,对他说:"你过来。"

尤思嘉走过去:"怎么了?"

他二话不说,伸手把她手里拎着的杯子拿过去。

尤思嘉手里有两个保温杯,程圆圆下课趴在桌子上打盹,尤思嘉便把她的水杯一起拿过来了。

前面的人接完水走开,他上前一步,拧开盖子去接热水,接完这杯接那杯。

蒸汽四散,尤思嘉瞅了一眼排在后面的人,心虚:"这不太好吧?"

他不说话,拧上保温杯重新递给她。

尤思嘉只好说了一声谢谢。

等陆泽铭接完水,两人一起回了教室。

正当尤思嘉准备坐下的时候,陆泽铭又问:"你晚上吃什么?"

"啊?"她诧异,"我和圆圆一起吃。"

"学校门口有家比萨店,"陆泽铭摸了摸鼻子,"我自己吃不完,多点几份一起吃?"

"吃不完就少点点啊。"程圆圆从桌子上抬起头来,觉得陆泽铭的话有点奇怪。

陆泽铭不说话了。

尤思嘉打圆场:"我们今天晚饭有着落了,下次吧……"

"估计你没机会了,"程圆圆眨了眨眼,"人家竹马哥哥每天都过来送——"

她还没说完,尤思嘉就连忙转身拊住她的嘴:"圆圆!"

程圆圆最喜欢逗尤思嘉,每次见她这种反应都乐不可支,两人打闹成一团,没再顾得上其他人。

随后,程圆圆小声问:"今天他还来吗?"

尤思嘉点点头。

"吃什么?"

"红烧肉。"

程圆圆欢呼一声。

下午一放学,尤思嘉就从桌洞里掏出洗好的餐盒,抱着跑出了教学楼。

北风刮在脸上如刀割,她马不停蹄,一路小跑到学校门口。

电动伸缩门后有不少送饭的家长,还有周围饭店送餐的店员,但她一眼就瞧见了杨暄。

他靠在摩托车上,肩宽腿长的,很好认。

杨暄也瞧见她,便拎着饭走过去,从门后递给她,又接过对方洗净后的饭盒。

冬天,天黑得很早,杨暄的面容在灯光下有点看不分明,他瞧了瞧她暴露在寒风中的手背和脖颈,问:"你出来也不戴着围巾手套?"

"我出来得太急了。"

杨暄只好把自己的围巾摘下来,递给她。

尤思嘉抱着保温桶笑眯眯地往旁边躲了躲:"我不要,我拿走了,那你怎么办?"

233

杨暄无奈:"我还有头盔。"

尤思嘉这才靠近,杨暄伸手给她戴上围巾,绕了一圈又一圈,最后打上结,又往上提了提,遮住她大半张脸。

他戴着皮手套,蹭到尤思嘉的面颊上凉丝丝的,她只露出一双亮晶晶的眼睛。

杨暄收回手:"这么冷,赶紧回去吧。"

尤思嘉跺跺脚,不想动。

一旁的保安大叔瞅了半天终于发觉不对劲了,来送饭的家长和校外店主都不少,但没有这样的。

于是,他打开手电筒,"唰"一下照过去:"大冷天,你俩是干什么的?"

尤思嘉起初不觉得在说自己,等手电筒打在身上,周围人都往这儿看的时候,她才觉得不对劲。

害怕自己的晚饭被收走,尤思嘉只好朝杨暄依依不舍地挥挥手,一溜烟跑掉了。

晚自习放学后,尤思嘉把下午没来得及刷的保温桶洗净,收拾了好一会儿,才回到班里。

教室里除了陆泽铭还在看书,其余人都走得差不多。

尤思嘉把保温桶拿卫生纸擦干净,收起来,拿了几本书,也准备回宿舍休息。

她出了门,刚往楼梯上拐,就见教室里的灯忽然熄灭,陆泽铭紧跟着关门出来,几步追上她。

尤思嘉好奇:"你不是走读吗?为什么回家这么晚?"

陆泽铭的目光却落到了她脖颈上的围巾上。

尤思嘉见他不说话,只好告别:"那我走啦。"

"今晚给你送饭的那个人……"

尤思嘉止住脚步,扭头看过来。

陆泽铭面色不太好看,又见尤思嘉这个反应,便直接问:"你和杨暄是什么关系?"

尤思嘉一愣:"你偷偷跟着我?"

他冷笑了一声:"保安大叔嗓门这么大,是个人都能听见吧?"

尤思嘉这才回味了一下那时的场景,突然有点后知后觉地红了脸。

她不说话,陆泽铭的脸色更难看了,又问了一遍之前的问题。

尤思嘉这才抬头看他。

杨暄和陆泽铭应该是认识的,只是他们从来都没在自己面前提起过对方。

"尤思嘉,"陆泽铭连名带姓地喊她,语气硬邦邦的,"你知不知道你高三了。"

尤思嘉说知道。

"知道你还——"

他似乎被气到了,音量提高了一些:"你在想什么?为什么跟上技校的小混混——"

"你在胡说什么!"尤思嘉生气地打断他,"你再这样说我就不理你了。"

陆泽铭平复了一下情绪:"你们是怎么认识的?"

尤思嘉都不想理他了,见他一直看着自己,末了才说道:"我们从小一起长大。"

陆泽铭反应过来:"他就是那个竹马哥哥?"

尤思嘉点点头,忽然感觉这个称呼也很不错。

陆泽铭微哂:"那这么算,咱俩也是从小一起长大。"

尤思嘉瞪了他一眼:"才不是。"

说完,她转身就走,下了两阶楼梯后,又听到他在身后说道:"杨暄和你提过他父母吗?"

尤思嘉不动了,她的确好奇。

"没提过也很正常,"陆泽铭的声音忽然变轻,"毕竟私生子这个身份,还是挺不好说出口的。"

楼道里的声控灯暗了下去,尤思嘉也跟着猛然回头:"你说什么?"

临近过年,学校才放了一个星期的假。

尤思嘉从学校出来后,去洗车店找杨暄。李满已经回春河镇过年了,而杨暄没有休息日。实习休息的间隙,他仍旧在洗车店打小时工。

尤思嘉背着书包,脖子上还围着杨暄的黑色围巾,在洗车店外瞧了瞧。

杨暄出来和她说话:"我还有一个小时,你找个暖和的地方待一会儿再回来。"

尤思嘉点点头。

杨暄干完活出来,就见尤思嘉已经在外面等着了,她手里还拎着一杯热腾腾的奶茶。

杨暄没骑车,附近也有商场,他带着她往前走:"你有什么想吃的吗?我去买点菜。"

尤思嘉却把吸管插进奶茶里,递给他。

杨暄一愣:"我?"

尤思嘉点点头:"我给你买的,你尝尝,应该不是很甜。"

杨暄笑笑,接过来。

见他喝了,尤思嘉眼角眉梢都吊着笑意,又问:"你有什么想吃的吗?"

"怎么了?"

"我放一个星期的假,"她说,"你可以教我做菜呀,我做给你吃。"

杨暄有点没明白尤思嘉的奇思妙想,但见她意愿强烈且跃跃欲试,便买完东西后回家,准备教她做一些简单的饭菜。

他们这个屋子原本是没有厨房的,做饭的地方是杨暄自己收拾出来的。

尤思嘉很难想象杨暄是怎么在这个狭小的地方伸缩自如,而且每次做晚饭都能保持得干干净净,因为自己没出五分钟就把这里折腾得不像样。

杨暄说了一遍干煸菜花的教程后,就被尤思嘉给推了出去。

杨暄不太放心,在她身后瞧着,见她把菜花切开,随后焯水沥干。上锅热油的时候,杨暄想着自己去炒,还没来得及把尤思嘉拽出来,就见尤思嘉动作迅速,把一筐菜倒进了油锅。

窗户没开,烟气一瞬间腾上来,油星瞬间迸到她手背上,尤思嘉吃痛,赶紧拿起铲子去翻炒,脑中浮现的是杨暄小臂紧绷的颠锅动作。

她照葫芦画瓢,手一滑,半盆菜就飞了出来。

杨暄哭笑不得,赶紧进去把人拉出来,关火开窗,又看了看她:"烫着了没?"

尤思嘉摇摇头。

杨暄进去收拾了一遍,弯腰扫地、拖地。

尤思嘉拿着抹布进去,杨暄把她推出来:"没事,我收拾完了。"

她垂着脑袋不吭声了。

收拾利索后,杨暄重新洗菜,安慰她:"厨房太小了,行动不方便,我小时候做饭也这样。"

他把洗干净的菜放到案板上,拿刀一点点切:"就放一个星期的假,你休息一下吧,饭很快就好。"

说完,杨暄回身看了她一眼:"不高兴了?"

"没有。"

杨暄轻笑:"那你怎么不说话了?"

"我就是……"尤思嘉不停地想起陆泽铭的话,又见他一个人在那里收拾做饭,忽然有点难言的心疼委屈,一是替自己,更多的是替他。

"我就是……我没想给你添乱的,我就是想对你好一点。"

杨暄切菜的手一顿。

他没回头。两秒后,"嗒嗒"的切菜声重新响起,他的声音随之传过来,听着不太真切:"饭一会儿就好。"

尤思嘉还想再说些什么,但见他认真做饭,便不好再打扰,于是她转身坐在沙发上,托腮发呆,等杨暄把饭菜一一端上来,两人吃了一顿安静的晚饭。

饭后,尤思嘉抢着去刷碗,杨暄坐在沙发上没动。

等她收拾好出来,对方的眼神就望过来,落在她身上。

尤思嘉瞧过去,见杨暄拍了拍沙发旁的垫子。

她立马会意,走过去坐到旁边,身子微微转向他:"怎么啦?"

杨暄微微挑了下眉:"你……"

尤思嘉闻言,又凑近了一点。

暖黄色的灯光下,她的眼尾长而圆,透着黑漆漆的狡黠,像小狐狸的眼。

杨暄止住了话,半响后,声音很轻:"思嘉。"

"啊?"她应答,"你有话要对我说?"

他笑了:"我以为你有话要对我说。"

尤思嘉确实有,但是不知道怎么开口,于是只好眨眨眼。

杨暄垂下目光:"你今天有点反常。"

被人看破心事,总有种莫名的不好意思,她下意识反驳:"有吗?"

"嗯。"杨暄斟酌着说,"你现在处于关键阶段,先别想这么多。目前就是好好上学,不要有太大压力……"

"我没有压力,"尤思嘉嘴快藏不住事,"我都知道了。"

杨暄心下一跳,立即看过来:"知道什么?"

她瞄了他一眼,随后低头拽拽自己的袖口:"你是陆泽铭的……哥哥。"

听到这个名字,杨暄一怔。

她小声问:"以前你为什么不告诉我呢?"

杨暄还没开口,尤思嘉就连忙摆出一副疾恶如仇的样子来:"你要是早告诉我,我肯定就不和他玩了!"

杨暄笑了:"思嘉,没必要这样。"

尤思嘉还在看着他，这样清澈关切的目光，让人心底没来由地发软，让他可以在她面前毫无压力地袒露心扉。

这是很久很久之前的事情了，杨暄甚至没和姥姥提起过。当他作为一个孩子来到陆新民的家里，父亲不作为，师文淑强势，他每日看着师文淑同陆新民明争暗斗。

"……他和他妈妈心里不舒服、不喜欢我，是人之常情，"他顿了顿，"因为你知道，我在他们面前，是一个很尴尬的身份。"

"我知道呀，"尤思嘉拍拍他的手表示安慰，"这不怪你，我都懂的。"

不被接纳，不被理解，辗转于两个家庭，还有格格不入的处境，这些她都知道。

"没人比我更了解你，就像是没人比你更了解我。"

"你就正常上学，"杨暄声音很温柔，"再坚持半年，上大学你就自由了，你可以想爬山就爬山，想玩滑板就玩滑板……"

尤思嘉有自己的担忧："我上大学，如果去了别的城市，那你呢？"

杨暄看着她，几乎没有犹豫："你去哪里我就去哪里。"

这话尤思嘉爱听，她往前探身："你说话算话！"

杨暄的睫毛快速抖了一下，他"嗯"了一声，气息扫在她脸上，酥酥麻麻的。

突然拉近的距离，闪烁着的眼睛，彼此的表情看得很清晰，呼吸一起一伏，相互交织着。

氛围变得微妙。

尤思嘉突然觉得心跳得很快，明明是寒冬，她竟然有被春日花朵香气熏得晕头转向的错觉。

她迷迷糊糊盯着杨暄瞧，杨暄却起身清了清嗓子："好了。"

尤思嘉也跟着站起来："你要走？"

"不走，"他去隔壁床铺下拉出了折叠床，"马上除夕，明天去买点年货，你和我一起吗？"

尤思嘉连忙点点头。

除夕前一天，尤思嘉和杨暄在外面逛街买东西。

路上，她接到了尤思洁的电话，刚接通，对方就听见嘈杂的动静，二话不说先训了她一顿："都高三了还在外面玩！收收你的心吧，从小到大光想着玩！"

尤思嘉瞧了杨暄一眼，赶紧捂着电话出去了，唯唯诺诺地站到了门口。

尤思洁训她都是不断气的,从她小时候干的事说起,一直说到她上高中,数落了快有十分钟,最后尤思洁才轻飘飘带了句正事:"往你卡里打了点钱,过年别忘了买件新衣服穿。"

尤思嘉去旁边的银行存款机一看,数额不止能买一件。

刚巧,杨暄带着她去下一家店里买羽绒服。他拎着其中一件让尤思嘉换上:"你试试这个尺码。"

旁边的导购连忙介绍:"这个是运动基本款,男女都能穿,大方耐看。"

尤思嘉瞧着衣服样式,很喜欢,随后指了指杨暄:"他得穿什么码的?"

导购问:"帮您拿件试试?"

尤思嘉点头。

杨暄看着她:"我有衣服。"

"新衣服是过年穿的,"尤思嘉笑眯眯地说,"我给你买,你给我买。"

从小到大,尤思嘉就被大人骂狗窝里留不住食,但凡买了零食当天就要拆开吃,买了新衣服就要立刻穿,这次也不例外,她自己穿上,也让杨暄穿。

去逛超市的时候,尤思嘉经过落地镜旁,看见镜子里的两人整整齐齐穿着一样的衣服,有种别样的亲密感,这让她心里也美滋滋的。

即便只有两个人,除夕夜杨暄也会很认真地准备跨年,从早到晚忙碌着去准备年夜饭。

夜幕降临,外面已经鞭炮喧嚣,两人吃完饭,去外面的公园逛一逛、看一看跨年的烟花。

天气寒冷,外面张灯结彩,人流湍急,杨暄怕尤思嘉被人群冲散,时时回头拉着她。

尤思嘉嫌冻手,索性直接把手伸进他的口袋里取暖。

走到一半,尤思嘉突然感觉手机振动,她费劲地从口袋里掏出来,屏幕上却显示着"陆泽铭"三个字。

马上零点了,他为什么要给自己打电话?要给自己拜年吗?尤思嘉现在对他观感很复杂,一时不知道接还是不接。

烟花在头顶上猛然炸开,周围有人开始跟着倒数喊数:"十、九……"

杨暄感觉旁边人脚步慢了下来,便低头看过去:"怎么了?"

"没事啊!"尤思嘉连忙把手机收进口袋,"我偷偷告诉你一件事!"

杨暄挑眉,随即弯腰低头。

"就是……"她呼出的热气像一团柔且暖的云彩,软软地扑过来。

周围的人声越发喧嚣:"……二、一!"

下一瞬间，轰隆隆的烟花在周围炸开，吹落星如雨。

"祝你新年快乐！"尤思嘉得意扬扬，"就是这件事！"

烟花在天边稀稀拉拉、一阵一阵地响起。

师文淑推开阳台的门："儿子，你在外面干什么？"

陆泽铭收回手机，神情平淡："没事。"

"零点了，"师文淑说道，"别看手机了，看会儿书去休息，明天早起，有人来给你爷爷拜年，你要在旁边跟着。"

"好。"

师文淑瞧着面无表情的陆泽铭，欲言又止。

半分钟后，她继续提醒："明天你张伯伯过来。"

见陆泽铭没什么反应，师文淑有些着急："你要有危机感！我早就打听过了，你爷爷故意和我作对，他把人安排进熟人厂子里实习，什么意思你不想想？"

陆泽铭这才打起精神："我知道了，妈妈。"

师文淑欣慰："乖儿子，你爷爷防着我，你爸爸也不向着我，我真的就指望你了……"

外面的烟花遮盖住了师文淑的絮叨，陆泽铭突然感到一阵疲惫，他推开她："我先回房休息了。"


寒假短暂，高三的寒假更为短暂。

开学已经两个星期，尤思嘉还浑浑噩噩的，她眯着眼睛去接水的路上，有人堵住了她。

尤思嘉一抬头，看到了陆泽铭。

对方刚伸出胳膊，她就下意识地拿着杯子往旁边一躲。

陆泽铭的动作一顿，神色有点受伤。

尤思嘉赶紧说："我自己去接就行。"

他在她后面排队，突然道："你最近怎么回事？"

尤思嘉扭头看他："怎么了？"

他顿了顿，还是选择实话实说："像躲着我。"

"有吗？"尤思嘉才不会刻意去躲他。于是，她说学习太累、高三时间太紧，自己每天都在座位上学习，没有躲着他。

陆泽铭问："是吗？"

"当然。"

陆泽铭忍了忍,最后实在没忍住:"时间紧吗?那你每天下午还专门跑去门口拖拉这么长时间。"

尤思嘉很惊讶:"我是去拿晚饭!你家里人不也给你送饭吗?"

陆泽铭冷笑:"我拿完饭就走,不会像你一样,隔着门和人依依不舍。"

"我哪有。"尤思嘉有点心虚也有点生气,"你在胡说什么!"

一提到杨暄她就像只跳脚的猫,陆泽铭冷眼看着,突然问:"你到底有没有早恋?"

尤思嘉脸红了:"没有。"

"那最好。"

尤思嘉疑惑地看着他:"你为什么老是问这个?"

他表情一滞:"我是学习委员,关心你的学习。"

"哦。"她点头,真心道,"辛苦你了。"

陆泽铭脸色更不好看了。

前面接水的人走开,尤思嘉上前,随口问:"需要我帮你接吗?"

陆泽铭闻言,把自己的杯子拧开,递了过来。

尤思嘉接过他黑色的保温杯,热水的蒸汽扑在面颊上,又听他说:"你还是少和他接触,你在上学,他天天洗车,每天混在一起,被其他人看到怎么想。"

"那怎么啦?"尤思嘉下意识地反驳,"洗车赚钱很丢人吗?起码他是靠自己,况且杨暄还在上学,他都已经实习了!"

越说越来气,她把保温杯塞回陆泽铭手上就要转身:"你这个人怎么这么讨厌!"

陆泽铭脸色发沉:"他真是靠自己吗?"

尤思嘉转身看他:"什么意思?"

陆泽铭没接话,顿了顿,随后跟上来,牛硬地转移话题:"你想学什么专业?"


"这也太冷门了吧,"李满把端上来的菜往尤思嘉面前推了推,"赶紧多吃点,脸都小了一圈。"

随后,他继续道:"我之前都没听说过地质学这个专业。"

尤思嘉只拿着筷子闷头吃饭。他们学校的学生出来进行高考前的体检,她一上午都饿着肚子,抽空来找杨暄吃饭,吃完还得回学校,时间紧任务重,目前只能一心扑在饭上。

杨暄替她回答:"她想当探险家。"

李满有点忧虑:"女孩子适合干这个?会很累吧?"

"你觉得她怕累?"杨暄露出好笑的神情,"她巴不得呢。"

李满笑了笑,又问:"妹,你们还有多少天高考?"

"四十六天。"杨暄拿了块饼塞进李满嘴里,"别问东问西了,你让她好好吃饭行吗?"

李满把饼拿下来,咬了一口,看向杨暄:"你现在弄得我很紧张。"

尤思嘉端起碗来把汤喝完,"嗒"的一声放回桌子上,接过杨暄递过来的纸巾擦了擦嘴,随后看向李满:"等考完试,你能帮我和圆圆染头发吗?"

"没问题,你俩想染什么颜色?"

"我染绿的,她染红的。"

李满还没说话,杨暄就闻言看了过来,接着打断了他俩的对话:"吃完了吗?"

尤思嘉点头。

"那我送你回学校。"杨暄起身,对还在吃饼的李满告别,"再见,你慢慢吃。"


六月蝉鸣燥热,杨暄干完活,给刘师傅买了一瓶水一盒烟,递过去:"师父,我明后两天不过来了。"

对方接过来,瞧他一眼:"怎么了?"

"家里有人高考,我得去陪考。"

"哦。"刘师傅把烟点燃,"你有个妹妹是吧?那个经常来找你的小女孩?看着挺机灵的。"

杨暄笑笑不说话。

"她成绩怎么样?"

"挺好的。"

"那不错,"刘师傅眯着眼睛,话题转移到他那里,"你实习的公司也请假了?"

杨暄点头。

"转正了?"

杨暄摇摇头,说还没想好要不要继续留下。

"你从实习生到技术员，说不定以后还能进到管理岗，"刘师傅意有所指，"这么顺当你都不留？"

"太顺当了，"杨暄说，"挺不适应的。"

"怎么说？"

"我就没过过顺当日子，一顺当就容易提心吊胆，而且……"杨暄没继续说下去，他也听到了一点点风言风语，只是还没确定。

尤思嘉的考点在城市的最南边，和一中的距离有点远，杨暄便提前订了一家旅馆。

天气晒，他拿了把遮阳伞。中午，他在校门外等尤思嘉考完出来，先带她去吃饭，然后回旅馆休息。

杨暄怕给她压力，等人出来后什么也不问，但看到对方仍旧是一副没心没肺的状态，就知道发挥正常。

中午，尤思嘉有点犯困，把资料搭在脸上睡着了。

杨暄在一旁坐着，即使手机定了铃，他也不敢懈怠，一会儿拿起看一眼，生怕错过了时间。

等熬完这两天，尤思嘉照样活力四射，杨暄却肩背上一松，竟然有种脱离感。

他回到家就躺在沙发上，想迷糊着休息一会儿，结果就这么睡过去了。

第二天睁眼的时候，还有些分不清今夕是何夕。

他身上盖了薄被，尤思嘉在旁边和程圆圆打电话，内容似乎是在说这两天的安排，商量着晚上同学聚会，大声密谋去酒吧蹦迪。

她说着说着感觉有点不太对劲，一扭头见杨暄已经醒了，连忙捂住电话。

杨暄有点想笑，但还是坐起来，装作没听见。

尤思嘉出去找程圆圆，杨暄则去干活，两人一起出了门，分开时，他还是没忍住："别玩太晚。"

尤思嘉满口答应。

上午在车间工作时，总管再次找到他，问他转正的事情考虑得怎么样了。

杨暄仍旧是相同的答案，说自己再考虑几天。

对方明显有些急躁，但不得不耐着性子："你这人怎么这么轴？我说实话，就你们这个学校出来的，能有几个有这个机会？"

天上没有掉馅饼的好事。对方态度明显，杨暄也已经猜出了怎么回事，心下已经做出了决断。

因为实习期工资太低，杨暄下午又去了洗车店。

快要下班的时候,杨暄给尤思嘉发了信息,问她回不回来吃晚饭。

她回复得很快:不回来呀,我们晚上有同学聚会。

紧接着,她又发过来一个定位。

杨暄看了一下,笑笑,收回手机。

他刚出去,就见门外停着三辆颜色各异的跑车,几位穿着时尚的年轻人推开车门下来。

其中有一个许久不见却眼熟的年轻人,面容俊俏,神色冷漠。

刘师傅走过去:"都洗?"

"洗我这辆就行了。"其中一个打了耳钉的年轻人指了指杨暄,"让他来。"

刘师傅看了看他俩:"认识?"

对方笑了一声,出去吸烟去了。

杨暄没说什么,只闷头干活。

温度逐渐升高,冲车时还好,擦车却难熬。工作服不透气,没半个小时杨暄就汗如雨下。

陆泽铭从另外的车里拿了一瓶矿泉水,递给他。

杨暄看了一眼,抬起胳膊擦汗:"谢了,我现在不方便拿,你放旁边就好。"

陆泽铭收回胳膊,随手放在一边。

"爷爷都给你铺好路了,"杨暄突然听到陆泽铭开口,"为什么还在这里洗车?"

杨暄笑笑,没回复。

等把车洗好,方才那个戴耳钉的青年过来检查了一遍,扫了一眼杨暄:"我感觉不太干净啊?"

刘师傅闻言走过来:"哪里?我让他再洗一遍。"

对方却是一副算了的态度:"我这车是改装过的,可不敢再让他动了,但是这个服务我是不满意的。"

这就是摆明来找碴儿的,刘师傅瞅了一眼对方:"那下次我免费给你洗。"

在刘师傅和人扯皮的时候,陆泽铭就在杨暄旁边站着。

外面天色渐暗,杨暄看了一下时间,说道:"你们晚上不是有同学聚会?你不过去?"

陆泽铭眉毛跳了一下:"尤思嘉告诉你的?"

杨暄不置可否。

"模考的时候我们估了分,她想去的学校刚好和我是一个城市,"陆泽铭说道,"你和她的差距只会越来越大。"

杨暄眼皮动了动。

"还有,爷爷不喜欢别人玩欲擒故纵的把戏,你小心翻车。"

杨暄有点无奈,看向他:"你别这么紧张,我不会走他铺的路。"

陆泽铭微哂,明白了他的意思:"你要自食其力。"

杨暄没说话。

"你以为你是谁?"陆泽铭轻声说,"盖茨比吗?"

天色渐暗,几辆跑车耀武扬威一般,汇入了车流之中。

在一旁目睹的刘师傅走到杨暄面前,递给他一根烟:"年轻人,可别丧气。"

杨暄自嘲一般笑笑。

杨暄下班前简单冲了一下身上的汗,换上衣服。

不知道是不是天热,还是因为尤思嘉不在他也没心情做饭,只是在路边的餐馆简单解决了晚餐。

晚上起风,整座城市都凉爽了起来,他骑着摩托车穿梭在街道上,绕了几圈,最后停在一处地方。

这是一家小饭店,透过玻璃墙,可以清晰地看到几个包厢的场景。

这个时间点,几乎都是庆祝高考解脱的学生在聚餐,很年轻的面庞,意气风发的样子。

隔着一条马路,隔着穿梭的人群,杨暄看了很久很久。

最后,他发动引擎,离开了这里。

包厢内氛围很热络,几乎每个人都喝了很多啤酒。

尤思嘉的脸发红,倒不是因为酒精,是因为气氛,人越多、越热闹,她就有点晕乎乎。

身旁的手机不停地响,是程圆圆的,她父母不停地打电话催她回家,最后没办法,只好答应马上回去。

尤思嘉看了一眼自己的手机,今晚安安静静的。

程圆圆起身走了,尤思嘉也跟着离开。

对方看向她:"我爸妈来接我,让他们把你一起送回去吧。"

"咱俩的方向刚好相反,"尤思嘉看了一眼手机,"很晚了,我打车回去就好啦。"

"那更不安全——"

"我送她。"

程圆圆的话被人打断，陆泽铭不知道什么时候出现在后面，伸手拦下了一辆出租车。

车子缓缓停在路边，他打开车门，轻推了尤思嘉一下，自己紧跟着坐进去。

程圆圆看着对方行云流水的一番动作，只好朝车内弯腰说道："你到家了给我发个信息。"

尤思嘉连忙说好。

路上两人不说话，尤思嘉拨弄着手机，最后放下，有点惆怅地看着车窗外的景色。

司机七拐八拐，终于到了目的地。

尤思嘉下车前，扭头转向陆泽铭："谢谢你送我，待会儿你到家，我把车费转给你。"

陆泽铭没反应。

等尤思嘉下车，往前走了几步，突然听到身后又发出一声车门关上的闷响。

尤思嘉扭头，有点吃惊："你怎么下来了？"

陆泽铭神情淡淡地说："你住这里吗？"

"对。"

"我再送送你。"

尤思嘉摆手："我只要拐个弯就行了，你没有必要下来。"

陆泽铭的目光落在她身后的某一个点上，顿了顿："尤思嘉。"

说完，他上前一步拉住她的手腕，把她往自己面前拽了一步："我有话对你说。"

尤思嘉没有防备，被他拉得趔趄一下，觉得不对劲，顺着陆泽铭的目光扭头一看，发现前方昏黄的路灯下，静静地伫立着一个人。

她认出是杨暄。

## 第九章 /
**一样的灵魂**

尤思嘉隔着不远的距离同他对视,她想努力去看清他此刻的神情,但杨暄却要转身离开。

尤思嘉心下一慌,下意识地喊了一声杨暄的名字,对方的身形这才顿住。

她拔腿要去追,陆泽铭则抓着她的手腕道:"尤思嘉——"

手上的这股阻力让人急躁,尤思嘉猛地甩开:"你先松开我。"

尤思嘉个头苗条,但力气实在不算小,陆泽铭没抓住她,还被推得往后趔趄了半步。

她几步跑到杨暄面前,拽住他的胳膊,唯恐他再走。

杨暄低头瞧了一眼她紧紧抓着自己的手,又偏头,和陆泽铭对视了一眼。

尤思嘉抓住杨暄,一颗心这才放进肚子里。

随后,她转身看向陆泽铭,因为没想到对方不经推,只好道歉:"不好意思啊,我不是故意的……那什么……谢谢你送我回家。"

陆泽铭的目光则落在了尤思嘉的手上,有些不可置信:"你们——"

"找住附近,等她是怕她有危险。"杨暄解释完,拍拍尤思嘉的手背,示意她松开。

尤思嘉有点不太理解,但还是不情不愿地放开手。

"谢谢你送思嘉回来,"杨暄语气柔和,"这么晚了,我帮你打辆车?"

陆泽铭硬邦邦地说了声"不用"。他转身要走,刚走两步又转回来,提醒尤思嘉:"你注意安全。"

尤思嘉点点头,说"你也是"。

等陆泽铭在路旁拦了辆出租车后,杨暄这才说了一句"回家吧",便往回走。

他腿长，步子迈得也大，尤思嘉还没反应过来，他就把自己落下两步远。

她连忙快速跟上去。

高考之后，楼下的那户人家已经不再居住，因此晚上整个楼梯都是黑漆漆的。

杨暄迈上楼梯，尤思嘉在后面匆匆忙忙跟着，几步跨到他身旁："你等等我。"

听她呼吸急促，杨暄只好停住脚步，抓住她的手腕，防止她摔倒："小心点。"

杨暄的手掌滚烫，触感异常清晰，她想顺势拉住对方的手，便往回抽了抽胳膊。

杨暄察觉到阻力，把手松开，尤思嘉又赶紧抓住，不让他松手，小心翼翼地问："你生气啦？"

杨暄没瞧她："我生什么气？"

"嫌我回来得晚。"

"没有，"他说，"你刚考完试，好好放松几天。"

"真的？"

他点点头，说是真的。

她解释，他点头，但尤思嘉心里还是漂浮不定的。

她看向杨暄，见他表情如常地掏出手机打开手电筒，照着楼梯，拉着自己上去。

晚上睡觉，尤思嘉躺在床上翻来覆去睡不着。

旁边的小风扇"呼啦啦"地转，另一道门紧闭着。杨暄总是在她睡着后收拾，动作尽管轻微，但还能传来一些细微的声响，比如他此刻应该在狭小的卫生间内冲澡。

等听着水声停止了，尤思嘉这才起身，踩着拖鞋打开门，先探出了脑袋："你睡了吗？"

杨暄听到动静吓了一跳，转了一圈想找什么东西，最后没找到，只好把手中擦头发的毛巾搭在自己的上半身，语气无奈："你怎么还不睡。"

尤思嘉的目光随着他的动作被吸引了过去。

晚上闷热，风扇"呼哧呼哧"地吹，他刚在卫生间冲完澡，头发还是湿漉漉的，只穿了一条黑色短裤，上身赤裸着，皮肤湿润，肌肉线条很漂亮。

尤思嘉眼睛亮晶晶的："我就是想起来一件事，刚刚忘了和你说了。"

杨暄捞起沙发上的黑色背心，背对着她套上，随后走过来，低头道：

"什么?"

尤思嘉趴在门框上,随着他的靠近嗅到了水汽和香皂的味道。

她脱口而出一句好香。

杨暄眉心跳了一下:"什么?"

尤思嘉闻了闻自己,奇怪道:"明明我们用的一样的香皂,为什么你身上的更香更好闻?"

杨暄目光微动,又不知道怎么说,赶紧转移话题:"你想起什么事情来了?"

"哦,"她这才回神,"陆泽铭就是送我回家,没别的。"

杨暄一愣,说好。

"就是这个事情,"她眨眨眼,"那我睡觉去了,晚安。"

他轻声回复了一句"晚安",随后帮她把门关上。

高考结束后的假期,尤思嘉原本计划得很好,她想去染头发,想去学摩托车,还想和程圆圆一起打工赚钱去旅游。

但计划赶不上变化,程圆圆要去考驾照,杨暄每天都挺忙,他拿到毕业证后竟然没转正,而是继续待在洗车店里从早忙到晚。

杨暄像有什么心事一样,即便尤思嘉向来大大咧咧,但也能感觉到他有些不一样。她很失落,但是说不出来为什么失落。

高考出分那天,杨暄带着尤思嘉去网吧查成绩。

两人都很紧张,但是杨暄明显比她更紧张。

分数和预估得相差无几,尤思嘉把心放回了肚子里,杨暄却忙碌了起来。

他拿着报考志愿书翻了好几天,又是查资料又是做笔记,也去托人打听,忙活了好一通。

最后,程圆圆父母找了专业人士报考,顺带帮着尤思嘉一起分析,志愿这件事才算是告一段落,杨暄也跟着松了一口气。

录取结果出来,尤思嘉成功被 Ⅱ 大地质学专业录取,学校位于海城。

李满得知消息后,当天晚上就喊着杨暄想要一起给尤思嘉庆祝一下,但程圆圆父母也邀请她过去一起吃饭。

程圆圆和尤思嘉虽然不在同一所大学,却在同一个城市,彼此之间也算是相互有个照应。

杨暄让尤思嘉过去,自己则去找李满。

他们两人吃饭,那就省事多了。他俩直接找了一个烧烤摊子,白的啤的上了一堆,边喝边聊。

"海城好啊，"李满碰了碰杯，"旅游城市，就是离这儿有点远。"

杨暄笑笑没说话。

"等她上大学你就轻松了，"李满夹了点花生米放嘴里嚼，"不过我怎么感觉你既高兴又不高兴的？"

杨暄只拿起酒瓶倒酒。

甚少有这样清闲的夏夜，两人最后喝得都有点高，彼此都在推心置腹，一时分不清谁在和谁说话。

"我就看不惯我爹，这不，我自己出来干理发，照样能养活自己。"

"以前我的想法很简单，供她上大学，她去哪儿我就去哪儿。"

李满越想越美："你不转正就不转正了，我现在有点存款，到时候咱合伙一起开个店……"

杨暄垂着眼睛："我帮她报志愿的时候，就感觉很吃力，就是……越来越远的感觉。"

"到时候叫着孙龙一起，咱哥几个也创业！"

"满哥，"杨暄好像有些难受，声音很低，"我总不能一直洗车，至少要配得上她。"

李满不说话了，他盯着杨暄瞧，像听不懂他在说什么。

杨暄声音低低的："退一万步，她现在黏着我，是因为一起长大，因为我对她好。她不懂事，但我不能这么自私，我……"

李满原本还晕乎乎的，闻言酒终于醒了一半，他眼睛瞪得很大，结结巴巴的："你说什么呢？"

尤思嘉从程圆圆家回来后，给杨暄打了好几个电话，杨暄都没有接。

她越发急躁了起来，刚想出门，就听到外面传来上楼的脚步声。

尤思嘉心下一喜，赶紧去开门。

她刚拧开门把手，一个高大的身影就罩了过来。

像是没有料到自己推门的瞬间，里面有人恰好把门拉开，因此杨暄扑了个空，一时站不稳，在酒精的催促下，他有些摇摇欲坠。

尤思嘉赶紧去扶，好沉一个人，就这么半压在她身上，她闻到了一点酒精的味道。

下一秒，杨暄直起身子，却把她推开。

尤思嘉一愣，赶紧再次去揽住他的腰，把他往屋里拽。杨暄表面上看着寻常，甚至笑吟吟的，动作上他有些抗拒，两人拉扯了好一会儿。

她没见过杨暄这个样子，有些新鲜，便抬头问："你怎么喝醉啦？"

杨暄听到她的声音，这才不挣扎。

尤思嘉把他往沙发上推，谁知他却拽着她一起倒了下去。

沙发承受不住两个人的重量，顿时发出"咯吱"的响声。

倒下去的瞬间，他还不忘护住她的脑袋。

尤思嘉趴在杨暄身上，还有点发蒙。

夏天衣衫单薄，杨暄身上更是滚烫，她被他的温度烤得口干舌燥，腰间突然又环过来一只胳膊，把她半抱起来。

"我以为是谁呢，"杨暄心情很好的样子，边笑边捏捏她的脸，"是你吗小思嘉？"

尤思嘉身后是沙发垫，腰间被禁锢住，前面抵着一个热气腾腾的大活人，这个人捏完她的脸，接着用虎口卡住她的下巴，左右看了一下，似乎在认真端详什么。

她被压得有点喘不过来气，为了呼吸新鲜空气，她挣扎了两下，抓着沙发费了半天劲，用一只胳膊紧紧环住他的脖子。

杨暄终于起来，但手臂不松。尤思嘉就这么坐在了对方怀里，不过她也终于能呼吸，连忙回答："是我是我。"

杨暄低头，又凑近了一点："那为什么和小时候长得不一样？"

尤思嘉眨眨眼，见他神情认真，仿佛真的在意这个问题。于是，她也认真想了一下，自信地给出答案："因为我变漂亮了。"

杨暄一愣，随即笑出声，是闷笑，埋在她的脖颈处。

热气扑过来，又麻又痒。

她刚洗完澡，发尾还湿漉漉的，但因为同他贴得紧密严实，感觉后背又要出汗了。

醉酒的杨暄和平日里一点都不一样，尤思嘉揽着他，心底就像被羽毛挠了一样，她有点满足又有点不满足，只好佯装严肃："你笑什么？你觉得我不好看吗？"

他很认真地瞧她，说好看。

酒精让杨暄漆黑的眼睛变成了旋涡，气息交缠，带一点醉人的酒气。

尤思嘉被烘得脸热，目光有些躲闪。她喃喃道："我也觉得你好看。"

得到这个答案后，杨暄不说话了，就这么瞧着她。他忽然又问："我和你同桌，你觉得谁好看？"

尤思嘉奇怪："我的同桌是圆圆，怎么比？"

"男同桌。"

"男同桌？"尤思嘉想起来了，往后一仰，"你说陆泽铭？"

杨暄像是不满意她突然往后躲，胳膊紧了紧，把她重新拽回来。

距离重新拉近，鼻尖几乎对着鼻尖，尤思嘉瞬间屏住呼吸——

杨暄的睫毛很长，在昏黄灯光下垂着影，扑闪扑闪像蝴蝶，又顺着气息飞进她的嘴巴里，从喉咙飞落到肚腹。她心跳和呼吸加速，却不敢张口，因为胃里有一大群蝴蝶在疯狂扑腾。

尤思嘉脑袋瞬间一热。

就当她要歪头凑上去时，杨暄却忽然笑了："很难回答？"

尤思嘉顿住，连忙回神："我觉得你比他好看多了！"

得到这个回复，杨暄满意了。他松开手臂，整个人重新倒向沙发上，将一只胳膊搭在额上，懒懒的，带点疲惫，轻声喊了她的名字："思嘉。"

滚烫的身躯突然离开，尤思嘉还有些不适应，她扭头："嗯？"

他却不再出声了。

尤思嘉想起来这是个喝醉的人，她需要照顾他，于是便问："你要喝水吗？"

杨暄已经闭上了眼，微不可见地点点头。

尤思嘉起身去给他倒水，茶壶里是冷水，她捧着杯子又兑了一点热水，这才回到沙发旁。

杨暄仍旧保持着方才的姿势，手掌遮住眼睛，呼吸很平稳。

尤思嘉一只手抱着杯子，蹲在沙发旁，另一只手轻轻推了推他的胳膊："你睡着啦？"

对方的眼睫毛抖了抖，没睁眼，只轻声说了两个字。

"嗯？"她没听清，只好凑近，但又瞬间意识到，方才他在念叨自己的名字。

尤思嘉突然安静下来，眨眨眼，注视着他。

他的眉毛和眼睛被手背遮住，只露出高挺的鼻梁和有些发干的嘴唇。他好像很累的样子。

尤思嘉的心脏突然蹿出来一阵过电般的酥麻酸疼，胃里的蝴蝶又在乱舞。

她俯身，指尖轻轻碰了碰他的下巴，小声道："你还要不要喝水？"

见他没有反应，尤思嘉忽然探身，蜻蜓点水一般，亲了亲他的下巴。

什么感觉都没有，因为她碰到后连忙退回来，连自己都没反应过来为什么要这样，只知道自己心脏跳得很快，像只偷腥的猫一般。

杨暄仍旧没动，他就是只睡着的香喷喷的鱼干。

于是有一就有二，尤思嘉再次闭眼俯身，接着碰了碰他的嘴角。

碰到后，她立马看了一眼对方，发现没动静，便继续往上挪了挪。

是唇与唇之间轻微的触碰，这次停留的时间长了一些，有柔软温热的触感。

尤思嘉随后用脸颊轻轻蹭了蹭他，感觉到满足。

正当她刚直起身子的时候，忽然见杨暄把搭在眼前的手掌挪开，他的目光黏在她脸上，眸色沉沉的。

"嗡"的一声，她的大脑一片空白。

"思嘉，"杨暄声音变得很哑，"你干什么呢？"

尤思嘉卡壳："我——"

他却不给她回答的机会，直接掌住她的后脑勺，把她带弯了腰。

"咔"一声响，水杯从手中脱落翻倒，因为是蹲着的距离，没碎，温水撒在地面上，也蹭湿了她的睡裙和沙发毯子的一角。

但是没人在意。

尤思嘉脑袋彻底迷糊了，她觉得方才的柔软温热都是错觉，原来唇和唇之间相贴带来的是一阵风暴，夹杂的酒精气息让她晕头转向。

明明是自己俯身去亲他的姿势，但尤思嘉被杨暄手掌压着起不来。她抓着他的肩，能感受到他在轻咬自己的下唇，鼻尖相蹭，气息不稳，水声细密。

杨暄一只手伸进她头发里，拇指蹭着她的耳垂，另外一只手绕在她背后，他的手掌滚烫粗糙，带着茧子，在她后背安抚一般地摩挲。

她紧紧揽住他的脖子，像只被顺毛的猫，轻轻哼出声来。

还没舒服几秒，杨暄就突然停住了动作。尤思嘉睫毛抖了一下，学着他的样子也要轻咬他，但下一秒他就把她推开了。

尤思嘉脸上滚烫，整个人晕头转向。

杨暄坐起来，把地上的杯子捡起来，轻声说："太晚了，你先去睡觉。"

有些猝不及防，但此刻尤思嘉头发晕、脚发飘，只"哦"了一声，随后就乖乖地回了自己的屋。

外面传来拖地的声响。尤思嘉坐在床前，才发现自己的睡裙被打翻的杯子溅湿了一大块。她换上新的睡衣，扑到床上，把自己卷进被子里。

周围安静，杨暄冲澡的声音清晰了起来。

她傻笑了两声，很快坠入梦乡。

第二天，尤思嘉是被外面的蝉鸣给吵醒的。

她翻了个身，外面的光线刺得她睁不开眼睛，她接连打了好几个哈欠。

今天难得睡到自然醒。因为平日里杨暄九点就去上班，他八点半就会把自己喊起来吃早饭。

尤思嘉迷迷糊糊捞起手机一看，竟然一觉睡到快十点。

手机上还有杨暄留的信息：早饭在桌上，今天不回来了，午饭晚餐你自己解决就好。

尤思嘉这才猛然清醒。

杨暄上午洗了两辆车，随后又去买了盒饭，递给刘师傅一份，风扇打开，两人坐在屋内的凳子上拆开筷子。

刘师傅把塑料袋往垃圾桶里一扔，说道："小杨，帮我把你后面的辣酱拿一下。"

说完，刘师傅夹了一筷子菜放馒头上，咬了一口咽下去，察觉到不对劲："小杨？"

杨暄抬起脸："怎么了师父？"

"没事，"他又咬了一口馒头，"把你后面的辣酱递给我。"

杨暄这才起身。

刘师傅接过辣酱，边拧瓶盖边看他："昨晚没睡好？"

杨暄吃饭的动作停住："还行。"

"我看你今天有点不在状态，太累了？"

杨暄愣了两秒，说道："可能是昨天喝多了。"

"那下午你早下班就是了，小林下午过来。"

杨暄埋头吃饭，没说话。

快吃完的时候，有其他店员进来："暄哥，外面有人找你。"

杨暄以为是洗车的客人，几口把剩下的饭扒完，将餐盒扔进垃圾桶后就走了出去。

外面暑气蒸腾，烈日当空，杨暄眯着眼出去，竟然看到了站在门口的尤思嘉。

他脚步一顿，随后快步走到她面前。烈日下，她皮肤被照得发亮，眼尾上扬，正盯着自己瞧。

他抬起手帮她遮挡阳光："你出来怎么连帽子都不戴？"

尤思嘉看着他："今天早晨你为什么不叫我起床？"

他从兜里拿出纸巾，递给她让她擦擦汗："你吃午饭了？"

尤思嘉没接他的话："我早晨起来没见着你人。"

杨暄把手垂下，要去拉她："你别在太阳下面站着。"

尤思嘉往后躲了一下。

杨暄愣住，随后还是拽住了她的手腕，把她拉到了树荫下面。

尤思嘉挣了一下没挣开，被他拉了过去。

他语气有点无奈："你吃饭了没？"

"把早饭当午饭吃了，"她瞧他一眼，直入主题，"你昨天——"

"我是不是喝醉了？"

尤思嘉一愣。

他没看她："好久没喝酒，一喝有点断片。"

尤思嘉生气了，把他的胳膊甩开，又要往太阳底下走。

杨暄赶紧抓住她："你干什么去？"

"你别管，"她说，"晒死我算了。"

他半拖半拽地把人拉回来，店里其他人从里面向外探头探脑地看他俩。

就在这时，有两辆轰鸣的跑车从路边开过来。

尤思嘉见杨暄的目光落在跑车上，眉毛皱起来，神色变得严肃。她怕打扰他工作，老老实实不动弹了。

车门打开，从里面下来四五个人，尤思嘉吃惊地发现里面竟然有陆泽铭。

陆泽铭见到她，明显也有些诧异，和旁边戴耳钉的青年说了些什么，几个人齐齐往这边看过来。

杨暄几步走过去，尤思嘉跟在他后面，听见他声音如常："还是洗车？我喊刘师傅出来。"

"哎，不用，"耳钉青年转着钥匙，语气懒散，"还是你来呗，上次没洗干净，我不满意，今天再给你一次机会。"

这人对杨暄说话的态度轻佻傲慢，尤思嘉一时没忍住，抬头瞪过去。

对方察觉到她的视线，反倒笑了，瞅了一眼陆泽铭，调笑一般："你不是认识人家嘛，怎么不过去说话？"

陆泽铭咳嗽了一声，摸摸鼻子走上来："你待会儿有空吗？"

尤思嘉则看向杨暄。

"哎，"耳钉青年发话，"你看他干什么，他还得帮我们洗车。"

杨暄没吭声，转身进了店里。

尤思嘉眯着眼瞧陆泽铭，其余人起哄："待会儿洗完车，泽铭你等会儿带人转一圈呗，你不是拿到驾照了吗？秀秀你的车技。"

杨暄这时重新出来，递给尤思嘉一顶黑色鸭舌帽。他面上看不出情绪，声音依旧很柔和："你去找个地方等我，我结束前给你发信息，有什么事情等我下班再说。"

即便杨暄表情如常，她也能隐隐约约感觉出来，他希望此刻她不在这里，或者说他在隐忍着一种难堪的情绪。

尤思嘉接过他的帽子戴在头上，说了一句"好"。

她转身，边走边回头，不忘补了一句："我等你哦。"

杨暄笑笑，转身进了店里。

尤思嘉拐进了旁边的商场里。

夏天，商场内的冷气开得很足，尤思嘉有点心烦意乱，在各处不停地乱转悠。

商场中心搭了一个庞大的台子，有穿扮花哨的卡通人物在上面表演舞台剧，下面围坐了不少小朋友。

尤思嘉走累了，在最后一排坐下，和一群小朋友一同看了半场冰雪奇缘。

正看得认真，突然察觉到旁边的椅子被拉开，有人坐了下来，紧接着对方往她手里塞了一杯奶茶。

尤思嘉转头，看到了抿唇的陆泽铭。

尤思嘉说不要，要还给他，但他没接。她只好拿着，水珠滚湿了自己的掌心。

舞台剧后的荧屏闪烁，几毛钱的雪花特效飞舞，艾莎公主正在唱着歌变身，把身上的披风一扔，周围的小朋友忽然都兴奋了起来，跟着嗷嗷唱起来——

"孤立国度很荒凉……我是这里的女皇……"

"随它吧！随它吧！"

陆泽铭觉得很吵，一扭头见尤思嘉眼睛亮亮的，正跟着周围小孩的歌声微微地摇头晃脑。

他只好又跟着坐了五分钟，等这一幕表演完毕，演员鞠躬下场，他才再次转身，看到尤思嘉一副意犹未尽的样子。

他皱眉："你喜欢看这种？"

尤思嘉看他："这种怎么了？"

"小孩子喜欢的。"

尤思嘉有点不能理解："小孩子喜欢的怎么了？"

陆泽铭不说话了，过了两秒他说道："我们找个安静的地方行吗？我有话和你说。"

尤思嘉瞧瞧他，终于起身，两人去了一家咖啡馆。

陆泽铭去点单前，尤思嘉晃了晃手里的奶茶："你点自己的就好啦，我还有这个，点多了浪费。"

他看了一眼没说话，等点完单，他坐到她对面。

起初在说学校和成绩，有一搭没一搭地聊，聊起某个同学去了哪里上学。

尤思嘉瞧了一眼手机，杨暄还没给自己发消息，再抬头就见陆泽铭正盯着自己。

被抓走神，她有些心虚："我在听，我知道他，他是我高一的同学。"

"高一，"陆泽铭像是终于绕回正题，"当时你们班在六楼。"

尤思嘉点头："对，所以你当时经常来六楼，是找他吗？"

陆泽铭表情变化莫测，看了她有半分钟之久，终于忍不住："你以为我在看他？"

尤思嘉实话实说："不是啊，我之前还以为你在看我。"

"我就是在看你。"

尤思嘉一愣："你看我干什么？"

"你不知道？"他气笑了，有点口不择言，"我喜欢你，你不知道吗？你当时和我对视了很多次，我以为你也喜——"

"你说什么呢！"她吓了一跳，赶紧打断，"我喜欢杨暄，才不喜欢你。"

话是不假思索脱口而出的。陆泽铭面色一僵，连尤思嘉自己也顿住，说出去的话如同泼出去的水，把思绪给浇了个明朗。

她想起了昨晚的那个吻，耳根重新灼烫了起来。

原来如此，她恍然大悟，因为她喜欢杨暄，从不知道什么是喜欢的时候就已经喜欢了。

周围桌子上的人频频把目光往这里投，不明白两个人都在一瞬间脸红脖子粗，但是神色完全不同。

陆泽铭像是要得到一个让自己死心的答案："你喜欢他什么？"

尤思嘉完全忽略了他的表情，只沉浸在自己的世界里，小声道："杨暄可好了。"

陆泽铭冷眼看着她："爷爷是，你也——"

他说到一半便停住，直接起身离开。

尤思嘉自己又在商场坐了两个小时，才收到了杨暄的信息。

她连忙出去，见杨暄骑着摩托车在外面的路边等她。

尤思嘉回过味来后，整个人都轻飘飘的，她几步走过去，上车揽住他的腰。

杨暄明显一怔，无奈："你不嫌热吗？"

尤思嘉摇摇头："不嫌呀，赶紧回家，我有一件事情要告诉你。"

傍晚，炎热的躁意已经褪去了一些。

两人进了家门后，尤思嘉就坐在沙发上，刚想对他说什么，但杨暄却说自己想洗个澡。

尤思嘉"哦"了一声，回了自己的房间。

杨暄洗澡用了很长时间，水声断断续续，停歇后，尤思嘉敲敲自己的房间门，大声问："你好了吗？"

杨暄说好了。

尤思嘉出去，见他正在打扫卫生，先扫地，又拿拖把，地上有水痕，还有清洁剂的味道。

"很干净了，"尤思嘉坐在沙发上被迫抬腿，"你歇一歇，我有事情要说。"

"你有要洗的衣服吗？"杨暄说，"浅色的，我一起帮你洗出来。"

"我自己洗，你先坐下。"

杨暄把拖把放回卫生间，刚刚坐下，忽然想起来什么："你晚上想吃什么？"

"我不饿，"她一把抓住他胳膊防止他走，"你为什么不听我说话？"

杨暄的皮肤还有些湿润，屋内已经有些暗了，他说："先开灯吧。"

说完，他起身过去，尤思嘉在后面直接说："你不想知道陆泽铭下午和我说了什么吗？"

杨暄抬起的胳膊一顿，随后"咔嗒"一声按下开关。

"他说了什么？"

屋内灯光亮了起来。

"陆泽铭说他喜欢我。"

杨暄转身看过来。

尤思嘉从沙发上起身，笑眯眯地说："你猜我说的什么？"

杨暄神色微动。

"我说我喜欢你。"

尤思嘉自己揭开了答案，走到他面前，和他对视，等他的回答。

杨暄垂眼，扯起嘴角又放下，几经犹豫，随后道："思嘉，是这样的。

我比你大四岁——"

"我不听这些,"尤思嘉只想听想要的答案,她把杨暄拽到沙发上,"你就说你喜欢不喜欢我?"

"很多事情不是说喜不喜欢……"

"可你昨天都亲我了啊?"尤思嘉瞪大眼睛,"你不记得了吗?"

杨暄坐在沙发上,回避她的目光。

尤思嘉蹲下,仰脸看他:"你昨天就躺在这里,你就捏我的脸,就这样。"

她抓起他的手,放在自己面颊上,然后又推他,要帮他回忆。

"等等,思嘉……"

尤思嘉劲足,又是推又是抱,他实在招架不住,折腾一番两人都有些出汗,呼吸滚烫。他垂眼瞧她,手掌掐住她的腰,不让她再往前。

他有些尴尬,试图和她讲道理:"你是女孩,你等会儿——"

"然后我去给你倒水,你就扶住我的头……"

尤思嘉说着,索性跨在他身上,扶着他的肩膀凑上去。杨暄这次却没躲。

尤思嘉却顿住了。

她在他的眼睛里看到了很浓厚的情绪,也看到了自己的影子。

杨暄扶住她腰的大手忽然往上,缓慢地抚摸,像昨晚一样的滚烫和粗糙。

"昨天就是这样的……"尤思嘉小声道,随即闭上眼睛就要凑上去。

下一秒,她的唇只蹭到了他的面颊。

杨暄单手把她抱下来,从后面摸出突然响起的手机。

他接通了电话,尤思嘉刚想继续说话,他用另一只手捏了一下她的脸,示意她安静。

尤思嘉乖乖噤声。电话那端的声音有些听不太真切,但是她看到杨暄的面色变得凝重起来。

他很快挂断电话,然后起身:"我出去一下。"

尤思嘉拽着他的衣服跟着站起来,有些担心:"出什么事啦?"

"店里的事我去处理一下。"杨暄垂眼看她,抬起手来,犹豫一瞬后摸摸她的头发,"你自己出去吃饭,不用等我。"

尤思嘉瞧瞧他的神色,点点头。

杨暄不到十分钟就赶到了洗车店。

那辆明黄色的跑车在店外停着,耳钉青年和陆泽铭都在,小林和刘师傅都还没下班,正蹲门口抽烟。

小林听见杨暄的摩托车声,连忙站起来,面如土色:"暄哥……"

杨暄摆摆手,走过去蹲在车下面瞧。

"看清了没?"耳钉青年的声音在上面响起,"这个合头,包括这个刹车卡钳外面全部被氧化腐蚀。"

杨暄打开手电筒,皱着眉没说话。

"之前洗不干净给了你一次机会,这次倒好,这是恩德雷斯的刹车,你是看也不看就往上面喷化学药剂啊?"

杨暄起身,先道了歉,又说:"我去和店里的负责人商量一下。"

耳钉青年瞥了他一眼,陆泽铭则是事不关己的态度。

杨暄走到刘师傅和小林面前,面色凝重:"这个刹车和合头都是阳极工艺,不能接触强碱性的液体,应该是谁往上面喷了自洁素。"

杨暄向来谨慎,应该不会犯这种错误。刘师傅吐了一口烟气,瞧向小林:"你用了?"

"车是暄哥负责洗的,"小林摇头,"我就是前期帮忙搭了把手,我忘了,我应该是没喷……"

刘师傅把烟往地上一扔:"店里有监控。"

"车开过来不都是这样吗?"小林支吾着,"暄哥进去换衣服的时候我帮他先喷了一遍,他也没交代我。"

小林是个二十岁的男孩,暑假刚来打工,属于好心办了坏事。杨暄也不想难为他,只说:"车是我负责洗的,没交代是我的问题。"

刘师傅起身,喊着耳钉青年进去,一起商量赔偿的事宜。

杨暄在外面掏出手机,给尤思嘉发了条信息,让她早点睡别等自己。刚按了几下屏幕,他就听见陆泽铭的声音:"思嘉怎么没来?"

杨暄动作停了一下,没说话也没回头,继续编辑信息。

陆泽铭继续问:"你洗车一个月多少钱?"

杨暄说不多。

"那赔偿的费用对你来说应该很难,"陆泽铭语气平稳,"需要我说情吗?"

杨暄回头看了他一眼:"你会吗?"

"看你想不想了。"

杨暄没搭话,收了手机,转身进了店里。

晚上十一点,李满才下班,杨暄过去和他一起吃了饭。

听他讲完，李满神色也凝重起来："赔多少？"

"车是改装过的，一个轮毂至少一万五，四个全部氧化，还有其他劳务费，最低十万。"

李满骂了句脏话，忍不住问道："责任总不能都让你承担吧？"

"小林就是个小孩，拿不出来多少，"杨暄捏着眉心，"何况对方非得认准我，他们不差那个钱，明天还要找人来闹事，刘师傅和店长说要五五分，但是店长不同意。"

"我这边能给点，能凑齐吗？"

杨暄摇摇头："差点。"

"找李晓峰救急？"李满提完又马上否决，"算了，他这种有钱人我害怕，天天精神空虚找乐子，还有你那弟弟也是！"

杨暄瞧了李满一眼。

"小小年纪浑身都是心眼子，一点也不单纯……"

杨暄到了十二点才回家。他关上门，准备开灯的前一瞬突然发觉不对劲，瞧见沙发前的风扇呼呼转悠着。

他轻手轻脚过去，只打开了一个小灯，发现尤思嘉倒在沙发上睡得四仰八叉。

"思嘉？"杨暄用手背碰碰她的面颊。她迷迷糊糊应了一声，没睁眼。

杨暄继续："回床上去睡，嗯？"

对方往前动弹了一下，抓住他的手不松开了。

杨暄垂眼看了一会儿，有些无奈，只好俯身把她抱了回去。

把人放床上的时候，尤思嘉有所察觉，费劲地睁开眼："你回来了？"

杨暄"嗯"了一声。

她继续闭上眼，抓住他的手不让他走："处理好了吗？"

"处理好了，你安心睡觉。"杨暄把手抽回来，把薄被子搭在她肚子上，又把风扇拉过来拧开。

尤思嘉这才安心，翻了个身不出声了。

第二天，尤思嘉醒来，脑中残留着杨暄抱自己的模糊印象，可又怀疑是梦，因为早晨没见着他人，她摸出手机，却收到了陆泽铭的信息。

因为对方提到了杨暄，所以她连忙收拾好过去赴约。

还是上次的那家咖啡店，路上尤思嘉途经洗车店，还不忘在门口看了一眼，却没见到熟悉的身影，有眼熟她的店员说杨暄今天没来。

陆泽铭早就等着她了，桌子上摆着咖啡和点心。他直入主题，边说边瞧尤思嘉的表情，最后神情微妙："他没跟你说吗？"

尤思嘉摇摇头，担忧："会赔很多钱吗？"

"对他来说会很多吧，车主是我伯伯的儿子，他也不差钱，但是该赔偿总要赔偿。一文钱难倒英雄汉，"陆泽铭瞧她一眼，"你喜欢他没问题，但现实问题就摆在这里，他连赔偿费都付不起。"

尤思嘉觉得不对劲："不会是你搞的鬼吧？"

陆泽铭没忍住冷笑了下："他自己洗车技术不过关，我怎么搞鬼，况且我好心告诉你，你就这样怀疑我？"

"对不起。"尤思嘉被他指责一通，起了愧疚心，又瞧他，言语犹豫，"既然你们都认识……"

陆泽铭看着她："我可以帮忙，让他少付一些。"

尤思嘉松了一口气："你人也不坏嘛。"

"我这么做是因为你。"

尤思嘉顿住："啊？"

"思嘉，"陆泽铭说，"我是看在你的面子上。"

尤思嘉连忙摆手："我只喜欢杨暄，其他的事情你就不要想了！"

"我没想其他的事情，"他以退为进，话里话外半真半假，"爷爷挺在乎他的，你也是。我只是不甘心，我希望你至少……不要躲着我，别一直都看他。"

"我不躲你，咱们还是朋友，"尤思嘉犹豫了一瞬，还是强调，"但我先说好，反正我只喜欢杨暄。"

陆泽铭反问："那你有没有想过以后？你们要异地？"

尤思嘉不假思索："我去哪儿他去哪儿，我们不会分开的。"

陆泽铭有一副好相貌，但像座精致冰雕，时不时会冒出来冷气。比如此刻。他有瞬间的疑惑和嫉妒，最后只轻声道："是吗？他这么喜欢你。"

尤思嘉不吭声了。她不知道怎么去说，因为杨暄从来没说过他喜欢她，但她就是能感觉到。

陆泽铭又问："那你喜欢杨暄什么？"

这个问题把尤思嘉问住了。她眨眼想了想，忽然问了别的问题："你相信人有灵魂吗？"

"不信，"陆泽铭冷淡地回答，"人死了就是死了。"

"噢，"尤思嘉吃了块蛋糕，"我相信。"

陆泽铭没懂她的意思。

尤思嘉问他："蛋糕是用什么材料做的？"

陆泽铭不明白她的脑回路，但还是回答了问题："面粉、糖，还有鸡蛋吧。"

"我有时候，也会想人的灵魂是用什么材料做的，每个人的材料应该不一样。"

陆泽铭看她一眼。

"所以，如果真的有灵魂的话，"尤思嘉认真地说，"我觉得，我和杨暄，我们两人的材料，肯定是一模一样的。"

陆泽铭似懂非懂，不言语了。

尤思嘉不想浪费，便拿着勺子把蛋糕吃完，最后掏出手机，给杨暄发了条信息，问他在哪儿。

手机振动了一下，杨暄拿起来看了一眼，察觉到对面人的目光扫过来，他只好重新扣上。

杨暄在这顿饭局中坐立难安。

今早他刚到店里，刘师傅就带着他告了假，又安慰他不要着急，说自己托人处理了这件事情，只不过对方要求中午一起吃饭。

刘师傅不说是谁。但一进入包厢，杨暄就看到了陆新民。

千篇一律的手段让他感到厌烦，但刘师傅在一旁，他只好硬着头皮跟着进去。

从这些年的相处中，杨暄早就了解刘师傅早些年不简单，此刻再听他们闲聊，更加确定两人之前打过一些交道，但是至于是过节还是交情，却不好讲。

刘师傅把杨暄带过来，正要介绍，陆新民却打断对方，率先开口："我重新介绍，这是我孙子，杨暄。"

等看到对方露出意外的神情，陆新民这才心满意足，落了座。

杨暄错开刘师傅的目光，并不动筷。

饭到尾声，陆新民才笑："最近店里不太平？"

话是对着刘师傅说的，但是目光却看向杨暄。

杨暄不说话，刘师傅跟着望过去。

下一秒，杨暄就站了起来，对刘师傅耳语表达歉意，最后朝屋内微微俯身："我吃完了，两位慢用。"

接着，他往后退了几步，转身掀帘离开。

刘师傅看了一眼陆新民的表情,心下明亮:"我瞎着急,忙来忙去没想到忙到你的家务事上了。"

"唉。"陆新民掏出烟扔过去,"如果不是你给我打电话,我都不清楚他俩还有这样的事。"

"绕了这么一大圈,你是顺水推舟还是推波助澜我都不想管,"刘师傅接过烟,"但我能看出来,你这个孙子和你不亲。"

陆新民笑容收了一下。他简单讲了一些来龙去脉,又沉声道:"我老了,你也知道我儿子不争气,天天就知道吃喝玩乐,儿媳妇呢,又强势。"

刘师傅瞧他一眼:"泽铭不挺有出息,挺聪明。"

陆新民对自己的孙子是了如指掌,他笑了一声:"是,但泽铭心思太重,又听他妈妈的话。但杨暄不一样,他恰好相反,沉稳能干。"

刘师傅扯出笑容来。

"鸡蛋不能放在一个篮子里,这个道理你也懂。"陆新民瞧过来,"你也挺喜欢他,要不然也不会找我。"

"老狐狸了,"刘师傅神色复杂,"一直等着收网吧。"

陆新民笑了:"这不还得请你帮我当说客。"

杨暄只在白天给尤思嘉发了一条晚回家的消息,之后就再也没有任何音讯。

她就像昨天晚上一样,坐在沙发上等,其间不知不觉睡着了,又忽然惊醒。她摸出手机看了一眼时间,发现即将到零点,而李满这时打来了电话。

尤思嘉接通,李满当头就问:"妹,杨暄回去了?"

"没有,"她还有些迷迷糊糊的,"没和你在一起吗?"

李满说了一句"糟了",随即就要挂掉电话,而尤思嘉的瞌睡虫立刻飞走,连忙追问。

十分钟后,李满骑着摩托车来到尤思嘉的楼下,她坐上后座后,两人快速驶向了郊区。

即便是炎热的夏季,随着距离市区越来越远,温度也逐渐降低,周遭的建筑物减少,场景慢慢荒芜,柏油路面上用黄白颜料涂画的横杠在夜色中显眼。

尤思嘉去年来过这里,但是没想到,零点过后,这里竟成了另外一番景象。

原先比赛的地方只停着几辆摩托,能隐约看见灯光和人群都集中在了后方的山坡高处，铁丝网前有人守着，需要买票才能通过。

李满停下车子，往外掏钱，两人这才得以顺利被放行。

柏油路在此刻断掉，地势陡升，摩托车沿着山坡往上爬，尤思嘉整个人的心开始提了起来。

人群聚集在半山腰处一个宽阔的地方，周遭的男男女女都面露兴奋，比起之前的热闹，如今可谓是疯狂。

有人拿着喇叭站在高处喊："第三场了，要下注赶紧，两分钟后比赛开始。"

吆喝和喝彩声此起彼伏，李满在人群里左顾右盼地寻找。尤思嘉像有所感应一般，她踮起脚往上看，隔着远远的一段距离，在半山腰的起点处看到一辆黑色的摩托车，上面的人戴着头盔，正偏头听旁边的人讲话。

尤思嘉心下咯噔一声，赶紧去拽李满。

李满抬头一瞧，先看到了李晓峰，随后才看到杨暄，再一回神，就见尤思嘉已经推开人往起点跑去了。

他连忙追上，有人被挤开而发出不耐烦的声音，李满不停地朝人道歉，转身见尤思嘉已经快冲到起点。有人走过来拦住她，她跳着就要和对方吵起来，又喊杨暄的名字，但是因为周遭太吵，声音被淹没。

李满好不容易挤到尤思嘉面前，就听到发令枪"砰"的一声响。

两人瞬间望过去，而人群沸腾如热水，两辆摩托车像箭矢一样冲向了蜿蜒陡峭的山路，尘土紧跟着漫天飞扬起来，车灯闪烁在弯弯曲曲的盘山路上，令人心惊肉跳。

李满大气也不敢出，而尤思嘉却紧紧盯着黑暗山道中黏在一起的两盏车灯，心脏"怦怦"跳。

三分钟竟然这样漫长，尤思嘉脚底都有些开始发麻。

轰鸣声重新拉高，最后一个超车弯道冲过来了一辆黑色摩托车，他即将压弯，随后可达终点，而另外一辆紧跟其后。

尤思嘉提着的心终于缓缓放下，她抬脸看向李满："杨暄要赢——"

周围人突然发出惊呼和幸灾乐祸的叫好声，李满表情突然变了。

尤思嘉猛地扭头，只见两辆摩托车一前一后擦在一起，电光石火间，尘土飞扬，摩托车贴着地面转着圈，车上的两个人都翻滚了下来。

李满怒骂："后面那家伙玩阴的！"

周围的嘈杂声像潮水一般越退越远，尤思嘉大脑一片空白，她动了动嘴唇，却没能发出声音。

穿着黑色皮衣的杨暄在地上滚了两三圈,身上沾满了尘土,在地上躺了两秒钟,挣扎着要起来。

另外一个人在地上也不停地动弹着,最后还是杨暄先捂着胳膊站了起来,跌跌撞撞,蹒跚着走向终点。

观赛的人群呼喊如浪。

他像是有所察觉一般,朝着人群中望过来,同面色如纸的尤思嘉对视。

尤思嘉眼圈有点发红,但还是朝他咧嘴笑了一下。

杨暄忽然眼圈一烫。

他也跟着笑了一下,又想到自己的脸藏在头盔下,她看不到,接着才察觉到胳膊的剧烈疼痛,这疼痛竟然让他眼前发黑。

杨暄摇摇欲坠,最后倒了下去。

"你就作吧。"李满坐在病床前,一边削苹果一边说,"钱是还上了,搭进去一条胳膊,你这账算得可真明白。我发现了,你这人平常装得沉稳大方,有时候特容易脑子抽筋犯病,然后去作死。"

杨暄的左胳膊打着石膏,躺在病床上,面上倒是无所谓:"轻微脑震荡,胳膊也没大事,就是静养个几个月就好了。"

"这是一回事儿吗?我是真觉得你……唉!"

杨暄把对方的唠叨照单全收,他迷迷糊糊睡了一觉,醒来第二天就在病床上躺着,床前坐着一个骂骂咧咧的李满。

他环顾了周围,自己的病床在中间,因为两边都拉上了帘子,看不到其他病床或者人。

杨暄像是随意问起:"思嘉呢?"

李满瞧着他:"你还有脸问!"

杨暄直起身子:"她……回去了?"

"提起咱妹你倒是紧张了,"李满用不可思议的目光看着他,"那天喝酒你说的是真话吧?不是,你禽兽啊?"

杨暄不吭声,过了两秒接着问:"她人呢?"

"得,油盐不进。"

李满起身,临走前说道:"一晚上都没怎么合眼,我先回去睡觉了,今天还得跟理发店请假。她下去给你买早饭了,估计待会儿就上来了。"

李满走了五分钟后,帘子被重新掀开。

尤思嘉拎着袋子,同坐在病床上的杨暄对视,两人一时间都没有说话。

杨暄垂下眼睛，见她将塑料袋拆开，里面是两人份的早餐，小米粥和包子。尤思嘉把勺子放到汤碗里，连同包子一起摆到他桌子前。

"思嘉。"

杨暄轻声喊了一下她的名字。

尤思嘉没理他，搬着旁边的小凳子，只闷头吃自己的那份。

杨暄瞧了她一会儿，见她专心致志吃饭，头都不抬一下。

他的右手没事，吃了两个包子，又拿起勺子想喝粥，这才发现少了一只手不方便。

他正想着要不要弯腰，汤碗就被一只纤细的手端起。

杨暄抬头，见尤思嘉一只手端着汤碗，另外一只手捏着勺子，坐在他旁边，俯身吹了吹热气后，把盛汤的勺子递到他唇边。

杨暄顿了两秒，低头由着她喂。

尤思嘉的常态是叽叽喳喳，此刻她沉默的样子让杨暄不适应。喝汤的过程中，他瞧了她好几眼。

她嘴唇有点起皮，有了黑眼圈。杨暄喝完汤，又同她说道："你要不要躺床上睡会儿？"

尤思嘉看他一眼，仍旧不吭声。

杨暄只好起来，拉开帘子，走到卫生间旁，才发现尤思嘉还在后面跟着。

他有些尴尬："……我自己可以的。"

等洗完手出来，他再回到病床前，却发现尤思嘉趴在病床前睡着了。

杨暄动作轻微地来到她旁边，见她乌黑的头发垂在肩下，整个人睡得很沉。

他伸手想摸一摸尤思嘉的头发，即将碰到的时候又收回了手。杨暄最后俯身，嘴唇轻轻碰了碰她的发旋。

他停在此处不动了，能听见尤思嘉细微的呼吸声，沉稳规律，让人心安。

杨暄也随之闭上眼睛。

面前的床帘突然被人拉开，他顿时直起身子，看到拎着水果的刘师傅。

对方一愣，刚要开口，杨暄接着做了一个"嘘"的手势。

两个人坐到了外面的长椅上。

刘师傅看了一眼他的胳膊，只说了三个字："没必要。"

"钱还上了，我也表明了态度，"杨暄说，"不会让您为难。"

刘师傅问："你是铁了心不愿意回去？"

杨暄点头。

刘师傅静静瞧了他几秒,忽然笑了,拍拍他的肩:"好小子。"

杨暄意外地看了刘师傅一眼。

"你爷爷当年怎么起家的,喜欢玩什么手段,我最清楚。他看着衣冠楚楚,其实不过就是土匪一个,逼人上梁山的手段不止干了一次。"

杨暄笑笑,不言语。

刘师傅接着道:"但你现在只是个洗车工,他要是再弄点幺蛾子,你怎么办?你再去跑黑赛?这次你幸运,只是伤了胳膊,下次呢?"

"我有想过,加上比赛的奖金还剩一些。"杨暄慢慢说道,"其实我跟着您这两年学了不少,如果能有机会和门路,也可以自己去做生意。"

"在这儿?"刘师傅反问,"还是跟着你小女朋友走?"

杨暄脸上露出心思被戳破的难堪:"哪里有机会就——"

"那离开这儿去闯闯吧。"刘师傅打断他,"去南方,现在正是好时机。"

杨暄扭头看过来,神色微动。

"你要是愿意,我可以帮你引荐一下。最近他也缺人,你过去,一是远离你爷爷,二是难得的机遇,也说不准能闯出什么名堂。"

杨暄垂下眼睛,不知道在想些什么。许久之后,他说道:"好,不过给我一点时间。"

送走刘师傅,杨暄起身回去,尤思嘉还趴在床边睡觉。

他轻声喊了两声她的名字,只见尤思嘉埋着的脑袋动了两下,没醒。

杨暄单手托着她的臂弯,把人带到床上。尤思嘉这才睁眼看他,杨暄帮她脱鞋:"你先躺病床上睡会儿。"

尤思嘉实在是困,眼皮沉沉,闭眼继续陷入梦乡。

再睁眼的时候,她还有些迷糊,入眼是白色的被褥,蓝色的帘子拉着,旁边病床上飘过来的说话声让她意识到这里是医院。

她连忙动弹要起来,旁边伸过一只手帮她掀开被子。

尤思嘉扭头,发现杨暄就坐在床前,自己正靠着他睡着了。

她心下一跳,连忙问:"我没压到你的胳膊吧?"

"没有。"他宽慰她,"打绷带的胳膊在另外一边,你还睡吗?"

尤思嘉摇摇头:"几点了?"

"下午了,待会儿换一下药,我们就可以出院了。"

尤思嘉"哦"了一声,说完,忽然想起自己正和他冷战,于是她连忙收敛表情,起身坐好,拉开距离,不再同他讲话。

杨暄把她的变化都看在眼里，有些无奈，偏身喊她的名字："思嘉。"

尤思嘉把头扭过去，不和他对视。

杨暄又去握她的手，尤思嘉起初想抽回来，但是他的手掌粗糙有力，拢住她不让她动，声音无奈又惆怅："思嘉。"

被他这样喊，她心底莫名酥麻了起来。

尤思嘉扭头，见他很认真地看着自己，瞳仁漆黑，像一汪湖水。他笑笑，捏捏她的手，保证："以后再也不会了。"

尤思嘉这才勉为其难地瞧过去，松口："那好吧。"

夜幕降临的时候，两人回到了家。

尤思嘉把袖口挽上去，跃跃欲试："你静养就好了，做饭的事交给我。"

杨暄有点不放心："我做吧，你在旁边给我打下手递东西就好。"

尤思嘉却坚持照顾他，最后做了简单的饭菜，味道先不提，倒也像模像样。

睡觉前，杨暄准备去洗澡，尤思嘉帮他往石膏上缠了保鲜膜，又托着脸瞧他："我可以帮你洗，拿毛巾擦擦身上什么的——"

杨暄连忙起身："我自己可以。"

她有点失落："好吧。"

杨暄看她一眼，忽然上手捏捏她的脸："你每天都在想些什么？"

尤思嘉坦诚，眉眼弯弯："想你。"

杨暄先是一愣，嘴角刚勾起，忽然想到别的事情，又垂下眼睛，缓缓收回手。

他转身去拿毛巾："你休息吧，我去洗澡。"

尤思嘉担心他洗澡时不方便，于是一直在外面等着。

淋浴的声音停止，杨暄在里面许久不出来。

尤思嘉便敲敲门："你还好吗？"

杨暄说没事，他在穿衣服。

他应该是费了不少劲，上身还是黑色的背心，头发湿漉漉的，水珠滚在肩背上。

尤思嘉把他拽回沙发上，拿起毛巾要帮他擦头发。

杨暄有些躲闪："我自己来。"

尤思嘉不乐意："你一只手多不方便呀。"

杨暄微微弯腰，任她动作。

夏夜燥热，两人都穿着清凉，尤思嘉的手臂搭在他肩上，皮肤相贴，淋浴时的潮湿和柠檬香皂的气息都很浓郁。

杨暄扶住她的胳膊,避免她蹭来蹭去。

尤思嘉还在念念有词:"昨天房东过来了,我们是不是不续租了?"

他"嗯"了一声。

她把毛巾放下,难得惆怅:"我们要去另外的城市,是不是还要重新租房子?那我要不要在学校住……"

"思嘉。"杨暄喊了她一声。

尤思嘉回神,看着他:"嗯?"

杨暄不说话了。灯光昏黄,旁边的风扇呼呼转着,两人无声对视。

他垂眼,像是下定决心一般,开口:"我有件——"

尤思嘉却忽然起身,扶住他的肩,凑过来在他嘴角亲了一下。

动作猝不及防又无比自然,轻柔温暖的触感稍纵即逝。

杨暄顿住,话停在嘴边,一时不知道做什么反应。

尤思嘉却开心起来,她立刻起身笑眯眯地躲回房间去了,两秒后重新探出头:"晚安。"

等她再次关上门,杨暄这才回神,动作轻缓地捡起她扔在沙发上的毛巾。

H大开学早,八月底就要到校,杨暄已经不去洗车店了,尤思嘉这几天除了照顾杨暄,还在忙着收拾开学的东西。

杨暄吊着一只胳膊不方便,在一旁列了清单,唯恐尤思嘉忘了东西。

李满中午还买了热菜来看望杨暄,三人中午一起吃饭。

房间小,两个人的时候倒不觉得,多了一个人就显得异常拥挤。

李满问尤思嘉什么时候开学。

尤思嘉原本埋头吃饭,闻言抬起头来:"这个周五,我们两人坐火车去。"

李满看向杨暄:"就是后天走,那你来回一趟,再过去不得九月——"

杨暄打断他:"满哥。"

尤思嘉抬起头来:"什么来回?"

"你没——"李满有些惊讶,看见杨暄的表情,他便知道怎么回事了,不再言语。

李满吃完饭,临走前看了一眼尤思嘉,欲言又止。

尤思嘉挠挠头:"怎么啦?"

"没事，"李满说，"祝你在新的城市和大学都好好生活。"

"谢谢，"尤思嘉也有些不舍，"你可以来找我俩玩。"

李满看了一眼杨暄，最后挥手道别。

晚上，尤思嘉收到了程圆圆的信息，问要不要跟着她父母的车一起走。尤思嘉说杨暄送自己，程圆圆便回了几个挤眉弄眼的表情包。

她捧着手机去找杨暄，杨暄正检查她行李箱的东西。

"你都检查好几遍了。"尤思嘉问，"你的东西还没收拾呢，需要我帮忙吗？"

杨暄摇摇头，站起身来。

尤思嘉瞧着他的表情，心里忽然有点不安。她又想起白天李满的话，便问："他说的来回是什么意思？"

"就是，"杨暄垂眼，"我送你去了大学，然后再回来。"

"哦，"她继续问，"那你什么时候再去找我？"

杨暄没说话。

尤思嘉等着他的回答，但是过了半分钟，他还是没回应。

她大概明白了，强压下心中的难过："没事，你是不是这边还没处理完工作？海城离这里很近，我还有假期呢，到时候我回来找你。"

"思嘉，"杨暄吐出一口气，终于说出口，"我可能要去南方。"

尤思嘉一愣："和我姐姐一样吗？"

尤思洁去了南方打工，已经三年没有回来了，只有逢年过节姐妹俩才会通电话。

杨暄没看她。

尤思嘉逐渐意识到什么："就是说，我们距离会很远，可能很长时间都没办法见面了，是这样吗？"

听她这样讲，杨暄心里有种顿痛，这让他有些喘不过气来。

尤思嘉拽了一下他的衣角："你说话呀！"

"是。"杨暄深吸了一口气，抓住她的手，言语诚恳，"思嘉，你知道我的事情，陆新民一直想让我回去，我一直在躲，我一直在受制于人，一直在得过且过，原本我觉得能一直陪着你就很好……"

尤思嘉瞧着他，没听他说完，就忽然把手给抽出来："我知道了。"

杨暄一愣。

尤思嘉的表情出乎意料的平静，她推开他，自己过去收拾自己的东西。

杨暄跟过去，见她走到床前忙碌，把衣服叠起来，拆开，又叠起来。

杨暄把手搭在她的肩膀上:"思嘉。"

尤思嘉把他的手给拨开,不让他碰自己。

杨暄动作一顿,语气低下来,依旧在喊她的名字,竟然带了些恳求的意味:"思嘉。"

尤思嘉动作慢了下来,杨暄重新握住她的肩膀,想让她面对自己,谁知转过身来,就看到了她有些泛红的眼睛。

"是你自己说,我去哪里你去哪里,你说好要陪我去上大学,你说话不算数。"

听她埋怨自己,杨暄没法反驳,拉住她的手:"对不起思嘉,我一直不知道怎么开口,刘师傅那边给我推了一个很好的机会,我想去试一试……"

"不就是钱吗?"尤思嘉再次把手抽回来,红着眼看着他,"我上大学了,我、我也可以赚钱了,我养你不行吗?"

她忽然问道:"你是不是压根儿不喜欢我?"

这句话一出来,杨暄眼圈瞬间也红了。

尤思嘉说完这句话就后悔了。她顿了两秒,抱住他:"我只是不想让你走……"

杨暄回抱她。过了半分钟,他才重新开口:"那天比赛摔倒了,起来第一眼就看到你,忽然感觉很后怕,后来仔细想想,感觉赔钱这个事情不见得是坏事。"

他摸着她的头发,声音低了下来:"我只能自己强大起来,才能让自己不受别人摆布,我还想给你更好的生活。而且,你还要上学,你还有更远大的世界,我也要去干自己的事情,我们两人不应该只围绕着彼此转,把彼此禁锢住。

"不要因为我对你好喜欢我,不要因为感恩喜欢我,你还会接触很多人,你还会继续成熟长大,我希望到时候你还能选择我。"

尤思嘉抱着他不松手,她明白了他的意思。

三年前,他曾经说她是自由的,他是托举她的。那现在,他们应该是让彼此更自由、更有勇气。

但尤思嘉还是不舍和委屈,她埋在他衣服前,杨暄能感觉到上面的潮湿。

他下巴抵在她的发旋上,像哄小孩一样拍拍她的背安慰她,又听见她说了什么,气息扑在胸前,热乎乎、湿漉漉的。

杨暄只好低头:"你说什么?"

"我说,"尤思嘉抽了一下鼻子,"那你以后就管不着我了,你就等着后悔吧，我上大学要找十八个男朋友，一个月谈三个。"

杨暄一愣，随即被她气笑，开玩笑道："你信不信我打断你的腿？"

"你打啊，"她推开他，"你离我这么远，你打得着吗？"

杨暄的笑容逐渐收敛了回去，他伸出胳膊想揽住尤思嘉，却被她躲开。

"思嘉……"

"我要睡觉了。"尤思嘉又抽了一下鼻子，"你出去吧，我今天不和你说晚安了。"

杨暄笑了，带点苦涩的意味："那我和你说晚安。"

她不理他，转身坐到了床上。

杨暄看了她一会儿，转身关上门。

尤思嘉没有一直闹脾气，她只是闷闷不乐，这种状态一直保持到了上学那天。

杨暄的胳膊已经拆掉石膏，仍旧不能提重物，但他还是单手拎着尤思嘉的行李箱上了绿皮火车。

往行李架上放东西的时候，尤思嘉站起来帮忙。他们的座位是连号，在四人位的一侧，放完行李后能并排坐着。

火车早上七点十五发车，下午两点才能到达海城。

尤思嘉坐在里面，扭头看向窗外的景色，火车摇摇晃晃穿过城市，接着就是大片大片的农田。

杨暄打开背包，拿出在车站门口买的早点，塑料袋装着几个茶叶蛋，包里还有他带的面包和香肠。

他问尤思嘉吃哪一个，尤思嘉摇摇头，说哪个都不想吃。

杨暄动手剥了一个茶叶蛋递到她嘴边，尤思嘉只勉强咬了一口，随即偏过脸去，说自己没胃口。

既然她不肯吃，杨暄只好把她剩下的吃完，抬头见对面坐着一对母女，女人三十来岁，孩子五六岁，都在看他。

他把装着茶叶蛋的塑料袋递过去，女人连忙摆手。

杨暄瞧了一眼还在看他的小女孩，又从包里掏出香肠和糖果。

小女孩瞧了一眼妈妈，随后接过，又看了一眼妈妈。

女人有些不好意思："你快还回去，多大的人了，还要哥哥的东西。"

杨暄笑笑说没事。

对方瞧了一眼他，又看了一眼尤思嘉，寒暄："送人来上学？"

杨暄点点头。

说话期间，尤思嘉在一旁闭上了眼，正点着头打盹，杨暄连忙靠过去扶好她。

女人又看了一眼他俩，低头帮闺女把香肠的皮衣剥了下来。

火车摇摇晃晃，尤思嘉靠在杨暄身上睡得东倒西歪。

等她醒来，对面的母女俩已经下了车，尤思嘉此刻有些饿，用热水冲了桶装泡面，吃完又趴在杨暄身上睡了一觉，被他叫醒时，已经到了海城。

杨暄查清了路线，带着尤思嘉出了车站，又进了地铁。他在机器前端详，随后按照指示买了两张票。

旅游城市人多，地铁上没座位，他一手抓着行李箱，一手紧紧攥着尤思嘉的手。

学校门口有迎接新生的学长，杨暄没让他们帮忙，打听了一下地球科学学院的位置，便自己过去了。

学院位置略微偏远，但是寝室环境不错。

四人间，上床下桌，独立卫浴，而尤思嘉是第一个到的。

杨暄进了门之后，挽起袖子就开始打扫卫生，尤思嘉在旁边帮忙，但是赶不上他的速度，只见他把地面扫完拖完，接着拿着抹布将床铺和桌椅都擦干净，又铺上被褥和枕头。

收拾到尾声时，门被推开，一对夫妇带着一个女生，进来后第一句话就是感叹："哎呀，我们来晚了，里面打扫得这么干净！"

女生叫余苗雨，高挑漂亮。

尤思嘉和她都不是畏生的人，两人很快就加上了微信。

杨暄打扫完，擦了擦额上的薄汗，从包里翻出来一瓶水，拧开递给尤思嘉。她刚想摆手，就被制止，杨暄看着她："你一上午都没喝水。"

尤思嘉接过来喝了两口，然后还给他。杨暄把剩余的水喝完，拧上瓶子丢进垃圾桶里。

余苗雨碰了一下尤思嘉，用口型问道："你男朋友？"

尤思嘉一愣，随即去看杨暄，但他又去检查卫生间的设施去了。

余苗雨的父母和尤思嘉聊天，问她是哪里人，第一天晚上住不住这里。

正巧杨暄从卫生间出来，他问她："都收拾得差不多了，出去吃饭？"

尤思嘉点点头，收拾了一下包，接着和余苗雨挥手："我们先走了，晚上我不住这里。"

出了宿舍，杨暄带着尤思嘉把大学逛了一圈，又去了食堂吃了晚饭。

尤思嘉看到食堂饭菜不错，心情这才好了很多。

杨暄订了第二天上午的火车票,晚上他去学校旁边的旅馆订了房间,两张单人床。

尤思嘉坐在榻榻米上,推开窗户,发现外面不知什么时候飘了小雨。

杨暄洗完澡出来,肩上搭着浴巾,看见她往外面瞧,便过来关上了窗:"看什么呢?洗澡睡觉。"

雨声忽然变小,尤思嘉"哦"了一声,拿着衣服进了浴室。

浴室里面还有残留的水汽,洗完澡,尤思嘉拿着吹风机吹头发,看着镜子里的自己,想笑却笑不出来。

她出来的时候,杨暄正坐在床前打电话,听到动静,看了她一眼。

很平常的画面,但以后再也见不到了。

尤思嘉忽然涌上来一股强烈的不舍,她几步走过去,蹬掉拖鞋上了杨暄的床铺,直接揽住他的腰。

杨暄的身体一僵。

尤思嘉把脑袋搁在他胸膛前,乌黑的长发还很湿润,扫过他的手臂。

杨暄又说了几句,接着就挂了电话,然后摸了摸她的头发:"怎么了?"

尤思嘉不抬头,胳膊揽得越发紧了,声音闷闷的:"我要和你一起睡。"

"不行。"他连忙拒绝。

尤思嘉不理解:"为什么?"

杨暄瞬间卡壳,顿了两秒,问道:"你不嫌挤吗?"

"不嫌,"说着,尤思嘉蹭了蹭他,"我就要和你一起睡。"

杨暄丢掉手机,伸手捏住她的脸,让她同自己无声地对视。

他看着她清澈的双眼,忽然明白她的意思。

她真的只是想单纯地和自己一起睡觉。

杨暄松开手:"那我去关灯。"

"我去,我去。"

她连忙从他身上爬起来,"咔嗒"一声,只留下了床头昏黄的灯光一盏。

尤思嘉重新上床抱住他。

杨暄把被子盖在她身上,胳膊环住她,能闻到她头发上的香味。

尤思嘉还在念叨:"你去的地方远吗?那我放假能去找你吗?"

杨暄沉沉呼出一口气。

尤思嘉见他不说话,便抬头瞧过去。

昏暗灯光下,他看过来的眉眼总是缱绻柔和。

尤思嘉抬起胳膊揽住他的脖子,像只树袋熊一样挂在他身上,随后凑过去亲亲他的嘴角。

她好像只会这么亲吻。

蜻蜓点水般蹭一下,正当她要退回去的时候,杨暄忽然扶住她的头,不让她回去。

接着,沉沉的气息就压了下来。

尤思嘉感到杨暄皮肤温凉,但唇齿火热,贴过来时带了劲,和往日里一点都不一样,自己的下唇被轻轻啃咬和吮吸。

他的手掌粗粝,勾着自己的头发,然后在耳朵处揉压,这让尤思嘉心底忽然一麻。她也学着他的样子回应过去。

杨暄的呼吸忽然粗重,胳膊用力箍住她的腰,接着一只手捏住尤思嘉的下巴。

很陌生的感觉,这让尤思嘉有些无所适从。杨暄的另一只手从她腰部往上滑,捏着她的肩膀,勾起睡裙带子,又要往下抚摸。

她张嘴"唔"了一声。

接着齿关被撬开,她的舌尖被含住,有细密的水声在耳边响起。

这次的吻比杨暄喝醉酒那晚更眩晕,更迷醉,像被卷入风暴中,唇齿间都是对方的气息,这气息恰巧是相同的,彼此充斥、缠绵在一起。

杨暄的手掌刚往下探,就被尤思嘉抓住,她觉得痒,想躲,又感觉呼吸不过来,便推了推他。

杨暄闭着眼,仍旧捏着她的脸,急促的鼻息扑在她面颊上,最后尤思嘉猛然偏过头,大口呼吸。

杨暄这才如梦初醒,停下动作。

"我喘不过来气了,"尤思嘉抱怨,"你想憋死我。"

杨暄的呼吸也很粗重,他立刻和她拉开了一段距离,有些懊恼,随即抓了抓头发。

尤思嘉缓了几口气,整个人好多了,突然觉得现在的杨暄让她感到陌生,她有些不安地望过去。

杨暄则又拉开了一段距离,直接起身,说要去洗澡。

尤思嘉疑惑:"你不是刚洗完吗?"

他眸色沉沉,随即捏捏她的脸:"那你先睡吧。"

尤思嘉"哦"了一声,她重新拥住被子,听到浴室门被关上,淋浴的水声响起。

她原本是等着杨暄的,但是他洗澡洗得很漫长,水声一直在响,等到最后，尤思嘉眼皮发沉，整个人缓缓地滑进梦乡。

尤思嘉是被杨暄收拾东西的细微声响唤醒的。

她猛然睁眼，一骨碌爬起来，接着想起来今天要送他去车站，心脏忽然沉闷，像是被浸在了海水里。

两人收拾完毕后，一起去吃了早饭。

在送杨暄去车站的路上，尤思嘉全程耷拉着脸。

他看了她好几眼，最后只能捏捏她的手安抚她。

即便是清晨，火车站仍旧人来人往，空气里还浮动着昨夜下过雨后的凉意。还有半个小时发车，杨暄进站前看了一眼尤思嘉，说道："你回去吧。"

尤思嘉摇摇头，亦步亦趋地跟着他，最后和工作人员说了一下，送他送到了候车厅。

两人坐在椅子上，忽然都不再说话。

不知过了多久，尤思嘉抬眼看了一眼上面的车次显示屏，戳戳杨暄："检票了。"

他"嗯"了一声，起身背上包去排队。

尤思嘉跟着他走了几步，最后顿住脚步。

杨暄背着包，身形在逐渐移动的队伍里其实很显眼。他忽然回看，尤思嘉连忙举起胳膊挥挥手。

快到检票闸的时候，杨暄再次回了头。

尤思嘉继续踮起脚来挥挥手。

见他马上进站，尤思嘉只好转过身，慢吞吞地往回走。

正当她想再次回头看看时，肩膀上突然搭过来一只手，接着自己就被扯着转了个身。

杨暄竟然快步折返回来，捧住她的脸，不由分说压了下来。

周围的人声喧嚣，而杨暄长驱直入，带来一阵狂风骤雨，尤思嘉感到自己的舌尖都发麻了。这次的吻来得急促汹涌，相比之下昨夜都算是温柔的，她甚至能感受到一种陌生的情欲，夹杂着渴望和不舍。

仅仅不到五秒，杨暄就要推开她，但尤思嘉反应很快，她踮起脚抓住他，随即重重地咬了他一口，杨暄吃痛，闷哼了一声。

车站广播播报消息，杨暄乘坐的车次即将停止检票。

两人分开，杨暄摸摸嘴角，随后笑了。他说："再见，思嘉。"

她见他转身，快步进入闸道，接着消失在茫茫人群中。

第十章 /
**小女朋友**

尤思嘉的军训生活还是挺愉快的。

她精力旺盛,训练并不觉得累,站完一天,晚上还要拉着余苗雨在操场上一起散步。

两人坐在草坪上,看夜幕降临,天的边缘处还残存着夕阳的一点暗黄余晖,别的学院的学生在唱歌,不少人打开手机照明灯,挥舞出星星点点的亮光。

尤思嘉站起来,拍了视频分享给杨暄。

发完没立刻得到回复,她扭头看余苗雨也在录视频,视角清晰度都比她要好。

于是,她凑过去:"能把你的发我一份吗?"

"没问题。"说完,余苗雨把原视频发给尤思嘉,见她快速转发到一个备注是小树图案的对话框里。

余苗雨好奇:"发给你男朋友?是上次来送你上学的人?"

尤思嘉被问住了,思考了一下,点点头,又摇摇头:"不是男朋友。"

"他好帅。"余苗雨有点失望,"那他是你哥哥?你男朋友有他帅吗?"

尤思嘉看她:"我还没有谈过恋爱呢。"

余苗雨惊讶:"你每天晚上的电话是和谁打的?是他吧?"

尤思嘉点点头。

"那你俩说话语气也太黏糊了。"余苗雨露出暧昧神情,"我和我男朋友暑假在一起的,按理说现在是热恋期,看起来都没你俩好。"

尤思嘉挠挠头:"我挺喜欢他的。"

余苗雨露出一个"懂了"的表情,随后拍拍尤思嘉:"那你俩很快就会在一起。"

尤思嘉抿唇笑笑。她和杨暄的相处模式一直是这样，至于其他的，她还没想过，只觉得这样就很好。

国庆节小长假，尤思嘉带着余苗雨和程圆圆见面，几个人出去玩，一走一天，到处游山玩水。

尤思嘉不缺朋友，每次都能很热烈地和大家打成一片，课后去做兼职，也加入了户外俱乐部，尝试一些刺激的户外运动。

学习和课外生活都很充足，但一旦静下来，尤思嘉就会非常想念杨暄。

刘师傅介绍杨暄去了距离海城很远的鹏城，杨暄在一家豪华汽车修理连锁店工作，跟着一个姓王的主管。

杨暄凭借这些年从刘师傅那里学到的本事，早就可以担任技术骨干，于是他在店里工作了没多久，主管就带着他和其他的熟悉员工出来，准备自己单独创业。

所以，杨暄每天都很忙碌。尤思嘉给他发的信息，总是晚上才会被一一回复。

但两人经常会开视频，尤思嘉捧着脸瞧对面的杨暄，意识到他比她上学更辛苦，几个月就消瘦了很多。他忙碌一天，晚上还要伏案学习，每次只聊了十来分钟，她就怕打扰他休息，只好依依不舍地挂断。

杨暄给她转生活费，也会给她寄东西，大多数都是吃的和实用的。

而尤思嘉去野外上课，穿着肥大、多口袋的工装裤，跟着老师和同学们一起拼命往裤子里装石头。

除了上课需要的，尤思嘉还会挑出形状精巧、颜色漂亮的石头寄给杨暄，例如深绿的蛇纹石、半透明的水晶、泛着光泽的云母等。

第一年寒假，杨暄忙于工作没办法回来，尤思嘉则收到程圆圆父母的邀请，去她家过年。

放假避免不了高中同学聚会，昔日的同窗聚在 KTV 里唱歌，大家都变得有些不一样，不再像高中时那样灰扑扑的。

尤思嘉中途去洗手间，刚出来，就看到倚在外面等待的人。

走廊的两边是透明的玻璃装饰，一些反射的弧光映照在陆泽铭面上。短短半年，他也有变化，看着更高、更沉稳，微微偏过头来瞧她。

方才在昏暗的包厢内，他就频频往她这里看。现在又遇见，尤思嘉只好停住脚步，甩了甩手上的水滴，主动和他打了个招呼。

陆泽铭起身挡住她的去路。

279

他先开口:"我以为你不会再理我。"

尤思嘉眨眨眼。

起初杨暄离开,尤思嘉是有些迁怒于陆泽铭的,假如不是因为他的朋友,杨暄或许还会陪着自己去上学。因此从上大学后,她就再也没回复过陆泽铭的信息。

但再次遇见,尤思嘉突然觉得一切都是过去的事情,再看陆泽铭竟然有种别样的亲切感。于是,她笑笑,又问:"你不进去一起唱歌吗?"

他抿抿唇:"我爷爷住院了。"

刚想走开的尤思嘉顿住脚步:"啊?"

"现在已经没事了。"他垂着眼慢慢说道,"他前几天告诉我,他很想见杨暄一面。"

尤思嘉的神情突然变得很警惕:"你们又要干什么?"

之前的亲切感瞬间化为乌有,她生气地去推他:"他都被你们逼得走这么远了,你们还不肯放过他——"

陆泽铭被尤思嘉的变化刺痛,他抬手握住她的手腕:"我什么都没干,思嘉,你听我说……"

尤思嘉将自己的手腕抽出来,甩了甩,眼睛因为生气而发亮。

"爷爷老了,他只是想见一面,他说他对不起他,"陆泽铭顿了顿,"而且,我也知道了关于他的很多事情……"

尤思嘉安静了下来。

性格使然,歉意的话,再多他也说不出口。

陆泽铭继续看她:"你们还在一起,对吗?"

见她不回答,他慢慢垂了眼,扯出笑来:"所以,我真的是一点机会都没有了,对吧?"

尤思嘉点点头。

她向来不喜欢给别人闪烁其词的答案,或者模糊的希望。

说完,她就绕开他,自顾自回到了包厢。

唱歌还是很开心的,尤思嘉和程圆圆两人拿着话筒,对唱到了门禁时间。等程圆圆妈妈的电话一个接一个地打了过来,两人才急急忙忙拎着包回去。

外面天很冷,两人哆哆嗦嗦上了出租车。

"对了,"程圆圆突然想到了什么事情,"刚刚唱歌的时候,我看见陆泽铭拉开了你的包,他向你借了什么东西吗?"

尤思嘉一愣:"没有啊。"

虽然不敢相信他会做出偷东西的事情,但程圆圆还是担心道:"那你快看看有没有少什么吧。"

尤思嘉低头翻包,里面的东西不仅没少,还多了一个黑色的盒子。

她连忙掏出来,打开,里面竟然是一条项链。

程圆圆看清楚样式后,立刻咋舌:"好几千块钱呢,他送你这个干什么,莫名其妙的。"

尤思嘉赶紧合上,唯恐丢掉,准备找个时间给他寄回去。

后来,她将这件事情给杨暄提了一嘴。

说起这件事的时候,尤思嘉是在去春河镇的大巴车上。

她买了点年货,去看了一下姥姥,其中也有她姐尤思洁的嘱托。刘秀芬和弟弟、妹妹也在那里,但是她放下东西就走了,没有留下吃饭。

路上有些闷闷不乐,她就和杨暄打电话。

杨暄那边有些忙,有风声和说话声。

尤思嘉抽了抽鼻子:"你怎么过年也这么忙呀。"

杨暄听出了她的不开心,一直没挂电话,戴着耳机陪她聊天。尤思嘉也能听见他那边的声响,他们说的方言她都听不懂。

等空闲下来,尤思嘉提起项链的事情,对面却安静了一瞬。

起初尤思嘉以为杨暄挂掉了,但是发现没挂断,她立马表忠心:"我可是立刻就给他寄回去了,拿别人的手短!"

等中午的时候,杨暄才挂掉电话,转为给她打视频。

那时,尤思嘉刚贴完春联。她去集上买了对联,因为自己家被债主给占了,她便去给杨暄家贴,即便家里空无一人。

她举着手机让杨暄看看对联贴得怎么样,杨暄的目光却落在她红红的鼻尖上,说道:"你把围巾拉高一点,冷不冷?"

尤思嘉赶紧拉了拉,然后炫耀:"这个围巾还是你给我织的呢,余出雨竟然问我要链接,我就说是纯手工的,哪里都买不到,还有帽子也是……"

说着说着,尤思嘉就笑不出来了。接着,她的眼圈忽然红了:"我好想你呀。"

杨暄听清楚了。

他在一个厂子里,后面有走动的穿着工服的人。尤思嘉见他想说些什么,张了张嘴,最后没说出来,笑得也很勉强。

最后,他抬起手掌遮住了眼睛,把身子偏离到了视频之外。

尤思嘉在春河镇只待了不到一天,随后就回到市中区。

尤思嘉在程圆圆家,这个年过得还是很开心。

情人节那天,程圆圆在家里收到了一个快递,她看了一眼联系人,转身喊了尤思嘉。

"我没买东西啊,"尤思嘉有些纳闷,"哦,前段时间杨暄问我要了地址。"

程圆圆兴奋极了:"快快,拆开看看里面是什么!"

两人兴冲冲地拆开,里面是一个包装精美的蓝色礼盒。

尤思嘉拉开丝带,打开,却愣住了。

因为里面静静卧着一条玫瑰金的心形双链。

程圆圆"哇"了一声,仔细拿来看了一下:"这可比陆泽铭送你的要贵多了……哎,后面有刻字!"

尤思嘉小心翼翼地翻过来,发现是一句英文——

Your freedom is mine.

她忽然心下一动,随即拿手机搜到了原文,竟是泰戈尔的一句诗。

程圆圆见尤思嘉捧着手机不说话了。

于是,她凑过来,看到了上面的原文翻译:

箭即将离弦

弓对箭附耳低言

君将自由

我心亦然

"竹马哥哥竟然还挺浪漫,"程圆圆打趣,随即转脸看尤思嘉,"思嘉,你怎么脸红啦?"

尤思嘉猛地把手机翻过去,下意识反驳:"我哪有!"

"你明明就有。"

尤思嘉被她一说,从面颊到耳际,竟然真的滚烫起来。

等到晚上,杨暄才给她回了电话。

程圆圆的父母都在客厅,尤思嘉莫名心虚,她捏着手机去了阳台。

接通电话后,尤思嘉迫不及待先开口:"我收到你的礼物啦。"

杨暄笑了:"嗯,我也看到你给我发的照片了。"

照片是尤思嘉戴上项链后拍的，只露出一点尖尖的下巴。

杨暄继续问她喜不喜欢。

"喜欢，"尤思嘉说完就有些心疼，"但是好贵。"

"我们现在客户多了，"杨暄语气难得带了一些开心和意气，"首饰化妆品这些，我以后可以多送你。"

他是忽然意识到的。尤思嘉已经上了大学，即便她从小就不太在乎这些，但总归是女孩儿。她应该是喜欢的。

想到这里，杨暄不经意间说道："你好像没给我发过照片。"

尤思嘉起初没理解："什么照片？"

杨暄顿了一顿，说道："你自己的照片。"

尤思嘉不怎么拍照，但是既然杨暄提了，她就去翻了翻自己的相册，却挑不出满意的一张来。

回到学校，她就找了余苗雨。

余苗雨拍照好看，还教她学习化妆，于是她断断续续拍了很多，挑选了几张发给杨暄。

端午小长假，尤思嘉想去鹏城找他。

她看了一下车票，发现大部分时间都消耗在了路上。

杨暄知道她的想法后连忙阻止，一是她独自一人不安全，二是假期业务更繁忙，自己那几天实在抽不出空。

尤思嘉"哦"了一声，有点闷闷不乐。

杨暄听出她的情绪。

过了几天，他又打电话来，说自己争取了假期，下个星期能来找她，但路途遥远，时间紧张，也许两人只能见上一面。

尤思嘉起初还以为听错了，愣了几秒后，整个人都要跳起来。即便是一面，她也很开心，课后之余还要拉着余苗雨去逛街买新衣服。

盼星星盼月亮，到杨暄要来的那一天，尤思嘉又接到了他的电话。

手机接通后，杨暄没说话。

尤思嘉就预感到了什么，她强颜欢笑，又带了真切的关心："你那边是不是出什么事情了？"

杨暄很诚恳地道歉。因为公司创业初期，一切都得亲力亲为，工厂这边出了点意外，他实在赶不过来。

尤思嘉只好安慰他，让他专心解决自己的事情。

尤思嘉这两天的情绪起伏明显，余苗雨很难不注意，便了解了缘由，随即狐疑起来："他真的这么忙？"

尤思嘉点点头，相比较不能见面的遗憾，她心疼对方更多一点。

"我是看出来了，"余苗雨叹气，"你是真单纯。"说完，她爬上尤思嘉的床，开始充当知心大姐姐。

"我问你，"余苗雨凑近她，低声道，"你俩睡过觉没？"

尤思嘉说睡过。

说完，她就见余苗雨露出果然如此的表情。尤思嘉刚想解释对方什么也没做时，只听到余苗雨义愤填膺："渣男！欺骗单纯女大学生的感情！"

"不是你想的那样……"

尤思嘉解释了半天，余苗雨还是半信半疑："那他为什么不和你在一起？"

"我还没想过这个事情，"尤思嘉说，"我觉得现在也挺好的。"

余苗雨苦口婆心："男人的话不能都信，不确定关系就是有鬼，说不定他就是吊着你，你可不能被他骗了！"

尤思嘉眨眨眼。她知道杨暄不是那样的人，但总有些失落萦绕在心头。

暑假来临，他们专业要去野外进行一个月的实践，而且还是去到最北边的山脉附近勘查。距离遥远，杨暄和尤思嘉谁都没有提见面的事情。

等实践结束，距离开学还有半个多月的时间。

尤思嘉没有告诉杨暄，而是独自下定了决心，她拎着行李箱，坐上了摇摇晃晃的卧铺，跨越三千多公里，耗时近三十个小时，从最北边去了最南边的鹏城。

尤思嘉前一天晚上还在和杨暄通电话，详细询问了他的住址。

杨暄没多心。他过段时间是有去找尤思嘉的打算，但因为上次的教训，他不敢轻易许诺，只嘱咐尤思嘉不要来找他。

"为什么不能来找你？"尤思嘉明显不乐意了。

"不安全，你一个人坐这么久的车……"

尤思嘉不说话了。

他声音柔和："生气了？"

尤思嘉说没有。

她望着外面黑漆漆的景色，心想自己来都来了，他总不能把自己赶回去。

早晨九点左右，尤思嘉从火车站出来。

外面举着牌子的拉客人员呼啦啦拥了上来，这让尤思嘉有些无所适从。

好在杨暄住的地方离火车站不远，她拎着行李箱，打车过去半个小时。

目的地是靠近郊区的一个修理厂，杨暄一直住在厂里的员工宿舍内。

早上十点多，鹏城上方的太阳就开始灼人。

尤思嘉戴着帽子，穿着工装裤和短袖，在修理厂的门口绕来绕去。

她能看到里面的地方不小，蓝色棚顶被隔离出好几个区域，每个区域都有几辆挂起来的车，车盖被打开，旁边围着几个穿着橙色工作服的青年人，身后摆满了轮胎和各种器具。

尤思嘉没瞧见杨暄。

坐在轮胎上休息的人早就注意到了一直在门口转悠的尤思嘉，正当她要打电话时，他起身过来，话里带着口音："你找谁？"

尤思嘉立刻抬起头："我找杨暄。"

对方"哦"了一声，接着打量了她一眼："他不在，你是他什么人？"

尤思嘉有点着急："他去哪儿了？"

这人正要说话，身后的同事喊了他一声："老五，干啥的？"

"找小杨哥的。"

说完，他扭头，觉得不对劲，又打量了尤思嘉几眼，忽然笑了，举起胳膊指指她："你是他小女朋友。"

尤思嘉一愣。

接着，老五身后来了两个满头大汗的人，他扭头对他们讲："你们看像不像？"

这些人围过来，尤思嘉就往后退了一步。

几个人用尤思嘉听不懂的方言交谈了几句，随后老五继续问："他没和我们说你要来，我送你去他宿舍？"

尤思嘉连忙点点头。

对方先去别的地方拿了钥匙，又帮忙把她的行李箱拎起来，带着她绕过修理区，往后面的宿舍楼走，两人开始往上爬楼。

尤思嘉问："他什么时候回来啊？每天都要出去吗？"

"估计得中午。"对方擦了擦汗，"干这行最重要的是客户，前段时间我们出了点意外，打了个官司，生意就不好做了，王总和小杨哥两个人是老板，得去上门抢修、保养、拉客户……"

对方说完又瞧了尤思嘉一眼："你是不是经常寄石头过来？"

"啊？"

尤思嘉反应过来后点点头。

"我们工厂搬了好几次，每次搬地方，他都带着一堆石头搬……"

说着,他停住了脚步,把门打开,将行李放了进去。

尤思嘉进去,打量了一圈——

狭小的单人宿舍,靠墙一张床,衣架上的衣服整齐,前面有书桌,墙沿摆着绿植。房间干净利落,符合杨暄的作风。

老五帮她开了空调:"我下去了,他应该很快就回来了。"

尤思嘉朝对方道谢挥手。

等只剩自己一个人的时候,她更仔细地打量了一圈房间。她先是发现自己寄过来的石头都被分门别类地放置在一个书架上,书架旁是书桌,她坐下,把帽子摘下放在一旁,想象杨暄每天晚上学习的样子,随后抬眼,在桌角处扫到了一张相框。

尤思嘉把相框拿过来,里面的照片是之前她发给杨暄的,竟然被他洗好装裱成框。

她小心翼翼翻着他桌子上的图纸和笔记,慢慢地看,心里感觉很奇妙。

大概过了不到一个小时,尤思嘉从阳台上看到修理厂驶进来了一辆车,有两个人从车上下来,和正在干活的员工说了几句话。

尤思嘉立刻认出其中一个人。

她立马回到屋内,坐到椅子旁,心跳"怦怦"响。

过了三分钟左右,她听到外面有上楼的脚步声,很熟悉。

门把手转动起来,有人在外面拿钥匙开门。

他不知道里面有人吗?

尤思嘉刚要起身走过去,就见门从外面被推开。

杨暄手握着门把手,低头拔出钥匙,察觉到屋内的冷气,随即抬头,接着就愣住了。

过了两秒,他往后退了一步,抬头看了一眼房间号。

尤思嘉的行李放在床边,她坐在书桌旁的椅子上,见到他后随即起身,眼睛亮亮的,带着一点期盼。

杨暄一直瞧着她,进门,反手关上。

尤思嘉没想到,两人竟都不讲话。

他穿着简单的黑色短袖,即便经常视频通话,但和亲眼相见还是有点不一样。他变得更成熟、高大,与此同时也稍微添了一点陌生,此刻眸色沉沉,一直望着她。

尤思嘉也瞧着他,对视了几秒,忽然有点说不上来的委屈,嘴角往下撇了撇:"你……"

她还没说完，杨暄就大步跨了过来，尤思嘉感觉自己被一把扯进他怀里。于是，她迫不及待地搂住了他的脖子，能感受到他身上带着外面腾腾的热气。

下一秒，面颊被杨暄捏住，掰过来，他俯身去亲她。

这几乎是两人下意识的反应，好像只有亲吻能弥合距离。

短暂深入的吻，舌尖纠缠了一瞬，接着，杨暄啃咬她的嘴唇，热乎乎的气息蹭过来，夹杂着他喃喃的话语："思嘉……"

喊完她的名字，他抬起了一点距离，似乎在确认是不是她。

尤思嘉踮脚继续攀住他的肩，还因为这忽然的亲吻和忽然的分开感到迷茫。

杨暄瞧着她的表情，忽然笑了，接着继续俯身，捧住她的脸亲过去。

尤思嘉勾着他的脖子，有些费劲，杨暄索性俯身，托住她，很轻松地把她抱了起来。

她因为突然腾空，更紧地揽住他。

这下变成了她从上而下地去吻他。

好热的温度，好深重的吻，难舍难分，只露出一些喘息和慌张的换气声。

尤思嘉正感觉天旋地转之际，杨暄忽然握住她的脸分开了一些距离。

她还没反应过来，他就把她放下，露出了无奈的表情，用手背擦了擦她的嘴唇，随即转身往门口走。杨暄拉着她，把她挡在身后。

下一秒，他就拉开了门，外面传来一阵慌乱的脚步声和戛然而止的笑声，几件橙色的工作服一闪而过。

杨暄拧着门把手探出身去，两秒后听到楼梯拐角处传来起哄声："没打扰你们吧小杨哥？我这就把他们全赶走，你继续继续……"

尤思嘉刚想出门去瞧，杨暄就反身回来，随后关上门。

小插曲结束后，杨暄重新看向尤思嘉，眼中闪烁着什么，他表情是在笑着的，两人对视了几眼后，竟都不约而同地撇开目光。

杨暄手握成拳抵住下巴，轻轻咳嗽了一声，率先开口："你……"

尤思嘉抬起头重新看他。

"你怎么就突然……"他走近她，低头问，"路上多长时间？几点下的火车？怎么来的工厂？累不累……你怎么不给我打电话？"

一连串问完，尤思嘉还没来得及回答，他就连忙想起别的，直接往书桌旁走："你渴不渴？我给你倒水。"

尤思嘉站在原地，但杨暄步履匆忙。

他先走到柜子旁,蹲下翻了两下,最后起身从上面拿出杯子,往里看了看,又到洗手池前洗了一圈,之后回到书桌旁,拿起上面的暖水壶正要倒水时,背后忽然伸过来一双胳膊,就这么环住了他的腰。

他动作停住,随后"咔嗒"一声,水杯被轻轻放置在桌子上。

尤思嘉把面颊贴在他后背处,隔着衣物也能感受到轻软的触感。

杨暄心下动容,喊了一声她的名字,手掌覆到她的手背上,转身揽住她的肩。

尤思嘉顺势埋在他胸口处,因此声音嗡嗡的:"这算不算一个惊喜?"

"算。"说着,他握住她的肩拉开一点距离,垂眼看下去,有些自责,"但下次不能这样了,距离这么远,而且我还没去接你……"

尤思嘉盯着他,不知听没听进去,只继续踮起脚,自然而然去索吻。

杨暄的手掌下滑,轻轻握住她的胳膊,后微微偏了头躲了一下。

正当尤思嘉有些微讶时,他接着俯身,唇在她额头处印了一下,随后轻轻推开她:"我现在一身汗。"

尤思嘉表示不嫌弃:"我身上也一股火车味呢!"

杨暄露出一点笑,他转身接着给尤思嘉倒了一杯水,看着她喝完后,自己抓紧时间去冲个澡。

尤思嘉也感觉自己身上不舒服,等杨暄出来后,她正蹲在地上整理衣物。

他边擦头发,边问:"带睡衣和换洗衣物没?没有可以先穿我的。"

尤思嘉说带了睡裙。

卫生间在阳台,杨暄搬了一个小凳子放在门口,让尤思嘉把换下来的衣服和睡裙都放在上面。

等她磨磨蹭蹭洗完澡出来,杨暄已经把她放在凳子上的脏衣物手洗了,正一边拧水,一边往晾衣架上挂。

从前杨暄也常常帮她洗衣服,贴身衣物一般都是她自己洗,但这次他全部一起洗了,尤思嘉倒也省事,接着想起来什么:"除了现在穿的,我好像只带了一套换洗内衣。"

杨暄没看她,语气正常,耳朵莫名发烫:"晚上带你去买新的。"

一年没见,尤思嘉的头发长长了,湿漉漉地垂在腰际。

杨暄连忙把空调给关上,说吹冷风会头疼,等擦完头发再开。

尤思嘉坐在床一侧,杨暄拿着毛巾在侧后方给她擦头发,问她路上的一些状况,他问一句,尤思嘉就答一句。

等头发半干,杨暄让她继续擦,自己则起身出去了一趟。

288

五分钟之后，他重新回来，一只手拎着的塑料袋里装着盒饭，另一只手里拿着吹风机。

刚洗完澡，此刻杨暄额上又浮现出薄汗来。

"宿舍都是男生，借了一圈才借到吹风机。"他说着就接上插头，握住尤思嘉的头发，轰鸣声在身后响起。

尤思嘉把头发扎上，坐在小桌前，见杨暄拆开塑料袋，里面只有一份盒饭。他把饭推到她面前："食堂有红烧排骨，给你带了一份。"

"你不吃吗？"她问。

"我待会儿下去和他们一起，你先吃，"杨暄解释，"吃完睡一觉，我抓紧把下午的事情忙完，晚上带你出去吃好吃的。"

尤思嘉边拆开筷子边点点头，旅途疲惫，她躺在杨暄床上能安心睡一下午。

杨暄等尤思嘉躺下后，才出了房间。

厂里的大部分员工正在食堂吃饭，杨暄过去的时候他们朝他挤眉弄眼。

杨暄笑笑没说话，端着食盘坐到了角落。

饭后，杨暄指导和修理了一辆车。王利峰从办公室里出来，杨暄又跟着他去市中心进一批配件。

王利峰是刘师傅介绍的人，他带杨暄出来创业，和其他不修边幅的鹏城汽修厂老总相比，王利峰四十来岁，大热天依旧西装革履，每次外出都戴着墨镜，俨然一副精英老板做派。

"我听说有个小姑娘来找你，"王利峰瞧他一眼，"有情况啊？"

杨暄摸摸鼻子没说话。

"干这行年轻的时候不好找对象，厂里其他小子都羡慕死你了，她多大年纪？"

杨暄说刚上大学。

"哟，真是小姑娘，就比我闺女大一点。"

杨暄接着补充："但还不是女朋友。"

"什么意思？人家可大老远跑来找你了。"

杨暄笑容收回了一点："就是因为这样，现在什么都不稳定，两个人距离又远，我是更忙的一方，总不能耽误——"

"哎，"王利峰不赞同，"当时带你出来，就是看准你身上这股稳重和踏实，你靠谱，办事谈生意都是三思而行，但是工作这样可以，谈恋爱可不能这样。"

王利峰拍拍方向盘："多帅气的大小伙子，女孩追过来，先谈就是，难不成还想结婚这么远？"

杨暄没说话，慢慢垂下了眼睛。

尤思嘉一口气睡到傍晚，迷迷糊糊之际，有人轻轻拍了拍她的面颊。

她下意识地抓着他的手，整张脸埋了进去。

杨暄摸了摸她的头发："再睡晚上就睡不着了，起来吧，我带你出去逛逛。"

尤思嘉听到杨暄的声音，思绪才慢慢清醒了过来，意识到他像以往一样喊自己起床。

于是，她一骨碌爬起来，而杨暄去了阳台，等尤思嘉换好衣服再进来，拉着她的手腕下了楼。

在鹏城，杨暄也有自己的摩托车。

他带着尤思嘉一边逛一边吃，有说不完的话，临回来之前还不忘带她去商场选了内衣，再回来的时候已经是晚上十点多。

职工宿舍楼还亮着灯，杨暄牵着她的手，正听她滔滔不绝讲实习期间爬山进岩洞的事情，忽然，转角碰到两个拿着水壶和脸盆去打热水的男生。

天气炎热，这两人都光着膀子，一打照面，杨暄就把尤思嘉往身后一拉。

这两人倒毫无察觉，反倒越发热络："哟，小杨哥回来了。"

说完，他们又继续朝被挡住的尤思嘉挥手："哟，小嫂子。"

杨暄简单打了个招呼后，就赶紧拉着尤思嘉进门："别理这群人，我开一下空调……你还要洗澡吗？"

尤思嘉瞧着他，突然开口："有一件事情。"

杨暄走到柜子前，翻出来枕头和床单："嗯？"

"我上午也碰到他们了，"尤思嘉眼睛亮亮的，"他们说我是你的小女朋友。"

杨暄动作忽然减慢，他不看她，一只手抱着枕头，接着把柜子门关上。

"所以，"尤思嘉继续追问，"我是吗？"

杨暄没说话，他走到床边忙活，铺新的床单，把枕头也换掉。

尤思嘉过来帮他一起抚平上面的褶子，锲而不舍地继续问："你怎么不说话，我刚刚说的你听到了吗？"

"你先去洗澡，"杨暄直起身来，抱着原本的枕头，"我先去旁边，把我要睡的床铺好再——"

"你去哪里？"尤思嘉听到关键词后打断，随即拽着他不让他走，"你别跑。"

"我没有跑。"杨暄解释，但不看她，"床板很窄，睡不开，旁边四人间只睡了两个人，我过去，你睡这儿。"

"为什么？"尤思嘉不理解，"送我上学的时候你还和我一起睡呢！"

说完，她顿了一下，忽然想到余苗雨的话，接着就把他怀里的枕头拽了出来，随手扔回床上，目光直直地看向他。

杨暄看着枕头在床上滚了一圈，最后停下。

"你心里有鬼是不是？"

杨暄闻言瞧过来，惊讶道："我有什么？"

尤思嘉犹豫了一瞬。

因为同杨暄从小一起长大，太熟悉和亲密，彼此的心情如何，不用说话就能知晓。喜欢和想念，也可以直白地从对方的眼睛里看出来。如果非要去定义感情，那总是有些狭窄和偏颇，但她的不解仍旧占据了上风。

于是，她老实说道："余苗雨说男人不确定关系就是有鬼。"

她继续歪着头问："那你是不是在吊着我？"

杨暄一愣。下意识地，他其实是想笑的，却没笑出来，他仔仔细细地去端详她。

几秒后，杨暄轻声开口："思嘉，你看看这里。"

尤思嘉不明白他的意思。

"很热对不对，比我们之前住的地方更狭窄，其实还有蟑螂，我每隔一段时间就要撒药，"他扯出笑来，"这个房间还算好的，因为其他员工连空调都没有，他们没上过大学，在厂子里也很少碰见漂亮女孩，所以对你……很好奇。"

"你坐这么长时间的火车来找我，现在只能住在这样的宿舍里，我连陪你出去玩的时间都没有……"杨暄的声音越发轻了，"我有什么资格吊着你呢？"

看见他露出落寞的神情，尤思嘉也不好受，她走过去抱住他："你有资格！"

杨暄垂眼，过了许久，也抱住她，又摸了摸她乌黑的头发，心下发软。

他将下巴抵在她发旋上，松了口："再给我一点时间，等你大学毕业，我应该就能……"

尤思嘉一听，瞬间不乐意："那还有三年呢！"

杨暄看着她的眼睛，又思考了一下现在的状况，犹豫着改口："那两年?"

"那好吧。"尤思嘉勉为其难地答应下来,随即松开胳膊,"你等一下。"说完,她就走到桌子旁,拉开椅子坐下,拿起一张纸就开始往上面写写画画。

杨暄走过去。她停笔,晃了晃手中的纸:"口说无凭,你得签个字。"

杨暄接过纸张,看见上面写着保证书……两年之后恋爱关系确认之类的云云。杨暄忍俊不禁,咬开笔盖,在下方端端正正地签了自己的名字。

尤思嘉重新拿过纸张,又看了一遍,这才美滋滋地叠起来,小心翼翼地放回行李箱里。

等尤思嘉洗完澡出来,杨暄从别的宿舍重新回来,正在伏案看书画图纸。屋内的灯被关掉,只留下书桌旁的昏黄台灯一盏,杨暄抬头看她,随即撇开了眼,继续低头写画:"床后面点了蚊香,你小心别踢到。"

尤思嘉没去床边,而是搬了一张凳子走到书桌旁,紧紧挨着杨暄坐下,胳膊搭在书桌边上,脸趴在胳膊上,问:"你什么时候去睡觉?"

杨暄翻了一页纸:"等你睡着了我再走。"

尤思嘉蹭过去,抱住他的腰不松手:"那我不睡了。"

她一贴近,湿漉漉的香气就扑过来,轻薄的睡裙衣料罩住绵软滑腻的触感。

像碰到了烫人的火焰,杨暄顿时往后撤了一点距离,握住她的肩把她扶起来:"你先起来。"

尤思嘉更紧地抱住他:"不起。"

"我还得看点东西,你抱着我我没法专心……明天晚上我继续带你去玩,"杨暄摸摸她的头发,被水打湿还带着潮气,"听话,松手。"

尤思嘉这才起来:"那我在一旁陪你。"

杨暄不同意,拽着她的手腕把她拉回床上,故意板起脸:"睡觉,还要我给你唱摇篮曲吗?"

尤思嘉来劲了:"那你唱。"

杨暄表情变换了两下,最后无奈:"我看着你睡,行吗?"

尤思嘉这才躺下,不忘拉住杨暄的手。

尤思嘉在鹏城待了不到一个星期。

白天,她自己去溜达着玩,等杨暄下班后陪她一起吃饭。晚上,他在书桌前看书,尤思嘉就坐在旁边陪着他。

快开学了,路程遥远,她还要提前回去。

临走那天,杨暄请假送尤思嘉去车站。

他一手拎着行李,另一只手拎着一个袋子,里面装了不少零食和点心让她路上吃,一直把人送到了候客区。

有过这次跨越距离的相见,分离就没有上次那么难以割舍。

快到检票时间,杨暄还在一旁交代她:"……睡觉的时候手机和身份证放好,下次有什么计划先提前跟我讲,嗯?"

尤思嘉抬头:"那我们什么时候再见面?"

他捏捏她的手:"下次我去找你。"

尤思嘉笑了。正巧开始检票,杨暄带着她去队伍后面排队。

快进站的时候,尤思嘉忽然想起来什么,看向杨暄:"你是不是忘了件事?"

"什么?"

尤思嘉指了指自己:"亲亲。"

她话音刚落,杨暄赶紧看了一眼周围,随后走近,把她给遮住,低声道:"后面这么多人。"

尤思嘉往前走了一步,回头看看排队的人群:"那好吧。"

她刚说完,杨暄一只手就覆在她肩上。

他微微弯腰,姿势像是在说悄悄话,下一秒就俯身,炽热的气息扑过来。

杨暄单手捧住她的脸往自己这边移,随即低头轻抿了一下她的下唇,分开时发出"啵"一声轻响。

随即,他起身,继续拎着行李,不再看她。

尤思嘉舔了舔湿润的嘴唇,从杨暄手里接过行李箱,进了闸道口,转身朝他挥挥手。

她上了电梯,再挥挥手,杨暄还在那里看着她。

回到海城时还有三天开学。

余苗雨和她男友也在海城玩,两人邀请她一起吃饭。

饭局上,余苗雨坐在她旁边,自然问起了她的感情状况,这次去鹏城有没有收获。

尤思嘉喝了一口饮料:"当然有。"

"确定关系了?"

她点点头:"他签了保证书,我们两年后谈恋爱。"

余苗雨用看傻子的眼神看她:"你怎么回事?"

"啊?"

因为还有第三人在场，余苗雨只好靠近她，低声说道："赶紧把你们这段时间干了什么和我讲一下，吃饭谁花的钱？住哪里？"

尤思嘉放下筷子，两人凑在一起说了没五分钟，余苗雨就打断她："等会儿？你们睡素的啊？"

尤思嘉瞧她："什么叫素的？"

余苗雨和她解释了一通，尤思嘉恍然大悟："我们一直这样。"

"可男的怎么会睡素的呢？"余苗雨百思不得其解，声音拔高了一点，"这不符合构造啊？男的！"

余苗雨的男友在对面终于抬起头来，欲言又止。

余苗雨懒得理他，拽着尤思嘉继续讨论。

道理尤思嘉都懂，但是没怎么往自己身上想。这顿饭吃完后，她就感觉自己推开了一扇新世界的大门。

第二天，尤思嘉顶着乱糟糟的头发和微青的黑眼圈被余苗雨从床上拽起来的时候，还差十分钟到八点。

穿上衣服后，两人草草洗漱，连早饭都来不及吃，猫着腰踩着点逃窜到了阶梯教室。

余苗雨坐下后，扭头才发现尤思嘉精神萎靡的样子，咋舌："你这有点太夸张了……我给你发的都看了？"

"也没有啦，怎么说呢，"尤思嘉还在回味，"就是有点丑。"

余苗雨从包里掏出两人的书放在桌面上，扭头瞧她："这还丑？都是我精心挑选的俊男美女，这种好东西，一般人我都不给他看。"

尤思嘉真心感叹："你好东西真多呀。"

话音刚落，旁边的李东川就看过来："什么好东西？"

余苗雨隔着尤思嘉白了他一眼："你别管。"

李东川倒是没在意，整个人往尤思嘉这里偏了偏："我没带书，看看你的。"

尤思嘉闻言，把课本往他那里推了推。

下课后，尤思嘉和余苗雨去了楼下的便利店买了关东煮和三明治，回到教室后被堵在了走道。

李东川坐在最外侧不起身，只问她俩："干什么去了？"

见余苗雨有些不耐烦，李东川便给她让了座。等人进去后，他却堵住了尤思嘉的路："吃的什么这么香？我也要。"

尤思嘉把手里的三明治递给他，但他不要，要捏她杯子里的串串吃。

下半节课，李东川忽然问尤思嘉："国庆假期你回家吗？"

尤思嘉摇摇头："户外俱乐部有露营活动，我和余苗雨准备去参加。"

"俱乐部那个我以前参加过，"李东川瞧着她，"人很多不好玩，我们可以去金市爬山，两天一夜，还可以看日出和云海。"

他同她描述之前爬山徒步的事情，尤思嘉被说动了。

下课后，尤思嘉问了问余苗雨的意见。

"可以啊，"余苗雨看向她，"那我喊上我男朋友，但这样的话你就和李东川一起了，你确定？"

"那我问问圆圆，看她国庆回不回家。"

"最好有人陪你，李东川吊儿郎当的，你绝对不是他的对手。"

尤思嘉没太懂她的意思。

李东川是尤思嘉大一时在户外俱乐部攀岩馆的难度区认识的。

她当时作为新手，身上绑了安全带和两个锁扣噌噌往上爬。

初次攀岩的人，大部分是能上不能下，爬上去很容易，在下降跳落时会感到恐惧，所以指导教练在下方不停地鼓励她。但尤思嘉登顶后没有犹豫，她一脚蹬在墙上将自己甩出去，姿势轻松，整个人轻蹬着往下降，最后落在软垫子上。

"漂亮。"

有除教练之外的声音响起，她转头看见了一个年轻帅气的男生，穿着黑色速干衣，长手长脚的，有些眼熟。

尤思嘉不好意思地笑笑。

等她跃跃欲试去玩抱石的时候，男生也跟着过来，指导了她动作。

玩到最后准备离开时，男生很自然地对尤思嘉说了一声"咱们走吧"。

尤思嘉顿住，等他转身瞧到她一副惊讶的表情，对方才挑了眉："你不认识我？我叫李东川，咱们是邻班，一起上过《地球概论》。"

尤思嘉这才恍然大悟地点点头。

国庆小长假再次来了。

距离放假还剩三天，早上第一节课点名，老师抓到了好几个没来上课的学生。

以往坐在尤思嘉旁边的李东川也没来，教室的空气中浮动着躁动的心情。

等上半节课上完，李东川才打着哈欠姗姗来迟，一来就问："你的装备都租好了没？"

尤思嘉点点头。

"后天晚上一起吃饭，到时候我帮你拿着？"

余苗雨瞧他："你怎么不帮我拿？"

李东川笑了一下，又打了一声哈欠："你男朋友不得弄我。"

他坐了两分钟，见老师早已点完名，竟又回宿舍了。

课程耗到最后，尤思嘉也忍不住摸出手机来看，刚好跳出来一条信息，等点开，她险些要跳起来。

旁边的余苗雨一把摁住她："老头往这儿看了呢，你淡定点，发生什么了？"

尤思嘉晃了晃手机上的车票截图，压着声音："杨暄国庆假期要来找我啦。"

说完，她连忙反应过来："他来三天，刚好和我们露营时间撞了。"

"那不正好吗！李东川刚好也在。"余苗雨连忙拽住她，"我问你，你想不想和杨暄在一起？"

尤思嘉点点头："但是我们都签了协议——"

还没说完，尤思嘉自己也反应了过来，随后若有所思："那李东川愿意吗？"

余苗雨哼笑一声："我看他求之不得，你赶紧给李东川发信息说晚上请他吃饭。"

晚上，三人在学校后街吃了烧烤。

听完余苗雨的方案，李东川果然爽快地答应了，接着露出饶有兴致的神色来，他瞧了一眼尤思嘉："他真的同意两年后再谈恋爱？"

见对方露出这种神情，余苗雨忍不住瞄他："你心里打的什么小九九呢？"

"我能有什么想法，"李东川的身体往后仰，继续看向尤思嘉，"你放心，到时候你只要配合我就行。"

尤思嘉把露营的事情在电话里说了一下，杨暄欣然同意，并且把车票直接改到了金市。

"设备我都帮你租好了，我们在车站旁边订了酒店，第二天就去爬山，"尤思嘉说着顿了顿，竟有些心虚，"那个……下午我和我同学一起去接你，可以吗？"

对方自然是没有问题。

杨暄在下午五点钟到达车站。

余苗雨的男友在酒店休息，其余两人跟着尤思嘉一起去接杨暄。

尤思嘉和余苗雨在酒店大厅等李东川下来，等到最后尤思嘉频频看时间，余苗雨也开始抱怨："说好三分钟下来，这都快十五分钟了，他到底在上面磨蹭什么？"

正当她俩准备上去找他的时候，中间电梯的门开了，出来一位个头高挑、穿着时尚的年轻人，瞧这大摇大摆的走路姿势，正是李东川无疑。

两人围着他转了一圈——

余苗雨的眼睛往上瞄："你的时间全用来弄头发了？抹了发胶？"

尤思嘉闻了闻："还喷了香水。"

余苗雨继续说："太阳下山了你戴墨镜干什么？"

尤思嘉还想说什么，被李东川打断，他把墨镜往额头上一推："你俩懂不懂欣赏？"

车站离酒店很近，三个人在高铁出站口等着。

"你记住了没？"

"记住了。"尤思嘉信誓旦旦，"等他出来，我一定要表现得对他有些冷淡，然后自然而然地去介绍李东川，并在不经意间显露出我俩的亲密。"

身旁的李东川微微抬起下巴，动了动自己胸前的项链。

杨暄乘坐的这班高铁途经的城市下雨，到站时间延迟了半个小时。

尤思嘉看了几眼手机，杨暄已经半个小时不回消息了。

见她面露焦躁，李东川开口："你不用急，快到站信号不好，消息发不出来很正常。"

话是这样讲，但是闸口处拥出来一拨又一拨人，每次尤思嘉都踮起脚往人群中看，等一拨人过去，她等的人还是没出现。

又一拨乘客散尽，余苗雨和李东川转身准备去找凳子坐下等，尤思嘉看了一下，也跟了过去。

刚走没两步，身后忽然有人喊了一声"思嘉。"

不止尤思嘉猛地回身，连余苗雨和李东川都看了过去。

杨暄从闸道口刷卡出来，穿着黑色冲锋衣，身后背了一个大包，有一丝疲惫，但看到她转身，他就笑了。

尤思嘉也跟着笑了，下意识地，她几步冲到杨暄面前，接着一把抱住他。

她的行动快而迅猛，即便杨暄已经有所准备，也被扑得往后退了一小步，接着环住她的肩，笑得无奈："人多的地方别跑，万一摔倒了怎么办。"

尤思嘉紧紧揽住他的腰，话里带了点兴师问罪的意味："你怎么不回

297

我信息?"

"信号不好总是转圈,"他低头,伸手揉揉她的头发,"但是一出来就看见你了。"

尤思嘉仍然抱着他不放手:"那你累不累——"

话没说完,身后就传来一阵咳嗽声。

两人纷纷回头,尤思嘉回头看到余苗雨握成拳在咳嗽,杨暄一脸意外。

李东川和余苗雨走近,尤思嘉才松开胳膊,帮杨暄介绍:"呃……这是余苗雨,你应该见过,然后……对了!这是李东川。"

杨暄的目光随着她的介绍落到了旁边的年轻男生身上。

李东川伸出手,露出恰到好处的微笑:"你好,我是李东川,是尤思嘉的朋友。"

杨暄和他握了手,看向两人:"你们好。"

李东川游刃有余,收回手后继续微笑道:"酒店就在旁边,把东西送上去后,咱们一起吃顿饭?"

杨暄点点头说好。

尤思嘉看了看他身后的大包,伸出胳膊:"是不是很沉?我帮你背一会儿吧。"

"不用,"杨暄握住她的手腕,轻轻捏了捏,"我自己来。"

李东川把顶在额头上的墨镜推下来,遮住了面容:"我带路,这边请。"

杨暄跟着李东川往前走,尤思嘉的手腕也随之被松开,她接着被余苗雨一把拽到后面,对方压着声音,恨铁不成钢:"你就心疼男人吧,我看两年后你俩也不一定能成。"

尤思嘉一愣,这才想起来他们的计划,开始忧愁:"那咋办啊?我给忘了。"

"你接下来可不能再这样了,"余苗雨看她,"冷淡懂不懂?等晚上吃饭。"

尤思嘉帮杨暄订好了房间,余苗雨在酒店大堂内坐着等她男友。

李东川帮杨暄取到了房卡,递给对方:"我送你上去吧。"

杨暄接过道谢,又说不用,看了一眼卡上的房间号,接着目光落到了尤思嘉身上:"你住几楼?"

"我住你旁边呀。"

尤思嘉说着就要走过去,身后忽然有人轻踢了一下她的鞋子,她顿住脚步,往李东川那里挪动了一下,站定,说道:"我们在下面等着你一起吃饭。"

杨暄愣了一下，扫了一眼两人，点点头："那我很快下来。"

吃饭的地方在一家环境舒适干净的小店，一行五个人进了一个小隔间，里面是一张长方木桌。

尤思嘉正要跟着杨暄往里坐，旁边的李东川忽然出声："哎，尤思嘉。"

她转身："嗯？"

"坐这里吧，"他指了指自己旁边，"空调吹不到这儿。"

"噢。"尤思嘉走过去坐好，下意识看了一眼杨暄。

杨暄在她对面落座。

余苗雨在李东川身侧竖起了一个大拇指，对方接收后，微微挑起嘴角。

余苗雨的男友拿起菜单，询问一圈后，开始点菜，最后又问在场的几个男士："能喝酒吗？"

尤思嘉跃跃欲试："可以！我们不醉不归！"

杨暄的目光落在她脸上，尤思嘉顿时噤声，往后缩了缩脖子。

李东川看向杨暄："能喝吗哥？"

"我酒量不太行，"杨暄笑笑，"明天不还得爬山吗？不太适合喝吧。"

"那就少喝一点。"

李东川和杨暄你一言我一语交流起来，关于车的话题尤思嘉不太懂，等饭菜陆陆续续上来，她的注意力就被转移，只顾着闷头吃饭。

聊着聊着，杨暄随口一问李东川："你也是思嘉的同班同学？"

"我们是一个专业的，"李东川微微往后靠，接着手臂虚虚搭在尤思嘉的椅子上，"但在户外俱乐部认识，关系一直很好，偶尔呢，也会听她说起你。"

杨暄放下筷子，笑着看了一眼正在吃饭的尤思嘉，像是来了兴趣."她都说我什么了？"

"她的隐私，那我就不好透露了，我答应要保守秘密，"李东川看向尤思嘉，"你说对不对？"

话音落下没见回音。余苗雨看了一眼正在认真卷烤鸭的尤思嘉，再次往旁边踢了一下。

尤思嘉没反应，李东川的脸色却变了。他转向余苗雨，微笑着。

余苗雨一愣，但也没露出愧疚之意来，她见尤思嘉把卷好的饼递给对面的杨暄，又一个眼色再次扫过去。

李东川接收到信号，盛了一碗汤递给尤思嘉："排骨玉米汤，你尝尝，很鲜。"

尤思嘉接过,尝了一口,点头:"好喝。"

说完,她放下碗,把旁边的醋递给杨暄:"但是有点淡,给你这个。"

杨暄接过,笑了笑。

等吃得差不多了,在座的几位男生将一瓶酒分完,余苗雨和尤思嘉去了一趟洗手间。

"李东川在那儿演大半天独角戏,结果呢,一晚上你和杨暄眼睛都黏一块了,你看看他,他看看你,"余苗雨自暴自弃道,"我看他对你也不是没意思,要不你干脆直接生米煮成熟饭算了。"

尤思嘉甩了甩手上的水珠,真的在考虑:"我觉得可以,毕竟我从你的好东西那里学到了不少。"

"你行吗?"余苗雨有些忧愁,也不抱指望,最后还是多交代了句,"做好防护吧,酒店那什么……质量不是很好。"

尤思嘉铭记在心。

回到酒店,余苗雨进了浴室去洗漱,尤思嘉则开门出去,走到旁边,敲了敲门。

没有动静。

等了半分钟之久,尤思嘉再次敲了敲门,这次门内传来了杨暄的声音:"谁?"

尤思嘉说:"是我。"

门后传来动静,杨暄只开了一条缝,声音清晰起来:"思嘉?"

"我可以进去吗?"说完,尤思嘉用力往前推了一下,杨暄没挡住,她直接走进去。

杨暄仍旧是黑色背心和短裤,乌黑的头发还坠着水滴。尤思嘉明白刚刚他是在洗澡。

杨暄眼睛有些闪烁,晚上喝了一点酒,被热水一泡,氤氲几分醉意来,他笑了:"怎么大晚上跑我这里来了?"

"想你了呀。"

杨暄擦头发的动作停止,他将白色的毛巾搭在肩上,目光望了过来:"刚见了面。"

"当然了,"尤思嘉直接坐在床上看他,"我们今天都还没好好说话呢。"

杨暄垂下眼睛,喉咙里发出一声"嗯"。

说完,他走过来,摸摸她的头发:"洗澡了没?"

尤思嘉摇摇头："余苗雨在洗，我就来找你了。"

"你们晚上睡一起？"他问，"她男朋友呢？"

"她男朋友和李东川住一间房。"

杨暄点头表示了解："明天还得早起，你也要早点休息。"

尤思嘉坐在床边，仰起脸来看他，一双眼睛亮亮的，想说什么，又低下了头。

杨暄察觉出来："怎么了？"

尤思嘉起身看他，踮起脚，还是觉得不得劲，只好问："你能不能坐下？"

杨暄没懂她的意思，但还是坐在了床边，随后抬眼看她。

下一秒，尤思嘉就走近，伸手把他往后一推，接着拽起裙角，直接跨坐到了他身上。

杨暄下意识地扶住了尤思嘉的腰，等尤思嘉坐稳后，他才反应过来："思嘉——"

她不给他说话的机会，扶着杨暄的肩膀，偏头吻了上去。

柔软细腻的触感印在嘴角，她直起身子，看了一眼对方还带着意外的神情，她又凑近，学着上次分别时的样子，轻轻含住对方的下唇。

杨暄身上还有水汽和酒店沐浴露的香气，可对他来讲现在是软玉温香在怀。他反应过来后，随即捧住她的脸，反守为攻，加深了这个吻。

舌尖纠缠，水声细密，呼吸急促。

杨暄的手从她的脖颈往下一路抚摸到腰际，粗糙的感觉像是在点火，她在换气的间隙尝到了一点酒精味道。

杨暄用极大的毅力结束了这个吻，分开时看到尤思嘉双唇殷红湿润，气喘吁吁，神情带了一点迷蒙。

她呼吸了几口新鲜空气，接着握住他的手，带着他再次揽住自己。

睡裙被翻转上去，不断调整坐姿之间，越来越严丝合缝的肌肤相贴带来滚烫难挨的热度。

杨暄终于明白她和往日不一样。

他几乎是轻喘出声，眼角带着热气："等会儿……你从哪儿学的这些？"

"你别紧张，"尤思嘉被硌得有些不太舒服，只能微微后仰，和杨暄对视后安慰他，"在这方面，我可是有经验的人。"

一些轻微的酒意顿时化为乌有。

杨暄嘴角的笑容逐渐消失:"你有什么?"

"经验啊。"尤思嘉说着想起什么,又调整了一下坐姿,往前俯身要从睡裙的口袋里拿东西。

杨暄被她撩拨之后,激起闷哼一声,但人早就冷静了下来,他想要制止她的动作。

尤思嘉已经侧身将东西掏了出来,邀功一般地拿着盒子晃了晃:"我还买了这个。"

杨暄看清后,便不再言语。

气氛变得有些奇怪,尤思嘉垂下胳膊,瞄了他一眼:"你不喜欢这个?这个是草莓味的……那我下去换……"

"等等,思嘉。"

杨暄忽然把住她的腰,力气有些大,尤思嘉动弹不了。

他重新笑起来,语气也很和煦,但眼睛里没有笑意:"你说的经验是什么意思?"

尤思嘉被他看得有点紧张,小声道:"我是学习到的,别人好心和我一起分享,还教我。"

杨暄的笑再也挂不住了,表情变换了几番,压着声音问:"和谁?"

尤思嘉确定杨暄生气了,但是她同余苗雨情比金坚,自然是不会把对方和盘托出去,只垂着脑袋不言语。

杨暄忽然捏住她的脸颊,让她看向自己。

尤思嘉眨眨眼。

她见杨暄凑近,眼神里有隐忍着的浓厚情绪,但看向自己时又变得犹豫,最后又笑了。他另一只手从她腰间挪了上来,手指探进她的发丝,指腹绕着她的耳郭转,声音很轻:"你的朋友?我认识吗?"

尤思嘉点点头。

杨暄话说得艰难:"……那个李东川?"

感觉到他手劲变大了一些,尤思嘉只好把盒子塞回口袋,一只手扶住杨暄的手腕,因为脸颊被捏住,她的声音有点朦胧:"不是他,但我是不会说的,总之是别人珍藏的……"

"什么?"

意识到是什么之后,杨暄的手掌随着问句忽然一松,尤思嘉轻而易举地将他的胳膊拿了下来。

"对,不过里面的人好丑。"说着,她又看向杨暄,发现杨暄的神色变得无比奇妙，"你没生气？"

杨暄一时不知道要说些什么，过了两秒，他重新捏捏她的脸："没有。"

"没有就好，"尤思嘉重新开心起来，"那你能给我看看你的吗？"

杨暄还没反应过来："什么？"

尤思嘉动作迅速，说完就起身跪在他腿上，接着作势就要掀他的衣服："你给我看看你的。"

杨暄哭笑不得，又躲闪不及，最后胳膊环过去，直接把她打横抱起来。

她的身体瞬间悬空，接着是酒店装饰在眼前旋转移动。

杨暄抱着她轻松转了一圈，接着就大步往外走。

尤思嘉晃了晃腿："你要干什么去啊？"

他低头看她，神色故作严肃："我要把你扔出去。"

尤思嘉连忙揽住他的脖颈。"别扔我，别扔我！"

杨暄顿住脚步，察觉到她要从怀里滑下去，又把她往上颠了一下，抱紧："还乱不乱来？"

尤思嘉说不乱来了。

杨暄这才把她放下。

敲门进房间，余苗雨正对着镜子贴面膜，看到尤思嘉垂头丧气地进来，她回身看了一眼放在床上的手机："七分钟。"

尤思嘉看她："什么？"

余苗雨顶着一张面膜脸，看不清神情："这个时长，我希望听到的是你没成功的消息。"

尤思嘉蹬掉鞋子往床上一扑，整个人翻了个身，长长地叹了一口气。

"道阻且长，"余苗雨过来拍了一下她，"赶紧洗澡休息吧，明天我们五点半就要起床。"

余苗雨向来准时，第二天手机铃声五点响起，她起床碰了碰尤思嘉："我去洗漱？你再睡二十分钟？"

尤思嘉把头埋在枕头里"唔"了一声。

没两分钟，有敲门声响起，余苗雨还在卫生间，尤思嘉艰难地爬起来，一开门，发现竟然是杨暄。

他早已穿戴整齐，瞧着尤思嘉迷迷瞪瞪的样子，接着就笑了，揉揉她的脑袋："快去洗漱吃饭。"

随后，他递过来一个袋子，里面装着早饭。

尤思嘉稍微精神了一些，接了过来，说了两句话后杨暄就离开了。等他一走，尤思嘉接着又开始犯困，便将早饭放在桌子上，重新躺回床上。

刚闭上眼睛，外面又传来敲门声。

她只好重新爬起来，一开门，竟然是李东川。

他头发还翘着，见到她就把手里的早饭递过来，接着打了个哈欠："余苗雨起了没？"

"起了，"尤思嘉瞧了瞧他递过来的袋子，一时不知道是接还是不接，"有人给我们送完饭了。"

他一顿："谁？"

"杨暄来过了。"

"哦，"李东川把袋子塞回她手上，"没事，你俩多吃点。"

关上门，尤思嘉将第二份早饭放在桌子上，还没来得及躺回床上，敲门声第三次响起。

这次是余苗雨的男友，他往里看了一下："人呢？喊她下去吃早饭，你和我们一起？"

尤思嘉转身，把桌子上多余的早饭塞给他："不用了，待会儿楼下见吧。"

最后，余苗雨从卫生间出来，看见尤思嘉正在剥茶叶蛋，有些纳闷："你起来了？刚刚谁敲了那么多次门？"

尤思嘉不想说话。她发现人有时候，一天的精神就是在早晨多睡的那十分钟里面。

行囊沉重，李东川提前包了车，让人直接把他们送到了山脚下。

车上路程快一个小时，尤思嘉坐在后座继续迷迷糊糊。

路途摇晃，她也跟着摇晃，李东川看着她要往自己这边倒，刚想伸手去扶，就发现杨暄动作极为自然地将肩靠了过去。尤思嘉看了一眼杨暄，整个人趴在他肩上，闭着眼睡着了。

目的地一到，尤思嘉跳下车，脚底碰到了土地，忽然又来了精神。

他们背着行囊，拿着登山杖，一路徒步上去。

尤思嘉属于越运动越精神的，随着高度增加，天气也开始发生变化，山里开始起雾，休息时眺望山下，整个人也开阔起来。

继续爬升，雾气逐渐散尽，海拔升高，坐下吃东西时，背包里面包的包装袋因为高反而膨胀了起来。

因为没有信号，穿过一片森林时，杨暄紧紧拉住尤思嘉，防止走散。

大家体力都有点不支，但精神劲头很足，休息完就搀扶着，在夜幕降临之前到达了山顶。

走到营地，和营地老板以及其他已经到了的登山者打了招呼，几人连忙在天黑之前搭了帐篷。

天色暗下来，营地就变得异常热闹，彩灯扯起来，好多人围在烧烤架前吃烧烤。

他们五个人也没有例外，被氛围感染，也坐下围在一起，吃吃喝喝加上和新认识的朋友聊天。

爬山劳累，尤思嘉埋头吃了好几根串串，再抬起头来时，突然发现身旁的杨暄不见了。

她一扭头，发现余苗雨和她的男友也不在这里，自己身边只有李东川。于是，尤思嘉戳戳他："你看到杨暄去哪里了吗？"

李东川有些心不在焉："刚才还看到他在和营地老板聊天。"

"那余苗雨呢？"

李东川往后面指了指："老板和杨暄说一里地外有一片花田，他俩听到后就提着灯过去了。"

尤思嘉"哦"了一声，继续抬起头环绕一圈，想找寻杨暄的踪影。

这时，李东川看着她："咱俩也过去看看？杨暄应该也过去了。"

尤思嘉点点头，两人起身往后面走。

营地后面是一片小树林，灌木草丛被雾气打湿，擦过裤子，发出"沙沙"的声响。

走了大概五分钟，两人还在树林里转悠，尤思嘉开始怀疑对方："你带的路对吗？"

"怎么不对，"李东川回复，"余苗雨他们就是进这里来了。"

"你看到她来了？"

话音落下，前面的李东川忽然顿住脚步。

尤思嘉也跟着停住脚步，草尖扫动的沙沙声停止。

"有件事情，"李东川难得犹豫起来，"我想着要不要告诉你。"

尤思嘉在昏暗中抬头，见对方的轮廓隐在昏暗之中，他的眼睛却很明亮。

这异常微妙的氛围，这熟悉的开场白。尤思嘉心下一跳，忽然明白过来什么。

李东川刚想说什么，尤思嘉立马后退一步，连连摆手："等会儿！"

对方被她吓了一跳："怎么了？"

尤思嘉很为难，看向他，先发制人："虽然咱俩爱好相同，我也很喜欢和你当朋友，但我没有别的想法，你还是别说了。"

李东川看了看她，欲言又止，接着走近，伸出胳膊拽了拽她的头发："你还挺自恋。"

尤思嘉忧愁起来："我这不是省得你难过，如果咱俩以后不说话了，那多尴尬——"

"我喜欢的是余苗雨。"

"哦，"尤思嘉松了一口气，"不喜欢我就……啊？"

李东川说完之后，神色坦荡。

尤思嘉一脸震惊："可是她有男朋友啊？"

她在震惊中往前走了一步，也没看清脚下有东西，一只脚被绊倒，整个人就要往地上扑。

李东川手疾眼快，一把将她扶起来，继续道："有男朋友怎么了？"他一脸无所谓，"又没结婚。"

尤思嘉一时不知道说什么才好。

这时，身后忽然有灌木被踩倒的声响，接着一束光线照亮了搀扶着的两人。

尤思嘉眯着眼回头。

来人竟是杨暄。

杨暄应该是刚到，不知道听到了什么，目光轻轻落到她身上，接着手电筒的光往下移动，照亮了地上一片安静的不知名灌木。

"思嘉。"

杨暄喊她的名字，面无表情："你过来一下。"

第十一章 /
**我不是你男朋友吗**

"你也在这里！"尤思嘉看见杨暄后转惊为喜，刚想往他那里走，忽然察觉到李东川还握着自己的手腕。

李东川刻意举起来，然后挑眉看着她："你得保密。"

尤思嘉自然是点头，但好奇心占了上风，接着问："可你还没说完……那待会儿我去找你？"

李东川没来得及说话，杨暄就又喊了一声她的名字："思嘉。"

尤思嘉连忙扭头："来了。"

"行啊，"李东川这才笑着松开手，"你先过去吧。"

尤思嘉几步走到杨暄那里，抬起脸笑眯眯的："我们找了你一大圈。"说完，她转身向李东川挥了挥手。

杨暄则将手电筒往口袋里一塞，接着就拉住尤思嘉抬高的手腕，攥住带到身侧，掌心逐渐向下移动，十指相扣。

他没有停留，带着她转身往前走。

杨暄不讲话，但步子却迈得人。因为掌心相贴，还能感受到他传过来的粗糙热度，她侧过脸看他："我们去哪里？"

话音刚落，他们就出了树林。

看到外面的场景，尤思嘉脚步顿住了。

两秒后，她轻轻"哇"了一声。

尤思嘉在暗夜中看到了一大片粉色的花田，是成片成片的粉黛乱子草，花田每隔几步就挂着微黄细闪的灯柱，花穗软绵如细丝，映着雾气，有种影影绰绰的美。

更远处，还能瞧见不少人在花田中间拍照打卡，但是杨暄来的这块地方却很少有人。

"好漂亮呀,"尤思嘉晃了晃他的手,"你是专门带我来这里的吗?"

"嗯。"杨暄这才出声,"但回去的时候,没找到你。"

尤思嘉却挣开他的手,踏进花田,随后抬起胳膊摸了摸,还能感受到雾水粘在花草上的湿气。

杨暄紧跟了过来,伸手覆到她的手背上,问:"晚上降温,冷不冷?"

"不冷。"尤思嘉顺势攥着他往前走了几步,整个人兴高采烈的。

尤思嘉拉着杨暄又拍照又录视频,听见他随口问道:"你们刚刚说了什么?"

她还在看他俩的合照,一时没反应过来:"嗯?"

"你和那个,"杨暄伸手碰了碰鼻子,"李东川。"

尤思嘉这才抬头看他:"我不能说,我答应他要保密的。"

杨暄不说话了。

尤思嘉又往前走了几步,发现还有其他品种的花,但她不认识。

杨暄的声音在背后响起,仍旧柔和:"有些秘密,如果是不道德的事情,也不必这样保守。"

尤思嘉仔细想了想,转身问杨暄:"假如我有一个朋友,她呢,有男朋友。"

杨暄看着她,"嗯"了一声,鼓励她继续说下去。

"但是我另外一个好朋友明知道她有男朋友,还是喜欢她,想和她在一起,"尤思嘉比画了一下,问他,"这应该不算不道德的事情吧?"

杨暄的声音冷了下来:"当然算。"

尤思嘉疑惑:"可他也没做出什么行动——"

说到一半,她就止住话语,脑海中浮现出李东川的话来,又觉得以这人的行事风格,什么事情都做得出来,只好妥协:"那好吧。"

杨暄仍旧盯着她看:"你什么想法?"

尤思嘉碰了碰花,抬头:"嗯?"

"我是说,"杨暄改口,"你那个朋友什么想法?"

"我不知道,"她有些忧愁,轻轻叹了一口气,"其实我感觉他俩关系挺好的,虽然她表面上有点嫌弃他——"

"嫌弃就不要跟着他走了。"

"什么意思?"

杨暄不再和她打谜语,走近,抬起双手把住她的肩膀,语气和目光都沉沉的："李东川再喊你，你就不要单独跟着他走了。"

尤思嘉不明白话题为什么忽然跳到自己身上，说道："我不好拒绝怎么办呀？"

他手上力气重了一些："你就说你男朋友不让你过去。"

"但是我现在没有男朋友啊。"

"没有吗？"杨暄反问她，忽然拉住她的手，慢慢抬起来，一字一句说道，"我不是吗？"

尤思嘉不说话了。

有时候天上掉馅饼，会把人砸晕。

她望向他，两秒后，小声道："不是说好两年后吗？"

杨暄气笑了："思嘉，其实这没有区别。"

"但是——"

话还没说完，杨暄忽然将尤思嘉的手往后拉，带着她揽住自己，接着就捧住她的脸，不由分说地低下头亲了过去。

他仍旧在下唇处试探着轻啄，但尤思嘉早就下意识地闭上了双眼，也轻舔了一下他的嘴角。

鼻息交织，杨暄用舌尖挑开她的嘴唇，亲得深入，胳膊也更用力地环抱着。

尤思嘉只能仰着头踮起脚，吮吸缠绕间，耳边也传来含含糊糊的声响。

分开的时候，她脸都有些发红，大口呼吸了几下，接着抬头看向对方。杨暄眼角下弯，眼睛漆黑清亮，如一潭湖水，把人倒映进去。

她接着开口："我觉得——"

杨暄捏住她的脸颊，再次阻止了她要说的话，低头继续亲她。

两个绵长的吻结束，尤思嘉就有些晕头转向了，她忘记自己要说什么了，只抱住他："怎么回事，我感觉有点晕晕的，我认不清路了⋯⋯"

杨暄笑了一下，转身蹲下。"缺氧的话，我背你回去。"

尤思嘉趴过去，胳膊揽住他的脖子。杨暄确认她抱紧后，接着起身，背着她轻轻松松往回走。

穿过小树林，头上的枝叶拂过尤思嘉的脸，她逐渐清醒过来，继续确认："所以⋯⋯我们现在是谈恋爱啦？"

杨暄"嗯"了一声。

尤思嘉把面颊贴到他脖颈处。杨暄微微偏头，脚步也慢下来："怎么？"

她趁机伸手掰过他的脸，凑过去在他下巴亲了一下。

接着，她就缩了回去："没事呀，我就是开心。"

杨暄也笑了，重新恢复步伐频率："那你以后要注意。"

"注意什么？"

"不要和其他男生走太近，嗯？"

"肯定！"尤思嘉满口答应，"你放心就好了。"

两人说着就回到了营地，杨暄将尤思嘉放了下来。

她一落地，就看到五六米外帐篷前的余苗雨，而李东川竟然也回来了，就站在一旁。

尤思嘉想起来重要的事情，拔腿就要往那边走："李——"

她刚一动就被杨暄拉了回来，她有点摸不着头脑："怎么了？"

杨暄盯着她，笑容微妙："你忘了你说的了？"

尤思嘉表情无辜："什么？"

杨暄欲言又止："明天我们早起看日出，你现在可以收拾收拾准备睡觉了。"

尤思嘉又回看了一眼，发现余苗雨扭头进了帐篷，很气愤的样子，李东川则转身走开。

她只好放弃过去："那好吧。"

杨暄和尤思嘉的帐篷挨着，她拿着牙膏牙刷在旁边洗漱回来时，发现杨暄已经帮她把防潮垫和睡袋都铺好了。她看他弯腰起身，不忘过来往她身上喷了驱蚊水，他随口道："晚上一个人睡可能会冷。"

尤思嘉点点头。

他又看了她一眼："那我把我帐篷里的毯子拿给你。"

"你呢？你盖什么？"

杨暄没说话，帮她收拾好之后就离开了，随后探身进了自己的帐篷里面。

等他翻出毯子来，尤思嘉忽然从外面钻进来，怀里抱着睡袋、枕头等七零八碎的东西，随后一口气扔在杨暄的睡袋旁边。

杨暄动作停止，瞧着她，不讲话了。

她笑眯眯地道："我要和你一起睡。"

杨暄慢慢俯身，没答应也没拒绝，只是把她的睡袋给铺平整了："我刚给你铺完。"

"再铺一遍就好啦。"尤思嘉跪下来和他一起弄，两人不小心头碰在一起，杨暄摸了摸她的头发。

收拾好之后，尤思嘉把自己塞进了睡袋里面，帐篷顶上的灯光忽然一

310

灭,接着又是另外暖黄的灯光亮起。她扭头看到杨暄把小夜灯插在充电宝上,又摆在了旁边。

她看了一眼手机:"才晚上八点多。"

杨暄帮她把睡袋的边缘压平实:"嗯,早点休息。"

尤思嘉不情不愿地翻了个身,随后拿起手机看了两眼,因为没有信号,她又扭头看向杨暄,他还在一旁收拾东西。

接着,尤思嘉忽然坐起身。

杨暄看着她:"怎么了?"

"睡不着,"她从睡袋里爬起来,"我想去找余苗雨和李东川。"

杨暄赶紧伸手把她拉回来,力气有些大,她被拽得扑在他身上。

尤思嘉的额头撞在他肩上,杨暄连忙按了按:"疼吗?"

她摇了摇头。

杨暄语气严肃:"爬了一天山,别出去了,休息。"

尤思嘉瞅了他一眼,随后"哦"了一声。

她重新钻回睡袋里,听到杨暄脱下外套时的拉链声响,帐篷隔音效果一般,外面的吵闹声也传进耳朵里。

尤思嘉忽然扭头看他,昏黄灯光下,她的眼睛亮亮的。

"不可以。"杨暄注意到了她的视线,直接一口回绝。

"我还没说什么事情呢。"尤思嘉瞧着他。

说完,她就支起身子,胳膊垫在下面,整个人凑近:"我就是睡不着,想找人聊天。"

"找谁?"

尤思嘉话语犹豫:"我答应李东川了。"

"聊天找谁不行,"杨暄捏捏她的脸,他坐着她趴着,有些居高临下,"我不是人吗?"

他手劲不小,尤思嘉瞧着他的脸色,接着就起身揽住他的脖子,在他嘴角亲了一口:"你是我男朋友呀。"

杨暄勾了勾嘴角,接着掌住她的后脑勺,又要追着吻过去。

这时,尤思嘉却推开他,像是才反应过来一样,又确认了一遍:"我们真的谈恋爱了?"

"怎么了?"杨暄问她,手指探进她的发丝轻轻转悠着,"后悔了?"

尤思嘉觉得有点痒,缩了缩脖子:"没有,就感觉有点不真实,我桌子里还有我们签的两年协议呢。"

杨暄一顿，无奈："那我们再签一份？"

尤思嘉还真的转身，要去包里找纸和笔，刚拉开拉链，腰间就探过来一只手，杨暄直接把她捞进怀里。

下一秒，身旁的夜灯被按灭。

"太暗了我看不——"

尤思嘉刚张口，杨暄就捏住她的下巴，他让她微微仰起脸来，接着熟悉的气息俯身而来，他堵住了她的话。

唇齿间满是酥麻的感觉，彼此汲取缠绕，分开时气息已经不稳。

尤思嘉还在迷瞪："那……"

杨暄继续俯身，捏住她的脸，话音被他全部吞进去。

接连几次这样，尤思嘉连忙讨饶："不签了，不签了，我要喘不过来气了。"

杨暄这才停止，但是胳膊仍旧紧紧箍着她，让尤思嘉没法动弹。

因为是在密闭和昏暗的帐篷里，亲吻后的喘息被放大，感官也越发清晰。

两人都穿得轻薄，尤思嘉被杨暄从身后抱着，能感受到他胸膛的一起一伏，好像有什么变得不一样。

杨暄先是摸了摸她的头发，随后开始亲她的耳朵，然后是脸颊、下巴，说是亲，更像啃咬，不疼，但是有些说不出的痒。

他喊她的名字，火热的气息一路往下滑，他贴在她脖颈处轻咬了一口，又闷声喊她："思嘉。"

杨暄的热气全呵在尤思嘉的皮肤上，话里还藏着浓厚的情绪，让她莫名觉得自己像是只被叼住脖子的绵羊，心里浮现了麻麻的感觉。

她听见杨暄边亲边问："你喜欢我，对吧？"

尤思嘉"嗯"了一声，抓着他的手，两人十指相扣。

"我也爱你。"他说。

话音落下，又是一个深吻。

尤思嘉被亲得晕头转向，彻底软在他怀里。

杨暄带着她的手往上，让她抬起胳膊攀住自己的肩，接着一边俯身继续含着她的唇，手掌却往下滑，手心温度滚烫，接着轻拢了过去。

陌生的触碰，心里浮现难以言说的感觉，尤思嘉也哼了一声。

杨暄的呼吸骤然粗重了起来，一时没忍住，手上力道加重了几分。

"等等、等一下，"尤思嘉想去阻止，"有点疼。"

他却难以放手，只低头继续咬住她的舌尖，接着另一只手往下。

尤思嘉闭着眼，偏头抵在他怀里，感受到有细微的电流在身体里流转上升，最后随着他的动作，逐渐炸开。

她还没回过味来，对方忽然把她给抱到了腿上。

耳边传来杨暄沉重压抑的喘气声，他动作轻微，也是闭着眼，眉毛皱着，一点点蹭着她，隔着衣物，以这样愉悦又折磨人的方式消除欲望。

尤思嘉看着他有些痛苦忍耐的神情，忽然福至心灵："我看过这个电影。"

杨暄的动作一顿，有些迷茫："什么？"

"就是在野外，他们——"

"嘘，"杨暄连忙捂住她的嘴，无奈极了，"你小声点。"

尤思嘉连忙降低音量，又推开他："你早说是这个事情嘛。"

说完，她拢了一下有些起皱的衣物，去旁边的包里翻出东西递到他眼前，还一副讨赏的语气："昨天头的，我特地带着呢！"

杨暄没忍住，挑了一下眉。

"快拆开，"她看着他犹豫的神情，过去抱住他，"我看你好像很难受，明天晚上就要走了……"

不知道是哪些字眼触动了杨暄，他忽然捧着她的脸又吻过去，手上的动作急促起来，换气间隙，他含着她的耳垂，交代她不要出声。

尤思嘉连忙点头，接着她听到了纸盒被拆开的声音。

但是过了足有一分钟，杨暄仍旧没处理好，尤思嘉好奇地看过去："怎么啦？"

杨暄额上有一层薄汗，他瞧着她，声音低且哑："思嘉，你买的时候……不看尺寸？"

"啊？"尤思嘉连忙去拿手机想去照亮，被对方一把按住。

她垂眼看了看，又抬头看了眼杨暄，有点无措："我不知道呀。"

听到这个回答，杨暄没忍住瞪了她一眼："你不是说你有经验吗？"

尤思嘉一听，顿时不服气起来，下一秒就拨开他的手，直接凑过来要帮忙："那你让我看看。"

她俯身过来，杨暄一时阻止不及，只能任由她粗鲁的动作，呼吸越发沉重了起来。

"思嘉……"

话音刚落，杨暄额上的青筋跳动了一瞬，揽住她肩膀的手忽然用力。

尤思嘉像干了什么错事一样，瞬间松开手，在黑暗中瞄了对方一眼：

"我不是故意的……呃……你没事吧？"

杨暄忍耐了十来秒，缓过来后，气笑了。

昏暗中，他的眼睛闪烁着寓意不明的光，对视上后，忽然一把将尤思嘉重新扯进怀里，这次落下的是密密的令人窒息的吻。

尤思嘉仰着脸，想起身去抱住杨暄的脖子，他却抓着她的手一路往下。

舌尖被吮吸，一轻一重，手中的动作却逐渐失了章法。

杨暄喃喃喊着她的名字，另一只手去拽纸巾，随后是一声闷哼，带着绵长滚烫的热气，呵在尤思嘉的耳郭。

帐篷内有呼吸声，帐篷外忽然传来"啪嗒啪嗒"的声音，紧密地砸下来，隔绝了一切嘈杂。

是夜雨。

杨暄重新打开灯，连忙清理收拾，偶尔才侧头看向尤思嘉，见她正对着自己的手掌出神。

杨暄去包里翻出湿纸巾来，给她仔细地擦手。

他根本不看她，脖颈到耳郭都是一片滚烫，目光只专注在尤思嘉的手上，从指腹到手心，每根手指都仔细地擦干净了，这才放下她的手，说睡觉。

等尤思嘉钻进睡袋里，光线突然熄灭，视线被遮挡，帐篷上的雨点声忽然变大了起来，接着身后就贴过来滚烫的身躯，杨暄的胳膊揽了过来。

尤思嘉伸手把他的胳膊一推，对方动作一顿，但是下一秒她就转身，将头埋进杨暄的肩颈处。

他重新抱住她，尤思嘉在雨声中睡着了。

五点多一点的时候，尤思嘉就被杨暄叫醒了。

她还在迷蒙当中，听到杨暄问去不去看日出和云海。

尤思嘉立即一骨碌爬起来。

杨暄自己早已穿戴好，又把尤思嘉的外套拿过来展开，让她伸胳膊，边套上边交代："多穿点，山顶早晨特别冷。"

果然，两人钻出帐篷后，就感受到了扑面的寒意。

天还没亮，简单洗漱后，入目仍旧一片蒙蒙的深蓝，昨夜的雨带过来大片的水汽，浮云卷霭，幔子一般覆住了连绵的山头。

杨暄拿起登山杖，拉起尤思嘉的手往云光乍现的东方走，她却忽然扯了一下他。

尤思嘉扭头看向另外的帐篷："要不要喊上他们？"

扎堆的帐篷处只有一小半亮了灯，其余则是暗着的。

尤思嘉走到余苗雨的帐篷前,喊了两声没有听到动静,正要往旁边走,杨暄再次过来抓住她的手:"再不走,就追不上日出了。"

尤思嘉这才作罢。

一路往东边走,草尖扫过防水裤,发出沙沙声,雾暗云深,天色却随着脚步逐渐明亮,云海缓慢翻涌,天际由浓红过渡到橙黄。

"好美!"

太阳即将破开的一瞬,红晕散开,尤思嘉把手杖一丢,开始往前面跑。

她奔跑的速度很快,张着双臂,扑进了明亮的霞光里。

杨暄在后面快步跟上她,又将她丢掉的手杖捡了起来,见她在一块凸起的高地石头旁停下,便走到她身边。

日光拨开云海晨雾,照得她的面庞和眼睛都在闪闪发光。

"你看——"尤思嘉伸出手,边说边扭头看向杨暄。

他并没有随着她的指挥去看,他的目光一直落在她脸上。

尤思嘉察觉到了,也回看他,目光带着好奇和探究。

于是下一秒,杨暄也丢掉了手杖,他伸手捧住她的脸,低头去亲她。

自然的,尤思嘉同样用热情去回应,踮起脚,揽住他,鼻尖互相蹭着,绵长又眩晕的吻。

分开后,尤思嘉扭头,继续往云海处观看,接着杨暄就捏住她的脸颊,手稍微一用劲,将她掰了回来,随即低头又亲了一口。

尤思嘉微微偏头,杨暄则继续亲她的嘴角,她有些不乐意了:"我看不到日出了。"

杨暄这才作罢。

两人回去的时候,剩下的人才起来收拾东西。

下山前要把背包全部收拾妥当,在这之前他们又围在一起吃了早饭,余苗雨捧着纸朴看向正在狼吞虎咽的尤思嘉:"你们还挺精神,我都没起来。"

尤思嘉抬起头,边吃边看向对方。

"你怎么只喝冲的咖啡?"余苗雨的男友问她,"露营老板那里卖饭团,你要不要?"

等余苗雨点头后,他起身过去。杨暄看了一眼尤思嘉,也跟着起身。

小桌前就只剩下了三人。

李东川在自己包里搜刮了一顿,掏出来一袋牛肉干,撕开递给她俩:"吃不吃?"

尤思嘉道谢，接过来捏了一根放在嘴里嚼，然后问余苗雨："你吃吗？"

余苗雨点点头，尤思嘉就递了过去。

接着，李东川又递向余苗雨一包吐司："把我的早饭给你。"

余苗雨当作没看见，继续捧着纸杯喝咖啡。

尤思嘉的目光在他俩之间扫了一圈，忽然问道："昨天晚上发生什么了，你们是不是吵架了？"

"没有。"

"对。"

否定的是余苗雨，承认的是李东川。

李东川把吐司递给尤思嘉："你要不要？"

尤思嘉接过来反手递给余苗雨："给你这个吃。"

余苗雨这才伸手拆开了包装袋。

"得，"李东川说道，"那你帮我再问句话。"

尤思嘉看向他："什么？"

李东川忽然转头看向余苗雨，笑了："你准备什么时候分手？"

余苗雨立刻看了一眼尤思嘉，随后终于看向李东川，然后微笑着说了一个字："滚。"

等杨暄他们回来，几个人又待了一会儿，就准备下山。

坎坷难行的路程走完，在半山腰见有车队提供下山服务，他们就直接包了车。

上车后，尤思嘉二话不说，再次趴在杨暄肩上呼呼大睡。

杨暄是晚上九点的车，他们抵达山脚时，才下午四点左右。

大家玩得尽兴，但也都筋疲力尽，余苗雨准备回学校，她看向睡眼惺忪的尤思嘉："我们一起走？"

尤思嘉迷迷糊糊间刚想点头，就察觉到旁边的杨暄轻轻捏了一下她的手，她立马反应过来："呃……你先走吧，我晚上再回去。"

余苗雨扫了一眼杨暄，忽然意识到了什么，随即露出意味深长的笑容来："那行。"

尤思嘉目送他们回去，看到余苗雨打了一辆车，刚打开车门坐进去，方才消失的李东川又不知道从哪里冒出来，他打开了另外一扇车门探身进去。

出租车停顿了一会儿，但也没人下来，最后扬长而去。

"先别看了，"杨暄握住她的手，"我们回酒店休息。"

他们重新订了房间，将近两天的旅程，身上黏腻潮湿，不是很舒服。

上去之前，杨暄带着尤思嘉去了旁边的便利店，刚进去，右手边就是收银台和货架。

看到货架上陈列的东西，尤思嘉连忙拉了拉他的手，指过去："我上次就是买的最边——"

杨暄立即捂住她的嘴，半拥半抱着把她往里面推："思嘉，你有没有想吃的零食？"

买了一些换洗必需品，杨暄又捞了袋牛肉干和薯片放在里面，这才去收银台结账，顺手捞了货架上的物品。

回到酒店，杨暄脱掉外套随后挂上，接着坐在床上，让尤思嘉先去洗澡。

浴室热气蒸腾，尤思嘉痛快地冲了将近十五分钟，疲劳才被热水冲掉。

她裹着头发和浴巾出来的时候，身上热气腾腾："我洗好啦，你进去吧。"

话音落下却没有回复。

她走到床边，看到杨暄已经睡着了。

见他略显疲惫，呼吸均匀，眼睫很长，尤思嘉忽然涌现心疼和愧疚来。

杨暄好久都没有睡过这样舒服的觉了，宛如陷在一潭水波里，疲惫一一荡清，最后又被轻轻晃动着。

有人在他耳边说话，语气轻柔俏皮，催促他快醒。

杨暄勉强睁开眼睛，发现自己躺在酒店的床上，身上盖了薄被，而在他耳边讲话的人是尤思嘉，一边说话一边揽住他："……你快醒醒，东西我都帮你收拾好了……"

杨暄慢慢坐起来，掀开被子，看到窗帘没有拉严实，外面的天色已经泛起暗蓝。

"几点了？"他握住尤思嘉的手腕。

"七点半。"

听到这个时间，杨暄抬眼看她："我什么时候睡着的？"

"我洗完出来你就睡了，然后就没忍心喊你，"她有些自豪，"我帮你看着时间呢，放心没晚点，你还能去洗个澡，然后再去车站。"

杨暄顿了顿，随后只伸手揉揉她的脑袋。

他下床，速度很快地冲了澡，出来的时候，只在腰间围了浴巾，看到尤思嘉把他的衣服都铺在了床上。

察觉到杨暄出来，她转身看他，注意力落在他的上半身，看到水珠滚进他劲瘦的腰际,又被围上的浴巾吸走。

尤思嘉随即抬头看他:"你……呃,我看包里面还有干净的衣服,就给你拿出来了。"

杨暄点点头,走过去背对她穿上。

尤思嘉把他不穿的衣服和其他杂物放回他的包里,弯腰拉上拉链,金属锁扣互相碰撞着,发出"叮当"一声轻响。

她又扭头,见杨暄把上衣兜头套上,正往下拽衣服。

尤思嘉忽然意识到,他们又要分别。

于是,她几步过去,从背后抱住他。

杨暄动作停住了,手掌覆在她的手背上,缓缓摩挲着,彼此都没讲话,一些难言的情绪在蔓延。

他转身去吻她,双手撑在她的肩膀两侧,慢慢地往下滑,大手滑过她的肩背,一路往下,接着把她托抱起来。

亲吻比之前要热烈,急促又动情,尤思嘉抱紧他的脖颈,感觉自己的舌尖都被吮吸到发麻。

她穿着睡裙,没穿内衣,被对方搂在怀里,力气大到身体有些发痛。

"思嘉。"

杨暄在亲吻间隙喊她的名字,抱着她倒回床上,他的唇一路沿着她耳际往下走,急切,没有章法,领口因此被扯大,他手背的麦色和她身体的白形成了鲜明的对比。

尤思嘉察觉到了他的渴望,晕晕乎乎间想到时间,忽然主动跪坐在他身旁,捧起他的脸又亲了一大口,催促他:"你得快点!"

杨暄被她打断,有些哭笑不得,收回手后,看到她衣领下的皮肤发红,有些懊恼和心疼,便低头去细细安抚。

一回生二回熟,这次结束得很快。

时间紧促,他收拾完毕,整个人忽然变得沉默。

尤思嘉要去送他,但是被杨暄拒绝了,他语气有些严肃:"你就在这里待着休息,明天再走。"

她还穿着睡裙,换衣服还需要时间,于是只好点点头。

杨暄出门前她再次抱住他:"我们寒假会见面吗?"

他拍拍她的手,语气柔和:"我会来找你的。"

杨暄出门后,尤思嘉坐在床沿发了好长一会儿呆,等琢磨着回过味来,便去摸手机,这时门外又传来敲门声。

尤思嘉有些疑惑，穿上拖鞋走过去，拧开把手后稍微开了一点缝："谁呀？"

等看清楚来人宽大的身影后，她后退了一步，房间门打开接着又"咔嗒"一声关上，地毯上落下沉重的书包。

尤思嘉又惊又喜："你怎么——"

话音没落，杨暄就压过来亲她，雨点般的吻落了下来，他的胳膊紧紧箍住她的腰。

他的额头上还有薄汗，喘气不知道是因为跑步后的反应还是此刻缠绵的回应，望着尤思嘉亮晶晶的眼睛，捏住她的脸颊，贴过去解释："时间紧，我去人工改签了，明天再走。"

尤思嘉很高兴，去拽他的衣服，同样，他也拎住她的睡裙肩带，轻轻松松将睡裙从她头上拽下来，尤思嘉像尾光洁的银鱼，被杨暄打横抱起。

与玄关处的急切难耐不同，回到床上后，杨暄变得极其温柔。

他一点点地自上而下地去亲吻，肌肤相贴，每个举动都柔和，询问她的感受，呵气呢喃像温水一样漫过来。

杨暄将上衣脱掉，起初想关掉明亮的光线，但被尤思嘉拒绝了。他握住她的手，十指相扣，身体贴近床单，去抚摸和亲吻，在意对方的每一个表情，可她用清澈明亮的视线看回来时，杨暄又撇开眼。

面对面的时候，尤思嘉回抱他，听到他在艰难地用耳语问自己。

尤思嘉回神，理所当然地说自己也爱他。

杨暄得到了满意的回答，同她额头相抵，彼此都能感觉到对方因为自己而快乐。

多奇妙的感觉，极尽温存，真正的相濡以沫。

最后，尤思嘉躺在杨暄怀中失神了好一会儿，耳边一直传来他余韵的喘息声。

她翻身滚出他的怀抱，精神抖擞，趴在一旁，拿起手指戳了戳他的脸。

杨暄这才回看她，额头上有细细的薄汗，伸手握住她的指尖，又将她的胳膊拉过来，将滚烫的唇贴在她的手腕上。

"我觉得我们可以多来几次，"尤思嘉将双腿翘起来折叠着，认真道，"你觉得呢？"

杨暄眼中有瞬间的惊讶，随即哑然失笑，他将半张面容埋在枕头上，笑的时候胸口还在微微震颤，随后他撑起身子过去碰碰她的嘴角。

尤思嘉仰着脸和他继续亲了一会儿，彼此安抚，这是黏腻缠绵的事后吻。

319

分开后，杨暄看着她："那要不要先去洗澡？"

尤思嘉连忙点头："身上黏黏的。"

说完，她就坐起来张开双臂："你得抱我去洗。"

杨暄自然愿意，直接起身下床，轻松将她一把捞过来，又听她道："浴室有镜子。"

他手臂一滑，尤思嘉连忙抱住他脖子，有点担忧："怎么啦？"

杨暄垂眸看她，把她往上又抱了一些："你还是少看点乱七八糟的吧。"

洗完澡后，尤思嘉湿淋淋地被杨暄用浴巾一卷，重新扛回了床上。

她既然热情，他也痛痛快快地同她一起。

因为杨暄第二天下午走，尤思嘉赶紧拉着他争分夺秒，倒也探索出了不少新乐趣。

折腾到凌晨，两人一口气睡到中午。

外卖敲门，尤思嘉起身去拿，被杨暄拽回来，他掀起被子盖住她。

饱餐一顿后，杨暄穿好衣服准备收拾着离开。

临走前，尤思嘉还是拽着他去了浴室镜子前，她背对着镜子，反手撑住洗手台，小腿盘在对方的腰上，没一会儿就开始皱眉："这样我就看不到了。"

杨暄喘着气把她翻过来，这才顺了她的意。

收拾完毕后，尤思嘉送杨暄去车站。

候车期间，她将胳膊伸进他的外套里面，隔着衬衫抱住他的腰，面颊贴过去，不讲话。

等准备检票了，杨暄才推开她，接着捏捏她的脸："等我来找你，不要不打招呼就跑过去，嗯？"

尤思嘉乖乖点头。

杨暄低头亲了她一口，又继续道："晚上通电话。"

尤思嘉继续点头，说完对方又落下一个吻。

他捏着她的下巴，眼神黑漆漆的，犹豫一瞬："那个李东川，还是不要走太近。"

尤思嘉的脸颊肉被他捏住，只能含含糊糊说了"好"。杨暄再次俯身，这次是离别的深吻。

虽然分别，但尤思嘉回到宿舍的时候，整个人意气风发。

"哟，"余苗雨瞧见她，"精神头挺好。"

尤思嘉笑眯眯的。

余苗雨假惺惺地问了一句："挺好？"

"可好啦，"尤思嘉过来抱了一下她，"也多亏你。"

尤思嘉回到学校的生活就显得寻常且步入正轨。

上课，偶尔实践活动，晚上和杨暄通电话，短则几分钟，也会视频。周末，她和余苗雨一起玩，有时候就去找同样在海城的程圆圆。

两人从地铁站出来，爬坡去有名的面包店排队，香气和凉风一起扑过来，路边种满了梧桐，柏油路上飘落一层枯黄的落叶，踩上去有声响，而天黑得较早，尤思嘉拍下秋夜的昏黄路灯，发照片给杨暄，对方却还在穿短袖。

熬过了创业期的黑暗，一切都在稳步上升。随着团队的扩大，杨暄终于搬离了工厂宿舍，也有了自己的办公室，有时候打视频时，还能看到他身后博古架上摆着自己寄过去的各类石头，这些都被他当作了装饰。

天气更冷一点的时候，尤思嘉和余苗雨会在晚上去吃烤肉。

坐在屋外的帐篷里，垂下的透明帘子挡住了寒风，尤思嘉兴起点了烧酒，不知道聊到哪里去了，喝到脸颊泛红晕，她开始给杨暄打视频，打了好几个，对方接通后，她就托着脸傻笑。

余苗雨把这一切都看在眼里。

她也喝了半瓶，有些上头，看向尤思嘉："真腻歪啊。"

说完，尤思嘉刚好把手机挂掉，余苗雨垂下眼睛，难得露出了惆怅的表情："对比下来，我和我男朋友太寡淡了。"

尤思嘉捧着脸，安慰她："大家相处方式不一样，你俩确实不经常打电话，不过感情稳定就行了嘛。"

"确实稳定，"余苗雨说道，"无波无澜，没滋没味。"

尤思嘉眨眨眼，察觉到对方的态度，便试探着问："你俩怎么在一起的？"

"嗯……"余苗雨抱着酒瓶，开始回忆，"高考结束后他追我，但是追我的人太多了，刚好有段时间我只和他聊天，因为感觉聊天的时候，他很风趣很会撩，但是见面又变得有些正经，反差还蛮大的……加上长得还行，我也需要一场恋爱来释放压力……"

絮絮叨叨不是余苗雨的风格，但她明显醉酒："他没有什么错，就是和他在一起……有些无聊，但人不能因为无聊分手……"

听她讲着，尤思嘉忽然看到余苗雨的手机屏幕亮了起来，但她看了一眼，直接挂断。

"有个事情,"余苗雨一顿,"李东川。"

听到这个名字,尤思嘉的酒气散了大半,她支起耳朵。

自从上次露营回来,余苗雨和李东川的关系就变得极其微妙,至少余苗雨上课时不再坐从前的位置上了,尤思嘉只好跟着她往前挪动,和李东川的接触也变得越来越少。

"李东川,其实我们是高中校友,"余苗雨笑了一下,"但是我不认识他,但他说他早就认识我,而且他和我男朋友之前认识……"

还没说完,尤思嘉看到自己的手机亮了,李东川竟然打到自己这里了。

没出十分钟,他就裹着一身寒气进来,瞧了瞧尤思嘉,又看了看余苗雨:"快到门禁时间了,我送你们回去?"

尤思嘉没吭声,转头瞅见余苗雨忽然恢复冷傲的样子。

最后,李东川用手机打了车,说了车牌号。

尤思嘉先从棚子内掀帘出去,在路边等待的时候,杨暄还在发信息问她有没有回去。

她回复完,将手机塞回口袋,整个人蹦跶了两下,想以此驱散寒意。

下一秒,尤思嘉扭头,看到了棚内的场景——

李东川站着,对坐在桌前不起身的余苗雨说些什么,说完就想去扶她起来,结果余苗雨不让他碰,接着一巴掌甩在他脸上。

即便看着力气不大,尤思嘉还是吓了一跳。唯恐出现争端,她往回走了两步。

隔着模糊不清的透明帘子,一反常态的,她竟然看见李东川笑了,还变本加厉握住了余苗雨的手,接着就要俯身,但被余苗雨躲开,她快步起身,掀开帘子出来,李东川紧跟其后。

尤思嘉立马转身,哼起小曲,装作一直在等车的样子。

又是一年寒假到来。

考试周刚过,尤思嘉竟然收到了许久没联系的李满的消息。

他原本一直在荷城打工,此刻语气兴冲冲的。他说自己在海城玩,准备和她一起回家,还给她带了惊喜。

尤思嘉自然开心,她前一晚早早收拾完东西,将行李箱放到一旁。木板床上只剩下被褥,她醒来后将被褥卷起,套上塑料袋防止灰尘,正动作着,就接到了李满的电话,他说他在宿舍楼下面。

尤思嘉和舍友挥手再见,接着就兴高采烈地拖着行李箱下了楼。

门口有不少人,尤思嘉踮脚,一眼看到了正向她招手的李满。

她也挥了挥手,拽着行李箱就小跑过去。

李满见她朝自己过来,不知道怎么回事,忽然乐了,随后张开双臂:"好久不见啊妹,成大美女了,来抱一个。"

尤思嘉被他夸得心花怒放,也顾不得其他,张开双臂就要扑上去,刚碰到李满,身后的帽子忽然传来了一股力量。

尤思嘉直接被拽着后退了两步。

她扭头,竟然看到了杨喧。

终章 /
# 等下一个春天

　　杨暄穿着从前一起买的黑色羽绒服，同她身上的如出一辙，眼皮下垂，眼珠黑漆漆的，正瞧着她。
　　尤思嘉一时惊讶，随后又扭头看向李满。
　　李满笑容促狭："这算惊喜吗？"
　　尤思嘉又抬头看了一眼杨暄，随后猛点头。
　　李满瞅了一眼杨暄的面色，故意道："见我是不是更惊喜？"
　　尤思嘉还没来得及反应，杨暄就一只手拎起她的行李箱，另一只胳膊往下，攥住她的手，将她往自己身边拉了一下。
　　李满哼笑了一声，一拳捶在杨暄肩上："瞅你那样！"
　　在尤思嘉上学、杨暄创业的这几年，李满也在荷城开了理发店，有了一点存款，买了车，但因为家里老人去世，周围理发店竞争大，钱已经不太好赚，便趁着房租到期关了门，正巧杨暄这边团队缺人，又逢公司上升阶段，李满也动了跟着去创业的心思，两人便约在了海城相见，顺便去接尤思嘉。
　　李满开车来的，回荷城，要走五个小时高速，每到服务区就同杨暄换着开。
　　中间坐在服务区餐厅吃饭，尤思嘉瞧了瞧对面的李满，又看了看刚坐在自己身边的杨暄，杨暄端了一碗南瓜粥过来放在自己面前。
　　尤思嘉忽然觉得有点恍惚，像是回到了初中，那些一起吃饭的瞬间，但彼此又变得不同。
　　车直接开回了春河镇，路上李满还在叨叨："我爹走了，网吧也关了，但上面的房间还干净，你俩也没地方住，我想着就收拾一下腾出空来，就是没暖气有点冷……"

有得住就不挑,杨暄又待不了多长时间。

杨暄拎着尤思嘉的行李箱上了楼,推开门一看,确实干净,随后他把行李箱放到了墙角。

"要是嫌床小,"说着,李满自己也别扭了起来,他摸摸鼻子,"另外的房间也空着哈,哦,对——"

李满像是想起了什么,转身出去,门"咔嗒"一声关上,屋内就只剩下杨暄和尤思嘉两个人。

回程匆忙疲惫,加上有其他人在场,两人只是牵着手说了几句话,现在周围安静了下来,房间内温度有点低,尤思嘉缩了缩袖子,接着抬头看向杨暄,对方正巧也看过来。

彼此对视了一瞬,尤思嘉紧接着快步扑过去,树袋熊般跳起来挂在他身上。

杨暄伸手抱紧她,笑着转了两圈,又坐到床边,让她坐在自己膝上,低下头去吻她。

天寒,唇齿却是滚烫。

杨暄低头含弄着她的舌尖,直到尤思嘉的气息不稳。

鼻尖对着鼻尖,分开喘息一阵,他捏住她的脸颊:"你怎么瘦了?"

尤思嘉挣开,作势去咬他的手。

杨暄接着捏住她的脖颈,贴过去继续亲,刚咬住她的下唇,门突然被推开:"我给你们——"

尤思嘉猛地从杨暄身上跳了下来。

李满怀里抱着取暖器上来,有点不知所措。

杨暄也慢慢起身,摸摸鼻子咳嗽一声,随后接过取暖器:"谢了。"

晚上,几人一起吃了饭,选了一个老地方。

过了好些年,孙龙家的米饭屋还开着,临近年关,里面还在忙活,老板是孙龙和他对象,见到三人,很是惊喜。

孙龙早就结了婚,如今成了一个面相和善、身宽体胖的饭店老板,任谁也联想不到,他从前是一头黄毛、细瘦麻杆腿的模样。

春河镇这两年做旅游,经济好转了一些,米饭屋也打通了二层,设定了包厢。

孙龙兴冲冲地拿了一瓶酒,上了好几个好菜,要和他们叙旧。孙龙得知杨暄现在在鹏城发展得如火如荼,连李满都要过去跟着他干,顿时朝他竖起了大拇指。

放下酒杯，回忆起曾经一起催债的过往，孙龙带了一嘴，说胖子那群人被扫黑除恶的给抓了，加上开设赌场、暴力催收，现在还在局子里蹲着。

孙龙说完，紧接着看向尤思嘉："你家房子虽然现在被别人占了，胖子那群人一进去，稍微给点钱就能拿回来了，但尤志坚跑了，现在也没回来……"

尤思嘉原本埋头吃饭，听到熟悉的名字，忽然抬起头来。

杨暄把自己的水杯递到她唇边，让她喝口水，随即捏了捏她的手背，以示安慰。

孙龙把这一切看在眼里，笑了："真行啊，暄，这些年都把人当宝贝护着，啥时候结婚，定下来了没？"

杨暄放下水杯的动作一顿，有点尴尬："思嘉还在上学呢，说这些。"

孙龙抱拳表示说错话，尤思嘉却看向杨暄，若有所思。

饭后，他们回到了李满的住处，尤思嘉洗漱完毕后，出来已经看到杨暄把床铺给铺好，下面还开了电热毯。

尤思嘉钻进了被窝，没一会儿杨暄也掀开被子进来，她挪了挪地方，抱住他的腰。

天冷，两人拥抱就是取暖，有说不完的话，偶尔低头亲吻，倒也没生出别的心思。

杨暄将手探进她的衣服里，有一下没一下，来回抚摸她光滑的脊背，像同小动物顺毛那样，这让尤思嘉很受用，眯着眼睛趴在他怀里，整个人迷迷糊糊。

即将睡着的时候，她忽然想起了什么，强行睁开眼睛："你是不是没打算和我结婚？"

杨暄动作一顿，反驳："别胡说。"

她忍着困意继续追问："那要不要结婚？"

他亲亲她额头，认真回复道："当然要，我只有你。"

尤思嘉得到满意回答，缩了缩脑袋，接着就睡着了。

这样郑重的事情，在她迷糊追问下就尘埃落定。杨暄看着她没心没肺的样子，有些哭笑不得。

第二天，杨暄带着尤思嘉去了一趟她姥姥家。

杨暄的车在鹏城，他只好借了李满的车，在后备厢里放了路上买的不少东西，几箱奶、一箱酒、一些鸡蛋、大豆油等，都是实用的东西。

尤思嘉还有些纳闷:"你买这些干什么?"

杨暄摸摸她的脑袋:"总不能让我空手去吧。"

尤思嘉说了句"好吧"。之前过年,她也去过姥姥家象征性地拜年,刘秀芬和弟弟妹妹都在那里,但她不愿待特别长的时间。如今和杨暄一起过去,她心里倒不像从前那样反感了。

姥姥、姥爷如今都快八十了,身体倒还算健康,刘秀芬则做了一大桌子菜,留下他们吃饭。

饭桌上,长辈不停地追问杨暄现在的状况,杨暄一一应答。

吃到一半,他忽然提起,自己想帮忙出钱,帮他们把被占的房子给要回来。

在座的几人都一愣。

"找几个律师朋友,应该赔不了多少钱。"杨暄说道,"主要是思嘉小时候一直住在那里,也算留个念想吧。"

姥姥闻言,点了点头。

他们吃过饭后,就没打算久留。临走的时候,姥姥一只手拉住杨暄,另一只手拉住尤思嘉,颤了颤嘴唇,最终还是没说出话来。

两人将车开回去后,去了春河镇赶集,准备买一些春联,到时候回尤家村贴上。

尤思嘉的手被杨暄握住,放进他宽大的口袋里,传过来温热的触感。两人在卖春联的摊子上正挑着,忽然手机振动。

尤思嘉把手抽出来,像耗子见了猫一般的反应,立马接通电话,走到了一旁。

杨暄察觉到,也转身看她。

电话是她姐尤思洁打来的。

刚接通,尤思洁劈头盖脸就是一顿问:"你和杨暄啥时候定的?怎么让他去给咱家送东西了?前几天打电话的时候怎么不跟我说?"

尤思嘉捂着电话,支支吾吾:"就……大学的时候。"

接着,她将手机拿远了一点,等尤思洁说完,她连忙答应:"好……嗯,我没有……"

等挂了电话,杨暄就问:"怎么了?"

"我姐打电话来,"她瞄了他一眼,"呃……她要见你,咱俩先别跟她说谈恋爱的事情。"

杨暄没说话,走过去将手掌贴到尤思嘉脖颈处,她被冰得一激灵,缩着脖子躲开，连忙讨饶："她知道，她知道！"

杨暄这才将她的手放回自己的口袋。

"但我姐从小时候就不太乐意我跟着你玩，"尤思嘉说着继续看向杨暄，"你要见她吗？"

杨暄说当然要。

尤思洁也是几年没回来了，但一听说杨暄回家送礼的事情后，立刻从大老远的南城往家赶。

杨暄要带着尤思嘉回市区，准备订酒店招待。

离开之前，两人还是回了一趟尤家村。

路上有拄着拐杖弯腰行走的老人，眯着眼仔细辨认着手牵手的这对年轻人，瞧着眼熟，却又不敢认。

贴完春联，两人回到市区。他们上午订了住宿和吃饭的包厢，马不停蹄地，下午就要去车站接尤思洁。

杨暄仔细打理了衣物，比往日要正经，尤思嘉难得比杨暄还紧张，等了许久，终于听到有人喊她的名字。

她转身，看见尤思洁从车站出来，穿了一件卡其色大衣，身后跟着一个面相随和的男人。

尤思嘉一溜烟跑过去要帮她姐拿行李，尤思洁说不用，接着介绍身后的男人："这是你姐夫。"

对方个子不算高，但白净，身上挂着女式的包，朝尤思嘉笑笑。

杨暄也过来，朝他俩打了招呼，尤思洁仔细打量他，没动弹，还是尤思嘉过来把她拉走："你累了吧姐，我们给你俩订了酒店……"

尤思洁和她男友还没有结婚，两人在南城做生意。

几个人根据服务员的指引往楼上包间走，绕过转角，杨暄脚步却顿住了。

尤思嘉走到房间门口，回头望了一眼："怎么啦？"

杨暄收回目光："没事。"

回到饭局，尤思洁频频发问，杨暄在一旁斟酌着回答。

他面上不显，但尤思嘉能感受到他的不安和紧张，于是轻轻拍了拍他的手背，像他对自己那样，以表安慰。

刚覆上去，她忽然察觉到她姐的眼风扫过来，便立刻收回胳膊。

尤思嘉把手藏回桌子下面，接着杨暄也垂下了一只胳膊，她用指尖轻轻挠了挠对方的掌心，最后被对方攥紧手，包拢住。

杨暄微微偏头看她，嘴角勾了笑。

听闻杨暄现在混得还算不错，尤思洁面色好了一些，但最后还是问："以后怎么办你想过没有？"

杨暄看过去。

"你在鹏城，她还没上完学，又是个玩心大定不住的，"说着，尤思洁就白了尤思嘉一眼，"稳定的工作她不喜欢，到时候在哪儿还定不下来，你有什么打算？让她去找你？"

杨暄没有犹豫："随她。她去哪儿，我就去哪儿。"

尤思洁一愣。

"按她的想法来，"杨暄继续说道，"她愿意留在哪里，我就在哪里安家，工作之余就去找她，这可能需要一些时间……"

尤思嘉见他一直在说话，都没有动筷，便趁着尤思洁不注意，偷偷摸摸夹了不少菜放在杨暄面前的碟了里。

尤思洁既然来了，就留在这里过年，顺带也一起去处理之前房子的事情。第二天还要回春河镇，大家吃完饭便回酒店睡一晚。

刚到房间门口，尤思嘉就被尤思洁拽住："咱俩睡一屋，让你姐夫和杨暄睡一起。"

尤思嘉瞄了一眼杨暄。

因为从寒假见面，两人都还没有好好亲热过，尤思嘉犹豫了那么一下，尤思洁继续拽她："想什么呢，你东西在哪儿？拿我屋里去。"

尤思嘉只好点点头。

等关了门，尤思洁把衣服挂上，开始同她念叨："这小子，其实还行……但也不能太给他好脸色……"

趁尤思洁进去洗漱，尤思嘉偷偷溜了出去。

杨暄在走廊外面等她。尤思嘉连忙走过去抱住他，笑眯眯地道："我姐还夸你来着。"

杨暄捏捏她的脸，接着俯身去亲她。

尤思嘉抱着他的脖子不撒手，直到唇齿之间的空气都被对方抢夺走，尤思嘉将面颊贴过去，忽然想起什么，连忙推开："我姐快出来了，我们明天见。"

杨暄有些哭笑不得。

第二天，尤思洁就回了春河镇，而尤思嘉留下了。

杨暄还不忘买了年货，带着尤思嘉去了程圆圆家，给程圆圆父母拜年，感谢他们这么些年的照顾。

程圆圆的父母自然是想留他们一起过年，但没有留住。

杨暄这次回来的时间很充裕，准备陪完尤思嘉一整个寒假。他带着尤思嘉去了别的城市，边游玩，边过新年。

白天相互陪伴，晚上则将分离的想念表现出来。因为年轻，对彼此都那样渴望，总是有无穷无尽的激情。

在山顶跨年，零点一过，新年钟声响起，两人在山下传来的鞭炮声中接吻。

假期即将结束，杨暄带着尤思嘉回春河镇去找李满，准备过几天一起去鹏城，而在正式出发前，他又回了一趟尤家村。

没有什么大事情，杨暄把钱还上之后，追债的那家人就从尤思嘉家里搬了出来。贴春联的时候，杨暄发现曾经的院子里枯草遍生，这些年不在的日子里，这座破落的小房子几乎被野蛮生长的荒草覆盖住。

天气即将回暖，他去镇上买了除草剂，简单往庭院里撒了一下，处理完，扭头不见尤思嘉的身影。

他往对门走去，发现她家的门开着，喊了一声她的名字，这下得到了应答。

杨暄走进去，看到尤思嘉踩着一个凳子，摇摇晃晃，正要把衣柜上的大箱子给搬下来。

他赶紧跨过去，单手把她给抱了下来，接着自己踩上椅子，抬起胳膊，将箱子给搬下来放在地上。

接到手的时候，杨暄就猜到是什么了。

尤思嘉拿着毛巾将上面的灰尘扫干净，掀开后，翻了一下，随即抬头看他，整个人兴高采烈的："没丢，都还在！"

杨暄摸摸她的脑袋，也笑了。

尤思嘉继续低头翻看着这些东西。

这些都是几经辗转、失而复得的宝物，拿起一件，就像触碰了从前的记忆。

她再次珍重地把它放回柜子里。

杨暄已经将院子里的杂草都清理干净，正收拾东西准备离开，而尤思嘉就坐在小木门旁的石凳子上等他。

杨暄出来，瞧见她坐在一旁，仰着脸发呆。杨暄垂眼看她，声音柔和："想什么呢？"

尤思嘉托着下巴，惆怅地叹了一口气："想小时候的事情。"

杨暄挑了挑眉，环顾一圈，看到旁边的红瓦缸："你小时候淘得要命，拿鞭炮炸大黄的事情，你不记得了？"

"那是因为大黄偷吃我的鸡肉，"尤思嘉还记得这件事，连忙站起来，"我是好心帮你呢！"

杨暄走近，瞧见她如今还是不服气的样子，低头在她额头上印了一个吻，说道："我知道。"

随后，杨暄顿了一顿，继续开口："思嘉，谢谢你。"

当她还是一个小孩子的时候，每天在村子里疯跑玩耍，在最无忧无虑的年纪，就已经认识了心事重重的杨暄。

有过分离，也有相互扶持的少年时期，一路陪伴走到这里，再次回头看，好像所有的日子都曾历历在目。

春天去播种，尤思嘉在田埂处扑蚂蚱；夏天盼望着看电影，杨暄给她买了一瓶汽水道歉；秋天落叶落在他的摩托车后座上，他伸手拂掉，带着她去兜风；冬天开始下雪，尤思嘉从背后抱住他，他只会在她的拥抱中流泪。四季就这么轮转着过去，他们继续等下一个春天的到来。

"咔嗒"一声，杨暄落了锁，他牵起尤思嘉的手，两人慢慢走远了。

（正文完）

番外一 /
# 日落

陆泽铭从医院刚到家,师文淑就拿了一个女孩的照片过来。

他仍旧没接,将外套递给陈阿姨,拿起桌子上的杯子喝水。

被忽略的师文淑终于恼怒了起来:"一天到晚去医院跑,你爷爷托你办的事情你倒是勤快,我的话你是一点都不——"

"妈。"

陆泽铭叹了一口气,放下玻璃杯,将照片接过来看了一下,随即放回桌面上:"后天吧。"

"之前约好的几次都推了,这次你得给我保证。"

陆泽铭点点头,面露一点疲惫。

他从国外刚回来没两个月,就已经被这些事情搞得焦头烂额。

陆新民从他上大学时起,身体就断断续续出了些问题,住院是常事,但精神还好。

对于他回国就往医院跑的做法,师文淑略有不满,但见对方有意将公司全权交给陆泽铭打理,便不再使性子,甚至也开始摆出一副关切的模样,在老爷子病床前嘘寒问暖。

陆泽铭看在眼里也没多说什么,等师文淑催促再三,他终于去赴了约。

地点定的是一家私房馆子,环境清幽,他提前二十分钟到达,刚坐下没多久,对方也推开门进来。

整个饭局,陆泽铭都少言寡语,大部分时间听对方在说。

女孩长发飘飘,温柔知性,从留学一直谈到两人的父母,但见他都没什么大反应,话里话外平淡客气。

最后,她咬住筷子尖,轻轻叹了一口气。

叹息也没能唤回对面那人的注意力。

后来,服务员端上来两盅凉瓜排骨汤,巴掌大的白瓷,分别放在两人面前。汤的味道偏清苦,尝了一口后,陆泽铭便拿着勺子心不在焉地拨弄着。

"这顿饭是不是很无聊?"

陆泽铭摇摇头。

女孩继续放下勺子,自嘲道:"其实我妈告诉我见面的事情,我还挺高兴的。"

陆泽铭仍旧拨弄着汤勺,挑了挑眉:"为什么?"

"因为高中的时候,我就知道你。"

不知道哪一个点触碰到了陆泽铭,他终于起了一点兴趣,抬头看向她:"你是一中的?"

"对啊。"

"哪个班?"

"五班,高一时在你隔壁班。"

"原来是这样,"陆泽铭的目光重新垂下,"那你记性挺好的,还能记得高一隔壁班的同学。"

"不应该吗?"对方有点惊讶,"大家都应该很怀念高中。"

陆泽铭没说话。

经常听别人说怀念学生时代,但他却已经忘了大部分人的脸。

对方见他对这个话题感兴趣,开始讲起高中时的趣事,最后再次感叹:"还是以前好,真怀念高中啊。"

陆泽铭忽然说道:"我们学校高层的日落很漂亮。"

"什么?"

"你去看过吗?"他问,"在五楼,连廊,往外看。"

"太高了,"她笑笑,"爬上去很累的。"

累吗?

陆泽铭没有印象了。他只记得自己从一楼往上一点点爬上去,为了看一眼日落。

太阳像明明灭灭的大烟头,教学楼在融化,连廊上的人影在融化,他好像也跟着融化了。

这顿饭吃完,他直接回了医院。

进去的时候,医生刚从房间里出来,陆泽铭和对方打了招呼,推门而入,见陆新民穿着睡衣坐在病房的沙发上。

333

陆泽铭过去煮茶，冲泡茶叶时，听到陆新民忽然提起杨暄，问他清不清楚对方的近况。

许久没听到这个人的名字，他手一顿，但很快恢复如常，说不清楚。

"听说他要结婚了。"

下一秒，茶水洒了出来，陆新民的目光也跟着落了过来。

陆泽铭不动声色地将茶水擦干净："是他联系您的？"

对方哼了一声："他可没这个良心。"

等陆泽铭反应过来，才发现自己早已从医院出来，正在医院前面的花坛处，有人在旁边边吸烟边打电话，猩红的一点在指尖闪动着。

荷城的秋夜过于凉爽，甚至带出了一点萧条。

陆泽铭去摸自己的手机，才发现自己心跳如鼓。

他没有看朋友圈的习惯，进去往下翻了好几条，五花八门找不出头绪，又点进联系人里面去翻。

不知道是好事还是坏事，对方没有设置三天可见，他往下翻了两条，就翻到了一条求婚照片动态。

正出神地盯着，旁边吸烟的男人走近，递过来一根烟："兄弟，给。"

这人原本是想拍他的肩膀，但走近看清，才发现陆泽铭西装革履，打着领带，他递烟的动作顿时停住。

但陆泽铭接了过来，对方给他点了火，他道谢。

其实他不怎么抽烟，只夹在手中不动弹，青烟往上飘的时候，旁边的人也看到了他手机上的照片。

他将手机放回西装口袋，旁边的人却自顾自打开了话匣子，讲起自己如何被初恋辜负，最后对方远嫁他人，自己人财两空。

陆泽铭听得不耐烦，等烟一灭，就打断对方告别。

他现在只想去喝酒，邀请了两个高中时期还算有些交情的男同学。

"难得能被你约，"其中一人很是高兴，"今晚我买单。"

陆泽铭摇摇头拒绝，将酒杯放在桌面上，忽然问道："尤思嘉，你们还有印象吗？"

"眼睛圆圆的那个姑娘？高中运动会报一堆那个，她挺有意思的。"

另外一人问得直接："你俩是不是后来谈过？"

陆泽铭没说话，又倒了杯酒，才慢慢开口："她要结婚了。"

对面两人恍然大悟："哎，正常，你在国外的时候咱班体育课代表也结婚了……她是不是问你要份子钱了？"

陆泽铭嘲讽一般笑了一下，接着抬眼："通知你们了？"

"没。好久没见了，"对方思考了一下，"我上次见她，应该还是大一寒假的班级聚会吧。"

陆泽铭将杯子里的酒一饮而尽，只留下冰块在杯中晃荡。

他也好久没见她了。

距离上次他见她已经快四年了。

那时陆泽铭即将出国，临走前去了海城，H大正举行毕业典礼。

他隔着几步远远望了一眼，尤思嘉穿着学士服，叽叽喳喳，抱着花拍照，她身旁站着眼熟的男人。

既然有人送她花，那自己就不必再送了。

再上一次见面，是在荷城，他陪同陆新民去见客人，在楼梯拐角处碰见。

她同长辈往前走，对他的出现毫不知情。

后来，他在洗手间同杨暄见了一面，对方姿态平和，还不忘询问自己近况。

陆泽铭透过镜子仔细观察对方，杨暄面容语气中看不到任何其他的情绪，但他面对杨暄时总是难免紧绷和心生郁气。

再上上次见面，应该是大一寒假，他送了她项链，但没过几天就被寄了回来……

他边回忆边喝酒，最后竟然出现了断片，等再次睁眼的时候，发现自己正躺在家里的床上，宿醉之后，头痛欲裂。

缓了一会儿，他下楼，看见师文淑坐在沙发上，瞧他一眼，喊陈阿姨端蜂蜜水出来。

喝了两口，他就跑去卫生间吐了。

等吐完舒服一点，他慢慢回过神。

现在已经日上三竿，陆泽铭拉开椅子，坐在餐桌前缓缓吃早饭。

师文淑看他一小口一小口地吃完后，才说道："昨天聊得怎么样？"

陆泽铭一愣："什么？"

"和妍妍。"

生理的难受还没缓解，他皱着眉："谁是——"

话还没说完他就停住，转了话："就那样。"

"那过几天你再约一次？"

"我已经听你话，去见了一面，"他压住不耐烦，看向师文淑，"难道还要再见吗?"

师文淑面色瞬间难看:"你昨天喝得醉醺醺的,被同学架着回来……"

她说着,陆泽铭终于回忆起来昨晚的事情,接着忽然起身。

他的面色阴郁,让师文淑一下子停住了话。

她呆愣愣地看着他上楼,没几分钟穿着整齐下来。她去拦他:"泽铭,你去哪里?"

对方不说话,直接推开门出去。

师文淑眼圈发红,看向陈阿姨:"我说什么了?"

出了家门,他还有别的地方可去。

回国之后,他就在想着搬出去的事情,这次或许能顺理成章。

师文淑大概率要哭闹,她的眼泪和话语让他心痛也窒息。

在车上,陆泽铭想起第一次同她闹别扭,还是小学的时候。

他放学回家后,因为前桌两人的打闹,桌椅翻倒,自己胳膊上也有了擦伤,书本脏兮兮的。师文淑怀疑他被欺负,要去学校讨说法。

那是第一次自己觉得有些丢人,即便罪魁祸首是前面那个蘑菇头女孩。

但越隐瞒越惹得师文淑变本加厉,他站在楼梯上,看她被父母训斥,垂着脑袋,模样狼狈,堪比自己第一次见她时摔倒的样子。

在此之前,他从来没有遇见过这样的女生。

那么土气,说话带口音,被同桌男生欺负后会立马像炮仗一样讨回来,每天都不知道在开心什么,傻兮兮的,把自己的玻璃弹珠像宝贝一样地装在书包里,但又会很大方地分给其他同学,但他放学后亲眼看见别人将她的玻璃弹珠扔掉。

没人珍惜她的宝贝。不过,她也从来不分给他。

就这么漫无目的地开了一下午车,最后,陆泽铭来到了之前的学校。

因为是周末,学校不上课,他同保安打了声招呼,车直接开了进去。

他回到从前的教学楼,沿着最中间的楼梯往上爬,光线折射在门窗紧锁的玻璃上,亮晶晶的光晕被反射过来。

陆泽铭再次回到了高中的走廊,习惯性地往连廊上看,很久之前,有人总是在那里眺望日落。

其实他见过很多美丽的日落。

在美国读书时,他和朋友开车沿着公路去往加州,整个天际都是梦幻的玫瑰红;他也去过沙漠旅游,见识过真正的长河落日圆。

但说来也奇怪,每当他看到这些瑰丽无比的场面,总会想起那样的时刻——

　　从补习班放学，自己慢悠悠地骑着山地车，听着前面人哼着不知道是什么的小曲；有人在春日夕阳下蹦蹦跳跳，傻子一样把忘拉拉链的书包往上抛，书本砸下来落得满头满脸……

　　还有人声鼎沸的高中时期。

　　夕阳的余晖淹没整座楼层，隔着悬空的距离，他有意无意往对面看。

　　金灿灿的光线让人眯起眼睛，多少次，他是真情实感地相信，对面的目光也是望向他的。

　　陆泽铭扶着栏杆继续往外眺望。

　　没两分钟，太阳还没落下，他就微微垂下头，转身离开了。

　　再怎么故地重游，都复刻不了记忆里的一丝悸动和绚丽。

　　那样的落日、那样的景色，只有当时、当下才有。

　　他以前遇不见，以后也再难遇见了。

番外二 /
## 秘密基地

童年的事情,杨暄其实不常想起,但藏在记忆深处,带着朦胧的微光,让他始终忘不掉。

他住在一个狭小的院子里,五十平方米的三间屋子,前院铺成石板,后院养家禽。

从记事起,杨暄就忙碌个不停。

伙房的锅灶用砖头垒起,最初做饭的时候,他是拿着铲子踩在板凳上,整个人摇摇晃晃。后来个子抽条快,开始背着竹筐跟在姥姥后面去地里干活,拉水去浇红薯、割麦穗,在冬天下雪之前,从地里往家中搬白菜。

太阳从东边摇摇晃晃升起来,脚下黄土干燥。马路和村落在冬日里是陈旧的冷色,到炎热的夏日就变成了刺眼的亮色。

最深的印象还是那些黄昏时刻——

薄暮逐渐倾覆了下来,放学的孩子们一窝蜂跑到街口,拉帮结派,这里一堆,那里一群,跳房子、打玻璃珠子,各种游戏层出不穷。

杨暄做完饭后就在木门前站着,大黄在他的脚边转圈,而他望向远处,听到身后姥爷的怒骂、姥姥的啜泣声,身前是远处飘来的一阵又一阵的嬉笑喧嚣。

等天色一点点变暗,杨暄就转身跨进门内。

没有人喊他一起玩游戏,他也融入不进去。不过从小就习惯这种生活状态,所以他也感受不到孤独和清苦。

杨暄在孩子们的人缘中不算好。因为早熟,小一点的孩子就不太愿意和他玩,同龄的男生大多都和他打过架。

同他相反,斜对门家有个小女孩,父母都在外面打工,她的人缘就很好,杨暄经常见她在各个地方疯跑。

从家门出来往后拐，绕过一排瓦屋，就来到了菜园。菜园紧挨着一座废弃的屋子，那里曾经是一个小学，现在被一群孩子占领。

有一次暑假清晨，杨暄去井里提水浇地，拎着水桶去菜地前，见自家地里竟然有一群小孩，瞧见他过来，像被惊动的鸟雀一样四处散开："思嘉快跑！来人了！"

一个黑影从豆角架旁窜了出去，身后的杨树林响起窸窸窣窣的声音。

杨暄走近，才发现自家菜园的边上浮现了凌乱的脚印。

他环顾四周，最后走到后面废弃的屋子里，看到了一些"遗迹"——

屋中间用几块红色砖头垒了个小灶，下面是燃烧后漆黑的柴火，旁边摆了许多东西：一些被裁剪过当成小碗的塑料瓶子，叫不出名的野草，还有菜园里的豆角和辣椒。

估计是怕被发现，这些蔬菜还是分别从各家菜园里揪过来凑成的。

杨暄瞧了一圈，抬头又看到前面的黑板，上面画了一些乱七八糟的符号，他这才明白，这里是那群小孩子的秘密基地。

等杨暄出来，屋后的草丛刚好探出来一颗乱糟糟的脑袋，两只眼睛黑漆漆圆溜溜的，同他对视一瞬，立即缩了回去，接着一群人猫着腰从后面的小路溜走了。

后来，他经常留心注意，发现尤思嘉每天都能带着一群人忙活来忙活去——

夏天最炎热的正午，她也不睡觉，扛着大扫帚在密集的拉拉秧堆里扑蝴蝶；放学后，她挂着书包漫无目的地溜达，挽着裤腿在小溪流里搬了半天石头，最后一无所获；隔壁二婶子家的院子里种了两株杏树，她有事没事拿着小竹竿在人家墙外绕来绕去……

还有一次，杨暄在菜园忙完，听到旁边传来熟悉的声音。于是，他站在窗户处往里面看，发现只有尤思嘉自己一个人，没人陪她玩，她就拿着树枝当小教棍，对着空无一人的教室眉飞色舞地模仿老师讲课。

杨暄在一旁看得津津有味，挪了个位置，脚下的一块小石子就被踢到了墙根，发出了一声轻响。

里面的人瞬间扭过头，见到了窗外的杨暄，两人大眼对小眼，一时都不动弹了。

两秒后，她将小木棍一扔，一只手抓了抓头发，"噔噔噔"跑远了。

以后再碰见她，就是下午放学时，她和一群孩子在路上蹲着玩玻璃弹珠，脑袋对着脑袋，偶尔抬起头看到他，也会飞快扭过头。她和其他孩子一样，好像都有些怕他。

她应该挺在意这件事情，因为从那天开始，他就很少见她自己一个人来这里了，周末也见不着人影。

杨暄想，她一定是找到了其他的秘密基地。

小孩子最喜欢的日子是过年，但杨暄有些无所谓，很多时候周围人的快乐欢庆更能衬托出来他们的寂静。

有一年的除夕，他印象很深刻。

那天姥爷喝了酒，天寒地冻，躺在院子的石板上。他过去拽他，但被一拳砸到了鼻子，温热的液体滴滴答答流了出来。

姥姥在一旁掏出手绢抹泪，杨暄继续拽地上的人，对方却将鞋子脱掉，直直往他身上砸，但杨暄早有预料，往旁边侧身，鞋子就飞出了门外。

大黄在外面呜咽了一声，接着黑暗中有个小小的人影不动弹了。

杨暄连忙过去问她有没有事，想到院子内还躺着一个人，忽然觉得有些难堪，接着退了回来。

但没一会儿，尤思嘉也跟着进来，还要跃跃欲试地来帮他们。

他发现她好像不怎么怕他，从那天起，两人的接触也比以往多了起来。

因为上下学都是和一群小混混一样的男生一起走，所以路上遇见她，杨暄也不怎么打招呼，私下遇见，才会和她一起玩。

每次在草丛里捉住小刺猬、在小溪里抓住小螃蟹，他都会送给她，尤思嘉会开心得要命，连带着杨暄也跟着心情变好。

还有一次，他瞧见尤思嘉带着一身尘土和草棒在跟别人玩玻璃弹珠，玩到最后什么也没剩下。

天色已经暗了下来，她蹲在草丛内找寻摸索着什么，模样有点滑稽，有点可怜。

于是，他把所有的玻璃弹珠都送给了她。

晚上睡觉前，杨暄想到尤思嘉受宠若惊的样子，独自乐了一会儿，随后又睡不着了。

他起身出来喝水，姥爷正巧也起夜，看到他，语气带着宿醉的严肃："干什么？"

"没事。"

杨暄回答完之后，继续躺在床上。

不知道为什么有些失眠。望向窗棂外，他才忽然惊觉，春天的月亮格外明亮。

而春夜多温润。

杨暄觉得一切都如此美好。

新增番外 /
**漫长的一生**

尤思嘉从小就是个自在的小孩。

作为留守儿童,她的玩伴并不少。不只是日落余晖下跑得满头大汗的同龄孩子,也包括村落周边坍塌的房屋,被杨树苗和葎草遮住的隐蔽洞口,她在这些秘密基地前面不停地来回徜徉徘徊,期待一些冷不丁钻出来的惊喜——比如小刺猬和野兔子。当然也有一些惊吓,例如怒目而视的公鸡,或者飞速逃窜的黄鼠狼。更多的时候,陪伴她的是满身苍耳的猫猫狗狗。

猫总是轻巧灵动,不好捕捉,从窗棂屋檐处轻手轻脚跳过,半夜落在厨房的门槛处,叼走墙壁上的一串小鱼干……相比之下,狗则忙碌温顺,翘着尾巴踩着泥土路,趴在麦秆旁看家。

尤思嘉更偏爱小狗。

二婶子家的看门狗下了一窝崽,送给街里邻坊几只,留下几只赶集时卖掉。

二婶子拿了一个纸箱,里面铺上一层密密的秸秆,捞起几只狗崽整整齐齐码进去,它们毛茸茸的脑袋任人摆布,又跟着纸箱一起被绑到自行车后座上。尤思嘉蹲在路边巴巴地瞧,眼睁睁看着自行车载着纸箱"咔嗒咔嗒"走远了。

一只大黄狗,威风凛凛地出现,阻断了她的视线。

是斜对门的杨暄,他带着大黄从尤思嘉面前耀武扬威地经过。

大黄是只看门土狗,除了它的主人,它对其他人都是防御的姿态。人冷漠,狗也无情。她悄悄瞟了一眼人和狗,一溜烟跑远了。

后来,尤思嘉和杨暄成了朋友,大黄也变得亲昵起来,她可以时常去抚摸它的脑袋。

夏日炎炎，大黄躺在梧桐树底下，眯着眼睛忍耐着尤思嘉一下又一下的抚摸。

"它以后生了小狗，"尤思嘉蹲着望向一旁的杨暄，"你能送我一只吗？"

杨暄拿着竹竿正粘知了，没回头："当然不行。"

一阵扑腾声响起，几滴水落了下来。

尤思嘉抬头，看着杨暄把粘在竹竿上的知了捏起来封存在塑料瓶子里，有点吃惊："为什么？"

杨暄瞄她一眼："大黄是公的，没办法生小狗。"

尤思嘉挠挠头发，"哦"了一声。

后来离开春河镇，匆忙之间，尤思嘉能带走的东西并不多，一只背包，拉链上打上结，挂着摇摇晃晃的布偶，是杨暄用碎布拼成的小狗。

她和杨暄甚至都没能告别，几年过去，她的挂件也不知所终。

在另外一个家庭里的日子回想起来总是很模糊。但尤思嘉从小人缘不错，更是结识了一生相伴的好朋友程圆圆，对了，还遇见了一个有些奇怪的男同学。

男同学叫陆泽铭，长得很好看，两人经常在一个补习班上课，他大部分时间坐在自己后面。有很多女同学来找陆泽铭说话，他就坐在位置上不动，表情和语气都很冷漠。课桌之间的距离狭窄，他任凭自己的杯子、钢笔等零碎物品被其他人来来回回经过扫落在地上。这时，陆泽铭就会戳一下前面的尤思嘉，让她帮忙捡掉落的文具。

这么一来一往，她竟成了同陆泽铭讲话最多的女生。

后来，她遇到了另外一只流浪小狗皮皮，经由陆泽铭转手到程圆圆那里，也算有了好归宿，而她自己也再次回到了春河镇，重新遇到了杨暄。

后来，杨暄送了她一只小狗。

再后来，尤思嘉很长一段时间都没有养过狗。

大学毕业后，尤思嘉成为一名户外专业领队，大部分时间带领团队在山野中穿梭闯荡，像雌鹰一样自由自在。

杨暄在鹏城的事业也越来越好，彼此都有自己的事情在忙碌，但每当尤思嘉去带队之前，杨暄总是事无巨细地询问，等她定时报平安。

两人相伴了很多年，感情水到渠成，静水流深，不再急于朝朝暮暮地相见，但心底总会牵挂着对方。

杨暄买了房子后，尤思嘉便有了一个固定的家。她休息时，杨暄也会尽量待在家里陪她。

他们的房子带了一片小院子，院子里种了桂花树，一到秋天，暗香浮动，夜里更能闻到浓郁的芬芳。

回来休息的这几天，尤思嘉总是睡得很沉。这天被杨暄轻轻推醒的时候，她还有些发蒙。

只听闻"咔嗒"一声响，昏黄的床头灯被打开，杨暄摸她的额头，面露忧色："你怎么了？"

尤思嘉眨眨眼，嗅到清幽的桂花香气，接着发觉自己枕头下面一片潮湿，她这才回过神："我是不是说梦话了？"

杨暄点头："你在哭。"

尤思嘉后知后觉想起了梦中的内容，整个人往他身上埋了埋，许久后，说道："我梦到乐乐了。"

杨暄拍着她的背，并不言语，尤思嘉又翻过身："睡不着了。"

"那起来坐会儿。"

两人在庭院里的躺椅上待着。夜里偏凉，杨暄往尤思嘉身上裹了一层薄毯子，没披上一会儿就被她解开，尤思嘉将毯子往杨暄那里盖了盖。

夜风袭袭，桂花香扑在人面上，身后是杨暄怀抱传来的温热，尤思嘉又开始昏昏欲睡了。

即将闭上眼睛的一瞬间，她听见杨暄轻声喊她的名字："思嘉。"

尤思嘉过了两秒应了一声，带着困意。

"我们养一只小狗吧。"

她闭着眼睛迟钝地"嗯"了一声。

"那……我们结婚吧。"杨暄紧接着又说。

尤思嘉没有迟疑，又"嗯"了一声。

第二天醒来的时候，杨暄已经不在家里了，但是尤思嘉记得他昨晚说过的话。

晚上，杨暄回来，抱着一只毛茸茸的土松，活泼的小公狗，米黄色，耳朵小小，鼻子和舌头都是粉红色的。

尤思嘉很喜欢，抱着它爱不释手。

她和杨暄一起想了几个名字，写在纸上团成纸团，丢在地上让它选。

它也不怕生，垂着脑袋咬住一个纸团丢在尤思嘉脚下，拆开一看，是养乐多。

后来在结婚典礼上，养乐多承担了送戒指的任务。它的脖子上挂着戒指盒,在舞台下方跃跃欲试,等杨暄蹲下招手的瞬间,像一阵风一样奔了过去,一头撞在了尤思嘉的婚纱裙角上。

台下的亲友发出阵阵笑声。杨暄摸了摸它的脑袋表示嘉奖,随即取下戒指,起身。

舞台灯光闪烁,杨暄竟有些难言的紧张。尤思嘉瞧他低垂眉眼,睫毛抖了几下,轻轻吸了一口气,接着捏着戒指,缓慢地、小心翼翼地戴在了她的手上。

花瓣飘落下来的时候,他在她的唇边轻轻印下了一个吻。

婚礼总体愉悦且浪漫。伴娘团是自己的同学,其中就有程圆圆和余苗雨。看见好友幸福,程圆圆泪眼滂沱,余苗雨手忙脚乱地去拿抽纸,一边递给程圆圆一边说道:"哎呀,你先别感动……先忍着!妆都花了,待会儿还有流程呢……"

尤思嘉往后扔手捧花时,因为力气不小,扔得很远,但还是有人小跑几步,牢牢接住了花束。

她在众人的惊呼声中转身,发现抢到花束的竟然是李东川。

他捧着花的样子别提多春风得意,甚至比杨暄都多了几分意气风发,一路小跑到余苗雨面前,二话不说就单膝跪下,将花递给她。

在起哄声中,余苗雨使劲掐了李东川一把。李东川咬着牙受了这一下,仍旧笑着举着花束,最后余苗雨俯身接过。

婚礼结束没几天,尤思嘉收到了一份迟来的新婚礼物。

她看了一眼地址,心里了然,准备收好放进柜子里。

杨暄从后面出现,不经意间问:"怎么不打开?谁送的?"

尤思嘉眨眨眼,含糊其词地抱着盒子过去了。

晚上躺床上休息的时候,忽然记起白天的礼物,她便打开手机微信,翻到许久不联系的对话框,向陆泽铭道了谢。

对方回得很迅速,三个字:不用谢。

尤思嘉刚放下手机,接着对面又弹出来一条信息:对了,祝你新婚快乐。

尤思嘉正要回复,身下的床垫一沉,她竟像做贼一般心虚,将手机瞬间藏在了枕头下面。

杨暄没说话,只将床头柜旁的灯光调暗了一些,随即躺下,将被子搭在两人身上,胳膊顺势揽住她,语气自然:"睡觉。"

尤思嘉点点头,这几天因为婚礼而忙碌,两人确实都没有好好休息,此刻躺在杨暄怀里,迟来的倦意像潮水一样涌过来。

酝酿睡意时,尤思嘉忽然想到手机信息还没来得及回,而身旁的杨暄已经闭上眼睛,呼吸平稳。

她将半边身子从他胳膊下面探出来,刚摸索到枕头下的手机,手背上忽然覆过一张大手,制止了她的动作。

尤思嘉偏头,看到近在咫尺的杨暄,他的瞳孔漆黑,语气柔和:"明天再回也一样。"

"可——"

话音没落,杨暄的吻贴了上来,他同她十指相扣,认真地讲道理:"应该先忙我们自己的事情,对不对?"

尤思嘉被他说服,丢掉手机,更紧一点环住他的脖颈,呼吸交缠,体温骤升。

凌晨下了一场春雨,窗户开着一条缝,庭院内的桂花树被雨打得零落,水声潺潺。

尤思嘉和杨暄都没有去关窗,只顾此刻情浓意密。

因为他们还有漫长的夜晚。

他们还要一同度过漫长的一生。

(全文完)